V. BERSEZIO

NOUVELLES
PIÉMONTAISES

TRADUITES DE L'ITALIEN
AVEC L'AUTORISATION DE L'AUTEUR
PAR AMÉDÉE ROUX

PARIS
LIBRAIRIE HACHETTE ET Cie
BOULEVARD SAINT-GERMAIN, 79

NOUVELLES

PIÉMONTAISES

COULOMMIERS. — TYPOGRAPHIE A. MOUSSIN

V. BERSEZIO

NOUVELLES

PIÉMONTAISES

TRADUITES DE L'ITALIEN

AVEC L'AUTORISATION DE L'AUTEUR

PAR AMÉDÉE ROUX

PARIS

LIBRAIRIE HACHETTE ET Cie

BOULEVARD SAINT-GERMAIN, 79

—

1872

VITTORIO BERSEZIO.

Vittorio Bersezio est né à Coni en 1830. Il a donc vingt-
neuf ans à peine, ce qui n'empêche pas qu'il soit connu et
apprécié depuis longtemps au delà des Alpes. La précocité
intellectuelle est un fait assez ordinaire dans la patrie de
Pic de La Mirandole : à l'âge de onze ans, Bersezio écrivait
pour les *burattini* de spirituels *canevas* qui, représentés
aux grands applaudissements de la foule, lui attiraient en
revanche de fortes réprimandes de la part de son père,
homme sérieux, austère, et un peu positif comme tous les
Piémontais de la vieille roche. Mais rien n'est irrésistible
et opiniâtre comme une véritable vocation, et, si le jeune
écrivain dut interrompre momentanément ses rapports
avec le public, il ne tarda pas du moins à trouver un plus
vaste théâtre pour l'exercice de ses talents naissants. Après
avoir terminé de brillantes études littéraires, Bersezio
allait en 1845 s'établir à Turin pour y suivre les cours de
l'école de droit. Les trois années qui suivirent furent pour
l'Italie tout entière, mais surtout pour le Piémont, une
époque de régénération et d'enivrantes espérances. Le roi
Charles-Albert, qui, sous des formes un peu roides et
sous des apparences suspectes, cachait une sympathie ardente et sincère pour l'affranchissement de l'Italie, dont
son règne avait été une préparation indirecte et patiente, le
roi Charles-Albert rompait enfin avec les tendances abso-

lutistes de son entourage, et se séparait de conseillers dont les passions aveugles et inintelligentes ne pouvaient que nuire à l'accomplissement du glorieux projet qu'il méditait. Des symptômes avant-coureurs d'une ère nouvelle éclataient de toutes parts. Les écrits modérés, et pleins d'un sage libéralisme, du comte Balbo et du marquis d'Azeglio, circulaient sans obstacle dans les États Sardes, et bientôt on vit se relâcher les liens qui garrottaient la presse. Dès 1846, un homme bien connu plus tard comme directeur du journal *la Concordia* et comme député, M. Lorenzo Valerio, publiait un recueil littéraire que la politique ne tarda pas à envahir subrepticement sous forme d'allusions. *Le Letture di famiglia*, tel était le nom du nouveau journal, eurent un succès fabuleux, et les meilleurs écrivains de la péninsule tinrent à honneur d'y faire insérer leurs travaux, car ces feuilles légères furent pendant quelque temps, pour ainsi dire, le seul soupirail par où pût s'échapper à demi la pensée italienne.

Bersezio, âgé de seize ans à peine et profondément inconnu, avait peu de chances de pénétrer dans la place; il eut recours au moyen qui avait si bien réussi en France à M. Saint-Marc Girardin : il fit un article remarquable qu'il adressa par la poste au directeur du journal. M. Valerio accepta ce travail, qui parut deux jours après avec la signature de l'auteur : la carrière lui était ouverte désormais : il devait y marcher à grands pas. Au bout de quelques mois, les événements se dessinant davantage dans le sens de la liberté, *le Letture* ne parurent plus à la hauteur des circonstances, et ce recueil cessa de paraître. Bersezio s'attacha alors à la rédaction de la première feuille politique autorisée en Piémont ; c'était le *Messaggiere Torinese*, dirigé par l'excentrique Brofferio, qui depuis.... mais en 1847, son libéralisme n'avait pas pris encore ces proportions exubérantes qui l'ont rendu ridicule aux yeux même de ses amis. Pendant le court inter-

valle qui suivit l'octroi des réformes et qui précéda la catastrophe de février et la campagne de Lombardie, ce ne
furent que fêtes et réjouissances enthousiastes d'un bout
à l'autre de l'Italie. Bersezio fit alors plusieurs articles politiques, trop en harmonie avec les circonstances et l'esprit
du jour pour n'être pas remarqués et applaudis ; mais ce
n'étaient là que d'insignifiants préludes, que l'insurrection
de Milan et la guerre qui en fut la suite allaient brusquement interrompre.

A la nouvelle des trois grandes journées qui avaient eu
pour résultat la délivrance de la Lombardie et la fuite
honteuse de l'armée autrichienne, le Piémont sembla soulevé par une secousse électrique ; l'élan fut général, surtout
dans la classe moyenne : tous les citoyens en état de porter
les armes s'empressèrent de se faire inscrire comme vo-
lontaires, et volèrent au delà du Tessin. Bersezio n'avait
que dix-sept ans ; en voyant son visage imberbe couronné
de cheveux blonds on lui en eût donné quinze au plus ;
mais sous ces frêles apparences le jeune littérateur cachait
une âme fortement trempée et le cœur d'un soldat. Il n'eut
pas un instant d'hésitation, et le sac au dos, le mousquet
sur l'épaule, il s'achemina vers le théâtre de la guerre,
suivi d'un grand nombre de ses camarades de l'univer-
sité. Pendant trois mois entiers cette poignée d'étudiants
défendit victorieusement les gorges du Stelvio contre
les vieilles bandes de l'Autriche, et ce ne fut qu'après
la capitulation de Milan que cette vaillante troupe, déci-
mée par le feu de l'ennemi et par les souffrances d'une
rude campagne, consentit enfin à reprendre la route de
Turin. Ces jours de revers et de gloire ouvrirent une
nouvelle ère pour l'Italie, qui, sous la direction loyale et
habile du roi Victor-Emmanuel et de ses ministres, allait
bientôt prendre dans les conseils de l'Europe un rang
digne de son passé. Si les événements condamnaient le
Piémont à ajourner ses espérances d'agrandissement ter-

ritorial, ils ne l'empêchaient pas du moins d'augmenter
l'influence morale que depuis longtemps déjà il avait conquise, grâce aux travaux de ses artistes, de ses littérateurs
et de ses savants. Les dix années qui ont suivi le désastre
de Novare ont été consciencieusement employées par ce
peuple généreux, qui mériterait d'occuper un territoire
plus vaste : sous l'impulsion de deux hommes illustres, le
comte de Cavour et le Vénitien Paleocapa, le commerce,
l'industrie et l'instruction publique firent des progrès sur-
prenants et inattendus ; Turin prit tout à coup l'aspect
d'une grande capitale et devint un véritable centre intellectuel et politique. Deux citoyens distingués, M. Cesari et
M. Luigi Chiala, fondèrent les remarquables recueils du
Cimento et de la *Rivista contemporanea*, où l'on vit paraître
des travaux excellents, signés par les sommités littéraires
de la péninsule : Prati, Mamiani, Tommaseo, Guerrazzi,
Cantù, et bientôt après Carcano et Bersezio, qui cherchait
encore sa voie. La Lombardie fournit au Piémont un
contingent assez nombreux de publicistes de talent, et ce
fut sous leur influence que se développa la presse quotidienne. Un Milanais de beaucoup d'avenir, M. Piacentini,
avait fondé le *Fischietto*, journal satirique dans le genre
de notre *Charivari*, et qui est aujourd'hui la feuille la plus
prospère des États Sardes : Bersezio, lié avec le rédacteur
en chef, lui apporta un utile concours, tout en continuant
de s'essayer dans les genres les plus divers. Il avait le
génie dramatique, ainsi que le prouvent les premiers travaux de son enfance pour le théâtre de Polichinelle : il
composa d'abord une pièce intitulée *Micca d'Andorno*, qui
fut jouée sur la vaste scène du théâtre Carignan, et bien
accueillie du public. Micca est de l'autre côté des Alpes
un héros populaire, qui, pendant les guerres du siècle
dernier entre le Piémont et la France, s'illustra par un
trépas semblable à celui de l'intrépide Bisson. Bien
qu'acceptée par le premier théâtre de Turin, cette pièce

écrite pour la foule n'offrait rien de saillant, et l'auteur la
retira lui-même après un petit nombre de représentations.
Quelque temps après, il fit un pas plus hardi et fit jouer
la tragédie de *Romulus*, qui fut doublement applaudie
pour son mérite intrinsèque et pour le talent hors ligne
déployé par Salvini, ce comédien étonnant avec lequel les
Parisiens ont pu faire connaissance l'année dernière. Je
ne m'arrêterai pas à parler de la collaboration de Bersezio
au journal l'*Espero*, où parurent ses *Profils politiques*, série
d'articles qui furent très-remarqués ; mais j'ai hâte d'arriver aux travaux qui ont commencé la véritable réputation
du jeune romancier. Il essayait ses forces depuis longtemps déjà, mais ce ne fut qu'à partir de 1854 qu'il se
consacra exclusivement à la littérature.

Il est une difficulté dont en France on aurait quelque peine
à se faire une idée exacte, et qui est le principal obstacle
qu'aient à surmonter les écrivains italiens. Chez nous,
grâce à une extrême centralisation, grâce aussi, il faut
bien le dire, à la pauvreté de notre idiome, il y a unité
complète de langage, et, si l'on met à part quelques sommités, on pourra dire en thèse générale que tout le monde
écrit à peu près de la même manière, ce qui ne signifie
pas que tout le monde écrive bien. En Italie, il n'en est
point ainsi : les goûts et les écoles en fait de style sont
multipliés à l'infini, et tel écrivain, qui jouit d'une immense réputation dans le nord de la péninsule, sera peu
apprécié dans le centre ou le midi.

Pour expliquer ce phénomène, il est nécessaire de dire
quelques mots de l'outrecuidance florentine et des prétentions exclusives de la Toscane en fait de langue et de littérature. C'est un préjugé assez généralement répandu que
l'usage de la véritable langue italienne est confiné dans
l'étroite lisière maritime comprise entre l'Apennin et
les deux frontières de Naples et de Modène. Cette opinion paradoxale est passée parmi les Toscans à l'état de

dogme, à tel point qu'un homme de mérite tenterait vainement de se faire admettre à l'académie de *la Crusca*, s'il avait eu le malheur de naître quelques kilomètres au delà des frontières de l'Étrurie. Les tristes conséquences de ce misérable préjugé sont palpables : la célèbre académie, au lieu de représenter l'élite littéraire de la nation, se compose en grande partie de médiocrités recrutées dans une seule province; aussi le dictionnaire qu'elle est chargée de rédiger n'est-il fréquemment qu'un indigeste amas de non-sens et de grossières erreurs, qui en rendent la lecture infiniment plus dangereuse qu'utile à quiconque n'a pas une connaissance approfondie de la langue italienne[1]. Cet avortement académique ne paraîtra pas surprenant, si l'on réfléchit que l'étude et la composition d'un idiome doivent avoir pour base la philosophie et la philologie, et non l'usage irréfléchi de la vile multitude. Les académiciens toscans, au contraire, ont compté pour peu de chose la science et la critique, et leurs décisions se fondèrent presque uniquement sur une tradition mal entendue, et sur l'interprétation des œuvres classiques, en désignant sous ce nom tous les écrivains bons ou mauvais qui ont écrit en Toscane au XIVe siècle. Ajoutons que, par une étrange fatalité, la plupart des grands philologues et des illustres lexicographes italiens, tels que Forcellini, Alberti, Grassi, Monti, Perticari, Tommaseo, Manuzzi et Ugolini, sont nés hors de la Toscane, ce qui donne à penser à beaucoup de bons esprits que c'est dans les écrits de ces érudits bien plu-

---

1. Je ne hasarderais pas un jugement aussi téméraire en apparence, si je ne pouvais invoquer à l'appui un témoignage dont personne ne contestera l'autorité. Voici ce que dit Monti dans sa célèbre *proposta :*

« ... Di così fatte stranezze di favellare vedesi ingombro a ogni piè
« sospinto il vocabolario, e ingombro si vedrà sempre mai se i suoi va-
« lenti compilatori, *sprezzato il grido della filosofia,* si ostineranno
« a volere inviolabile mantenere la massima falsamente stabilita in ar-
« ticolo di fede, che gli scrittori del buon secolo sono impeccabili. »
'Proposta, p. 170, ed. di Palermo.)

tôt que dans le dictionnaire de *la Crusca* qu'on doit chercher la vérité et l'infaillibilité. Cette opinion prend de nouvelles forces lorsque l'on songe que les académiciens florentins font, au point de vue du style, moins de cas des chefs-d'œuvre de l'Arioste et du Tasse que des poésies grotesques de Burchiello et de Pulci, et que la plupart des meilleurs écrivains contemporains, tels que Botta, Manzoni, Grossi, Mamiani, Leopardi, Gioberti, Prati, sont nés dans les provinces du nord et du midi de la péninsule. Il est du reste une autorité devant laquelle les Florentins eux-mêmes devront s'incliner, celle du grand Alighieri, qui, dans son traité *de vulgari eloquio*, a clairement manifesté son opinion à cet égard[1]. Dante considérait le toscan comme un dialecte fort approchant de l'italien, de même que le sicilien et le corse, mais qu'on devait pourtant se garder de confondre avec cette langue illustre, *qui n'est l'apanage particulier d'aucune portion de l'Italie, mais qui est le patrimoine commun de la grande patrie*. L'opinion du vieux gibelin n'a pas cessé d'être vraie aujourd'hui : au XIXe comme au XIIIe siècle, la première condition pour savoir l'italien n'est pas d'être né à Sienne plutôt qu'à Trente ou à Syracuse, c'est d'avoir fait une étude consciencieuse et raisonnée de la langue et d'en avoir bien compris le génie. Aussi a-t-on vu deux hommes partis des côtes sauvages de la Dalmatie, Tommaseo et Paravia, écrire dans ce bel idiome avec une perfection qui ne laisse rien à désirer aux puristes les plus exigeants.

Cette longue digression était nécessaire pour bien faire comprendre les difficultés que doivent éprouver les écri-

---

1. «... Post hos veniamus ad Tuscos; qui propter amentiam suam « infruniti, titulum sibi vulgaris illustris arrogare videntur... » (*De vulgari eloquio*, c. XIII.)

«... Dicimus illustre, Cardinale, aulicum et curiale vulgare in La-« tio, quod omnis Latiæ civitatis est, et nullius esse videtur.... » (*Ibid.*, c. XVI.)

vains italiens, lorsqu'il s'agit d'adapter à leur pensée une forme définitive, et les inévitables tâtonnements qui signalent le début de leur carrière. Le Piémont, par suite du voisinage de la France, se trouve dans une position particulièrement fâcheuse : il est rare, en effet, d'y rencontrer une personne bien élevée qui ignore notre langue, et ce sont les livres de Paris qui, grâce à leur bon marché, se débitent en plus grand nombre sous les portiques de la rue du Pô, au préjudice des livres nationaux. Les écrivains, comme le public, ont une tendance à subir l'influence française, influence contre laquelle il importe pourtant de réagir de bonne heure, si l'on veut conserver quelque originalité de pensée et de style. Bersezio a le malheur de connaître à fond notre littérature, et les premiers romans, inédits il est vrai, qu'il écrivit à dix-huit ans, portent des traces nombreuses des lectures exotiques de l'auteur ; mais il ne tarda pas à sentir le besoin de se retremper aux sources nationales, et les deux volumes qui ont jeté les fondements de sa réputation, *le Novelliere* et *la Famiglia*, se font remarquer à la fois par l'absence complète de gallicismes et par une imitation souvent heureuse de la *manière* de Boccace et des grands classiques italiens. Bersezio avait réussi du premier coup à prendre une place à part dans la littérature de son pays; il avait la richesse du coloris, la fermeté du dessin : il lui restait à acquérir la désinvolture et la souplesse qui faisaient encore défaut à son style, aux allures un peu solennelles. Il y a progrès évident dans le volume intitulé *Amor di patria*, où le talent de l'auteur s'agrandit avec son sujet, où le caractère de ses héros, qui agissent en plein air, se développe plus librement que dans les scènes d'intérieur qu'il s'était contenté d'esquisser jusque-là. Les qualités littéraires de Bersezio se montrent plus manifestement encore dans son dernier écrit, le roman de *Palmina*, qui, après avoir paru dans l'excellente *Rivista contemporanea*, a été refondu et publié en volume, cette année même, avec un succès inouï dans les fastes de la librairie piémontaise. L'édition tout entière a été enlevée en dix jours, et l'auteur, voulant envoyer à l'un de ses amis un exemplaire de son livre, n'en put découvrir nulle part, et se vit obligé de lui expédier celui qu'il avait réservé pour son usage particulier. Un tel événement est significatif, lorsqu'il se produit dans un pays où les réimpressions sont presque inconnues et où un ouvrage a du succès lorsqu'on réussit à en débiter en dix ans cinq ou six cents exemplaires.

Depuis quelque temps, on s'est beaucoup occupé en France de Bersezio et de ses écrits. La critique, fort bienveillante du reste, s'est surtout attachée à discuter cette question : si l'écrivain était suffisamment *original*. Il s'agit de s'entendre sur la signification d'un mot dont on a si déplorablement abusé de nos jours ; on peut, en effet, être original de deux façons : dans le choix de son sujet et dans la manière de le traiter. Il saute aux yeux qu'un homme d'esprit qui écrit à trente heures de Paris, qui peint les mœurs d'un peuple fort civilisé, et de race latine comme le nôtre, ne peut rien dire d'aussi imprévu que s'il avait à nous conter des impressions de voyage à Yedo ou à Tombouctou ; on s'aperçoit dès la première page que l'auteur est un homme sans artifice, étranger à toute espèce de charlatanisme ; qui ne sait pas comme M. Léon Gozlan *couper la queue du chien d'Alcibiade*, et qui a négligé de demander à M. Arsène Houssaye le secret de ses titres pittoresques et alléchants. Bersezio n'a point cherché à irriter la curiosité indolente de lecteurs blasés ; il a imité la vieille simplicité du grand Boccace ; il a cru que, pour être intéressant et neuf, il suffisait d'être vrai, et l'opinion de son pays lui a rendu justice. Il n'a prétendu refaire ni la *divine* comédie ni la comédie *humaine;* il a regardé autour de lui, et il a reproduit avec une admirable fidélité les scènes de la vie piémontaise. Je voudrais maintenant dire quel-

ques mots du volume que M. Lahure est sur le point de
publier, et qui permettra aux lecteurs français de se faire
une idée assez exacte du genre de talent d'un écrivain
plein de jeunesse et d'avenir.

Je débuterai par avouer franchement que le *Novelliere* n'est
ni le meilleur, ni le plus attrayant des livres de Bersezio : c'est
moins et c'est mieux que cela ; c'est l'introduction nécessaire
d'une suite d'ouvrages remarquables qui perdraient beaucoup à être lus isolément, et qui, à défaut de cette initiation
préalable, seraient à coup sûr mal compris et imparfaitement appréciés. Comme notre Balzac, l'écrivain piémontais
a créé une série de types auxquels il s'affectionne, et, pour
être bien saisis, les développements de ces divers caractères doivent être observés à leur source. Dans ces premiers récits, le lecteur fera connaissance avec Sanluca,
Buonviso, Mario Tiburzio, Giubbasso et Malacqua, personnages qu'il retrouvera plus tard dans *la Famiglia*, *Amor
di patria* et *Palmina*, trois ouvrages intéressants qui sem-
bleraient obscurs à quiconque n'aurait pu voir se nouer
les fils des intrigues qui viennent s'y dérouler et qui
resteront sans conclusion, tant que l'auteur n'aura pas
terminé la grande tâche qu'il s'est assignée, et qu'il est si
en état de mener à bien, je veux dire la peinture exacte
et complète des mœurs de son temps et de son pays.

Ce premier écrit offrira également un intérêt particulier
aux personnes qui, à travers les fictions d'un roman, aiment
à découvrir la personnalité de l'auteur. On peut dire que
Bersezio se retrouve en entier dans son œuvre. Bersezio, c'est Romualdo qui n'a point failli, Romualdo, fils
attentif et dévoué, cœur généreux toujours prêt à répondre
à l'appel de l'amitié et à celui du pays en danger ; sous
un voile transparent il nous conte sa propre histoire :
alors qu'il esquissait les scènes déchirantes où il nous fait
assister à l'agonie d'un homme vénérable, il venait de
perdre son père et, tout en peignant la douleur de Romualdo,

il versait lui-même de vraies larmes au souvenir de l'immense malheur qui l'avait si récemment frappé.

Plus tard, quand il retraçait dans *Amor di patria* les
vicissitudes d'une époque de gloire et d'épreuves noble-
ment supportées, il venait à peine de quitter le champ de
bataille où s'agitaient les destinées de l'Italie, et, jaloux
d'illustrer par sa plume la cause généreuse qu'il ne pouvait plus servir par l'épée, il trouvait de mâles accents pour
évoquer les scènes guerrières auxquelles il avait assisté.

Il est assez inutile, du reste, de s'étendre sur ce genre
de considérations ; le public va juger lui-même, pièces en
main, et saura bien discerner, à travers les imperfections
nombreuses de la traduction, le mérite d'un ouvrage dont
le succès a été grand au delà des Alpes et ne sera point
éphémère.

J'aurai dit au lecteur tout ce qu'il est en droit de
connaître de la vie publique de l'auteur, si j'ajoute que
Bersezio est chargé de la rédaction littéraire de la *Gazette
Piémontaise*, qu'il est sur le point de faire paraître un nouveau volume, *l'Odio*, dont on dit beaucoup de bien, et qu'il
a récemment achevé un drame intitulé *le Pasque Veronesi*,
qui, même sans le triomphant appui de Salvini, ne saurait manquer d'être aussi bien accueilli que ses aînés.

AMÉDÉE ROUX.

A UN INCONNU.

Au commencement de l'été dernier, l'auteur était emporté à grande vitesse par la locomotive de l'un de nos chemins de fer. Dans quelle direction.... il importe peu de le savoir. Dès la seconde station, il se trouvait en tête-à-tête avec un monsieur déjà sur le retour, qui, dans l'espace resté vide entre un chapeau à larges bords et le livre qu'il tenait à la main, projetait tout autour de lui un regard investigateur ; mais cette curiosité était empreinte d'un caractère si bienveillant qu'il n'y avait guère moyen de s'en offenser, fût-on en pleine digestion d'un dîner de carême.

« Monsieur, fit-il soudain en fermant son livre et en exécutant un brusque mouvement de conversion qui le mit en face de son interlocuteur, ne seriez-vous pas monsieur B.... de Coni?

— Vous l'avez dit.

— Je suis heureux de faire votre connaissance.

— Merci. A qui ai-je l'honneur....

— Vous écrivez toujours?

— J'esquisse.

— Fort bien.

— Fort bien... non ; car il vaudrait mieux encore que j'eusse le droit de parler de mes écrits sur un ton plus relevé.

— J'aime la littérature....

— Vous avez raison.

— Et je suis profondément attristé de la voir, par le temps qui court, étouffée entre la politique et l'industrie, dans une étreinte plus cruelle encore que celle dont Otello pressait Desdemona mourante.

— La littérature est aussi une innocente victime. Mais à qui la faute ?

—C'est la faute des auteurs, et quelque peu celle du public.

—C'est la faute du temps, vous dis-je. Il n'y a plus de lecteurs : ceux qui achètent une œuvre littéraire pourraient prendre une place dans un cabinet d'histoire naturelle à côté du *Megatherium*. La production étrangère suffit et au delà au besoin des consommateurs indigènes : nous payons un lourd tribut aux manufactures d'esprit, qui fleurissent en France à côté des autres établissements industriels, et nous inondent de romans, de biographies et d'histoires de voyages. Qui donc voudrait prendre sur lui de faire leur procès à tous ceux de nos compatriotes qui méconnaissent le charme de nos écrits ? S'ils ne leur plaisent pas, qu'y faire ? Les auteurs pensent qu'il y aurait folie à prodiguer leur temps et leur fatigue pour composer des livres que personne ne doit lire ou acheter, et ils ont raison. Ceux qui sont entrés dans la carrière il y a longtemps dejà, sont trop engagés pour reculer, et continuent à creuser leur sillon ; mais les nouveaux venus, à peine arrivés sur la limite fatale, jettent un regard découragé sur l'aride sentier qui s'ouvre devant eux, et croient faire preuve de sens en renonçant à une entreprise désespérée. Aujourd'hui, les bons esprits reconnaissent généralement qu'il y a plus de profit à solliciter une place de caissier ou d'employé du fisc, ou à user ses poumons en détail dans les luttes bruyantes du palais.

— Du profit.... du profit ! répéta mon voisin en hochant la tête ; vous voulez dire du profit pour leur bourse.

— Mais il me semble que la bourse aujourd'hui tient un rang assez beau dans les préoccupations humaines.... »

Ici l'auteur fut interrompu par son interlocuteur, qui, lui prenant le bras sans façon, passa tout à coup de la troisième à la seconde personne[1] et lui dit avec un ton de cordiale bonhomie :

« Écoutez, je vais vous parler avec la franchise d'un vieillard que je suis... vieillard qui vous porte le plus vif intérêt. Ç'a toujours été le propre des méchants écrivains de s'en prendre à l'époque qui les avait vus naître. Ç'a toujours été la manie des auteurs médiocres, de se croire incompris et d'accabler de leurs dédains les petits esprits indignes d'apprécier l'immense étendue du génie.... qu'ils n'eurent jamais. Gardez-vous, mon cher monsieur, d'imiter les nullités présomptueuses, qui plutôt que d'accuser leur impuissance, aiment mieux prendre à partie les hommes et les choses, le destin et la Providence. Le vrai talent sera toujours estimé du public ; quiconque enferme en soi quelque mérite, trouvera toujours moyen de le montrer, pouvu qu'il s'y vienne joindre, comme indispensable accessoire, une volonté opiniâtre, modeste dans ses prétentions, mais indomptable parce qu'elle est consciencieuse.

« Ce n'est pas que je veuille dire que notre siècle soit l'âge d'or de la littérature; mais je le crois digne, tout autant que ses devanciers, d'amasser un petit pécule intellectuel qui soit comme un trait d'union entre le passé et l'avenir de la pensée humaine, et j'ajoute, de plus, que notre époque est plus propice peut-être à la saine littérature que toutes celles qui l'ont précédée.

« Aujourd'hui, tout est en question dans le monde, je l'avoue : la famille humaine se trouve en présence de mille

---

1. En Italie, l'emploi de la troisième personne est de rigueur entre gens qui ne se connaissent pas.

problèmes difficiles, fâcheux héritage du passé, problèmes que nos pères ont discutés sans les résoudre, nous laissant le soin de trouver le mot de l'énigme redoutable. Il en résulte naturellement d'immenses et douloureuses préoccupations, qui semblent exclusives du calme nécessaire au développement de la littérature. Nous vivons au sein d'une ébullition sociale qui enfantera de grands événements, cela est très-vrai ; mais parce que la société pense, faut-il en conclure qu'elle doit rester muette, et les écrivains, à la veille de l'action, doivent-ils briser leur plume? La littérature est la langue de l'humanité : tout auteur, qu'il le veuille ou ne le veuille pas, qu'il en ait conscience ou à son insu, est un simple miroir dans lequel viennent se réfléchir, avec plus ou moins d'exactitude, de vérité et de chaleur, les objets qui l'entourent, quelles que soient leur importance et leur dimension; un miroir qui reflète, en un mot, un de ces mille rayons qui émanent, comme de leur centre, de la pensée générale du temps où l'on écrit. Cette pensée générale et multiple, universelle et pleine de variété sous une apparence uniforme, parcourt sans relâche et dans tous les sens le vaste champ de l'intelligence. Cela revient à dire que la littérature suivra l'humanité dans toutes ses étapes, qu'elle changera de caractère, de but et de style, et ne cessera jamais d'exister.

« Je dirai plus : comme dans ces crises tout s'agite, tout se renforce et acquiert à la fois plus de souplesse et de fécondité, les lettres à leur tour devront s'y retremper et prendre une nouvelle vie. Les pères immédiats de notre littérature contemporaine, Alfieri, Parini, Foscolo, ne sont-ils pas nés, n'ont-ils pas fait glorieusement leurs preuves dans ces temps d'orage et de lutte acharnée, où le vieux monde expirait sous l'étreinte du monde nouveau? Nous nous trouvons encore au sein de cette même crise qui continue, se développe, se transforme et se modifie graduellement, pour arriver à sa solution par des pentes

insensibles. Les grands esprits dont je viens de parler ont
fait revivre sous la forme littéraire l'époque agitée qui était
la leur. Après eux, Manzoni et Pellico ont été les repré-
sentants glorieux d'une période intermédiaire qui a fait
place à la nôtre, et c'est à nous qu'il appartient maintenant de donner dans nos écrits un écho à de nouvelles
aspirations : noble tâche qui semble peu tenter les littérateurs actuels.

« Mes paroles vous donnent assez à entendre de quelle
manière je voudrais voir s'opérer cette réaction du siècle
sur l'écrivain : je voudrais qu'elle se fît sentir dans la
forme extérieure d'abord, et ensuite dans tout ce courant
d'idées qui trouvent leur place dans les œuvres les plus
légères, dans celles qui se piquent le moins de trouver le
nœud des questions sociales qui préoccupent le monde de
nos jours. Je vous dirai, à ce propos, que j'ai imaginé pour
mon usage particulier un paradoxe qui a fini par revêtir à
mes yeux l'autorité d'un article de foi : c'est que personne
ne représente plus inexactement l'état vrai de la société
que les docteurs en titre qui entreprennent de traiter à
fond cette grave matière. Souvent, en effet, pour ne pas
dire toujours, ces savants personnages écrivent sous l'inspiration d'un système ou d'un parti qui fausse leur jugement, et, sans les empêcher de traiter avec supériorité
certaines questions de détail, les fait presque toujours
passer à côté du but, et soutenir, sur la foi d'autrui, de
monstrueuses erreurs.

« Tandis qu'un écrivain moins solennel, qui ne songera
point à faire des traités scientifiques et à réformer le monde
avec des formules, qui ne prétendra pas plus au don de
l'enseignement qu'à celui des miracles, saura, tout en
s'abandonnant à l'inspiration du moment qui est le résultat de mille causes imperceptibles et inaperçues, dépeindre et reproduire spontanément les objets qui s'offrent
à ses yeux, en échappant aux erreurs et aux tâtonnements

qu'enfantent les systèmes et les idées préconçues : c'est
ainsi qu'il parviendra à obtenir une idée plus exacte et des
maux et de leurs remèdes, qu'il indiquera souvent par
intuition, par une soudaine révélation de son génie.

« L'inspiration de l'auteur n'est pas autre chose que le
reflet des événements dont il est le témoin, dans ce miroir
intime de l'intelligence que nous nommons fantaisie : traduire, représenter, rendre sensible au dehors cette image,
ces apparitions intérieures filles de l'observation, voilà le
but suprême de l'art, voilà ce qui fait le mérite et l'excellence d'un écrivain.

« Entrez sans hésiter dans cette voie, sûr que le bon et
le beau, quelque forme qu'ils revêtent, seront toujours
le beau et le bon auxquels il faudra bien que le public re-
vienne tôt ou tard.

« Qui protégeait les lettres autrefois? les Mécènes et
les princes. Protection officielle, c'est-à-dire honteuse et
lourde, qui des plus nobles esprits faisait des courtisans,
qu'elle abaissait presque au niveau des bouffons à gage.
Il n'y a plus qu'un Mécène aujourd'hui, le public : tout le
monde et personne. La société qui paye avec la gloire a
remplacé le protecteur superbe et ses largesses humiliantes.
La civilisation, aidée de la presse, a brisé les fers des gens
de lettres, et l'écrivain, délivré de l'antique servitude,
s'est élevé à la condition de libre producteur. Il ne met
plus son esprit à la torture pour arracher un sourire à des
lèvres dédaigneuses; il se livre au souffle de la muse, il
jette au vent de la publicité la feuille où vibre encore sa
pensée avec tout son élan : l'oubli est là pour punir une
vaine témérité, et les efforts du génie trouvent leur récompense dans le glorieux écho qui lui renvoie partout sa renommée, et dans la sympathie des hommes de bien, qui
de loin lui accordent leur estime et leurs applaudissements.

« Quoi qu'on puisse dire, jamais on n'a tant lu qu'aujour-

d'hui, et les livres sont le luxe de la vie. Les œuvres de
l'esprit sont semblables aux produits de choix de l'industrie ; les fines étoffes, la soie, le velours, ont commencé
par couvrir les membres des princes et des patriciens ; plus
tard l'usage s'en est généralisé, à mesure que croissait la
richesse, et que les classes privilégiées ouvraient leurs
rangs aux castes inférieures ennoblies par le travail. L'éga-
lité des hommes devant les plaisirs de la vie, c'est le but
vers lequel tend visiblement la société contemporaine. Le
bien-être qui était jadis l'apanage de l'aristocratie est devenu accessible aux classes moyennes, et déjà le prolétaire
frappe à la porte et réclame son tour. Eh bien ! il en est
des livres comme des jouissances matérielles de la vie : la
science et les lettres ainsi que la richesse économique sont
des trésors promis à l'humanité tout entière, et que tous
les hommes seront successivement admis à réclamer. La
presse n'a pas eu d'autre but....

« Ce que je vous dis là n'est pas nouveau, je le sais ; mais
je pose ici des prémisses dont je vais maintenant tirer les
conséquences.

« Il n'y avait autrefois qu'une seule classe de lecteurs,
les érudits, les riches de la science : peu à peu le goût
de la lecture est allé croissant, à mesure que les livres devenaient moins rares, et ce goût a pris dans notre siècle
d'énormes développements. La science n'a pas cru déro-
ger en descendant du piédestal sublime où, le front dans
la nue, elle se dérobait aux regards impuissants du vulgaire ; elle n'a pas dédaigné de sacrifier aux grâces, de se
faire toute à tous ; l'on a vu son visage austère s'épanouir,
et ses manières engageantes captiver la foule qu'éloignait
jadis sa proverbiale gravité. La littérature, qui semblait
avoir pris à tâche de charmer les longues heures d'ennui
qui sont comme le contre-poids de toutes les jouissances
des heureux du monde ; la littérature, dis-je, voulant en
même temps donner satisfaction au goût de lecture qui

s'était emparé tout à coup des femmes et des jeunes gens,
a demandé à la science, en échange des attraits dont elle la
parait, quelques idées utiles et sérieuses pour donner *du
corps* à la substance trop légère de ses périodes; quelques
enseignements instructifs que, sous le couvert de la grâce
et de la fiction, elle pût faire entrer dans les esprits les
plus rebelles par nature et par instinct aux arides pré-
ceptes de la science. Les machines typographiques, alliées
à la vapeur, ce grand levier de notre siècle, ont réussi à
multiplier les exemplaires de chaque ouvrage d'une manière presque indéfinie, et à un bon marché qui eût paru
fabuleux à nos pères; les livres sont aujourd'hui entre les
mains de tout le monde, et le délassement que procure
l'étude des choses de l'esprit est devenu une véritable nécessité sociale. Mais chez nous les écrivains, trop peu nombreux, sont dans l'impuissance de satisfaire à leur haute
mission, et, comme il faut une pâture à nos avides lecteurs, ils se jettent sans choix sur les productions de
l'étranger.

« Vous me direz que le succès a rarement couronné les
tentatives de nos auteurs; et vous avez raison, en thèse
générale. Un éditeur m'assurait dernièrement qu'en dépit
de la vogue acquise parmi nous à la langue française, il y
avait encore plus de bénéfice à traduire un livre français
qu'à publier une œuvre originale.

« Ici, je reviens à ma première affirmation, que dans le
mal qui nous tue il y a un peu de la faute des lecteurs, mais
beaucoup plus de celle des hommes qui sont ou seraient
aptes à écrire.

« Supposez, en effet, un bon travail littéraire, qui, à un
plan bien conçu, sache unir le charme de la forme, de la
langue, du style, et, ce qui est plus important encore,
qui reproduise fidèlement le caractère et les mœurs de
nos contemporains; qu'un pareil livre existe, et je vous
garantis que les lecteurs salueront son apparition avec en-

thousiasme, et lui sacrifieront sans regret les mauvais romans que nous envoie la France.

« Le lecteur entend qu'on l'amuse en l'instruisant : un
livre qui ne l'amuse, ni ne l'instruit, lui fait perdre son
temps, lui fait subir une perte réelle. Au point de vue du
lecteur, la nationalité d'un ouvrage est presque une chi-
mère ; on traiterait d'idiot l'honnête homme qui consentirait
à bâiller éternellement sur les indigestes productions de ses
concitoyens, et rejetterait loin de lui les chefs-d'œuvre,
fils de l'étranger. Il souffrirait volontairement du mal que
font aux nations les lois prohibitives, qui, pour protéger
le *travail national*, forcent les citoyens d'un État à se
couvrir de vêtements grossiers et coûteux, tandis que
l'étranger pourrait leur en livrer de meilleurs à bas prix.
Mais supposez une perfection à peu près égale dans la
fabrication des deux pays, et la science, le bon sens,
l'expérience sont là pour vous dire que les consommateurs donneront toujours la préférence aux produits indigènes.

« Qui oserait affirmer que les rares champions qui chez
nous se sont présentés dans l'arène, étaient dignes d'une
meilleure fortune? Même dans ces derniers temps, les
lecteurs et les applaudissements ont-ils fait défaut à ceux
qui ont su produire des œuvres agréables et utiles?

« La littérature du dernier siècle était un élégant amas
de paroles sonores et vides, un entassement de phrases
d'où l'idée était soigneusement bannie ; elle se résumait,
en un mot, dans cette ennuyeuse plaisanterie littéraire
qu'on nomma l'*Arcadie*. Enfin, Alfieri parut, et le rugissement du lion au sein des tempêtes politiques étouffa
promptement la voix plaintive des Philinthes et des Amyn-
tas. La littérature académique tomba comme aplatie sous le
choc de ses vers, pareils à des coups de marteau. Chez
elle dominait la phrase : il subordonna tout à la pensée ; la
forme académique était molle et sans énergie : la sienne

fut virile, âpre et heurtée. Alfieri avait compris son temps, il l'incarna dans ses œuvres.

« Visant au même but qu'Alfieri, Manzoni apporta pourtant à sa théorie les modifications que réclamait une situation nouvelle, et que lui imposaient d'ailleurs la modération de son caractère et les grâces de son esprit. Tout en conservant le système et les idées du grand tragique, il sut résoudre le problème suivant : réconcilier le style avec la pensée, sans lui donner moins d'ampleur, de richesse et d'agrément, et en le revêtant en outre, au grand bénéfice de la société, d'un enduit solide et léger de morale et de religion. Après Alfieri, Manzoni dut à cette combinaison son renom de bon citoyen et d'écrivain excellent. Il fut le créateur et le *vulgarisateur* de la forme moderne, de la langue et du style, de cette période agitée de notre siècle, qui trouva en lui son plus splendide interprète.

« Il avait mis à la mode la morale et la religion ; d'innombrables auteurs, médiocres ou détestables, l'imitèrent à l'envi, en prose ou en vers ; mais ils avaient oublié de dérober au maître son secret, celui de n'être ni lourd, ni ennuyeux.

« La religion et la morale ne doivent jamais rester étrangères à l'inspiration de l'écrivain ; il est bon qu'elles resplendissent comme un phare lumineux, qui serve de guide à la tête qui pense, à la main qui écrit : car les lettres ont pour mission de s'adresser non-seulement à l'intelligence et à la fantaisie, mais au cœur même de l'homme, et, sans le secours d'en haut, l'esprit le plus ferme peut facilement s'égarer. Mais il y a loin de là à faire de la vertu une spéculation de librairie, à en fatiguer le lecteur aux dépens de l'intérêt, du charme et de la vérité, qui seuls peuvent captiver la foule. On a vu tout à coup sortir de terre des myriades de petits écrivailleurs, saupoudrés de catholicisme, et qui, sous prétexte de romans, de récits, d'his-

toire ou de petits vers, s'érigeaient en pédagogues du
genre humain, qu'ils gourmandaient dans leurs lourdes
périodes. Les doctrinaires de la littérature ne sont guère
moins intolérables que ceux de la politique : l'usage des
homélies et des déclamations était devenu de mode parmi
les écrivains, et le public en a fait bonne justice, en
laissant moisir leurs lamentables volumes au fond des
magasins.

« Pour mieux s'expliquer ce fait, il faut se rappeler que
rien n'est plus mobile que l'esprit humain, qui est livré,
comme tout ici-bas, à d'incessantes évolutions, et qui, dans
son besoin de productions pieuses et morales, était déjà
entré, permettez-moi l'expression, dans une seconde période de *religiosité*. Une nouvelle forme devenait nécessaire
pour traduire un nouvel aspect de la pensée commune,
qui s'était vite lassée de ces petites histoires, toutes farcies
d'humilité et de foi aveugle. Quelques écrivains ne com-
prirent pas la nécessité du changement, et continuèrent intrépidement à faire bâiller leurs derniers lecteurs ; d'autres,
au contraire, aperçurent le but, mais le manquèrent en le
dépassant, et les uns et les autres furent victimes de leur
erreur.

« Dernièrement, au milieu de cette triste phase d'hésitation et de doute, un nouvel élément de rénovation littéraire
a surgi : la politique. On n'écrit plus rien aujourd'hui sans
y mêler une infusion de patriotisme : tous nos auteurs
viennent puiser à cette source un peu de cet intérêt vulgaire
qui naît de l'actualité, et se transforment à l'envi en ministres sans portefeuille, en réformateurs du monde, en
Talleyrands libéraux.

L'immixtion de la politique dans la littérature n'est pas
un mal, pourvu qu'elle se produise avec mesure, avec prudence ; pourvu que l'auguste nom de la patrie soit respecté et qu'on n'en fasse pas l'enseigne de quelqu'une de
ces misérables rapsodies où la forme est pire encore que

le fond. C'est malheureusement ce qu'on n'a pas voulu comprendre.

« Apercevez-vous maintenant mon principal grief contre les beaux esprits du jour ? Quel est celui d'entre eux qui a su connaître son temps et le reproduire dans ses écrits ? Je n'en vois pas un qui ait réussi à traduire sous la forme littéraire un seul type contemporain, une seule des aspirations actuelles du pays ; personne par conséquent qui soit parvenu à tracer une image à peu près fidèle de notre civilisation présente. Est-il étonnant que le public dédaigne ces écrivains ? Il est doué d'un tact infaillible qui lui fait discerner le bon, le juste et le vrai, par une intuition semblable à celle des individus isolés, qui se laissent rarement tromper quand leur intérêt est en jeu. On parle souvent de grands génies que leur siècle méconnut. Ce fait exceptionnel a lieu lorsque ces génies, que j'appellerai divinatoires, emportés par le gigantesque élan de leurs facultés, s'élèvent au-dessus de leurs contemporains pour donner la main à l'avenir à travers les âges, et atteignent d'un bond à ce but éloigné où l'humanité, prise en masse, n'arrive qu'à pas mesurés et lents ; mais quand la littérature, se renfermant dans des régions moyennes, se borne à refléter les mœurs du temps dans des œuvres originales, pleines d'imagination, de verve et de coloris, alors le talent ne peut être méconnu par la foule qui l'adopte spontanément, et, par ses applaudissements, vient encourager ses efforts.

« N'allez pas me dire que cette absence complète de penseurs prouve uniquement l'absence du génie, et qu'on ne peut s'en prendre qu'au temps et à la Providence : je ne croirai jamais que la société, qu'une nation puisse manquer tout à coup de gens capables d'interpréter sa pensée. L'intelligence est l'apanage de l'humanité tout entière. La puissance d'expansion peut varier avec les races, les époques et les climats ; mais le principe pensant est éternel,

c'est un patrimoine universel et commun à tous les peuples
sortis des limbes de la barbarie. Telle période peut être
plus riche en génie que telle autre, mais il est de tous les
âges et n'a jamais fait défaut à aucun.

« La puissance intellectuelle, bien que renfermée dans
les limites étroites de tout ce qui tient à la terre, est douée
cependant d'autant de variété et de souplesse qu'il lui en
faut pour embrasser l'ensemble et les détails de toute
science humaine. Chaque individu a une vocation et des
aptitudes diverses ; chaque peuple a une mission qu'il est
plus spécialement chargé d'accomplir : mais chez tous, à
culture égale, il y a l'instinct et la compréhension de toute
la civilisation moderne.

« Cela posé, comment expliquez-vous que notre Italie, qui
tint toujours le premier rang dans les lettres et dans les
arts, dans tout ce qui relève de la fantaisie et du beau
sous toutes les formes, comment expliquez-vous qu'elle soit
tout à coup réduite, même à ce point de vue, à un tel état
de décadence, qu'il faille voir ses derniers écrivains de
renom sortir successivement de l'arène qu'ils ont illus-
trée, sans que leur place puisse être remplie même par ces
honnêtes médiocrités qui savent continuer, tout en l'a-
moindrissant, l'œuvre civilisatrice du génie [1] ?

---

1. « ...Le génie continue de se reproduire aujourd'hui comme alors* :
avec plus de fréquence et de vigueur, là où la croissance de l'homme
est favorisée par la beauté du climat. Je crois que chez quelques individus les organes intellectuels ne sont pas seulement doués d'une
trempe exceptionnelle et toujours égale à elle-même, mais encore
d'une vivacité et d'une mobilité inconcevable, et qui cependant ne
perdent jamais leur équilibre. Par suite, on voit les puissances de
l'âme, conspirant toutes vers le même but, grouper spontanément
des sentiments, des réminiscences, des réflexions, des images et
des sons, des formes et des couleurs, et combinant des idées d'une
manière originale, produire ce qu'on est convenu d'appeler des
créations. » — (Ugo Foscolo.)

* Aux temps de la poésie primitive.

« Il suffit d'énoncer une pareille proposition pour qu'à l'instant vous en sentiez l'absurdité.

« Le génie, dédaignant les lettres, porte ailleurs son activité. Il n'est personne qui ne fût enchanté de lire d'excellents ouvrages originaux et marqués au coin du jour ; mais personne non plus ne veut supporter le poids douloureux de la couronne d'épines réservée à quiconque se livre au public dans ce qu'il a de plus intime, et ose affronter une carrière douteuse, pleine de troubles, de périls et de dégoûts. Personne ne se sent le courage de monter les degrés de cette tribune universelle qu'on appelle la presse, de regarder en face une nation entière et de lui crier : « Écoutez-moi, « vous tous à qui je viens offrir la plus noble part de moi « même dans ces œuvres écrites pour vous plaire, et qui, « sous le voile léger de la fiction, vous rediront vos propres « souvenirs, et vous rendront l'image de tout ce qui fut « cher à votre pensée ! » Voilà les paroles qu'on n'ose dire, tellement on redoute ce sourire amer d'une critique envieuse, et l'inattention d'un public indifférent.

« Voilà la cause secrète de notre stérilité littéraire ; voilà comment nous sommes arrivés à subir comme une nécessité l'invasion des idées étrangères ; voilà quels sont nos torts et notre honte !

« Il faut, pour cultiver avec succès les branches même secondaires de la littérature, beaucoup plus d'études, de veilles et de travaux, que ne l'imagine le vulgaire. Ceux qui écrivent aujourd'hui sont en général des gens téméraires et incapables, qui déshonorent par une odieuse charlatanerie une noble carrière qui n'est pas faite pour eux, tandis que les personnes qui pourraient s'y distinguer et qui en connaissent toutes les difficultés, s'arrêtent en présence des obstacles et font ce raisonnement bien naturel : à quoi bon s'épuiser dans une lutte inégale qui ne doit rapporter ni gloire, ni profit? Aujourd'hui, en effet, on juge d'une profession par les fruits matériels qu'on

en peut retirer, et les lettres sont considérées, en conséquence, comme une espèce de hors-d'œuvre, un métier
presque avilissant, qui assigne à ceux qui l'exercent un
rang bien inférieur à celui des procureurs et des tabel-
lions.

« Je dois convenir que ces charlatans, ces mercenaires à
tant la page, dont je viens de parler, n'ont que trop con-
tribué au discrédit actuel de la littérature. Puis, dans ces
derniers temps, nous avons vu surgir, précisément parmi
ceux qui s'occupent et vivent de l'art et de la parole écrite,
une nouvelle secte de pédants au ton doctoral, de tartuffes
lettrés, qui voudraient bannir entièrement, comme choses
futiles et dangereuses, la gaieté, la grâce, la fantaisie,
l'observation fine ou sensée des mœurs et des passions
humaines, pour leur faire succéder je ne sais quelle philosophie abstraite, obscure et nuageuse, seule capable, à
les entendre, de donner à un ouvrage la physionomie qu'il
doit avoir. Tout auteur qui rejette cette odieuse livrée est
à leur sens un écrivain peu sérieux et indigne d'être lu.
Ces pédants de la *substance*, qui ont le malheur de rappeler
en les exagérant nos anciens pédants de la *forme*, ont le
tort de ne pas vouloir comprendre que, si le public est dégoûté de la littérature creuse et vide, il n'entend pas renoncer pour cela à l'élégance du style, à la verve, à la
grâce qui sait se glisser jusque dans les traités scientifiques,
dont elle suffit parfois à assurer le succès.

« Eh bien, il y a des personnes qui tremblent devant ces
matamores intellectuels, qui redoutent leurs arrêts, et ne
peuvent supporter la pensée de passer à leurs yeux pour
des esprits légers, superficiels, incapables d'écrire jamais
des œuvres solides et d'un intérêt durable. Elles pré-
fèrent donc se taire[1] en voyant combien il est malaisé de

---

1. « De tous les motifs de découragement qui arrêtent chez nous l'es-
sor du génie, le plus fort est la presque certitude d'être considéré

parcourir avec honneur les champs de la science et de la philosophie, qu'on ne peut guère féconder sans un concours de circonstances de temps et de lieu, qui, je dois l'avouer, nous font en partie défaut.

« Ai-je besoin de recueillir tous les vieux raisonnements qui, depuis Orphée jusqu'à nous, ont été imaginés, écrits et imprimés, pour prouver l'utilité d'une littérature sainement dirigée, et le grand bien qu'en peuvent retirer l'humanité et la civilisation? Vous les répéter serait, comme pourrait dire un pédant, porter de l'eau à la rivière; des vases à Corinthe; des hiboux à Athènes.

« Je vous dirai, en revanche, que les écrivains ont souvent exagéré l'influence et la valeur des travaux de l'esprit, et cela dans le but de donner plus d'importance à d'insignifiantes bagatelles. Mais, si l'on ne saurait croire sans folie que la régénération du monde moral sera l'œuvre des gens de lettres, on ne saurait nier non plus, sans une souveraine injustice, que leur concours ne doive faciliter beaucoup cet immense résultat, et je ne vois rien de plus ridicule, quant à moi, que le mépris affecté de nos petits Catons pour ces écrits légers qui, tout en nous délassant, nous rendent, avec la fidélité d'un bon miroir, l'image de la société et de la civilisation actuelle.

« Pecchio, qui avait autant de sens que d'érudition, disait avec beaucoup de finesse : « Nous nous sommes habi-
« tués à n'appeler utiles que les connaissances philosophi-
« ques et scientifiques, tandis que celles qui ont le don
« de plaire à notre imagination, sont infiniment plus
« nombreuses et n'ont pas moins d'utilité. Il suit de là
« que l'arbre des connaissances humaines, tel qu'il a été
« formé par les philosophes, est précisément l'inverse de
« l'arbre généalogique. Ils mettent au premier rang, la

---

comme un artisan de futilités, destiné à distraire les désœuvrés, sans espoir de désarmer une censure jalouse, et des critiques qu'on ne saurait satisfaire à aucun prix. » (UGO FOSCOLO.)

« raison d'abord, ensuite la mémoire, en dernier lieu l'i-
« magination ; tandis que l'histoire de l'esprit humain
« vient nous démontrer que l'ordre arbitraire qu'ils ont
« enfanté est l'inverse du véritable, qui est le suivant :
« imagination, mémoire et raison ; c'est-à-dire poésie, his-
« toire, philosophie : peut-être l'ordre naturel vaut-il mieux
« que celui des philosophes. Pour rendre l'homme socia-
« ble, raisonnable, affable, humain, n'est-il pas morale-
« ment plus nécessaire d'élever son cœur et son âme par la
« littérature, que d'élargir son intelligence au moyen des
« sciences *exactes* ? L'éducation du cœur est facile, elle est
« la même pour tous ; l'exposition des sciences est aride,
« elle n'est abordable qu'au petit nombre. Quelle félicité ne
« devons-nous pas à ces livres charmants qui nous ouvrent
« le champ de l'idéal, et, tout en nous récréant, nous rendent
« meilleurs et plus bienveillants pour autrui ? Qu'on exa-
« mine à fond la question, et peut-être on restera persuadé
« que la littérature a plus de part que la science à l'amé-
« lioration croissante des destinées humaines. »

« Il reste maintenant à régler la *question d'argent* : elle en
vaut ma foi bien la peine. La situation actuelle de l'Italie
partagée entre sept ou huit États plus ou moins étrangers
les uns aux autres ; coupée par mille barrières élevées par
les gouvernements, la politique et les douanes ; scindée plus
encore par les innombrables obstacles qu'amène l'extrême
division des peuples de la péninsule ; cette situation, dis-je,
explique assez la difficulté de circulation qui entrave le
commerce des livres qu'on voit s'arrêter aux frontières ou
les franchir au gré de certaine engeance tracassière, et que
le lecteur n'arrive jamais à posséder, sans en avoir payé
deux fois la valeur. La profession d'éditeur devient par
suite fort périlleuse ; un libraire tire peu de profit de la
vente d'un livre, lors même qu'il est goûté du public, et le
prix qu'il en peut offrir à l'auteur se réduit presque à
rien.

« Peut-être pourrait-on trouver un remède à ce fâcheux
état de choses dans une association mutuelle des écrivains
italiens contre les risques de leur profession ; mais il faudrait pour cela qu'ils pussent s'entendre, ce qui paraîtra
presque impossible, si l'on tient compte des caractères har-
gneux, des prétentions excessives, de l'amour-propre pyra-
midal, et des sentiments d'envie dont sont affligés beaucoup de ces messieurs. Si pourtant je rencontrais un homme
doué d'une belle nature littéraire, et poussé par un instinct
puissant à revêtir sa pensée des brillantes couleurs de la
fantaisie et de l'imagination, je n'hésiterais pas à lui dire :
« Suis, quoi qu'il en coûte, la noble voie que t'ouvre ton
« génie, sûr que l'amour du gain n'a jamais enfanté de
« grands hommes. L'appât d'immenses bénéfices suffit
« sans peine à développer les facultés vulgaires des com-
« merçants et des industriels ; jamais il n'aida le génie à
« déployer ses ailes. Si la pauvreté t'épouvante et te fait
« résister au secret appel de la muse, tu abdiques ton ave-
« nir, tu te mets au-dessous de celui

« Che fece per viltate il gran rifiuto [1].

« Le mobile suprême, la fin dernière de tes études, c'est
« la renommée qui couronnera tes efforts ; si ce but glo-
« rieux est impuissant à réveiller ton apathie, tu manques
« de cette élévation qui seule fait réussir dans le saint
« apostolat des lettres. Le sentier de la gloire est difficile
« et rude ; mais ils se trompent, ceux qui vont répétant que
« le siècle est ingrat, et qu'un auteur même excellent ne
« saurait attirer l'attention du public. Il faut sans doute
« avoir l'âme forte pour sacrifier le présent à la lueur in-
« certaine du triomphe à venir ; cela semble aussi suppo-
« ser un indomptable orgueil, mais une tentative n'est pas

1. Dante, *Inferno*, c. III. On pense généralement que cette allusion de la *Divine Comédie* s'applique à l'abdication que Célestin V fit
de la papauté.

« une prétention : on peut se présenter au public et lui
« dire : Je pense, et j'écris en conséquence de telle ou telle
« façon, sans exiger de lui une couronne et des applau-
« dissements immédiats, ainsi que faisaient les comiques
« latins à la fin de leurs pièces. »

Ici, l'inconnu s'étant arrêté pour reprendre haleine, l'auteur dit à son tour:

« Supposons pour un instant que vous fussiez un de ces
rares privilégiés qui, sous l'impulsion de ce que vous
appelez le souffle intellectuel, embrassent en dépit d'eux-
mêmes la carrière littéraire, que pourriez-vous faire, que
pourriez-vous écrire? quels procédés emploieriez-vous pour
charmer les loisirs de vos contemporains ? »

L'inconnu reprit la parole.

« Si nous ne vivons point à une époque d'action, nous
vivons du moins à une époque d'activité. Tout respire le
mouvement et la passion ; tout aujourd'hui se montre en
relief, non-seulement les objets matériels comme chez les
anciens, mais l'idéal, pour ainsi dire. Autrefois on généra-
lisait les faits pour les considérer au point de vue abstrait ;
aujourd'hui les idées générales s'individualisent et s'incar-
nent dans les faits. La philosophie et la littérature se
donnent la main ; le romancier coudoie l'idéologue. Celui-
ci argumente, celui-là raconte, et tous deux marchent de
concert dans la voie du progrès et de la civilisation. Le
lecteur maintenant aime qu'on lui présente des formes
exactes et des contours précis ; il aime à sentir, sous l'enveloppe extérieure des principes et des idées, le frémissement des muscles et des fibres de l'homme; pour lui la
fantaisie doit être vivante et en action, et la littérature doit
donner un aspect dramatique à tout ce qui constitue
l'homme physique et moral, à ses vices comme à ses vertus, à ses besoins et à ses aspirations. L'humanité moderne a créé les sciences morales et politiques, et les récits
des romanciers sont le procès-verbal de l'expérience.

« L'éducation des adultes : tel est le grand but que doit se
proposer l'écrivain ; éducation mutuelle, s'il en fut jamais.
L'auteur tire en effet du fonds commun tout ce qu'il y a de
bon dans ses idées, la notion du vrai, la condamnation du
mal, l'indication du bien ; il concentre, il individualise, il
colore ces divers éléments, qu'il dispose dans le tableau de
ses créations fantastiques, qu'il encadre dans ses fictions,
qu'il rend enfin au public, non plus vagues et incertains
et comme il les a pris, mais pleins de vie et de relief. Les
lecteurs en tirent plus ou moins de profit : plusieurs sans
doute s'arrêtent à la superficie ; mais que sur cent personnes
il y en ait une apte à comprendre la pensée de l'auteur, et
cela suffira pour qu'il n'ait perdu ni son temps ni sa
peine.

« Savez-vous maintenant quelle est la forme littéraire
de l'époque ?

« On l'a dit mille fois, mais il n'est pas inutile de le
répéter. Cette forme est celle du drame et du roman. Tous
deux sont une narration, une exposition saisissante de la
nature humaine, une espèce de morale en action : l'histoire
contemporaine de nos mœurs et de nos erreurs, de notre
foi, de notre intelligence et de notre pensée. La narration
est à l'action ce que la parole est à l'idée ; une compagne
inséparable, une manifestation extérieure. Chez l'homme
primitif, la parole a succédé immédiatement à la pensée,
le récit à l'action. On a commencé par narrer les hauts
faits des nations et les luttes des anciens peuples, puis les
exploits des héros, et les merveilles d'un monde imaginaire
créé par la fantaisie pour satisfaire cette sympathie secrète
qui pousse l'homme vers le surnaturel ; on a passé plus
tard aux réalités de la vie publique ; plus tard enfin on a
esquissé les scènes non moins attachantes de la vie domestique avec ses péripéties de tous les jours : épopées
nationales, poëmes héroïques, contes de fée, romans de
chevalerie ; histoires nationales, physiologie historique des

hommes et des époques : Homère, Virgile, le Tasse, l'A-
rioste, Machiavel, Botta et Manzoni ; le sublime, l'héroïque,
le fantastique et le réel.

« J'ai nommé le réel, et son jour est maintenant arrivé ;
les lettres doivent donc s'efforcer de le reproduire.

« Vous me demandez ce que j'aurais fait si ma nature
et le destin m'eussent lancé dans la même voie que vous.
Je voudrais, le cas échéant, présenter à mes contemporains
leur propre image, et, pour qu'ils la reconnussent, j'aurais
soin de la leur montrer en détail et sous toutes ses faces,
dans autant de petits tableaux aussi ressemblants que
possible.

« Imaginez, par exemple, un homme curieux de s'analyser lui-même, et qui entreprenne de faire passer au crible de l'observation son passé tout entier : ce qu'il a vu,
ce qu'il a fait, ce qu'il a senti; ses jouissances comme ses
déboires pendant cette importante période de la vie humaine
qu'on nomme la jeunesse.

« Écrit sur ce plan, un livre serait tout à la fois fort
utile et fort intéressant, si à la vérité des descriptions l'auteur savait joindre les charmes du style et l'originalité de
la pensée.

« La vie n'est qu'une longue succession d'impressions
passagères et de sentiments opposés, dont on a peine à se
rendre compte au moment où ils se produisent sous l'impulsion ardente de la passion, et qui disparaissent d'ordinaire sans que personne profite des enseignements qu'ils
renferment.

« Faites une espèce d'anatomie morale ; peignez la vie
dans ses détails les plus familiers, les plus simples, afin
que sous un voile transparent chacun retrouve sa physionomie et puisse l'examiner de sang-froid : je suis convaincu
qu'un pareil travail serait utile et plairait au public.

« Je ne voudrais pas de ces romans interminables, de
ces livres de longue haleine semblables à ceux que nous

expédient nos voisins de la France, et où l'intrigue est si compliquée, les aventures si nombreuses, que l'esprit du lecteur reste accablé sous ce poids indigeste ; je n'apprécie pas davantage ces suspensions d'intérêt, filles de l'épouvante, et poursuivies de volume en volume jusqu'à la catastrophe : non, le genre italien doit être tout autre. J'aimerais mieux un groupe de petites narrations pouvant se lire à part, quoique unies entre elles par un fil léger, lien facile à rompre ou à renouer au gré de l'auteur et du lecteur, un *Décaméron* moderne plus moral que l'ancien, un tout formé d'unités distinctes.

« Je voudrais commencer par le récit de ces premières années, où l'amour remplit le cœur humain tout entier et semble devenu la seule importante affaire, le secret et le but de notre vie ; à l'amour on verrait succéder à leur tour les autres passions, et l'on aurait ainsi l'histoire complète d'un cœur et d'un esprit d'homme, à travers les nombreuses vicissitudes sociales et politiques de notre âge de transition.

« Je voudrais aussi que de mon récit sortît une conséquence logique, une conclusion morale que je ne perdrais jamais de vue en écrivant, et qui serait celle-ci : Le monde est un lieu de douleur ; nos actions sont une longue succession de tromperies, préméditées ou involontaires ; celui qui a une confiance trop absolue dans la vertu des femmes est un niais ; celui qui n'y croit pas du tout est digne de mépris ou de pitié ; qui se fie aveuglément en autrui a tort ; qui ne s'y fie jamais, un tort plus grand ; mais celui qui fait le bien a toujours raison, il est heureux et sensé entre tous.

« J'éviterais avec soin de tomber de la morale dans la prédication ; quant au style et à la langue, je me tiendrais à égale distance de l'affectation et du néologisme, de la barbarie des novateurs et de la manière empesée des pédants, dont Dieu nous garde. »

Ici l'auteur interrompit l'inconnu.

« Vous me donnez là une fort bonne idée. Ce livre, dont vous venez de tracer le plan, je suis tenté de l'écrire.... me le permettez-vous ?

— Faites, ma sympathie vous est acquise : quand votre ouvrage aura vu le jour, je le lirai bien volontiers, et, si j'en suis content, je viendrai vous offrir avec mes félicitations une cordiale poignée de main. »

En ce moment on touchait à une station dont le nom m'échappe ; l'inconnu se leva et, ouvrant la portière, lança à son nouvel ami un sourire en signe d'adieu.

« Un moment ! cria l'auteur ; dites-moi votre nom....

— A quoi bon ? mon nom n'est pas célèbre et ne le sera jamais ; le décliner serait garder encore l'anonyme. Qu'est-ce qu'un nom d'ailleurs ? Si ce que je vous ai dit vous semble juste, la source en est assez indifférente ; si je n'ai dit que des sottises, il importe plus encore de ne me point nommer. Adieu ! Vous êtes jeune : travaillez et espérez ; aimez votre profession, et sachez résister aux tentations du doute et aux traits de l'envie. Peut-être réussirez-vous ; sinon, vous pourrez vous rendre ce consolant témoignage : « J'ai fait pour triompher tout ce qui était « humainement possible, et l'on ne peut accuser ni ma « volonté, ni mon courage ; Dieu m'a refusé une étincelle « de son génie créateur : patience. La patience est la plus « noble vertu des vaincus. »

En achevant ces mots, il s'élança sur le trottoir et se perdit dans la foule. L'auteur n'a jamais depuis rencontré ce bienveillant inconnu, mais il a souvent pensé à ses dernières paroles, longuement médité ses conseils. Il y a puisé le courage d'affronter la publicité si fatale aux œuvres médiocres, et qui détruit chaque jour impitoyablement tant de renommées factices, que protégeait le demi-jour : il a écrit sans prétention, sans effort, au gré de son caprice, et sans autre guide que son cœur.

Suivant l'avis de l'inconnu, il a voulu décrire en débutant les vicissitudes intimes enfantées par ce maître de la jeunesse, ce grand dominateur des choses d'ici-bas : l'amour.

Ce champ est vaste, presque infini ; mais il a été parcouru tant de fois depuis la création du monde jusqu'à l'an de grâce qui voit éclore ces lignes, ce sujet a été tellement ressassé, par les poëtes, les romanciers, les auteurs bons ou détestables, qu'il est toujours difficile d'y revenir sans fatiguer le public. L'auteur n'a fait que l'effleurer : l'a-t-il traité d'une façon originale ? C'est fort douteux, car il est aujourd'hui plus difficile que jamais de ne pas répéter ce que d'autres ont dit.

Si la fortune lui est propice, s'il trouve des lecteurs : il continuera.

Quel que puisse être le destin de cet essai, il l'offre et le dédie à cet ami inconnu qui a eu tant de part à sa composition. Puisse-t-il, du fond de la retraite mystérieuse où il se dérobe à la reconnaissance de l'auteur, recevoir avec cette dédicace les très-humbles remercîments de son disciple d'une heure !

Sa doctrine, semence féconde, est tombée sur un terrain qui l'a fait fructifier, mais qui ne donnera peut-être pas des produits excellents. Si la plante est maladive, si ses fruits sont chétifs, qu'on n'en accuse pas le cultivateur, mais le sol ingrat que ses sueurs ont arrosé en vain.

7 février 1855.

NOUVELLES PIÉMONTAISES.

PREMIER RÉCIT.

Jeunesse de Romualdo.

Le repas tirait à sa fin, nos verres étaient pleins encore, et nous étions livrés à cet aimable abandon qu'autorisent l'amitié et le tête-à-tête : c'est le meilleur moment pour échanger des confidences, ou pour en arracher à un ami taciturne.

Quand on est deux, il arrive d'ordinaire que l'un parle et que l'autre écoute : j'étais l'autre.

« Vois-tu, me disait Romualdo en vidant son verre plein de champagne, le monde est un vrai *bazar*, il est ouvert à tous, chacun peut y acheter, mais pas au même prix : ce qui ne coûte rien à l'un, l'autre ne pourra se le procurer qu'au prix de mille travaux écrasants. L'entrée de ce bazar est libre, chacun peut en s'y promenant admirer l'éclat des objets qu'on y expose : éclat factice, il est vrai, comme celui du verre qui imite le diamant, du chrysocale et du laiton qui contrefont à ravir l'or et l'argent. C'est là que le monde féminin vient étaler ses charmes, que d'adroits entremetteurs se chargent de faire valoir auprès des jeunes gens sans défense : femmes et filles, audacieuses ou timides, gaies ou mélancoliques, à l'œil noir ou à l'œil d'azur ; cheveux blonds ou bruns, sourires et caresses, beauté et sensualité : tout n'est le plus souvent qu'apparence vaine. Il n'y a de précieux et de vrai qu'une chose au monde, un diamant splendide et sans défaut qui se dérobe à l'écart, où bien peu de gens ont l'idée de l'aller chercher : car, pour le découvrir et l'apprécier, il faut avoir beaucoup de sens et beaucoup de vertu ; ce trésor n'est autre chose que l'amour pudique et désintéressé d'une honnête fille. Ah ! ah ! l'amour ! c'est la première folie de la raison humaine. Notre raison semble nous avoir été donnée pour nous conduire de folie en folie jusqu'au terme final.... l'amour, la gloire, l'ambition, la cupidité, et puis la mort qui vient clore une vie inutile. As-tu été amoureux, Victor ? »

J'agitai gravement la tête, du haut en bas et de gauche à droite, et, tout en lui faisant signe de continuer, j'achevai cette réponse assez diplomatique en avalant le contenu de mon verre.

« Fort bien. L'amour est pareil à un vin agréable et piquant, écumeux comme le Nebbiolo [1], mais il faut le boire avec précaution : si l'on n'y prend garde, il porte à la tête, il grise, il abrutit. L'important est ensuite de mettre la main sur la bouteille qui nous est destinée ; c'est faute d'avoir réfléchi sur cette dernière vérité que la plupart des jeunes gens commettent d'irréparables erreurs. Elle existe, elle vit quelquefois à nos côtés, la jeune fille digne de notre amour, celle qui est l'objet perpétuel de nos recherches tant que nous ne sommes point encore éligibles au parlement ; elle est sous notre main, cette âme sœur de la nôtre, cette seconde moitié d'un fruit que Dieu divise pour en faire le cœur d'un homme et celui d'une femme. Pourquoi ris-tu, Victor ? cette comparaison est tout à fait semblable à celles de Platon. Eh bien ! il y a mille à parier contre rien du tout, que cet être stupide que nous sommes ne songera même pas à la seule femme qui lui convienne, et fatiguera de ses poursuites quelque créature inconnue se souciant de lui comme d'un chapeau passé de mode. Vous n'avez qu'à tendre la main pour saisir un massepain, et vous préférez faire le tour de la table pour vous emparer d'un morceau de pain noir.

Les anciens ont passé à côté de la vérité lorsqu'ils ont peint l'amour avec un bandeau ; le fripon n'en use point, mais il en couvre les yeux de nous tant que nous sommes. Comme au jeu de colin-maillard, l'amour ôte la vue aux adolescents et les pousse au beau milieu de la foule féminine : ils vont à l'aveugle, ils trébuchent, et de faux pas en faux pas finissent

---

1. Sorte de vin fort estimé des environs de Turin.

par donner la main à celle qui, amoureuse de leur fortune, se rit de leur sottise. La raison, le mérite et la convenance triomphent si rarement !

Regarde-moi en face.... Tel que tu me vois, j'ai eu dix-huit ans, je t'en donne ma parole d'honneur ! A cet âge la femme nous séduit comme une apparition, sur son front resplendit une auréole idéale, nous la croyons descendue en ligne droite du paradis, et incapable de se nourrir d'autre chose que de la plus délicate ambroisie. Nous faisons plus que l'aimer , nous l'adorons : nos paroles sont brûlantes, nos pensées plus brûlantes encore ; nos rêves sont de feu. Nous la faisons monter sur l'autel gigantesque élevé par notre passion, autel où brûle l'encens d'une admiration sans mélange. Beaux temps et moments cruels ! folles joies, douleurs insensées, délire dont nous frémissons alors, dont nous rions plus tard, et que nous finissons heureusement par oublier.

J'étais amoureux au delà de toute expression. Il faut dire qu'alors mon front était moins dépouillé, mon ventre moins ample, et mon nez moins vermeil. Elle, c'était une belle jeune fille aux yeux bleus, à la chevelure dorée, alerte, frêle, gracieuse, souriante, et douée d'une sensibilité profonde; j'aurais juré, en la voyant, qu'une vierge de Raphaël avait quitté son cadre pour me faire tourner la tête ; et Dieu sait si elle tournait ! j'apercevais ma bien-aimée au théâtre, au bal, à l'église : ce sont là les seuls lieux où nos convenances sociales permettent de courtiser une jeune personne. Coutume judicieuse ! Comme s'il était facile de sonder le cœur d'une demoiselle et d'apprécier son esprit en l'invitant à une polka, en l'observant lorsqu'elle a les yeux fixés sur son livre de messe, ou en la lorgnant à cinquante pas de distance, assise dans sa loge. Il suit de là que les jeunes gens des deux sexes se voient et s'adorent sans se parler, et le plus souvent, si l'on va jusqu'au mariage, les deux époux pourraient le lendemain de leur union se faire présenter l'un à l'autre pour faire plus ample connaissance.

Elle dansait comme un ange.... si tu veux bien admettre que les anges savent danser ; et, moi qui jusque-là n'avais pu réussir à m'expliquer que l'on pût, pendant une nuit, s'agiter en cadence au son d'un orchestre plus ou moins médiocre, et tremper de sueur sa chemise pour échanger, au milieu d'une atmosphère sénégambienne, quelques paroles banales avec une femme inconnue, fort laide pour l'ordinaire, moi qui te

parle, j'ai pris pendant deux mois des leçons d'un Bathylle
sexagénaire, qui, moyennant salaire, a bien voulu plier mes
membres aux plus absurdes contorsions. La fin justifie les
moyens, et quand, sous prétexte d'exercer mes nouveaux talents, j'ai pu aborder l'idole de mon choix, lui toucher les
mains, l'étreindre dans mes bras et l'entraîner avec moi dans
le délicieux tourbillon de la valse.... je me suis dit que la
danse était le plus divin, le plus enivrant des plaisirs, et j'ai
cru sincèrement, avec Pythagore, que les mondes dansaient
eux-mêmes dans l'espace un éternel *pot-pourri*, au son de la
musique qu'ils produisent, en traversant l'éther d'un mouvement rapide.

J'entendis sa voix. O ciel! quelle ravissante mélodie!
c'étaient les vibrations d'une harpe d'or, les sons d'un violon
qui n'est pas faux, ceux d'une clochette d'argent agitée par
les mains d'une jolie femme.... tout ce que tu pourras imaginer de plus suave. Elle avait de l'esprit par-dessus le marché.
J'étais hors de moi, l'extase me transportait dans un monde
inconnu.... J'étais stupide, ma parole d'honneur.

Rien au monde n'est insipide et sot comme ce que j'ai dû
lui dire. Il n'y a rien dans le règne animal de plus complète-
ment ahuri qu'un homme amoureux. Si les femmes avaient
du sens, elles ne se laisseraient jamais prendre à l'amour
éloquent : la passion véritable remplit le cœur de tumulte,
et chasse du cerveau toute idée raisonnable. Lorsque vous
êtes en présence de celle que vous aimez, votre esprit émigre
pour ainsi dire de votre corps dans le sien ; il ne vous reste
plus que la bête....

— J'ai compris : au fait maintenant.

— Tu sais combien j'aimé la musique? eh bien! ô bonheur! c'était une pianiste de première force. Le piano est aux
demoiselles ce que le billard est aux jeunes gens, une nécessité. Rossini, Bellini, Donizetti me tirèrent d'embarras; et
leurs œuvres fournirent naturellement le texte de nos premiers entretiens : ces grands hommes n'ont jamais su ou ne
sauront jamais combien de petits services de ce genre ils ont
déjà rendus à l'humanité. S'il me prenait fantaisie de te rapporter tout ce que je lui disais....

— N'en fais rien; je t'en conjure....

—Je n'y parviendrais certainement pas. Mes efforts ne furent
pas inutiles; je fus assez heureux pour la voir sourire, et ses
distractions troublèrent toute la contredanse. Pour abréger....

— Ah! oui : abrége, au nom du ciel!

— J'eus assez d'adresse pour m'introduire chez elle. Elle se nommait Léonie. Tout lui révéla mon amour, mes yeux, mes gestes, mon embarras en la saluant, la manière gauche dont je tenais mon chapeau, mon trouble en entrant et en sortant : tout, en un mot, excepté ma langue, qu'enchaînait une déplorable timidité. Elle encourageait ma sottise en me lançant chaque soir un regard consolateur.... maigre aumône pour le pauvre affamé; à peine l'avais-je reçue, que je partais emportant de la joie et du bonheur pour tout un jour. Cette année-là je ne passai point d'examen. Tu as dû comprendre déjà que j'étais étudiant. Je n'osais point parler de mariage; j'avais résolu d'attendre que le titre d'avocat vînt me poser en homme en face de la société.

En attendant, la lave volcanique s'amassait sourdement dans ma poitrine, et j'eusse voulu la voir s'entr'ouvrir pour donner passage au torrent enflammé. La fortune finit par m'exaucer : l'occasion se présenta et me trouva plein d'audace. Nous nous promenions seuls dans un jardin; c'était le soir, après une partie de campagne où j'avais bu passablement, et c'est de là, je crois, que venait tout mon aplomb. Léonie cueillait négligemment des fleurs qu'elle effeuillait ensuite; pour moi, je ruminais ma déclaration : mon cœur battait à rompre mes bretelles, et c'était vainement que j'affectais une contenance dégagée en fouettant avec ma baguette les herbes des allées. Enfin, mon cœur déborda et il en sortit une avalanche de paroles précipitées.... Je lui parlai de mon amour, de sa beauté, de l'empire mystérieux qu'elle exerçait sur tout mon être, enfin je lui débitai les choses les plus incroyables, toutes les pauvretés qu'un jeune homme de dix-huit ans peut jeter à la face d'une fille de seize, à l'œil brillant, aux lèvres roses. Idole, ange, divinité : c'étaient là les noms les moins pompeux que je semais dans ma harangue, dont l'émotion qui commençait à la gagner l'empêchait d'apercevoir le complet ridicule. Elle se prit à rougir.... qu'elle me parut belle alors! un voile de pudeur et de modestie passa comme une ombre sur son visage, qui ne garda pas longtemps cette empreinte d'austérité. Que te dirai-je? au bout d'un quart d'heure sa passion sembla monter au même diapason que la mienne; j'étais son seul bien, son trésor, la seule espérance de sa vie.... Je t'avertis, Victor, que tes petits rires convulsifs sont par trop impertinents, et que je vais m'en offenser.... Ce soir-là, j'avais

de la joie à revendre à l'univers entier : j'embrassais les arbres, j'envoyais d'ardents baisers à la lune, je trouvais harmonieux le coassement de la grenouille, j'adressais ma bénédiction fraternelle aux grillons qui bruissaient dans les prés,
j'aurais voulu presser toute la terre sur mon sein palpitant....
et je n'y pressai rien.

— Quand tu verras poindre, mon bon ami, la fin de ton
roman, ne va pas manquer de m'en donner avis.

— J'y arrive à grands pas. Mon père me rappelait dans ma
petite ville, et ses instances remplissaient quatre lettres par
semaine.... quatre lettres non affranchies. Je ne pouvais suffire
longtemps à cette écrasante dépense, et, plein d'un chagrin
mortel, je me résignai à partir, ne pouvant me résoudre à
faire mettre au rebut les lettres paternelles. Que nos adieux furent tristes! et qui réussirait jamais à en dépeindre les angoisses? Nous répétâmes la scène de Roméo et Juliette; nous
étions assis près de la fenêtre,

Soli eravamo e senza alcun sospetto.... [1].

le jour tombait, il était même nuit, et nous touchions à cet
instant mélancolique où la nature semble encourager par son
silence les confidences amoureuses. Nous nous tenions la main,
nous échangions de tendres regards que nous reportions ensuite sur le disque argenté de la lune qui pâlissait nos fronts.
Les amoureux ont une très-vive sympathie pour cette lueur
blafarde que nous envoie la face cadavéreuse de l'astre des
nuits; mais aussi que les femmes sont belles, encadrées dans
un de ses rayons! Byron l'a dit : c'est la nuit que les femmes
et les étoiles paraissent avec tous leurs avantages. Des soupirs,
des exclamations à demi étouffées, et, pousserai-je l'indiscrétion jusque-là? de gros baisers nous tinrent d'abord lieu de
discours, et il n'y a pas d'orateur qui en fasse à la Chambre
de plus souverainement éloquents. « M'aimeras-tu toujours?
— Oh! jusqu'à la mort; et toi? — Oh! pour l'éternité. »
Comme tu vois, nous en étions arrivés à nous tutoyer : c'est
la dernière limite de la familiarité; il n'y a plus au delà que
la séduction ou le mariage, et j'étais en vérité trop moral
pour songer au premier de ces partis.

Léonie, par un mouvement spontané, ôta de son doigt un
anneau d'or et me l'offrit : « Prends, me dit-elle, qu'il soit

---

1. Dante, épisode de *Francesca da Rimini*.

un témoin perpétuel de la foi que je t'engage; on verra ce métal tomber en dissolution avant que ton image sorte de mon cœur. » Le voici, cet anneau, dont mon petit doigt est resté le fidèle dépositaire; il est tel qu'on me l'a donné, il n'est pas diminué d'un atome.... Mû par un élan irrésistible, je tombai à ses pieds pour y recevoir ce présent inestimable. Je couvris de baisers la main qui me l'offrait et les genoux sur lesquels j'appuyai mon front brûlant; plein d'un indicible délire, je m'épuisai en protestations vides de sens, en serments absurdes, et, te l'avouerai-je, Victor? dominé par une émotion surhumaine, je finis par pleurer comme un veau qu'on traînerait à la boucherie. Je partis. Quand je revis Turin à la Toussaint, tout rempli d'une passion irritée par deux mois d'absence, d'un désir de la voir que la privation avait centuplé, elle.... oh! je te le donne en cent, tu ne le devinerais jamais....

— Elle en avait épousé un autre?

— Parfaitement! un animal qui eût pu être mon père, plus laid que moi, je t'en donne ma parole, mais plus riche que moi, et c'était là sans doute le point important.

Quand je fus bien certain de mon malheur, je crus qu'il ne me restait plus qu'à mourir. « Romualdo, me criai-je du fond de la poitrine, voilà une occasion unique pour en finir avec l'existence. Tu es le plus infortuné des hommes et tu n'as plus qu'à suivre l'inspiration du désespoir; les romanciers t'y autorisent d'un commun accord, eux les législateurs de l'amour. »

Je courus d'un trait à mon logis, et je passai quelques instants à me considérer dans un miroir et à me tâter avec soin, afin de mieux me convaincre que j'étais toujours le même, et que le coup qui m'avait atteint ne m'avait pas réduit en poussière.

Je me livrai aux plus extravagantes démonstrations de douleur, j'allai jusqu'à m'arracher les cheveux; tu comprendras mes regrets en considérant mon front à demi dévasté. « Mais elle est innocente, m'écriai-je au milieu de mes frénétiques angoisses; elle! cet ange terrestre qui m'est apparu vêtu de mousseline. C'est un père, c'est un tyran qui l'a sacrifiée, intéressante victime, au dieu pervers de la cupidité. Oh! les pères de la vierge que nous aimons sont des barbares qui font irruption dans notre paradis terrestre pour le saccager! Oh malheur! oh enfer! oh malédiction! » Je récitai tout ce que j'avais pu retenir de tirades saccadées filles de

notre siècle, et, quand je me sentis la gorge sèche et l'estomac
vide, je retrouvai quelque calme en jurant en mon cœur que
Léonie n'aimait que moi, moi seul, et je lorgnai son anneau
d'un air attendri.

Le lendemain, je la rencontrai sous les portiques. Quelle
fut ma surprise, grand Dieu! Elle était gaie, riante, resplen-
dissante de joie et de santé.... telle enfin que j'avais rêvé de
la voir un jour suspendue à mon bras ; elle allait superbe
sous sa robe de soie, que la marche froissait en donnant à ses
plis un scintillant éclat. Les écailles me tombèrent alors des
yeux et j'entrevis l'horrible réalité. Léonie, saisie à mon
aspect, montra d'abord quelque trouble, je voulus l'achever
en lui lançant un regard foudroyant.... Mais la perfide, au
lieu de s'abîmer dans les entrailles de la terre, reprit soudain
son aplomb, se tourna gracieusement vers moi et me salua
du plus aimable sourire. « Infamie! » murmurai-je à part
moi; et je restai là, immobile et roide comme si j'eusse eu
l'intention arrêtée de prendre racine sur les dalles de la rue
du Pô. Elle avait déjà fui, emportant avec elle sa radieuse
auréole de jeunesse et de félicité.

J'ai su depuis que, pendant ces jours d'illusion, où je me
pâmais au bruit de ses soupirs, elle correspondait activement
par signes et œillades avec cet individu, qui depuis a été son
mari, et à qui elle écrivait même parfois de petits billets;
quant à moi, je n'étais qu'un *en cas!*... Je devins misanthrope comme un chien sans défaut, qu'un maître fantasque
a bourré de coups de pieds dans un accès d'humeur; pendant tout l'hiver je cuvai mon chagrin : je maigris.... mais je
ne mourus pas....

— Je m'en doutais.

— Enfin, le printemps, le billard et le jeu conspirèrent à
ma guérison; les époux furent heureux, comme on dit vul-
gairement, car ils eurent d'innombrables héritiers. Maintenant ma chère Léonie est laide, fanée, maussade, et, chaque
jour de ma vie je remercie le ciel de n'avoir pas exaucé des
vœux inconsidérés.

— Et quelle conclusion faut-il tirer de tout cela?

— Que le premier amour est toujours le plus malheureux....

— Et le plus stupide.

— Oui, parce qu'il est le plus vrai. Mon cher, l'homme
n'aime réellement qu'une fois. Plus tard, s'il consent à se laisser aimer, il n'éprouve plus que des sentiments passifs. Il

devient alors par calcul ce que la femme est par instinct, dissimulé et artificieux. Comme à vingt-cinq ans j'avais plus d'expérience et moins de candeur....

— Un instant, tu vas commencer une nouvelle histoire, n'est-ce pas ?

— Elle est fort courte.

— Il n'importe.... Il faut prendre ses précautions.... Garçon ! une autre bouteille.... Continue maintenant. »

DEUXIÈME RÉCIT.

Premiers succès de Romualdo.

Romualdo reprit ainsi :

« A vingt-cinq ans je voulais à toute force faire la conquête d'une belle femme pourvue d'un vilain mari. S'il est dans le monde une règle généralement admise, c'est qu'un mari ne saurait être beau : eût-il les grâces d'Adonis, son titre de mari le rend immédiatement plus hideux qu'un satyre ; les maris sont les ilotes de l'empire d'Amour.

Si nous adressons nos premiers hommages à de jeunes personnes qui peuvent être l'objet d'une légitime tendresse, nous recherchons uniquement plus tard l'affection coupable de la femme d'autrui. Il semble en effet que le bonheur suprême de la terre soit de rendre une femme parjure. L'essence du premier amour, c'est un dévouement sans restriction : l'élément impur domine dans les autres, qui ont pour mobiles principaux la vanité, l'orgueil ou d'immorales habitudes. A peine adolescent, vous vous laissez prendre à l'appât de cette vie factice qu'on appelle la vie de société : la mode, cette souveraine absolue des gens du bel air, vous impose une intrigue adultère, vous pousse à des pratiques scandaleuses, et ses arrêts ne sont pas plus susceptibles d'appel que s'il s'agissait de la dimension d'un chapeau, d'allonger ou de raccourcir des basques d'un habit. Les jeunes gens qui vous entourent sont, pour la plupart, des fanfarons de vice, des Lovelace qui, entre deux bouffées de tabac, entre deux rasades de champagne, vous apprennent confidentiellement qu'il n'est pas un oreiller féminin sur lequel ils n'aient marqué l'empreinte de leur tête pommadée. A les entendre, il n'est pas de femme, si chaste, si vertueuse qu'elle paraisse, qui ne soit tacitement réservée à leurs futurs triomphes ; et le mari, c'est l'eunuque volontaire qui veille sur le trésor promis à l'amant. La beauté la plus admirée doit obéir en esclave soumise à un signe de leur tête : le monde est un harem où ils n'ont qu'à jeter le mouchoir.

Vous ne sauriez entrer dans un cercle, un salon, un théâtre, sans voir à l'instant voltiger un essaim de ces ridicules animaux, qui, le lorgnon dans l'œil, promènent autour d'eux leur niais sourire et leur air suffisant, et vous inondent au passage du parfum nauséabond dont sont imprégnés leurs habits, 'eur chevelure et jusqu'à leur mouchoir.

Ils vont s'asseoir sans embarras ni hésitation à côté des dames les plus jolies et les plus élégantes, dont ils prennent et secouent les mains avec une familiarité tout à fait britannique ; ils laissent tomber en grasseyant de leur lèvre dédaigneuse des monosyllabes insignifiants, et, remplaçant la grâce et l'esprit par l'audace et l'impudence, murmurent à l'oreille de leur voisine certaines allusions grossières qui la font rougir sous l'éventail. Ils ne sauraient parler, se taire, quitter leur siége sans faire des mines comme de vieilles coquettes : ils n'écoutent jamais ce que disent les autres, et mâchent, pour se distraire, la pomme d'or de leur badine. Ils voilent leur nullité complète sous un léger vernis d'élégance, et se posent, sans trop de mystère, vis-à-vis de la société, en Benjamins *forcés* du beau sexe.

Ce titre qu'ils usurpent, on serait vraiment tenté de le leur accorder, lorsqu'on voit les dames les plus distinguées, les plus respectables souvent, sourire avec bienveillance à ces fades freluquets, et accepter volontairement un rôle dans l'insipide comédie qu'ils ne cessent de jouer en public : lorsqu'on les voit prêter une oreille complaisante à leurs discours fatigants, recevoir sans dégoût l'hommage vulgaire de compliments étudiés à loisir, et, sans y prendre garde, confirmer, par leur attitude, les récits calomnieux que des fats colportent à petit bruit, afin que toute la ville applaudisse à leurs prétendus succès. Pour être sincère, je dirai que les dames, dites à la mode, semblent avoir une inclination décidée pour les sots, dont la nullité sert, pour ainsi dire, de repoussoir à leur propre mérite.

— Insolent !...

— Quoi qu'il en soit, pour peu que votre raison sommeille (et à vingt-cinq ans, elle est d'ordinaire profondément endormie), vous portez envie aux gens à la mode, vous souhaitez leurs triomphes, et vous aimeriez à les partager au

risque d'être aussi de moitié dans leur stupidité; vous copiez
leur attitude, et vous cherchez à vous parer de leur éblouissant
plumage : un beau jour, vous vous surprenez à parcourir le
Journal des modes.... alors, tout est perdu. Vous devenez le
très-humble serviteur des ministres de la folie ; le coiffeur,
le cordonnier, le tailleur, vous dépouillent à l'envi de votre
dignité d'homme, et vous transforment en élégant.

— Tout cela, je le sais : arrivons au fait.

— La femme sur qui j'avais jeté les yeux, et qui devait réaliser d'ambitieuses espérances, avait environ trente ans :
cet âge est l'été de la beauté, et quelle ardeur brûlante dans
cette saison! Elle avait des cheveux noirs, cela allait de
soi, ma première passion était blonde. Ses yeux étaient
d'une nuance intermédiaire, tour à tour verts, gris ou bruns,
changeant de couleur au gré des tempêtes de son âme : beaux
yeux remplis d'éclairs et de fascination! Sa voix était une
harmonie ; ses lèvres, d'un rouge foncé, s'ouvraient souvent
pour montrer une double rangée de perles.... tels étaient ses
charmes. Un enfant de trois ou quatre ans, bruyant et plaintif
à la fois, un mari fou de politique, barbouillé de tabac et porteur d'un toupet, tels étaient ses défauts.

Pour que mon rôle fût complet, il était nécessaire que je de-
vinsse l'ami de ce mari ; telles sont en effet nos mœurs de convention, que le premier devoir d'un homme à bonne fortune
est de rechercher l'amitié de celui à qui il enlève l'honneur.
Oreste, s'il eût vécu de nos jours, eût partagé, par le fait de Pylade, l'affreux destin de Ménélas : c'est la morale du siècle, et,
si tu te maries, tu pourras te consoler à l'avance de tes infortunes conjugales, en te disant : « Si ma femme devient infidèle,
je le devrai à mon meilleur ami. »

Pour plaire à ma belle, je passais soir et matin à cheval
sous ses fenêtres : pendant le cours de mon éducation équestre,
il m'est arrivé de me fouler le pied, et j'ai fait quatre ou cinq
chutes assez graves, mais je ne me rebutai pas pour si peu.
Rien n'a meilleure apparence qu'un jeune homme bien en
selle, ferme sur ses étriers et maîtrisant sa monture avec aisance. Cette belle et intelligente bête (je parle du cheval, et
non de l'homme) est un superbe piédestal que nous tenons
de la nature, et qui fait ressortir, en les doublant, nos avantages physiques. Les femmes aiment d'instinct les cavaliers
élégants.

Je faisais régulièrement trois toilettes; la coupe hardie de

mes gilets, la forme inusitée de mes cravates, annonçaient
vingt-quatre heures à l'avance la mode du jour. Ma façon de
m'habiller, de mettre mon chapeau, d'agiter ma cravache, de
faire sonner mes éperons, de lancer au nez des gens la fumée
de mon cigare, tout en moi respirait une extrême témérité.
Les dames, je ne sais pourquoi, aiment les jeunes téméraires.
En un mot, j'étais un *lion*. Il est assez curieux qu'on donne
aux rois de la mode le nom du roi des *animaux*.... Cette assi-
milation est assez peu flatteuse, mais je ne sais qu'y faire.

Elle commençait à me distinguer ; je ne paraissais jamais
dans son quartier sans voir son ombre se dessiner derrière les
vitres, et ses paupières s'abaissaient modestement lorsque je
la couvrais tout entière d'un avide regard. Je m'étais fait
présenter chez elle par son mari à qui j'avais parlé, ou plutôt
que j'avais laissé me parler trois ou quatre fois politique, et
qui, enchanté d'avoir enfin mis la main sur un auditeur
bénévole, phénomène dont le monde devient de plus en plus
avare, avait fait tous ses efforts pour m'attirer chez lui. Sa
femme m'avait accueilli avec une modestie pleine de dignité,
mais j'augurai bien du léger trouble qu'elle n'avait pu réprimer à mon aspect. Je ne m'étais pas trompé ; je redoublai mes
visites, et ses façons austères ne tardèrent pas à faire place à
la familiarité, à la grâce, à la coquetterie. Ce résultat était
facile à prévoir. Que cent hommes courtisent une femme, elle
prendra son temps, mais elle les distinguera tous les uns
après les autres, sous la double impulsion de la vanité et de
la curiosité.

La curiosité, cette imperfection naturelle qui est innée chez
la femme, a compromis le genre humain, en séduisant notre
mère du paradis terrestre ; ses innombrables descendantes
n'ont pas été et ne seront probablement pas plus sages, de
sorte qu'on verra finir en même temps le péché, la curiosité,
les femmes.... et le monde lui-même.

Le ridicule à part, quel que soit le moyen qu'un homme ait
employé pour attirer l'attention d'une femme, s'il réussit dans
cette première tentative, le succès final devient presque certain, et ne dépend plus que de l'occasion et de la promptitude
avec laquelle il saura la saisir. Ces occasions, malheureusement, on peut les faire naître avec une facilité déplorable, grâce
aux vices de notre organisation sociale. Pauvres femmes ! je
ne puis m'empêcher de les plaindre profondément, lorsque je
songe aux nombreux ennemis acharnés à leur perte, ennemis

d'autant plus redoutables, qu'ils ont pour complices l'aveuglement conjugal, l'entraînement du monde, et l'étrange laisser-
aller de nos mœurs ; je les plains surtout quand je les vois devenues victimes de nos héros d'alcôve, encourir le mépris de
tous les autres hommes, qui ont contre elles l'impardonnable
grief d'avoir favorisé un rival à leurs dépens.

Moi aussi, je sus saisir l'occasion, et ce fut mon rival qui
me l'offrit. Il n'y pas d'amour sans rivalité, la jalousie étant
l'assaisonnement obligé de la galanterie. L'émulation agit sur
deux rivaux comme sur deux bons chevaux de race qui volent
entraînés vers le même but. Essayez de lancer un seul chien
à la poursuite d'un cerf, il le suivra avec mollesse : mettez
une meute à ses trousses, le cerf ne pourra échapper. Les intrigues amoureuses ressemblent étonnamment à une chasse
au cerf, en bannissant, bien entendu, de la comparaison t. t
allusion maligne. Revenons à mon histoire : j'aime les di-
gressions, et tu feras bien d'en prendre ton parti ; c'est un
vice commun aux orateurs contemporains et aux personnes
sur le retour.

C'était au bal.... un de ces bals splendides, où vient tour-
billonner l'élite de cette nombreuse société fidèle aux rendez-
vous du plaisir et qui vit à la lueur des candélabres, dont
l'éclat brillant et factice semble fait pour présider à la naissance de ces amours éphémères qui ne sont, eux aussi, qu'une
lueur fugitive. J'arrivai tard, voulant montrer une indifférence calculée à celle que j'étais bien sûr de rencontrer à
cette soirée.

J'étais un peu las d'attendre un dénoûment qu'elle différait
sans cesse. Après avoir épuisé toute mon éloquence en déclarations qu'elle ne me laissait pas achever ; après avoir dévoré
tous les romans français pour en extraire la quintessence de
cette passion bouillonnante que je cherchais à faire passer
dans des billets ardents comme le soleil de juillet, billets
qu'elle finit par recevoir mais sans vouloir y répondre ; après
mille protestations, mille menaces, j'avais résolu de recourir
à une froideur affectée, afin de la ramener par le sentiment de
la vanité blessée. Ce moyen fort utile ne saurait être employé
par tout le monde ; les débutants ont trop peu d'expérience ;
et ceux qui aiment véritablement réussissent assez mal à
cacher le feu qui les brûle en secret. En entrant dans la salle,
je promenai sur les danseurs un regard distrait, comme un
homme qui a l'esprit et le cœur parfaitement en repos ; un

rapide coup d'œil me permit néanmoins d'apercevoir celle que je cherchais : je la vis me considérer un instant à l'abri de son éventail et tourner ensuite brusquement la tête d'un air dépité. « Bien, dis-je à part moi, elle m'attendait.»

Sa toilette était charmante et lui allait à ravir : une simplicité élégante, une harmonie parfaite dans la disposition des couleurs, dans le choix des bijoux qui ornaient ses bras et son cou, tout en elle enchantait le regard et trahissait l'intelligente ambition d'une femme de goût. Vous eussiez juré que son acte de naissance était antidaté et qu'elle n'avait évidemment pas plus de vingt ans.

Je l'abordai au bout de dix minutes, et son accueil fut plein d'une grâce perfide :

« Ah! vous voilà, monsieur Romualdo, vous avez donc joué jusqu'à présent?

— Non, madame; j'entre à l'instant.

— Vraiment! il me semblait vous avoir vu et salué dès le commencement de la soirée, mais les jeunes gens se ressemblent tellement aujourd'hui qu'il est assez difficile de les distinguer; la coiffure, la barbe, et jusqu'au langage, tout est semblable en eux; les vêtements d'homme font une seule personne de toute la jeunesse, un ouvrage en plusieurs volumes; sous ce déguisement uniforme, composé d'un gilet blanc, d'une cravate blanche, d'un habit et d'un pantalon noirs, toute individualité disparaît forcément.... Veuillez me débarrasser un instant de mon éventail pendant que je rattache ce bracelet.... merci. Mon mari vous cherche depuis longtemps, je l'ai envoyé dans la salle de jeu, pensant que vous y étiez; il voulait précisément vous proposer une partie d'*écarté*, car on connaît votre inclination décidée pour le jeu. Si vous allez le rejoindre, vous lui ferez réellement plaisir.

— Votre mari est trop bon ; mais je ne veux pas abuser de sa bienveillance, et je reste.

— Voudriez-vous par hasard abuser de la mienne? répliqua-t-elle sur un ton moitié sérieux, moitié badin.

— Oui, madame, et, puisque je suis dans une veine d'indiscrétion, je vous prierai de vouloir bien me promettre une des prochaines contredanses.

— Vous commencez par exiger l'impossible ; je suis engagée pour toute la nuit, et ne saurais par conséquent vous inscrire en *rang utile*.... mais j'entends les premières notes de la valse et je vois venir mon cavalier.... »

Ce cavalier qui s'avançait l'air souriant, le bras gracieusement arrondi et l'échine doublée, c'était mon rival de tous les jours ; j'enrageai, mais je n'en laissai rien paraître. C'était un *lion* aussi bien que moi ; entre nous la différence était imperceptible ; le tailleur, pouvoir exécutif et législatif de la mode, nous rendait égaux devant le miroir : j'ose dire pourtant que j'étais moins stupide que lui. En allant prendre place pour la danse, il me lança au passage un regard de triomphe auquel j'eusse volontiers répliqué par un coup de poing. A propos d'un regard de cette espèce on a vu souvent de jeunes sots faire voler en l'air le peu de cervelle qu'ils tenaient de la nature.... dans les fêtes du grand monde, un sourire équivoque, un pied qu'on froisse, sont deux choses qui demandent du sang si l'on n'a soin de tout réparer par la formule banale : « *Pardon*, monsieur. »

J'allai prendre position contre le battant d'une porte, froid et calme à l'extérieur, et regardant avec indifférence les beautés qui allaient autour de moi pirouettant, sautant et babillant. Pour un observateur qui a conservé sa raison, le bal est un spectacle curieux, qui engendre tout d'abord le sourire et puis le mal de tête ; le bal est le triomphe des jambes sur l'esprit, on y fait mille fois plus de cas d'un jarret souple que de la plus vaste intelligence. Pauvre cerveau, on le proclame en tous lieux comme le plus excellent des organes humains, et puis dans la pratique, on le ravale au dernier rang : dans le monde, il est éclipsé par la langue, en politique par l'épigastre, par les reins à la cour, chez les belles, par de larges épaules. Il n'est à sa place que chez les savants, dont on se moque, et son infériorité devient plus patente encore lorsqu'il se trouve en face du plus prisé des avantages.... la richesse.

La femme de mon ami était d'une gaieté féroce.... les notes joyeuses, l'éclat harmonieux de sa voix argentine, arrivaient jusqu'à moi et déchiraient mon oreille jalouse. Elle était pour son danseur d'une amabilité et d'une prévenance à le rendre fou ; elle s'extasiait au moindre de ses propos et semblait y trouver un charme inusité ; on eût dit que des lèvres du butor s'échappaient en cascade les fleurs les plus exquises de la conversation, et déjà je m'humiliais sous le poids de ce mérite écrasant, qu'il avait dissimulé jusque-là avec un art si consommé. Ils ne tardèrent pas à se rapprocher de moi : elle s'appuyait affectueusement sur son bras et lui accordait les témoignages non équivoques de la plus bienveillante admiration. Je tendis l'oreille, et je l'entendis, l'homme éloquent, prononcer d'une voix émue ces paroles remarquables : « Il fait une chaleur excessive, et le thermomètre doit certainement marquer trente degrés Réaumur. »

L'orchestre annonçait le second tour de valse. Ils s'élancent.... les compliments de la dame avaient enlevé sans doute à mon rival les trois quarts de ses moyens, il chancelait sur ses jambes et s'agitait sur lui-même comme ivre de joie, je les suivais d'un regard plein d'anxiété.... tout à coup je vois l'infortuné danseur perdre l'équilibre, glisser sur le parquet luisant, et j'entends sa compagne, en grand danger de le suivre dans sa chute, pousser un cri de terreur qui eût glacé le sang des derniers grognards de l'Empire épargnés par les frimas de la Russie.

Quelle horrible position que celle d'une femme qui, au milieu d'une réunion nombreuse, dans une salle éclairée à giorno, se voit exposée à une chute ridicule par le fait d'un danseur maladroit ! c'est un rapide instant d'appréhension foudroyante qui semble égaler un siècle en durée ; mille idées désagréables se présentent en même temps à l'esprit épouvanté de l'infortunée danseuse ; elle songe à l'hilarité involontaire, mais irritante, des témoins de l'accident ; à l'insultante pitié de cent rivales qu'humiliait son triomphe ; aux chuchotements qui vont remplir la salle longtemps après l'événement ; au péril redoutable de tomber d'une manière indécente, et de voir ses vêtements ondoyer d'une façon indiscrète, enfin au désordre complet d'une toilette préparée avec art et dont il faudra par une prompte fuite dissimuler les avaries : dans cet affreux moment une femme s'accroche à n'importe quoi, fût-ce une barre de fer incandescent, et son sauveur peut se flatter de lui avoir rendu un service qu'elle n'oubliera jamais.

J'eus le bonheur de préserver ma belle de tant d'inconvénients ; j'étais tout près d'elle, je m'élançai et je sus en un clin d'œil remettre en équilibre ces petits pieds chaussés de satin. Tu peux imaginer que je m'inquiétais assez peu de mon rival, qui tomba lourdement sur le sol comme tombe un cadavre, ou plutôt comme s'aplatit un sac de pommes de terre, c'est-à-dire de la façon la plus burlesque. Un homme qui se trouve dans une situation ridicule en présence de la femme qu'il aime est aussitôt perdu dans son esprit. Bien des circonstances peuvent affaiblir l'amour d'une femme, il n'est donné qu'au ridicule de le tuer instantanément : vous auriez

beau être plein de cœur, d'honneur et de mérite, que votre
ennemi vous donne un croc-en-jambe et vous fasse tomber sur
le nez en présence de votre maîtresse, il y a cent à parier
contre un qu'elle vous fermera immédiatement sa porte.

Elle m'exprima sa reconnaissance par un regard, par un
sourire que ne saurait traduire aucune langue humaine : ce
regard et ce sourire illuminaient sans doute le front d'Agar
lorsque l'ange lui montra du doigt une source jaillissante au
milieu du désert. Elle prit mon bras et le pressa doucement
sur son sein qu'une vive émotion soulevait encore ; nous ga-
gnâmes une autre salle où nous prîmes deux siéges à l'écart.

« Je ne danserai plus ce soir, me dit-elle.

— Tant mieux ! répliquai-je, nous pourrons causer. »

L'occasion était excellente et je sus en tirer parti.

— Ton bonheur fut grand, sans doute?

— C'est ce que tu vas savoir. Scribe a écrit une comédie
pour démontrer que l'amant heureux d'une femme mariée est
un homme à plaindre : je crois que Scribe a raison. C'est une
lourde *chaîne* que la sienne : car, s'il n'est pas un malhonnête
homme, il faudra qu'il devienne l'esclave de la femme par devoir, l'esclave aussi du mari, dont la présence est à ses yeux
comme un remords vivant. Celui-ci, au contraire, devient libre
aussitôt que sa femme le trompe, il reprend soudain l'exercice
interrompu de son autorité: à peine a-t-il cessé d'être respecté qu'il devient respectable. La femme redouble à l'instant
d'attentions et d'égards, l'amant se livre à des actes de complaisance surhumaine ; ils font tout au monde pour lui dorer
la pilule, dont l'heureux homme n'aperçoit que l'enveloppe
brillante et qu'il avale sans se douter de son amertume. Sa vie
sera désormais douce et légère ; ce n'est plus sur lui que sa
femme déchargera sa colère et sa mauvaise humeur. Il la
verra toujours gaie, toujours aimable. Veut-elle sortir? ce
n'est plus sur lui que va retomber la charge de la suivre :
l'amant est là, et c'est à sa place qu'il va briller à la promenade, au théâtre, à l'église. Ses soirées sont libres, rien ne
l'empêche d'aller faire *sa partie* au café, d'y lire les journaux,
d'y pérorer à son aise. S'il préfère garder le coin de son feu, il
est assuré d'avoir toujours à sa disposition deux auditeurs bénins
qui n'oseront jamais interrompre ses interminables histoires,
et qui se garderont de dormir en sa présence. On l'approuvera
s'il parle ; s'il gronde, on s'humiliera. Il va acquérir du même
coup une femme soumise et un auditeur à toute épreuve.

Pour lui cacher le secret fatal, l'épouse adultère et l'ami perfide ne reculent devant aucun sacrifice. Ce dernier se transforme en vil courtisan, toujours prêt à applaudir aux plus absurdes plaisanteries de sa victime, dont il fait les affaires en négligeant les siennes. Si le mari veut sortir seul, l'amant lui offre respectueusement sa canne et son chapeau ; s'ils sortent ensemble, le mari garde toujours le haut du pavé. Les deux criminels n'ont pas un instant de sécurité, ils voient briller au-dessus de leur tête l'épée de Damoclès, qui, retenue à peine par un fil léger, les avertit sans cesse qu'ils ne trouveront leur salut que dans de minutieuses précautions, qu'au prix d'une effroyable servitude.

Un mari trompé, fût-il un gros bonhomme au ventre rebondi, au teint couperosé, au nez chargé de lunettes et noirci par le tabac, un maigre employé portant la plume derrière l'oreille ; allât-il assidûment à la pêche à la ligne ; eût-il la sottise de déguiser son fils en garde national et d'exposer sur son balcon un pot de verveine à côté d'un pot de réséda ; fût-il un sectateur obstiné du bonnet de coton et abonné pour la vie à la gazette officielle : ces gages exagérés, accordés à la cause de l'ordre et de la paix à tout prix, paraissent sans valeur aux yeux épouvantés de l'amant. Car, pour lui, l'homme le plus inoffensif est toujours à la veille de se transformer en lion rugissant, n'ayant besoin pour cela que de subir une petite opération de cataracte morale, que des chirurgiens officieux se chargent parfois d'opérer gratuitement.

L'agitation, l'inquiétude, la crainte, le péril, sont le lot des coupables ; la victime heureuse, paisible et redoutée, descend lentement le fleuve de la vie, doucement bercée par les flots, exempte des soucis dont on a pris soin de la délivrer.

Pendant deux longues années, mon cher Victor, j'ai goûté les charmes d'un amour partagé, et je ne sais comment j'ai pu survivre aux ennuis de cette condition si enviée et si douloureuse ; tous les soirs je devais assister à un cours complet de politique : affaires intérieures, questions étrangères étudiées longuement, le tout entremêlé de prises de tabac bruyamment aspirées, et de prédictions sur l'avenir qu'un hasard des plus impertinents venait régulièrement démentir chaque jour. Je recevais ces averses avec une résignation plus que chrétienne ; j'étouffais en moi jusqu'aux moindres velléités de bâillements, et je me retirais les mâchoires endolories par les efforts qui avaient dû comprimer leur tendance à l'écartement. Le fait est

que le bonhomme était en politique de la force de cinq cents
ministres constitutionnels ; lorsque sa machine était montée,
elle allait avec une rapidité, une précision vraiment effrayante, et l'on eût tenté vainement de ralentir ou de régler
sa marche. Son éloquence s'écoulait comme un fleuve majestueux, si rien ne se mettait au travers ; mais l'opposition,
même la plus courtoise, le jetait hors des gonds : on le voyait
alors souffler, tempêter et noyer sa rage dans un déluge de
paroles. Les contradicteurs lui inspiraient une aversion telle
qu'il allait jusqu'à leur préférer ces auditeurs sans courage
qui trompent l'ennui en invoquant le sommeil. Je n'ai pas besoin de dire que mon homme n'ouvrait jamais la bouche sans
que le vide se fît autour de lui ; chacun prenait la fuite, au
risque de paraître incivil, ou, si quelque novice affrontait ce
danger, on ne tardait pas à le voir s'affaisser sur lui-même et
ronfler avec le calme de l'innocence. Aussi faut-il dire qu'il
éprouvait une vive émotion en me voyant sans cesse à ses
côtés muet d'admiration, les yeux bien ouverts, et tout prêt
à jeter de temps en temps quelque formule approbative qui
lui permettait de reprendre haleine. Bien souvent je l'ai
vu, après une harangue plus longue que de coutume, me serrer
la main d'un air attendri et me prodiguer les noms les plus
chers. En ce moment je respirais plus à l'aise, et je sentais
s'émousser l'aiguillon du remords.

Sa moitié n'était pas moins exigeante, et son joug m'était insupportable ; c'était un Tibère en jupon, une tigresse qui empruntait de temps à autre le sourire de la femme. Malheur à
moi, si je me présentais au salon quelques minutes trop tard !
Je devais lutter d'exactitude avec la pendule qui ornait sa cheminée, remplir en un mot un rôle à peu près semblable à celui
de ces mécaniques qui annoncent les heures en jouant un air
de flûte ou en exécutant un menuet. Malheur à moi, si je man-
quais à l'un de ces innombrables rendez-vous qu'elle me donnait au théâtre, à l'église, en soirée, à la promenade ! J'étais
comme un chien tenu en laisse par l'amour : je la suivais partout comme son ombre. Aucune excuse n'était admise : « Où
êtes-vous allé ? Pourquoi ce retard ? Qu'avez-vous fait ? Vous
aviez sans doute un rendez-vous moins désagréable ?... » Je ne
pouvais m'écarter d'un pas de son rigoureux programme,
sans avoir à subir un interrogatoire dont je sortais plein de
dépit, de rage et de fatigue. Elle devenait, en outre, plus jalouse de jour en jour ; si la jalousie est une preuve d'amour,

je dois avouer qu'elle tenait trop à me montrer le sien, car elle
passait rarement vingt-quatre heures sans me régaler d'une
scène de sa façon; ces scènes font fort bien dans un drame,
mais elle sont en réalité le martyre de la vie. L'escarmouche
commençait par quelque allusion lointaine à l'inconstance, à
la légèreté, à la perfidie des hommes en général : nous étions,
suivant sa théorie, autant de monstres habitués à nous repaître de cœurs féminins; elle venait ensuite aux détails :
pour moi elle avait tout sacrifié; si j'eusse consenti à lui servir de marchepied, je n'eusse fait que mon devoir. N'étais-je
pas, en effet, son premier, son unique amour, la seule erreur
de sa vie?... Erreur que j'expiais largement, grâce à ses ri-
gueurs d'anthropophage. Notre liaison était, à l'entendre, un
livre en partie double : d'un côté, toutes les joies, tous les
plaisirs; de l'autre, rien que douleurs et sacrifices; j'avais eu
l'indiscrétion de choisir le premier lot, abandonnant l'autre à
ma victime. L'imprudente ignorait

> Qu'un bienfait reproché tint toujours lieu d'offense.

Regardais-je une femme par hasard? J'étais un infidèle.
Parlais-je à quelque autre? C'était pour tâcher de nouer une
nouvelle intrigue. Souriais-je à une troisième? J'étais le dernier des hommes. Dans ses moments d'indulgence, elle me
traitait d'ingrat, incapable de reconnaître la félicité sans
bornes qu'on a su lui procurer, et dont il est profondément
indigne.

Lorsque la tempête avait assez grondé, elle finissait par se
résoudre en pluie; ses larmes jaillissaient avec abondance et
coulaient des heures entières, entrecoupées de douloureux
sanglots. Je n'ai jamais pu savoir d'où vient aux femmes cette
puissance secrète de pleurer à volonté et de la façon la plus naturelle. Je tiens d'un habile médecin que le don des larmes
que possèdent les enfants est on ne peut plus avantageux à
leur santé, car ils se débarrassent par ce moyen d'humeurs in-
commodes et dangereuses. Je crois que le cerveau des femmes est pareil à celui des enfants, et cette assertion n'étonnera pas ceux qui voudront réfléchir aux goûts puérils que la
plupart des femmes conservent dans un âge avancé. Elles ont
sans doute dans un repli de la tête une vessie gonflée d'humeur lacrymale qu'il suffit de presser pour faire jaillir des
pleurs; c'est ainsi que l'on voit le serpent déchirer, lorsqu'il
mord, la vésicule empoisonnée qu'il abrite sous sa mâchoire.

Les pleurs de certaines femmes sont envenimés aussi, et c'est du paradis terrestre que date l'intimité du serpent avec le beau sexe.

Le ciel reprenait peu à peu sa sérénité : *Post nubila Phœbus*, le soleil reparaissait, et sur l'horizon de notre amour s'élevait radieux l'arc-en-ciel de la réconciliation. Peut-être avait-elle lu ou appris que rien n'est plus doux pour un amant que le calme qui suit l'orage : aussi avait-elle grand soin d'assaisonner notre bonheur de querelles intermittentes.

Je n'ai pas encore parlé d'un sujet d'ennui des plus désagréables : c'était l'enfant de ma douce amie, qui était bien le plus exécrable polisson que j'aie vu de ma vie. Il m'avait pris en grippe et il n'était pas de tour pendable qu'il n'aimât à me jouer lorsqu'il en trouvait l'occasion : un secret instinct l'avertissait sans doute que j'étais de trop dans cette maison, et il faut avouer qu'il avait bien quelque raison de le supposer. Mais ce que je ne lui pardonnerai jamais, c'est qu'à la moindre apostrophe un peu rude de ma part, il se mettait à hurler comme si je l'écorchais et courait appeler à son aide. De sorte que j'étais contraint de le voir souiller mes vêtements, détruire la savante harmonie de ma chevelure, faire rouler à terre mon chapeau neuf, briser mes cannes, et tout cela sans qu'il me fût permis de faire la moindre observation. « Il est si remuant, ce pauvre enfant ! disait son père tout confit en admiration ; c'est de l'argent vif. » Et moi qui n'ai jamais pu souffrir l'argent vif ! « Viens ici, Polynice, » s'écriait la mère. Il s'appelait Polynice ! « Grand Dieu ! Comme tu as chaud.... Ne va pas te fatiguer, cher petit ; » et elle le renvoyait avec un baiser qui lui tenait lieu d'approbation. C'est par une faveur spéciale du ciel que j'ai pu sans accident affronter tant de larmes du fils et de la mère.

En somme, j'étais singulièrement las de ma félicité : aussi vis-je avec plaisir poindre à l'horizon le profil souhaité d'un compétiteur ; je m'effaçai complétement devant lui, et je fus assez heureux pour le voir me remplacer dans mon pénible emploi. Elle ne tarda pas en effet à lui accorder plus d'attention qu'il n'en fallait pour exciter la jalousie d'un amant en titre : je fermai les yeux comme un mari, et je continuai de recevoir d'un air stoïque les reproches d'infidélité qu'elle me jetait sans cesse à la face ; reproches qui, injustes d'abord, finirent par être mérités, sans devenir pour cela plus tolérables. Irrité de me voir accuser à tort, sans pouvoir prouver mon

innocence, je résolus d'avoir du moins le bénéfice de ma
mauvaise réputation.

J'avais été présenté à cette époque à une célèbre cantatrice qui était la beauté incarnée, une de ces femmes qui à un
corps divin joignent un esprit de démon, et semblent nées pour
ensorceler tous les hommes qui se rencontrent sur leur chemin. Un seul de ses regards, un sourire, un signe, m'avaient
attaché moi aussi à ce char triomphal sur lequel elle parcourait l'Europe; elle m'avait inspiré cette conviction intime qu'il
n'y avait qu'un seul bonheur sur la terre : celui de la posséder, de vivre près d'elle sous ce toit qui abritait tant d'appas
adorables, ces grands yeux noirs, ces lèvres de corail, ce cou
de cygne, et qui répétait comme un écho mélodieux les
suaves modulations de sa voix de sirène. C'est une vieille
fable que celle des sirènes, mais sous cette allégorie se cache
une vérité qui ne vieillira pas : que la femme est un être am-
bigu qui charme et qui déçoit, un tout harmonieux qui fas-
cine le cœur et endort la raison : c'est ce qui a fait dire à
Goëthe que Dieu, jaloux de l'homme, créa la femme pour
l'empêcher de devenir trop grand. Nos femmes de théâtre ressemblent en tous points aux sirènes antiques, les écailles à
part.... qu'elles ont eu la précaution d'échanger contre des
robes de soie et de velours.

Ma maîtresse, c'est-à-dire la femme de mon ami, ne tarda
pas à savoir quelque chose de ma nouvelle passion, et elle eut
l'incroyable maladresse de redoubler pour moi d'aigreur et de
mauvaise grâce. Les femmes, qui savent déployer un art si
consommé pour conquérir un cœur, montrent beaucoup moins
d'habileté lorsqu'il s'agit de le conserver. Dans le premier cas,
il est vrai, la coquetterie et la beauté suffisent d'ordinaire, tandis que dans le second on prodigue parfois vainement des trésors d'esprit et de savoir-faire. Un jour elle poussa si loin
l'excès de sa mauvaise humeur, qu'elle m'exaspéra. Pensant
d'un mot lui fermer la bouche, je lui reprochai à mon tour
les faveurs légères qu'elle accordait à mon rival, faveurs dont
jusque-là j'avais feint de ne point m'apercevoir. Ma sottise fut
grande et j'eus tout lieu de la regretter : quelle explosion,
bon Dieu! Quelle noble fureur! Quelle indignation de Suzanne
outragée! Ce ne furent pas des pleurs, ce fut une véritable
inondation entremêlée de cris qu'on eût plus justement nom-
més des hurlements; je crus un instant que l'infortunée allait
succomber sous l'effort de ses convulsions et se dessécher

comme une momie d'Égypte. Ce jour-là elle épuisa tout ce que son vocabulaire renfermait de termes injurieux, amers et cruels ; elle fut la femme la plus malheureuse, la plus méconnue, la plus calomniée des cinq parties du monde et des trois grandes époques historiques : la situation de Geneviève de Brabant, contrainte de se nourrir de glands, de se vêtir de cheveux, était douce auprès de la sienne.... Étourdi, honteux de moi-même, épouvanté de mes méfaits, je m'élançai vers une glace pour voir si à mon insu ma physionomie ordinaire n'avait pas cédé la place à celle d'un Nouveau-Zélandais. Elle versa tant de pleurs, fit si bel et si bien que je ne trouvai rien de mieux, pour en finir, que de me jeter à genoux en demandant pardon, et j'étais dans cette position humiliante, lorsque j'entendis la porte s'ébranler ; je me redressai avec la promptitude d'un voleur dont un bâton menacerait la tête, et j'aperçus....

— Le mari?

— Non, mais son affreux marmot, qui, voyant sa mère baignée de pleurs comme la nymphe d'une fontaine, se mit à crier comme si quatre pédagogues l'eussent fouetté en même temps, et grinçant des dents, se tourna vers moi en serrant ses petits poings et m'interpella en ces termes : « Va-t'en, va-t'en, méchant, qui fais pleurer maman. » Retrouvant alors le sentiment de ma dignité, je pris mon chapeau et dis à la dame : « Entre vous et moi l'avenir jugera. » Je prononçai ces mots en imitant la pose de Modena[1] lorsqu'il envoie Achimelech à la mort par ordre d'Alfieri ; j'ôtai l'enfant d'entre mes jambes, et je sortis avec toute la majesté que peut déployer un homme qu'une femme vient de voir à ses pieds.

A quelques jours de là, j'étais au salon avec les deux époux ; nous venions de dîner et l'enfant gambadait sur le parquet. Je ne sais quelle diabolique inspiration me poussa à presser entre deux doigts de ma main droite la joue gauche de Polynice, en lui disant, comme un homme qui ne sait vraiment plus que faire pour alimenter la conversation : « Viens m'embrasser, cher petit. » Que je devienne caporal dans la garde nationale si je me souciais le moins du monde de l'embrassade du détestable enfant. Polynice me regarda en dessous avec l'air sournois d'un Étéocle et me répondit : « Non, gros vilain ! » et il s'enfuit à l'autre bout de l'appartement.

---

1. Le plus célèbre comédien de l'Italie contemporaine.

« Oh! oh! Polynice, qu'est-ce que cela? s'écria le père sur
un ton de doux reproche ; pourquoi ne veux-tu pas embrasser notre bon ami Romualdo ? » Et le fripon de riposter aussitôt : « Parce que c'est un méchant, qui a bien fait pleurer
maman l'autre jour. » On eût dit que la foudre tombée au
milieu de nous nous avait transformés en statues de pierre : le
sang me monta à la tête, une sueur froide vint baigner la racine de mes cheveux; j'avais un bourdonnement dans les oreilles, un nuage devant les yeux, et je perdis presque connaissance. J'eus un instant l'idée de fuir. Quant à ma complice,
elle semblait indécise entre les avantages et les inconvénients
d'une pâmoison : à travers le brouillard qui obscurcissait ma
vue, je la vis toute tremblante et plus pâle qu'un linge fraî ·
chement lavé. Le mari, qui était sur le point d'aspirer une
prise de tabac, préparée depuis longtemps dans sa tabatière
avec tout le soin que peut y mettre un priseur obstiné ; le
mari resta lui-même immobile, une pincée de tabac dans la
main droite, sa tabatière dans la main gauche, et finit par tourner de mon côté son nez comme un point d'interrogation. En
ce moment j'eusse préféré regarder en face la pointe d'une
épée : je compris qu'il fallait parler à tout prix et donner une
explication quelconque pour n'être pas pris au piége comme
un sot, quoique je le fusse devenu en ce moment critique ; ma
tête était aussi vide d'idées que peut l'être un melon, je suais
sang et eau, et j'eusse donné volontiers la moitié de ma fortune
pour dire quelque chose qui eût l'ombre du sens commun. Je
fis un violent effort, j'ouvris la bouche, mais les paroles à
peine formées venaient expirer sur mes lèvres : « Oui.... Certainement!... Madame pleurait.... Je pleurais bien moi-même....
et parbleu! il y avait bien de quoi. Qui donc n'eût pas pleuré?
Vous l'eussiez fait tout le premier.... Nous pleurions tous
deux.... Je lisais.... j'avais lu à madame.... vous connaissez
son goût pour la lecture?... le dernier chapitre d'un roman
français.... une chose terrible! Nous touchions à la catastrophe..:. la mort affreuse du héros suivie de celle de cinq autres
individus, hommes et femmes : trépas causés par le poignard
d'un Italien et le breuvage empoisonné d'un Espagnol.... Des
péripéties à fendre un cœur de païen, un cœur de pierre, si les
pierres avaient un cœur, puisque nous sommes tous d'accord
sur ce point, que les larmes jaillissent du cœur et s'écoulent par
les yeux. C'est là le grand art des romanciers contemporains
de la France : charmer en terrifiant, captiver l'esprit du lec-

teur en lui donnant la migraine; une femme ne saurait ouvrir un de ces livres sans se vouer à la douleur poignante;
pour peu qu'elle ait l'âme sensible, on la verra tremper de
larmes une demi-douzaine de mouchoirs avant d'arriver à la
fin du premier volume ; à la fin du second elle aura des convulsions; le troisième ne s'achèvera pas sans qu'elle tombe
évanouie, et si elle veut arriver à la conclusion, elle devra recourir au chirurgien et à la saignée.... »

Mon ami aspira fortement la prise de tabac qu'il tenait depuis si longtemps suspendue entre l'index et le pouce; je res-
pirai et j'osai jeter sur lui un regard que jusqu'à ce moment
mon trouble semblait avoir fixé à l'extrémité de mes bottes :
je vis le bonhomme se presser les narines et se les essuyer avec
la tranquille complaisance d'un mari qui se croit en parfaite
sûreté du côté de sa femme. Je sentis à l'instant mon sang se
rafraîchir et mes poumons se dilater. Je repris toute ma présence d'esprit, et, voulant profiter de mon succès pour purger
de tout reste d'inquiétude l'âme peu soupçonneuse d'ailleurs
de l'époux infortuné, je continuai mon discours avec l'aplomb
d'un orateur dont l'exorde a été applaudi :

« Oh! les Français sont les mêmes en toute chose : excessifs,
irréfléchis, dédaignant les règles sagement ordonnées par la
science, l'expérience et le bon sens.... Impatients de tout
frein.... ils sont en littérature ce qu'ils sont en politique, ainsi
que vous me le démontriez si catégoriquement un de ces jours. »

Ce bon ami, flatté du compliment, s'épanouit aussitôt, donna
un coup sec au couvercle de sa tabatière, la fit pirouetter entre
deux doigts de sa main gauche, et reprit le cours de ses diva-
gations habituelles. Tout était sauf.... excepté pourtant ce que
les maris appellent leur honneur. Il parla pendant près de
deux heures, et jamais je ne fus si prodigue de résignation et
de silence. De retour chez moi, la pensée du péril que j'avais
couru me donna le frisson : plein de sollicitude pour ma tranquillité, de pitié pour ce pauvre mari, je me promis à moi-
même de trancher ce nœud gordien, non pas avec l'épée
d'Alexandre, mais avec une simple plume d'oie.

J'écrivis à ma farouche maîtresse, et je tâchai de lui faire
comprendre, avec tous les ménagements convenables, qu'il
était temps désormais de rentrer au bercail dont je me repro-
chais amèrement de l'avoir fait sortir, et, pour ne lui laisser
aucun doute sur ma résolution définitive, je laissai passer
quinze jours sans mettre le pied chez elle.

Le croirais-tu? Ce fut le mari que mon acte de vertu blessa
davantage : il m'accueillit avec une froideur de glace et ne m'a
jamais pardonné depuis je ne sais trop lequel de ces deux cri-
mes : de lui avoir rendu sa femme ou de lui avoir enlevé un
auditeur à toute épreuve.

Je me livrai dès lors, sans contrainte, au nouvel amour
que m'inspirait la belle cantatrice....

— Il est bien tard, cher ami, pour commencer une nouvelle
histoire, que je suis prêt du reste à écouter un autre jour.
Imite le feuilletoniste, qui, arrivé au bout de ses colonnes,
s'arrête impitoyablement et prend congé du lecteur en disant:
« A demain. »

TROISIÈME RÉCIT.

Amours de Romualdo et d'une cantatrice.

« J'ai fait provision de patience, mon bon Romualdo, et tu peux me parler de ta cantatrice aussi longuement qu'il te conviendra.

— Je vais te conter une véritable Odyssée.... sans Pénélope. Je ne puis songer à ces aventures, sans me demander comment j'ai pu tomber si vite et si bas dans la voie de la stupidité. Ma première passion a été une passion de cœur ; la vanité inspirait la seconde ; la troisième, qui fut heureusement aussi la dernière, a été plus complexe que les deux autres : je crois pourtant que l'appétit sensuel en était le principal mobile. L'amour sensuel est sans contredit le plus misérable de tous, et, s'il me fallait choisir aujourd'hui entre lui et n'importe quel accident fâcheux, je n'hésiterais pas. Il vaudrait cent fois mieux faire une chute de cheval, se casser la jambe, voir naître un héritier à quelque parent octogénaire, perdre un ami intime, se jeter dans le journalisme ou dans le mariage. Plutôt que de tenter une pareille épreuve, mon cher Victor, fais-toi eunuque ou poëte de cour, ce qui est la même chose. La chair, tu le sais, est horriblement faible.... la passion sensuelle est comme la robe de Nessus : une fois endossé, ce vêtement fatal s'attache à votre peau et vous consume tout entier. En dépit de notre âme immortelle, de notre intelligence et de notre volonté, nous nous laissons prendre aux appâts du plaisir, comme on voit les mouches et les oiseaux s'empâter dans le miel et dans la glu. Notre raison défaillante se couvre d'un épais nuage. Qu'est-ce donc que la beauté ? rien qu'une forme. Comment donc se fait-il qu'elle puisse troubler notre substance tout entière ? D'où viennent ces délires, cette fièvre, ces transports indomptables que notre volonté, malgré son origine céleste, est impuissante à calmer ? Ma volonté qui

régit tout mon être, qui guide mon esprit où bon lui semble,
se trouve tout à coup désarmée au souffle de l'adolescence, et n'a
pas plus d'autorité sur mon cœur que n'en pourrait avoir le
sermon d'un pauvre capucin. Les moralistes ont écrit là-dessus assez de volumes pour endormir toutes les générations à
venir; mais je suis persuadé que, si ces honnêtes gens ont pris
la plume, ç'a été sous l'influence d'une maturité à son déclin,
sous l'aiguillon d'un premier accès de goutte. Les adolescents
font peu de cas d'abord de leurs respectables avis, et, lorsqu'ils
commencent à les prendre en considération, ils n'en ont malheureusement plus besoin. Si par hasard il leur arrive de
feuilleter ces sages volumes, ils les trouvent d'une lourdeur
extrême.... pas si lourds pourtant, que le regard d'une coquette
jeté sur l'autre plateau de la balance ne suffise de reste à leur
faire contre-poids.... J'arrive à ma narration. Il est bon de débuter par quelques mots d'exorde, de même qu'à la guerre
on voit les tirailleurs escarmoucher en tête de l'armée : cela
prépare l'esprit de l'auditeur, permet au conteur de rassem-
bler ses idées..., et puis c'est l'usage.

Elle se nommait Marcella, mais on l'appelait plus habi-
tuellement *la Romaine*, du nom de sa patrie. Rome est toujours la cité éternelle, perpétuellement destinée à triompher
du monde. Sous l'antique république, on a vu l'univers s'incliner devant le génie de ses capitaines et sous le poids de leur
épée : aujourd'hui, inféodée à la tiare pontificale, elle répand
sur le globe tout entier l'essaim mélodieux de ses femmes
artistes, l'élite diaprée de ses moines aux variétés sans
nombre, et les grâces de sa bénédiction annuelle de la semaine sainte[1].

Marcella avait tous les attraits d'une Romaine qui a su s'ap-
proprier tous les secrets de l'art hellénique, et ajouter aux
splendeurs de son origine latine la beauté des filles de la Grèce.
C'était la Vénus de Médicis, avec le front de Cornélie, avec des
cheveux noirs comme le manteau d'un jésuite, des yeux noirs
comme les cheveux, une main anglaise et un pied espagnol.
Les Espagnoles semblent s'être assuré le monopole du pied
irréprochable : pied élégant et souple, finement découpé,
ressort d'acier qui donne aux mouvements des filles de l'An-
dalousie tant d'énergie et de fascination. Le pied de la Romaine, qui eût pu être modelé par un élève de Phidias, servait

---

[1]. *Urbi et orbi.*

d'appendice à une jambe accomplie, dont on ne saurait décrire en peu de mots les mystérieux attraits. Rien qu'à l'entrevoir sous le moelleux et transparent amas de ses jupes et sous-jupes aussi blanches que la neige des montagnes, on se sentait courir le long du corps je ne sais quel voluptueux frisson.... La première fois que je vois une femme, j'examine trois choses dès l'abord : ses yeux, sa bouche et ses pieds; car ces trois choses sont pour moi l'emblème de l'esprit, du cœur et de la grâce. La femme qui réunit les trois qualités physiques dont je viens de parler, est presque toujours une femme supérieure.

J'avais loué, au balcon de notre premier théâtre lyrique, une stalle de face, et c'est de ce poste de combat, qu'entouré d'un essaim d'élégants, je donnais le signal des frénétiques applaudissements qui saluaient la grande artiste à son entrée en scène, pour se renouveler plus furieux encore après chacun de ses morceaux, sans égard pour des gants immaculés qu'on entendait craquer de toutes parts. C'était, entre tous ses admirateurs, à qui donnerait le premier élan à l'enthousiasme public, à qui persisterait le plus longuement dans ces bruyantes démonstrations. Aussi fallait-il voir l'aspect que présentait cette salle en délire, où les battements de mains se succédaient presque sans interruption. Elle nous remerciait avec tant de grâce! il y avait tant de séduction dans ce regard circulaire, qui semblait vouloir embrasser la salle tout entière! C'était bien le moins qu'on la payât de retour, au risque de quelques ampoules.

Notre société turinaise se rend, comme tu sais, à l'Opéra, avec le parti pris de ne rien écouter et de ne rien entendre. C'est un rendez-vous de conversations, où jeunes et vieux, petits et grands, belles ou horribles femmes, songent à toute autre chose qu'à la musique et à l'art en général. Chaque loge est un réceptacle de sottises à la mode, d'où se dégage une atmosphère chargée de médisances, qui pourrait se décomposer en deux portions égales d'absurdité et de malignité. Je parie que, si l'on pouvait condenser cette vapeur légère mais âcre, et la livrer à l'analyse chimique, il ne sortirait pas, des fourneaux et des cornues du plus habile manipulateur, un seul atome de sens commun.

L'orchestre infortuné se trouve réduit à accompagner en sourdine cet importun murmure qui, de temps à autre, redouble d'intensité, et étouffe alors complétement sa voix. Dans

les moments où la salle fait silence à demi, les cors, les con-
tre-basses et les violoncelles font arriver jusqu'à vos oreilles
une note plaintive comme le cri d'un mendiant qui demande
l'aumône : les violons, victimes malheureuses, agitent inutilement sous le feu de la rampe la pointe de leurs archets, et
semblent sur le point d'éclater sous une attaque de mélodie
rentrée ; les flûtes voient retomber sans gloire aux pieds des
artistes les notes les plus suaves échappées à leurs clefs :
ténors, soprani, contralti, barytons, se tordent consciencieusement la bouche, et transmettent au public des lambeaux
de leur rôle, au moyen d'une pantomime expressive et de
gestes télégraphiques. Quant à leurs chants, ils ne sont guère
entendus que du souffleur, qui, tout étourdi dans son antre,
y bat la mesure au hasard : la grosse caisse et les chœurs peuvent seuls dominer cet effroyable tumulte; et du faîte à la base,
le théâtre retentit de leurs mugissements.

Mais quand la Romaine chantait, il n'en était plus ainsi :
nous tous, ses adorateurs, nous nous roidissions contre la
mauvaise volonté du public, et nos énergiques efforts finis-
saient par obtenir un calme relatif, qui ne laissait pas de paraître merveilleux après d'aussi violentes bourrasques.

Il y avait tant d'harmonie dans ce ravissant organe, elle
chantait avec un art si achevé, il y avait dans son sein tant
d'intelligence et de passion! Elle était si belle et parée avec
tant de goût! Elle ne s'identifiait pas complétement, il est vrai,
avec les personnages qu'elle représentait : ce n'était précisément ni la Norma, ni Sémiramis, ni Lucie; mais c'était bien
toujours et tout à la fois la muse du chant et la déesse de la
beauté, descendue du ciel pour ravir la terre à ses accents.
C'était une mélodie douce et puissante, que rien ne saurait
égaler, non plus que cette vocalisation rapide et déliée, qui se
déroulait comme un collier de perles, et que Marcella maîtri-
sait à son gré. Il y avait une âme dans cette voix qui tour à
tour vous arrachait des larmes, ou, joyeuse comme un éclat
de rire, répandait partout la gaieté de ses trilles éblouissants.
Cette voix surhumaine m'entraînait comme un torrent harmonieux, m'arrachait à moi-même, et me transportait dans des
mondes inconnus et sublimes, m'initiant à des sensations
nouvelles et délicieuses. C'était comme un splendide songe
oriental, que le réveil venait trop vite interrompre : l'entendre,
l'admirer ceinte de l'auréole incomparable du triomphe et de
la beauté, contempler cette fée qui, planète lumineuse, venait

dorer de son éclat les magnifiques régions enfantées par ma
fantaisie, c'était pour moi une volupté douce et cruelle en
même temps, qui m'allumait les sens et me troublait le cerveau : c'était plus que de l'ivresse, c'était du délire, de l'extase! Je ne lui avais pas dit encore un mot de ma passion;
je n'en avais pas eu le temps, je n'avais pas non plus trouvé
d'occasion favorable, et puis, je ne savais pas trop comment
m'y prendre, tellement je redoutais de paraître ridicule. Je
l'accompagnais parfois à la promenade; mais jamais nous n'é-
tions seuls, sa maison était le rendez-vous de tout ce qu'il y
avait à Turin d'hommes à la mode, jeunes, ou déjà sur le retour. La foule même des prétendants était la plus sûre sauvegarde de sa vertu. Beaucoup d'entre eux osaient lui parler
d'amour, et elle leur riait au nez sans plus de façons. Quant
à moi, j'étais bien résolu à ne rien révéler en public de mes
secrets sentiments ; et, soit qu'elle fût frappée de ce qu'il y
avait d'étrange dans ce procédé, soit qu'elle lût dans mon
cœur, et qu'elle agréât cette déclaration silencieuse, il faut
avouer que, sur quatre de ses sourires, deux au moins étaient
à mon adresse, et c'était sur mon bras qu'elle s'appuyait le
plus volontiers.

J'avais déjà griffonné quatre billets plus sots les uns que
les autres, et je les avais successivement relégués dans les
poches de mon gilet. Mes périodes tracées à l'encre bleue
s'étalaient sur du papier couleur de rose exhalant une forte
odeur de *patchouli*. Je ne lui parlais ni de métaphysique ni d'a-
mour platonique, mais je lui peignais en traits de feu la passion qui me tenait comme enchanté. C'était, disais-je, une
véritable, une douloureuse maladie qu'elle seule avait causée,
à laquelle, sinon par tendresse, du moins par pitié, il était
de son devoir d'apporter un remède.

Ainsi qu'il arrive toujours à propos des artistes, mille bruits
contradictoires couraient sur son compte : pour les uns, c'é-
tait une Lucrèce, pour d'autres une Aspasie ; des malveillants
allaient même jusqu'à dire que c'était une femme fort ordinaire. Pour moi, je variais au gré de l'accueil gracieux que
j'en avais reçu : j'étais tantôt de l'avis des premiers, tantôt de
l'avis des seconds, mais jamais je ne partageais l'opinion des
derniers. Quant aux dames du monde, elles allaient chucho-
tant que c'était tout bonnement une courtisane.

Un soir, au théâtre, j'entendis un dialogue des plus intéressants ; Marcella venait de quitter la salle au bruit des

applaudissements, je pus donc écouter tout à mon aise. L'un des interlocuteurs était le comte Sanluca, patricien plein d'orgueil et criblé de dettes ; un beau jeune homme détesté de tous ses compagnons de plaisir, bien accueilli des femmes, insolent et dédaigneux, qui croyait vous accorder une grande faveur en vous adressant la parole, et puis vous empruntait de l'argent afin de vous offrir un moyen de vous acquitter envers lui ; fléau de ses domestiques et dupe de son marchand de chevaux, donnant du pied dans le derrière à un mendiant en l'appelant paresseux, et versant sa bourse pleine d'or dans le tablier crasseux d'une vieille fée, pour avoir eu l'insigne honneur de donner le jour à une danseuse ; initié aux mystères du corps de ballet, protecteur-né de toutes les figurantes qui avaient assez de beauté et pas trop de vertu, il était en grande vénération chez les garçons de café, les perruquiers et les prêteurs à la petite semaine.

Le second interlocuteur était un vieux marquis, aux cheveux teints et reteints, et qui, sous une triple couche de pommade et de fard, cherchait vainement à déguiser sa décrépitude ; vénérable invalide de la galanterie, conquérant irrésistible de toutes les vertus vénales. C'était un débris mal conservé du régime qui vient de disparaître. Alors, sur dix habitués du grand théâtre lyrique, il y avait pour le moins sept ou huit nobles de souche plus ou moins authentique : car, ici comme ailleurs, le patriciat ouvrait souvent et volontiers ses rangs à la platitude doublée d'opulence. Le niveau de la révolution a passé avec négligence sur notre territoire, et l'on a vu la gent titrée fourmiller de nos jours plus qu'à aucune autre époque.

« Mon cher comte, disait le marquis en nettoyant le verre de sa lorgnette avec le revers du gant qu'il venait de quitter, pour faire briller à tous les yeux un gros diamant suspendu à sa main décharnée ; mon cher comte, la Marcella n'est pas en voix ce soir…. pourriez-vous me renseigner sur l'origine de cette légère éclipse ? »

Le comte haussa les épaules et, regardant sa montre, en fit sautiller les breloques entre ses doigts. Le marquis continua :

« On dit que vous êtes au mieux avec elle…. et je sais bien d'ailleurs ce dont vous êtes capable. Ah ! les supplications et les soupirs ne sont pas le fait des gens de notre sorte. Pour moi, ceci n'est pas douteux, la Marcella est votre victime…. ou plutôt, c'est la Marcella qui est le bourreau de votre bourse. »

Sanlúca répondit par un sourire modeste équivalant à un superbe aveu ; puis il dit :

« Allons donc ! la Romaine est une vertu farouche comme le lion de Stupinigi [1]. Elle a de la vertu à en revendre aux honnêtes femmes....

— Vraiment ! elle en vendrait ?...

— Diable, tout se vend, pourvu qu'on y mette le prix.

— Ah ! ah ! je comprends, fit le marquis du ton d'un homme qui ne comprend pas du tout ; et le comte reprit :

— Connaissez-vous l'histoire de Danaé ?

— Danaé ! répéta l'autre en ouvrant de grands yeux, et plein du plus vif étonnement, il cessa pour un instant de fourbir sa lorgnette ; Danaé ! non, je ne la connais pas.

— Eh bien ! avec toutes les femmes on peut user du même procédé : *Danaro* vient de Danaé, cela veut dire qu'à beaux deniers comptant vous serez le favori des dames.

— C'est juste, s'écria le marquis, en applaudissant à l'érudition de son interlocuteur, c'est juste, nous sommes parfaitement d'accord.

— Vous pouvez demander des nouvelles de la Marcella à M. Romualdo ici présent, ajouta le comte ; il est chez elle sur le même pied que moi. »

Le marquis daigna se tourner de mon côté avec l'air de protection que la levrette d'une grande dame pourrait prendre vis-à-vis du chien d'un aveugle, et me toisa des pieds à la tête avec la fierté d'un sot qui croit sentir couler dans ses veines le sang des paladins.

« Ah ! M. Romualdo la connaît ! eh bien ! qu'en pense-t-il ?

— C'est un problème dont je n'ai pas encore trouvé la solution, répondis-je ; une énigme en face de laquelle je suis un Œdipe tout à fait insuffisant. »

Le marquis se pencha vers l'oreille du comte et murmura : « Que diable veut-il dire ? »

Sanluca m'interpella à son tour :

« Vous voulez faire de la discrétion, mais elle serait ici déplacée et l'on ne doit abuser de rien. S'il s'agissait de toute autre femme, je saurais garder, moi aussi, la réserve convenable ; en pareil cas, le silence est de stricte obligation pour un homme comme il faut : qu'adviendrait-il, en effet, de la réputation des dames, si leurs amants s'avisaient de parler ?

---

1. Château du roi de Sardaigne. On y voit une fort belle ménagerie

Où seraient les femmes vertueuses? Le manteau de pudeur
dont s'affublent quelques-unes d'entre elles est tissu d'impos-
tures d'un côté, de silence de l'autre ; si, par suite de quelque
imprudence, le précieux vêtement reçoit un accroc, la tolé-
rance publique est prompte à le raccommoder. Mais une
artiste est un être exceptionnel : elle se livre en pâture à la
foule, et la foule a parbleu bien le droit de se mêler de ses
affaires. Voulez-vous que je m'explique franchement, marquis?
Sous cette apparence volcanique, Marcella cache un cœur de
glace. Les sens chez elle sont endormis ; elle n'a que deux
passions au monde : la soif de l'or et celle du succès. Pour
captiver l'enthousiasme d'une salle comble comme celle de
ce soir, elle danserait sur la corde si la voix venait à lui manquer ; en échange d'une parure, d'un écrin de diamants, elle
livrerait sa beauté et son âme, elle tordrait le cou de sa chatte
favorite. Avez-vous vu le bracelet qu'elle portait tout à l'heure
au poignet gauche? un serpent d'or qui enroule avec volupté,
autour de ce bras d'ivoire, ses écailles de rubis et sa tête
d'émeraude. C'est moi qui, hier, lui en ai fait présent....

— Oh! magnifique! fit le marquis ; je l'ai remarqué, il suf-
fait à payer l'amour de tout un mois.

— Dites donc l'amour d'une nuit. »

En écoutant ce propos impudent, je sentis le sang me monter à la tête, et je fus sur le point de sauter à la gorge de
Sanluca, qui poursuivit sur le même ton :

« J'ai pris ce bijou chez Musy, qui l'a fait venir pour moi
de Paris. En m'asseyant sur le canapé je le jetai sur un meuble à côté d'elle. Sous le coup d'une irrésistible tentation, je
la vis s'allonger sur son coussin comme fait sa chatte de prédilection lorsqu'elle aperçoit un bonbon dans la main de sa
maîtresse ; elle prit l'écrin, l'ouvrit, tourna et retourna le
bracelet entre ses doigts souples, l'exposa sous toutes ses
faces au jeu de la lumière, puis le referma comme vous refer-
mez un porte-cigare dont vous n'avez plus besoin : « Thérèse,
dit-elle à sa femme de chambre, tu le mettras sur la toilette
de mon boudoir au théâtre ; je le prendrai demain.» Puis m'a-
dressant la parole : « C'est une faveur que j'accorde rarement aux
mille bagatelles dont les hommes se font un orgueilleux plaisir de me gratifier. « Je me baissai pour atteindre à sa petite
main, qu'elle avait laissée mollement retomber sur un oreiller,
et je baisai l'extrémité de ses ongles rosés. En sortant, je
donnai un petit coup sur la joue de Thérèse et je mis dans sa

main une pièce de vingt francs: j'acquittais ainsi le dro
d'entrée. »

Je suais à grosses gouttes. Le marquis souriait (d'un a
scélérat : il était vraiment hideux. Je fis un effort ssur moi
même et je résistai à la tentation de donner à M. lle com
un solennel démenti. Je n'étais pas au bout de mes; peines

« Oh ! oh ! continua-t-il en se tournant du côté de lla scène
regardez.... N'apercevez-vous pas, dans cette loge à. gauche
milord Stonehouse, l'Anglais amoureux de Marcella ? Tous le
Anglais ont un grain de folie. Celui-ci est fou de notre prim
donna. »

Je me retournai aussi pour voir milord Stonehouse;, dont j
partageais complétement le délire. C'était bien le plus horr:
ble visage que j'eusse vu de ma vie. Il avait le museau d'un
fouine effarouchée ; ses cheveux, plantés si bas qu'ils se con
fondaient presque avec les sourcils, se hérissaient en épis su
le sommet de la tête, et l'âge donnait des tons faux au roug
vif qui avait été leur couleur primitive; ses yeux à fleur d
tête étaient gris clair, son nez était long et pointu ; des dent
aiguës comme celles d'un animal rongeur étalaient dans s
large bouche leurs tiges jaunissantes ; des favoris épais, de l.
même couleur que ses cheveux, descendaient jusqu'à son men
ton écourté et couvert de couperose ; son regard était d'u
idiot, ses mouvements avaient la grâce de ceux d'un orang
outang, il riait comme un chameau.

« Milord, ajouta le comte, accompagne partout la Romaine
il roule sur l'or, et son unique occupation est de combattre le
spleen. Après deux ans de muette adoration, il a fini par écrire
un billet conçu à peu près en ces termes : « Ma bien chère
« vous êtes belle et je vous aime ; depuis deux ans je vous
« suis, et chaque soir je vous contemple du fond de ma loge.
« Je me nomme lord George Stonehouse, et j'ai vingt mille
« livres sterling de revenu, ce qui fait cinq cent mille francs
« de votre monnaie. Vous voyez que je suis riche pour deux :
« mon cœur, mes trésors, je mets tout à vos pieds. » La Romaine rit aux larmes du personnage et de sa lettre, et lui fit
incontinent cette réponse laconique : « Milord, je vous connais
« de vue depuis quelque temps déjà ; vos richesses me sédui-
« sent autant que votre personne me rebute : veillez soigneuse-
« ment sur les premières, défaites-vous de la seconde, et nous
« serons bientôt d'accord. P. S. Quant à votre cœur, je ne
« vois pas trop ce que j'en pourrais faire. » Cela se passait

à Milan. Le soir, en entrant en scène, Marcella ne put retenir
un sourire en retrouvant milord à son poste: il resta impassible et continua de fixer sur elle son regard vitreux, mais il
saisit l'instant où son rôle la forçait à se rapprocher de l'a-
vant-scène, et alors, avec cette voix gutturale, avec cet accent
anglais grâce auquel il semble cracher ses paroles au milieu
d'un accès catarrheux, il lui jeta ces mots en toute hâte:
« Quelle est la partie de moi-même qui vous déplaît le plus ? »
Elle se retourna, et , pleine de dépit : « Vos yeux, dit-elle.
« *Very well*, » balbutia milord, et il se tut. Le lendemain,
Marcella recevait sous un pli cacheté, deux traites de mille
guinées chacune sur la première maison de banque de Milan,
le petit billet suivant y était joint : « Pour embellir les yeux
« de George Stonehouse. » Elle fut indignée et songea d'abord
à renvoyer les traites. Elle appela Thérèse : « Qui a apporté
« cette lettre ? — Un domestique de milord, répondit la sou-
« brette, et il a ajouté qu'il n'y avait point de réponse. — Quel
« fou! » s'écria Marcella, et se prenant à rire, elle serra l'argent.
Au théâtre, elle n'accorda pas un regard au malheureux Anglais.
Le lendemain, on lui remit un second billet : « M. X..., négo-
« ciant, est chargé de vous amener deux chevaux : ils sont
« bais, car je sais que vous aimez cette couleur ; le carrossier
« Y... vous enverra en même temps la voiture qui doit com-
« pléter votre équipage. Puis-je espérer que ce don ajoutera
« quelque charme au nez et à la bouche de lord George ? » Elle
brûla le billet ; trois heures plus tard on l'admirait au Corso,
mollement appuyée sur les splendides coussins de la calèche
de milord. Cette coûteuse comédie continua quelque temps
encore: l'ingrate physionomie de l'Anglais exigeait de nombreux correctifs. Mais enfin, le jour arriva où ses cheveux
ardents furent eux-mêmes transformés en ondes brunes et
soyeuses, grâce à l'envoi d'un diadème de brillants, et milord
osa de sa place, au théâtre, hasarder cette question : « Puis-je
me présenter maintenant ? — Vous êtes un Adonis, » lui fut-
il répondu. Le lendemain, l'Anglais et la cantatrice dînaient
ensemble.

— L'histoire est bonne, excellente, » fit le marquis en rica-
nant.

— L'anecdote m'a tout l'air d'un récit fait à plaisir, murmurai-je entre mes dents. » Et je braquai ma lorgnette sur le
monstre britannique imparfaitement déguisé en homme du
monde. J'aurais voulu posséder l'autorité absolue d'un pacha,

po.ir me donner l'extrême satisfaction de faire empaler le narrateur et le héros de l'aventure que je venais d'entendre.

On leva la toile, et la Romaine aborda le grand air du second acte. Au moment où elle paraissait, je regardai l'Anglais qui, debout au balcon, s'inclinait tellement du côté de la scène qu'on eût dit qu'il allait tomber sur les spectateurs du parterre ; il dirigeait sur la cantatrice, avec une fixité insolente, une lorgnette aux dimensions colossales. Mon irritation s'accrut au point de me rendre insensible aux accents d'une voix aimée : je sentais s'agiter dans mon cerveau mille pensées contradictoires et confuses ; une seule perception se dégageait nettement de ce chaos, c'est que je me trouvais dans une situation ridicule. Marcella répandait sur ses auditeurs avides le flot pressé de ses notes harmonieuses, qui s'élevait pour retomber ensuite comme une pluie de perles ; je regardai de nouveau milord, il était immobile, ses yeux de verre brillaient comme du cristal, un sourire hideux illuminait sa face patibulaire ; on eût dit un âne amoureux qui va se mettre à braire.

« Voilà, me disais-je, pour qui elle prodigue ses mélodieux trésors ; c'est à lui autant qu'à moi.... à lui plutôt qu'à moi, que s'adressent les élans passionnés de sa voix, et cet animal, qui a moins de rapport avec l'homme qu'avec les singes de l'Amérique, cet animal est heureux par elle, mille fois plus que je ne le suis moi-même en ce moment. » Plein d'une jalouse rage, il ne me fut plus possible de tenir en place, et je me levai bruyamment au milieu de l'adagio, au grand scandale du parterre qui accompagna ma sortie de ses clameurs.

C'était par une nuit sereine et froide de janvier. J'errais à l'aventure au clair de la lune, tellement absorbé dans mes sinistres réflexions, que j'oubliais de boutonner mon paletot où venait pourtant s'engouffrer une bise glacée, qui était pour mon front brûlant comme une brise rafraîchissante. Je ne pouvais détacher ma pensée de cet horrible enfant d'Albion et de cet impudent récit que m'avait fait le comte ; à travers un nuage planait aussi l'image de mon idole. Je voyais la Romaine, cette femme aux charmes vainqueurs, sourire à ces deux ignobles personnages, les enivrer de sa voix de chérubin, se suspendre amoureusement à leur cou et déposer un baiser sur leur front flétri. C'étaient d'horribles visions qui me faisaient comprendre dans toute leur intensité les tourments de l'enfer. Ces formes attrayantes, cette incomparable beauté que

j'évoquais sans cesse dans l'ardeur de mon délire, que j'eusse
volontiers payées de mon sang, de mon honneur peut-être....
je les voyais livrées à prix d'or à deux crétins avilis!

Je courus deux heures au hasard, poussant des cris de rage
étouffée, m'épuisant en vaines malédictions.... Puis je rentrai
chez moi ; mais je n'y trouvai ni le calme ni le sommeil. Le
lendemain, une pensée consolante vint me rafraîchir le front
et ranimer mon espoir. Cette pensée n'était pas fort originale,
je ne l'en accueillis pas moins, et je la saluai au passage comme
un ami de retour d'un voyage lointain. « Tout ce qu'il a dit,
pensais-je, n'est que fable, c'est la menue monnaie de toute
conversation banale ; un fat invente une calomnie, d'autres la
jettent ensuite dans la circulation, revue et augmentée. Oh !
les allures de cette femme ne sont pas celles d'une Laïs vulgaire : son regard suffit à confondre ces absurdes propos.
Je veux aller chez elle ce matin, afin de lire dans ses yeux un
démenti sans réplique. »

J'y allai. « Madame est souffrante, me dit la camériste, elle
ne veut recevoir personne ; attendez pourtant, je vais prendre
ses ordres. » Elle revint au bout d'une demi-minute : « Entrez,
monsieur, fit-elle ; madame a résolu de confirmer la règle
générale en faisant une seule exception. » J'entrai dans un boudoir retiré, sanctuaire de la déesse. Au milieu d'un luxe
éblouissant, on remarquait le bon goût et l'aimable négligence
d'une femme qui est trop au-dessus de la richesse pour y
tenir. Marcella était à demi renversée sur une causeuse au
coin du feu, et ses petits pieds, appuyés sur d'élégants coussins, jouaient avec de ravissantes pantoufles de velours broché d'or.

Elle était enveloppée, plutôt que vêtue, d'une robe de chambre en laine d'une blancheur éblouissante, brodée et doublée
de satin couleur de rose, à peine soutenue vers les hanches
par un cordon de soie à glands d'or, qui s'ouvrait par devant
pour montrer les magnificences de la sous-jupe. Les manches
larges et tombantes vers le coude faisaient ressortir la beauté
d'un bras à demi voilé sous la mousseline et la dentelle ; ses
cheveux d'un noir de jais, qui dans un désordre savant descendaient le long des joues pour se rattacher derrière ses
oreilles délicates, augmentaient de moitié la splendeur de son
front et l'éclat de son teint ; et sur ses genoux, une chatte
blanche qu'elle nommait Cléopatre, arrondissant son dos
fourré, entr'ouvrait paresseusement ses yeux aux reflets verts.

A droite, était une cheminée de marbre sur laquelle deux ravissantes cariatides avaient été condamnées par le caprice du
sculpteur à soutenir deux immenses vases pleins de fruits
également en marbre : dans l'âtre, petillaient les tisons d'un
vaste brasier reposant sur les épaules de deux superbes lions
de bronze, qui remplissaient modestement l'office de chenets.
A gauche, s'élançait de terre sur une seule tige une charmante petite table en acajou semé d'incrustations : sur cette
table reposaient des myriades de billets parfumés, qui ressemblaient beaucoup pour la forme et la couleur à ceux qui
n'osaient sortir de ma poche. La Romaine accordait successivement à chacun d'eux un regard négligent, le laissait ensuite tomber dans le feu, et souriait en le voyant, réduit en
cendres impalpables, voltiger dans la cheminée.

Lorsque j'entrai, elle se souleva lentement et avec effort,
m'envoya un sourire mélancolique comme l'apparition du crépuscule, et me tendit la main ; un nuage était resté sur mon
front, je la saluai par un signe de tête, et j'allai m'asseoir en
face d'elle sans dire un mot, évitant de baiser la main chérie
qui m'était offerte, et dont au passage j'effleurais légèrement
l'extrémité. Elle fit un petit mouvement de surprise, qui eut
pour résultat de réveiller la chatte et de lui faire ouvrir ses
paupières paresseuses ; Marcella devint sérieuse et leva sur
moi un regard investigateur plein à la fois de curiosité et de
reproche ; puis ses paroles s'échappèrent en vibrations mélo-
dieuses, c'était une musique parlée :

« Bonjour ; je ne vais pas bien, j'ai mal à la tête.... Le
dépit me ronge, l'ennui me consume.... Je suis tellement
occupée que je n'ai pas le temps de combattre l'ennui.... Quel
intolérable climat que le vôtre ! C'est une Sibérie avec des
apparences de civilisation.... Et quel animal que votre impresario ! Le croiriez-vous ? il me refuse un manteau de velours broché d'or, sans lequel je ne puis pourtant paraître
décemment.... A-t-on jamais vu une reine aller sur la place et
chanter sans manteau ? je lui ai fait dire qu'il n'eût pas à
m'attendre ce soir, et le manant a eu l'insolence de me jeter
son contrat à la tête !... Je ne chanterai pas. Que m'importent
lui et son contrat ? Je suis vraiment tentée d'envoyer chercher des chevaux et de partir à l'instant.... Mon cher, vous
arrivez dans un moment fâcheux : je suis irritable comme une
seconda donna, plaintive comme une vieille fée ; mais vous
êtes bon et vous me plaindrez.... j'ai tant besoin de pitié....

c'est notre seule consolation, à nous autres pauvres femmes....
et c'est pour cela que je vous ai reçu. »

Pour la première fois je me trouvais seul avec elle et je ne
pouvais me lasser de la contempler. Comme je continuais de
garder le silence ses yeux se reportèrent sur moi : le langage
des miens était sans doute trop expressif, car une rougeur légère vint empourprer sa joue, elle caressa doucement le dos
soyeux de Cléopatre, et reprit ainsi :

« A propos, j'ai quelque sujet de vous en vouloir.... pourquoi ce départ précipité au milieu de mon grand morceau
d'hier soir ? En cet instant-là même, je vous consultais du
regard pour savoir si je chantais comme il faut.... Vous êtes
ma boussole au théâtre : quand je vois votre binocle s'abais-
ser et votre physionomie émue, je me dis que tout va bien et
je sens mes moyens centuplés. Hier vous m'avez troublée....
j'ai hésité sur un fa et j'ai manqué un trille ; à peine rentrée
dans la coulisse, j'ai reçu les compliments de condoléance du
ténor : « Qu'avez-vous ? disait-il ; je vous ai vue pâlir sous le
« rouge. » Et l'hypocrite *Contralto* me demandait après lui avec
une joie qui perçait sous une apparente compassion : « Vous
« aurait-on moins applaudie que les autres jours ?

— Hier au théâtre, vous aviez un adorateur de plus.... non
pas un courtisan nouveau, mais ancien, trop ancien à mon gré. »

Je prononçai ces mots du ton glacial d'un greffier qui lirait
une sentence judiciaire.

« Mais qui donc ?... demanda-t-elle en caressant à rebours
le poil de Cléopatre ; j'ai tant de soupirants ! Excepté vous,
peut-être, je n'ai pas connu d'homme qui n'ait prétendu mourir d'amour pour moi : pas un n'a réussi à m'en imposer.
Voyez-vous ce monceau de lettres ? ce sont autant de déclarations amoureuses, et cette pincée de cendres représente un
tas énorme de petits billets de la même nature : ce feu est
éteint déjà ; il y avait pourtant là de l'ardeur à incendier tout
un monde.... de papier. Chaque matin ces missives pleuvent
chez moi comme la grêle, et c'est Thérèse qui me sert de
paratonnerre. Dans ces billets passionnés, il n'y a pas un
atome de sens commun et de sympathie vraie, et je suis à
l'abri de toutes ces folles attaques. C'est grâce à Thérèse que
me parviennent ces ridicules griffonnages : ils sont en effet un
supplément de gage pour cette pauvre fille que ma complaisance enrichit.... et puis quand je me sens lasse, je lis ces billets
pour combattre avec l'ennui d'hier l'ennui d'aujourd'hui,

comme un clou chasse l'autre [1].... mais l'ennui présent est toujours le pire. Vous ne sauriez croire quel amas d'absurdités
il m'a été donné de lire. Qu'on ne vienne pas m'entretenir de
la supériorité morale du sexe laid : j'ai là des preuves écrasantes de la stupidité de bien des gens qui passent pour re-
gorger d'esprit; ces lettres que vous voyez là, renferment des
serments, des promesses, des exagérations de toute sorte :
l'un se désole et soupire, l'autre parle d'un poëme et propose
un marché; l'un veut me tuer, l'autre m'enlever, un cinquième m'offre sa main et m'invite à souper. Le feu de ma
cheminée fait bonne justice de tout ce plat verbiage. De temps
à autre je reçois les aveux de personnes naïves ou sottes
qui pensent me séduire en m'adressant un dithyrambe ou
quelque niaise pastorale : cette innocente mais ennuyeuse
comédie se renouvelle pour le moins deux fois par semaine.
Ils ignorent, les insensés, combien je suis blasée sur ces rimes
banales qui accouplent perpétuellement *cœur* avec *ardeur* et
flamme avec *âme*. Les plus brillants ténors de toute l'Italie
m'ont ressassé ces déclarations sur les tons les plus di-
vins, mais ils employaient du moins le langage de Rossini,
Bellini et Donizetti. Si la musique fait tout passer, il faut
en revanche être bien fat pour espérer quelque chose d'un
fragment de libretto expédié par la poste.... »

Je l'interrompis pour lui dire brutalement :

« J'en suis persuadé, la prose poétique n'a qu'une assez
faible valeur commerciale, et vous aimez le positif. »

Elle tressaillit; par un mouvement rapide de sa main droite,
elle ramena ses cheveux en arrière, découvrant ainsi l'admirable pureté de son front; elle fronça légèrement le sourcil,
et me regarda fixement.

« Que voulez-vous dire? » fit-elle.

Je soutins froidement ce regard, je rassemblai toutes mes
forces, je fis appel à tout mon courage, et je repris :

« Parmi ces lettres, il en est sans doute quelques-unes de
milord Stonehouse?

— Ah! répondit-elle avec un demi-sourire; c'était à lui que
vous faisiez allusion tout à l'heure? En effet, j'ai cru l'apercevoir hier dans le fond de sa loge. C'est un cœur d'or sous
une rude écorce; un homme intelligent, généreux et dévoué
comme un caniche; le beau langage n'est pas son fait, mais

---

1. *Come d'asse si trac chiodo con chiodo.*

pour m'obliger il se jetterait au feu; sa sincérité est à toute épreuve. Nous sommes bons amis : il m'aime, et j'en ai pitié; il me fait de temps à autre l'aveu de ses sentiments, et je le laisse dire.... Mais vous n'êtes pas ce matin dans votre assiette ordinaire, Romualdo; votre contenance trahit une préoccupation visible, vous êtes sombre comme la nuit, et, permettez-moi de le dire, aussi peu courtois qu'un *impresario*. Vous aurait-on ensorcelé?

— Oui, je suis le jouet d'un affreux sortilége dont il m'est impossible de me délivrer. Ce cauchemar a un caractère tout à fait exotique, peut-être vient-il de votre pays.... »

Elle resta calme; il y avait pourtant un éclair de gaieté dans ses beaux yeux, qu'elle voila bientôt de ses longs cils bruns. Elle s'étendit sur la causeuse, allongea ses lèvres en une adorable petite moue, et, prenant sur sa table une des innombrables lettres qui la surchargeaient, la déplia et la parcourut des yeux. A peine avait-elle lu les premières lignes, que sa joue s'empourpra, son visage exprima la fureur, et je la vis se redresser par un mouvement convulsif, qui tira des entrailles de la chatte un gémissement lamentable.

« Par la sainte Madone del Carmine! s'écria-t-elle, qu'est-ce que cela veut dire? quel est ce manant, ce rustre élevé au milieu des pourceaux?... et il y a mis son nom, le misérable.... Oh! lisez. Et d'un geste royal elle me tendit la lettre. Voici à peu près ce qu'elle contenait : « Je suis le marquis de ***, je « n'aurai point de repos que je ne vous aie prouvé combien je « vous trouve à mon gré, et je suis assez riche pour me pas- « ser une fantaisie. Répondez-moi une seule parole : *Oui*, et cela « vous vaudra une traite de mille francs sur mon caissier. « Tout à vous : Annibal Emmanuel, marquis de ***. »

Ce vieux Céladon avait voulu imiter lord George, et, comme tous les plagiaires, il avait fait une sottise.

« Où donc est-il né, où donc a-t-il vécu, ce marquis imbécile? criait-elle avec le ton vrai d'une noble indignation. Oh! que n'est-il entre mes mains! Mais le misérable ne sait pas ce que c'est qu'une Romaine; nous ne chargeons pas un tiers de nos vengeances, et les longues épingles de nos tresses sont plus terribles parfois que des poignards.... Le connaissez-vous, Romualdo, cet insulteur cynique? vient-il au théâtre? quelle place y occupe-t-il? Mais non, ne me dites rien, je ferais un scandale : à la première occasion, je lui jetterais son billet à la face et je lui dirais : « Cuistre sans pudeur, me

prends-tu pour un être de ton espèce?... Par le corps du
Christ! confondez-vous une grande artiste avec la vile courtisane des carrefours qui, pour un morceau de pain, se laisse
abreuver d'outrages et de honte? Qui donc a pu autoriser cet
homme sans nom à me jeter son mouchoir malpropre comme
à une esclave de son sérail? N'y a-t-il donc pas de loi pour
mettre une femme à l'abri de pareilles attaques? On punit bien
pourtant les voleurs de grands chemins! »

En présence de ce généreux élan, mes derniers soupçons
s'envolèrent, comme tu peux le croire. Elle était si belle d'ailleurs en ce moment, il me semblait voir la vertu en personne,
sortir triomphante de son duel quotidien avec la calomnie.
Je me levai sous le coup d'une irrésistible impulsion, je pris
dans mes mains ses mains frémissantes, je les couvris de
baisers, et je lui dis d'une voix brisée par l'émotion :

« Marcella! homme au singulier, cela veut dire sot, au plu-
riel, cela veut dire méchant : l'un prend l'apparence pour la
réalité; l'autre la torture pour lui trouver un sens criminel :
la Providence l'a voulu ainsi, pour qu'il y eût quelque mérite
à conserver un jugement droit au milieu des vicissitudes de
l'existence. Le mal a pu se masquer sous les dehors du bien,
sans qu'on lui fît jamais son procès pour cela, tandis que
le bien, dépouillé de sa parure, est exposé aux risées des sots
qui forment partout la majorité; et vous devez savoir que
c'est d'ordinaire la majorité qui fait la loi. Plus qu'aucune
autre, une femme de théâtre est en butte aux traits de la calomnie : mille fables courent à sa honte, fables qui servent
d'aliment à la conversation pendant deux minutes, et qu'on
invente pour se jouer un instant de la crédulité des imbéciles.... Le marquis a cru aveuglément. »

Elle se leva d'un bond, et la malheureuse Cléopatre, renversée à terre, sauta en miaulant sur une table, toute stupéfaite d'un procédé aussi inouï.

« Romualdo, me dit-elle en me serrant fortement le bras,
pâle comme une grande tragédienne à l'approche du dénoûment; Romualdo, ce que l'on a dit de moi, je veux le savoir.
Il faut qu'on ait répandu des bruits bien absurdes et bien in-
fâmes, pour que le marquis m'ait crue avilie à ce point....
Confessez-moi toute la vérité, elle nous fuit, nous autres artistes, comme elle fuit les rois : parlez donc, si vous avez le
noble courage de la franchise.

— Ce n'est point par hasard que j'ai nommé milord Stonehouse; c'est le héros principal des aventures que l'on vous prête. Pardonnez-moi si je vous répète les infamies que j'ai eu la douleur d'entendre; songez que je ne suis qu'un écho irresponsable, comme un ministre. »

Je lui racontai alors, sans rien omettre, tout ce que j'avais appris la veille; elle m'écouta impassible en apparence, mais la contraction de ses lèvres indiquait suffisamment le douloureux effort qu'elle faisait pour se contenir. Lorsque j'eus fini, sa tête resta quelque temps inclinée sur sa poitrine, puis elle la releva lentement et me regarda:

« Et vous aussi, vous avez cru?

— Je n'ai pas été assez sot pour cela, répondis-je, mais je n'ai pas eu assez de sens, je l'avoue, pour conserver ma tranquillité. En un mot, je rougis de le dire, j'ai douté un instant.

— Le doute est une insulte comme la calomnie, » reprit-elle; puis elle fit quelques pas dans une attitude pensive. Au bout d'une minute elle s'arrêta: « Vous attendez de moi une justification, je parie. C'est une faiblesse commune à tous les hommes, qui n'accuseraient jamais s'ils ne s'attendaient pas à être réfutés victorieusement. Ils ne croient pas aux femmes, et croient à leurs justifications; ils font peu de cas de leur vertu, et sont pleins de foi dans leur parole. Rien de plus sot; une affirmation est aussi promptement articulée qu'une négation, et quand je vous dis: *Oui*, qui vous garantit que je ne vous trompe pas? Si vous me croyez incapable de mentir, à plus forte raison ne devez-vous pas m'attribuer des fautes impardonnables: une femme s'avilit en se défendant. Pour moi, je veux un amour entier, une estime complète; celui qui m'a prise d'abord pour une Madeleine pécheresse est un sot, si deux mots de moi suffisent à lui persuader que je suis plus pure que la vierge Marie. Que le monde dise ce qu'il voudra; il accusera: je nierai; en serez-vous plus avancé? Je ne veux pas vous mettre à l'épreuve: une calomnie démentie aujourd'hui reparaîtra demain; la seule occupation de bien des gens est de fabriquer le mensonge et de le mettre en circulation: pour se divertir une demi-heure, un fat n'hésite pas à flétrir pour la vie une pauvre femme qui ne lui a rien fait; les hommes l'applaudissent, les femmes lui trouvent de l'esprit.... »

Elle s'interrompit comme agitée par une pensée soudaine, elle marcha vers un meuble précieux aux angles ornés d'argent ciselé, l'ouvrit, et en tira un écrin qu'elle vint déposer entre mes mains:

« Voyez ! »

Je regardai : c'était un merveilleux diadème enrichi de brillants.

« Voilà, continua-t-elle, le seul don que j'aie reçu de milord ; il est digne d'une princesse, mais ne suis-je pas reine ? Vous me direz peut-être que je ne devrais pas accepter de cadeaux ; je les refuserais sans doute, si j'étais assez riche pour me procurer ces superfluités coûteuses, accessoires indispensables de ma triste profession.... Qui d'ailleurs les refuse ? Les rois en exigent des peuples, et c'est de leur nom royal que dérive le nom de *regalo*[1] ; les prêtres font des appels sans fin à la générosité des fidèles, qu'ils circonviennent jusque sur leur lit de mort.... Une femme est criminelle, non pas lorsqu'elle accepte un cadeau, mais lorsqu'elle livre une portion d'elle-même en échange de ce qu'elle a reçu ; si, en retour de tous ces présents que je n'ai pas sollicités, j'accorde à la foule de mes adorateurs la satisfaction banale qu'ils peuvent tirer de ma seule présence au milieu d'eux, cela prouve tout au plus ma vanité, et nullement.... ce dont on m'accuse. Vous aurais-je accueilli moins bien que les autres, Romualdo ? »

Je rougis, car ces paroles me rappelaient que, seul entre tous, je n'avais rien déboursé à l'appui de mes prétentions.

« N'en parlons plus, reprit-elle ; si vous avez cessé de m'estimer, il est inutile que vous veniez ici à l'avenir. Vous étiez de tous les jeunes gens celui dont l'estime avait le plus de prix pour moi, par cela même que vous étiez le seul à ne point me fatiguer de vos adulations, quoique je visse très-bien, à votre attitude, que vous ne faisiez pas moins de cas que les autres de mon faible talent. L'adulation est un sirop qui donne des nausées, si l'on n'a soin de le prendre à petites gorgées. Si, chose impossible, déplorable surtout, pour une femme de ma condition, je devais jamais aimer, je voudrais que ce fût un homme honorable et sincère comme vous, Romualdo.... Mais une affection, pour être raisonnable, doit être partagée ; et qui nous aime nous autres, femmes de théâtre ? Nous inspirons des désirs, de l'envie quelquefois, et c'est tout. On est épris de notre gloire passagère, du bruit qui se fait quelques années autour de notre nom, de nos triomphes d'un soir oubliés le lendemain.... On est amoureux de l'idole du public. Notre véritable existence, en effet, est renfermée tout entière

1. Cadeau.

dans l'étroit espace compris entre les coulisses d'un théâtre ;
là, nous respirons librement, nous sommes souveraines : aux
hommes, nous inspirons de folles ardeurs ; aux femmes, de la
jalousie ; nous dominons le monde tant que retentissent les
accords de l'orchestre, tant qu'on est sous le charme de notre
voix. Pour nous, il n'y a de passion vraie que la passion factice du théâtre, pas d'autres triomphes que ceux de la scène.
L'amour qu'on sent pour nous, il est là tout entier (et elle re-
muait du bout des doigts un monceau de lettres parfumées) :
des phrases ampoulées, des déclarations insipides écrites par
des gens vicieux et désœuvrés, et de temps à autre, des propo-
sitions outrageantes, comme celle de monsieur le marquis.
Cette pitoyable correspondance ne mérite en vérité ni un regard
ni une pensée ; elle est digne des flammes qui l'attendent. »

Elle réunit en tas ces épîtres ridicules, et, deux minutes
après, je les voyais flamber sur les tisons.

« De grâce, m'écriai-je, complétez votre exécution en joi-
gnant ces petits billets à votre auto-da-fé ; ils sont parfaitement dignes de partager le destin de leurs prédécesseurs. »

Je tirai de ma poche les quatre déclarations qui s'y abritaient, et je les lui offris : elle reprit sa place sur la causeuse
et les lut avec tout le sérieux d'un maître d'école qui épluche
la traduction d'un écolier.

« Eh bien ! me dit-elle ensuite, ce sont quatre para-
phrases assez ingénieuses d'un thème bien connu : « Votre
« beauté me fait tourner la tête. » Vous vous êtes livré à cet
exercice littéraire pour votre usage particulier, n'est-ce pas ?
Je ne vois en effet dans ces lettres aucun nom de femme.
Ce nom, vous pouvez l'ajouter quand il vous plaira, au gré
des circonstances. Ce sont de petits traits bien aiguisés et bien
rapides, que vous décocherez à leur adresse quand bon vous
semblera sur les ailes de la poste, ou par l'intermédiaire d'une
femme de chambre.... Un conseil pourtant : quand vous reco-
pierez ces lettres, encadrez dans vos périodes le nom de votre
maîtresse à côté d'un point d'exclamation : ah ! Jeanne ! ah !
Lucile ! ah ! Dorothée ! et ainsi de suite ; cela produira un bon
effet, et vous prouverez ainsi à la dame que c'est bien à elle
que vous écrivez, que c'est elle, et point une autre, qui doit
vous payer de retour.... Vous ne traitez pas mal, du reste,
cette matière délicate, où l'originalité n'est vraiment plus
possible. Depuis l'origine des temps jusqu'à l'heure que marque cette pendule, les deux sexes ont épuisé ce sujet de con-

versation, et l'on a tant parlé là-dessus, qu'il reste peu de
choses à dire. Si j'avais à écrire une lettre d'amour, je commencerais par me délivrer de tout le fatras de paroles que me
dicterait la passion, et je prendrais le contre-pied de cette première et folle inspiration.... C'est là le seul moyen de ne pas
écrire comme le premier venu.... Mais, Romualdo, quelle était
votre intention en me donnant ces lettres? »

J'hésitais à répondre : elle répéta son interrogation en l'ac-
compagnant d'un regard irrésistible.

« Parce qu'elles étaient écrites pour vous.... »

En parlant ainsi, je sentais courir un frisson dans toutes les
fibres de mon corps, et mon front se baigner de sueur. Mais
combien cette émotion ressemblait peu à celle que j'éprouvais
lors de mes premières amours! Mon cœur, mes sentiments,
tout était alors d'une pureté platonique : maintenant, c'était
tout autre chose.

« Pour moi! » dit-elle en donnant à sa voix une mélodieuse
intonation.

Oh! quel effet produisirent sur moi ces doux accents!
Mon oreille et mes sens étaient enivrés. « Pour moi! » Il
me semblait l'entendre, dans le duetto avec Figaro du barbier
de Rossini, prononcer le fameux *n-a-na Rosina*, que suit immédiatement l'autre passage : *Già me l'era immaginato*....

« Mon cher ami, vous nous mettez tous les deux dans un
grand embarras : si vous attendez une réponse, vous êtes un
présomptueux; et, d'autre part, vous ne faites pas, je suppose, une demande sans vouloir qu'on y réponde : si je ne
dis ni oui, ni non, je suis une coquette.... Je ne puis cependant traiter avec tant de légèreté une matière aussi délicate...
Remettons donc à un autre jour la suite de cette explication.»

Elle me tendit la main avec un sourire qui illumina l'appartement, comme le sourire de Béatrix illuminait la grande intelligence du vieil Alighieri.

« Laissez-moi une de ces lettres.... celle-ci, qui est la meilleure à mon sens. Je suis folle des autographes, et je ne serais
pas fâchée d'en avoir un de vous. Qui sait si vous ne serez
pas quelque jour un homme célèbre?... on en fabrique tant
aujourd'hui! Vous êtes poëte, m'a-t-on dit....

— Je fais des vers. De quinze à trente ans, tout le monde
en fait en Italie.

— Très-bien, vous serez mon Pétrarque.... honoraire. A la
fin du carnaval, vous me dédierez une ode, nous la ferons im-

primer sur papier rose avec une lyre au frontispice, et l'on en distribuera des milliers d'exemplaires au théâtre et sous les portiques. Si vous êtes capable d'écrire quatorze vers de suite sans me dire que je suis un ange, sans nommer le paradis, sans me comparer à la Malibran, je m'engage à vous donner une récompense hors ligne, un baiser. »

Et, légère comme un rossignol qui voltige de branche en branche, elle se mit au piano, et j'entendis s'éveiller sous ses doigts agiles le bel air de la Norma : *Ah! bello a me ritorna.*

Tu as assez d'imagination pour te figurer ma joie, et la satisfaction superbe qui remplit mon cœur ; en ce moment, j'eusse donné tout au monde pour lui prouver qu'elle n'obligeait pas un ingrat. Mais j'étais trop heureux pour être éloquent, et il vaut mieux se taire que dire des pauvretés ; je gardai donc le silence, mais elle put juger de ma gratitude à l'air de bonheur que respirait mon visage, à la sincère et sublime stupidité d'un sourire immobile comme celui de l'Indien Joghi qui croit apercevoir le paradis au bout de son nez : ma contemplation extatique ressemblait assez à celle d'une dévote qui déroule son rosaire aux pieds de la statue d'un jeune saint.

Notre tête-à-tête fut troublé par l'arrivée de Thérèse, qui entra tout affairée et dit à Marcella quelques mots à voix basse : celle-ci n'y répondit d'abord que par un haussement d'épaules et par sa petite moue habituelle. Thérèse attendit impassible qu'on voulût bien lui donner une réponse plus positive ; mais voyant que sa maîtresse ne disait rien, elle se pencha de nouveau vers son oreille et parut insister avec chaleur. J'étais en proie à une vague inquiétude : la Romaine poussa un grand soupir, ses mains glissèrent lentement du clavier jusque sur ses genoux, et, dans sa réponse faite à voix basse, je ne distinguai que ces paroles : « Quel contre-temps!... je ne puis pourtant faire autrement.... » Thérèse sortit avec la promptitude joyeuse d'une fille qui a obtenu ce qu'elle désire : Marcella se tourna vers moi, et l'air de perplexité dont son visage portait l'empreinte vint redoubler mes appréhensions.

« Si je vous disais que j'ai une forte migraine.... le croiriez-vous?

— Non, répondis-je avec une férocité froide.

— Alors je ne vous le dirai pas, reprit-elle, vivement blessée de ma réplique grossière ; je ne vois pas en effet pourquoi vous préféreriez cette excuse à toute autre. En voici plu-

sieurs entre lesquelles vous aurez à choisir : je vais m'habiller; on m'attend pour la répétition; j'ai une arietta à
étudier; j'attends ma couturière; j'ai à écrire; je n'ai pas dit
mes prières; j'ai un rendez-vous....

— Cela veut dire que vous me chassez, interrompis-je en
me redressant avec une imposante lenteur, et en voilant mon
front d'un nuage.

— Non, se hâta-t-elle d'ajouter avec un sourire qui eût
désarmé un Tartare : je ne vous chasse pas, puisque je vous
prie de revenir. »

Je dissimulai mon dépit et mes soupçons sous un salut
poli; mais elle eût ri sans doute de mon peu de stoïcisme si
elle m'eût vu, au sortir de son appartement, enfoncer mon
chapeau sur ma tête d'un coup de poing désespéré : j'étais
sûr qu'elle me renvoyait pour recevoir un rival; mais où
pouvait-il être? Je venais de traverser le salon, il n'y avait
personne. Quant aux autres pièces, elles étaient hermétique-
ment fermées. Thérèse me fit au passage une révérence ironique
comme son visage, que la petite vérole avait transformé en
écumoire; je m'arrêtai une minute, me demandant s'il ne vaudrait pas mieux me débarrasser de cette fille, la jeter dans la
rue et m'élancer ensuite dans le boudoir de Marcella pour la
surprendre en flagrant délit.... Mais de quel droit l'eussé-je
fait? je n'étais pas encore accepté pour amant; comment eût-
elle pu tolérer un procédé d'une brutalité aussi conjugale? Je
descendis quatre à quatre les marches de l'escalier et je faillis
me casser le nez contre une élégante voiture à deux chevaux
qui stationnait sous la porte cochère.

« Voici, pensai-je, la preuve du délit.... une voiture! c'est
bien certainement celle du gredin qui vient de prendre ma
place et qui sera sans doute plus habile à tirer parti de son
audience! mort et damnation! »

La portière de cette voiture était chargée d'un large écus-
son. Mais j'eus beau le considérer, il m'était inconnu. Sur un
champ à deux couleurs, s'étalaient une maison et un animal
fantastique séparés par une barre dorée, le tout entouré par
une couronne de chêne soutenue par deux animaux d'apparence bizarre. Les armoiries sont les hiéroglyphes du Nord,
qui retracèrent jadis les exploits des vieilles familles dont ils
symbolisent aujourd'hui le néant : je n'ai jamais rien compris
au blason.... mais ce jour-là seulement je me pris à regretter
mon ignorance.

Une idée me traversa le cerveau, je m'approchai d'un air candide comme celui d'un juif qui veut prendre au piége un fils de famille, et j'interpellai le cocher, que je voyais installé sur son siége dans toute sa roide majesté : cette homme rond, gras, gros, ventru, à la trogne rubiconde, portait sur une énorme perruque blanche un lourd tricorne galonné ; je m'inclinai de l'air le plus aimable :

« Cette voiture est celle du baron Spavento, n'est-ce pas?...

— *What it is?* » grommela le cocher d'une voix sourde qui semblait sortir de sa cravate.... Dieux éternels ! puissances de l'enfer ! c'était un Anglais !

Je m'enfuis à la hâte, poursuivi par les sons discordants de cette horrible voix.... je me promenai longtemps à travers ce désert populeux qu'on appelle une grande ville, tour à tour heurtant et heurté, comme un tronc de bois emporté par un torrent, et sans plus songer à mon dîner qu'un lazzarone napolitain ne songe à la chemise dont il est dépourvu : après deux heures d'une course folle et sans but, je finis par m'arrêter à cette idée qu'il fallait retourner chez la Romaine, afin de sortir à tout prix et sur-le-champ d'une si cruelle incertitude.

J'y courus ; je sonnai avec violence, et à peine vis-je apparaître à travers la porte entre-bâillée la figure de Thérèse, que je m'élançai dans la maison sans vouloir rien entendre. Thérèse, comme je te l'ai dit, était marquée de la petite vérole, et sa peau ressemblait à de la vieille basane ; maigre et agile comme une Arabe, on l'eût prise pour un singe grand comme un homme et vêtu comme une femme, et, lorsqu'on l'apercevait à côté de sa maîtresse, l'incomparable beauté de Marcella brillait d'un plus vif éclat, ainsi qu'on voit le cirage servir de repoussoir à la neige.... C'est à cela sans doute que tenait la faveur dont cette fille jouissait auprès de la Romaine.

Elle se posa devant moi :

« Madame n'y est pas, » me dit-elle ; je l'écartai d'un geste sans répondre et je passai outre. Je parcourus la maison tout entière, vainement suivi par la soubrette, qui grondait furieuse comme un chien de garde aux trousses d'un mendiant. Marcella était décidément sortie. Je m'assis sur un fauteuil du salon, je me croisai les jambes et j'interrompis le bavardage de Thérèse par cette interrogation faite d'une voix brève :

« Milord Stonehouse est-il resté longtemps? »

Elle ne se troubla point : elle paraissait s'attendre à la question et répondit sans hésiter :

« Il n'est pas venu.... vous me parlez de lui parce que vous avez vu sa voiture au bas de l'escalier : il l'avait envoyée à Madame, qui avait affaire au théâtre; Madame s'est habillée, puis elle est partie immédiatement pour sa répétition. »

Je voulus rivaliser d'astuce avec Thérèse; après m'être creusé la tête pour masquer ma curiosité sous un prétexte plausible, je lui dis que, si je l'avais questionnée au sujet de milord, c'est que j'avais chargé sa maîtresse de réclamer pour moi les bons offices de l'Anglais pour un objet important et que j'attendais sa réponse avec anxiété. Thérèse sourit, et sa pantomime semblait clairement vouloir me dire : « Pauvre sot! penses-tu m'en donner à garder? » Je me sentais mortifié, et, pour me faire une contenance, je pris dans un vase du Japon un énorme bouquet de fleurs dont j'aspirai fortement le parfum.... Aussitôt la rusée suivante me dit avec un ton railleur qui me pénétra comme une lame de rasoir : « C'est milord qui ce matin a fait déposer ce bouquet chez madame. » Je rejetai ces fleurs à l'instant, comme si du sein de leurs corolles j'eusse vu surgir le dard aigu d'une vipère.

« Savez-vous de quoi m'a parlé ma maîtresse en s'habillant? continua Thérèse.

— Comment veux-tu que je le sache? tu m'as fait sortir toi-même par la porte extérieure, que tu as soigneusement refermée derrière moi.... Après cela il m'eût été difficile de me cacher sous le canapé du boudoir.

— Pendant que je laçais le corset et les bottines de madame, elle me parlait de vous.

— De moi?

— Oui, monsieur.... tenez, laissez-moi parler, car ma franchise habituelle l'emporte et je suis d'humeur à ne vous cacher rien. (La scélérate!) « Ce M. Romualdo, disait madame, « est vraiment étonnant; plein à la fois de fougue et de réserve, « c'est un pétard, qui à peine allumé s'éteint de lui-même « comme si on le plongeait dans l'eau. Il a le regard perçant, « l'accent passionné, la repartie brève : trois belles qualités. « Il écoute plus qu'il ne parle, et ce n'est pas un petit mérite « dans un homme qui recherche la société des femmes. Thé- « rèse, ajouta-t-elle, je crois que je suis aimée de M. Ro- « mualdo : s'il en était ainsi.... »

— Eh bien? fis-je tout perplexe.

— Ici madame fit une pause pour consulter le miroir, et voyant que les plis de sa robe tombaient parfaitement, elle ne tarda pas à reprendre : « Je suis certaine que cet homme-« là ne m'aimerait pas comme les autres qui, je le crois, ne « m'ont pas réellement aimé.... Si j'essayais d'un amour vé-« ritable, que t'en semble? » Comme vous pensez bien, je n'ai rien répondu : on n'attend point de réponses à de pareilles demandes. Après une pause un peu plus longue, elle ajouta : « Thérèse, comment trouves-tu M. Romualdo? »

— Eh! bien, as-tu répondu cette fois?

— Oh! certainement.

— Et tu lui as dit de moi tout le mal imaginable, continuai-je en pressant bassement une de ses mains dans les miennes; elle la retira vivement.

— Je n'ai dit de vous ni bien ni mal, n'ayant aucun motif qui pût me porter à vous être favorable ou contraire : j'ai dit la vérité.

— Il y a des vérités de plusieurs sortes, observai-je, souriant des lèvres, mais envoyant au diable de grand cœur le malicieux démon qui me tenait ainsi sur des charbons ardents.

— Vous voulez donc savoir ce que je regarde comme la vérité en ce qui vous concerne?

— Je le souhaite très-fort.

— Eh! bien voici quelles furent mes paroles : « Ce jeune « homme n'est pas mal (je rougis); ses favoris lui vont à ravir « (je souris); sa montre est retenue par une belle chaîne d'or « (je regardai machinalement le bas de mon gilet); il paraît « riche, il parle bien, il a le regard imposant.... c'est grand « dommage qu'il ait un peu de goutte.... »

— Comment! j'ai la goutte! » criai-je tout abasourdi. Elle reprit :

« Oui.... un peu de goutte aux mains. »

Je compris enfin; le sang me monta à la tête et je me levai avec tant de fracas que Thérèse épouvantée bondit à l'autre extrémité de l'appartement. Mon premier mouvement fut de la jeter par la fenêtre, le second fut beaucoup moins extravagant.

« Race de vipères! hurlai-je sans me rendre compte de ce que je disais, vous n'avez d'autre passion que la cupidité.... Le comte a raison! vos cœurs sont d'arides éponges qu'une pluie d'or peut seule féconder : prends donc; digne suppôt de cette créature vénale, prends et que le diable t'emporte! »

Je vidai mes poches et je lui lançai au hasard tout ce qui s'y trouvait, l'or, l'argent et le billon; et quand il n'y eut plus rien dans ma bourse, je la serrai convulsivement entre mes mains : « Je la jetterai dans la rue plutôt que de vous la donner, fis-je en rugissant, car elle me vient d'une honnête femme! » Et je sortis furieux, pendant que Thérèse, qui avait écarté les deux coins de son tablier pour recueillir mon offrande, me faisait force révérences et se confondait en remercîments.

Je restai deux jours sans aller au théâtre ou chez Marcella. J'avais résolu de ne plus la voir, craignant d'affronter encore la double séduction de son chant et de sa présence. « Il faudrait être entièrement stupide, me disais-je, pour conserver quelque illusion sur sa vertu. »

Cet effort me coûtait beaucoup, comme tu peux le croire, et, dès le second jour, mon mauvais génie me soufflait à l'oreille les raisonnements les plus captieux : « Pourquoi, répétais-je après lui, juger sottement de la maîtresse par la servante? les femmes de chambre ne sont-elles pas toutes les mêmes? Si vous avez un billet à faire déposer sur la toilette d'une dame, ne faut-il pas commencer par corrompre la soubrette? Ce sont des entremetteuses à gage, et, s'il en était autrement, leurs services auraient bien moins de prix aux yeux de certaines personnes de ma connaissance... Et puis, qu'ai-je à redouter? Dans trois mois, elle n'aura le temps ni de me ruiner ni de m'abrutir; ma passion est une frénésie passagère qui s'évanouira une fois satisfaite. Si je voulais épouser Marcella, on pourrait comprendre les transports furieux qui m'agitent, mais je ne serai pas assez fou pour en arriver là; et, d'ailleurs, y consentirait-elle? C'est une délicieuse courtisane, et, puisqu'elle partage ses faveurs, pourquoi n'en aurais-je point ma part comme les autres? Après quelques semaines de possession, le charme tombera : je la mépriserai et je serai guéri. »

Au bout du troisième jour, ma résolution chancelait comme un savetier à la fin d'une soirée de lundi : une chute était imminente. Sans trop savoir ce que j'allais faire, je prenais machinalement mon paletot, lorsque j'entendis sonner à ma porte : c'était précisément pour me remettre une lettre de la Romaine.

Un billet de Marcella! Tremblant d'émotion, je brisai le

cachet à la hâte ; et je dévorai des yeux ces lignes adorées. Elle disait que mon étrange disparition, mon absence du théâtre, l'avaient remplie de trouble et d'appréhension. Étais-je malade ? me croyais-je offensé ? Ces deux hypothèses étaient bien faites l'une et l'autre pour redoubler ses inquiétudes. Elle devait débuter ce soir même dans un nouvel opéra et me conjurait de venir l'encourager par ma présence et par mes applaudissements. Elle me rappelait en finissant qu'elle me devait une réponse sur un sujet bien intéressant pour nous deux, et que, si j'étais assez léger pour n'y plus songer, elle ne saurait l'oublier quant à elle, jalouse d'acquitter une dette sacrée : que si je voulais savoir sur-le-champ à quoi m'en tenir, je n'avais qu'à la voir, elle m'attendait.

Je pris à peine le temps d'achever ma lecture, et fourrant la lettre dans ma poche, je franchis l'escalier en trois bonds et je me trouvai dans la rue.

Il semblait que l'habitation de Marcella fût venue au-devant de moi, telle fut la rapidité que je mis à dévorer l'espace qui nous séparait : je me cramponnai à la sonnette d'une main convulsive et j'attendis une minute qui dura plus d'une heure ; enfin la porte s'ouvrit et je me précipitai dans le salon sans prendre garde à Thérèse qui, les yeux baissés et l'air contrit, avait tout à fait l'attitude d'une pensionnaire fraîchement échappée du couvent et qui voit pour la première fois un autre homme que son père.

Marcella était aux aguets ; au bruit de mes pas elle tressaillit, elle se tourna du côté de la porte qui s'ouvrait, m'aperçut, jeta un cri qui trouva un écho dans mon cœur, et, tremblante et pâle, s'élança dans mes bras en s'appuyant sur mon sein palpitant comme celui d'un moineau que presserait la main cruelle d'un enfant.

Sa tête s'inclina mollement, sa joue reposant sur mon épaule, et je sentis les battements précipités de sa poitrine qui frémissait sur la mienne ; elle ferma ses beaux yeux à demi comme si elle allait s'évanouir : elle ne tarda pourtant pas à se ranimer et, comme honteuse de ces transports involontaires qui dévoilaient les secrets de son âme, elle essaya de se redresser pour échapper à mon étreinte ; mais je l'avais entourée de mes bras amoureux comme d'une ceinture, et je la serrai plus fortement encore, tout en lui jetant un regard suppliant qui sembla redoubler son émotion. J'avais mille choses touchantes à lui dire, un volcan poétique se soulevait en moi, mille et mille sensations délicieuses s'agitaient en même temps dans mon âme et dans mon cœur troublé ; je résumai tout dans une seule parole pleine de tendresse : « Marcella !... »

Alors je la vis s'abandonner de nouveau à l'élan de la passion ; elle se replia mollement sur elle-même, ses mains se relevèrent par un mouvement gracieux, et, ses manches, retombant jusque sur ses épaules, me laissèrent admirer dans toute leur splendeur deux bras ronds, polis et fermes comme le marbre, éblouissants de blancheur comme la neige : bientôt ils s'entrelacèrent autour de mon cou, et son corps charmant resta comme suspendu à cette chaîne voluptueuse.

De ses lèvres qui effleuraient mon oreille s'échappèrent des accents suaves et entrecoupés : « Romualdo ! Pourquoi me fuir ? C'était ton dessein, n'est-ce pas ? méchant !... J'ai bien souffert, va ! à chaque instant, je croyais te voir arriver.... « Il vient, disais-je, il est dans la rue, dans l'escalier, peut-être.... il est là !... » Combien de fois ai-je maudit cette porte qui laissait parvenir jusqu'à moi des bruits de pas que je croyais les tiens, et qui s'ouvrait bientôt pour me montrer des indifférents !... Oh ! j'ai appris à les détester, les indifférents !... Trois grands jours sans te voir ! ç'à été une éternité en miniature. Peut-être, après tout, cette séparation était-elle nécessaire pour que je pusse apprendre combien tu m'étais cher.... J'étais si malheureuse au théâtre !... Mon regard se fatiguait à te chercher dans tous les coins de la salle ; la vue de ta stalle vide me perçait le cœur, et je sentais défaillir en moi ma force, mon ardeur, mon talent, tout enfin, jusqu'au désir du succès et de la gloire. Ma première idée fut de m'enfermer dans ce boudoir pour y pleurer du moins tout à mon aise. Si le diable fût venu me dire en ce moment : « Déchire-toi la face avec ce poignard, et tu « retrouveras Romualdo à tes pieds, » je n'eusse pas hésité, foi de Romaine ! Le spectacle de la foule m'irritait : « Ils sont « là des milliers d'hommes, pensais-je, lui seul n'y est pas ; que « m'importent leurs transports ou leurs dédains ? » Pendant ces mortelles soirées, je portais lourdement le poids de mon rôle ; les applaudissements retentissaient en vain, je n'y attachais plus de sens. Le théâtre était pour moi un grand corps dont l'âme était absente, un animal dépouillé de la divine étincelle de la raison.... la raison, l'âme, l'esprit, le sentiment, toi seul es tout cela pour moi ! »

Tu peux imaginer en quel état je me trouvais !... Incapable d'articuler une seule parole, je cédais à l'appel de la passion et

je pressais ses lèvres de ma lèvre frémissante. Surprise par
cette caresse ardente, elle se détacha comme par une secousse
électrique et bondit à quatre pas de moi. Je voulus la rejoindre, mais il suffit pour m'arrêter d'un regard plein d'une si
touchante pudeur que je pensais involontairement à cette autre Romaine qui tenta vainement de désarmer par ses larmes
le fils de Tarquin. Mais je n'étais pas Sextus, et en présence de
Marcella j'étais plus faible qu'un enfant : je restai donc immobile, les yeux cloués sur le sol.

Après un instant de silence solennel elle me dit : « Vous
viendrez au théâtre ce soir, n'est-ce pas, Romualdo? je chanterai dans le nouvel opéra.... Je suis sûre maintenant de disposer de tous mes moyens, et je veux dépasser l'attente des
plus exigeants. C'est une espèce de bataille à laquelle je
me prépare depuis quelque temps déjà : vous assisterez à mon
triomphe.... je serai si heureuse de vous en faire hommage! »

Elle revint à moi, me prit affectueusement la main et s'assit
à mes côtés sur le sofa : « Soyez bon, Romualdo, reprit-elle;
quittez cet air sombre.... mon triomphe de ce soir sera pour
vous un sujet d'orgueil, ce sera une compensation pour ce que
vous avez souffert.... S'il est vrai que vous m'aimiez.... Oh!
dis-moi que tu m'aimes, Romualdo! »

Ce fut à mon tour :

« Si je t'aime.... eh! le sais-je moi-même? Ce que je sens
pour toi, ce n'est pas de l'amour.... c'est plus que de l'amour.
C'est une possession.... Si j'appartenais au saint-office, je ferais brûler sans rémission la magicienne qui m'a mis sous le
charme, qui me fait abdiquer l'usage de ma raison, qui d'un
regard sait dompter ma volonté impuissante. La nature t'a
donné une beauté séduisante comme ta voix, et l'art à rendu
tes accents aussi séduisants que ta beauté : cette double fascination m'enchaîne, et je lutte sans espoir contre la puissance
surhumaine qui me tient à genoux. Tu arrêtes et tu précipites à
ton gré les battements de mon cœur et les frémissements de mes
artères; depuis que je t'ai vue, je suis en proie à une fièvre qui
me brûle sans relâche.... et que redoublent chaque jour les as-
pects changeants et délicieux de tes grâces et de tes charmes...
Ton image est gravée en traits de feu dans ma pensée....
Absente, je te vois, je t'admire : ton image reste dans ma mémoire aussi nette que l'est pour moi cette réalité splendide
qu'il m'est donné de contempler maintenant que je suis à tes
pieds.... Tu es pourtant un de ces êtres adorés et célestes qui

font pâlir l'idéal qu'on s'était formé avant de les connaître.
Oh ! vois-tu, tu m'inspires des désirs ardents que chaque heure
voit grandir, et dont il faudra bien que tu aies un jour pitié.... »

Je restai longtemps sur ce diapason, mais six coups frappés
à l'horloge vinrent mettre un terme à ces épanchements.

« Il faut aller au théâtre, dit Marcella, ma voiture est devant la porte. Attends un instant ; je vais prendre mon châle....
tu m'accompagneras. »

Elle se leva, prit mon front dans ses mains, y déposa rapidement un baiser, et d'un bond toucha la porte. Elle se retourna
alors pour m'envoyer un salut accompagné d'un sourire, et
disparut.

Pendant cinq longues minutes, je pus savourer en silence
toute ma félicité : j'avais peine à y croire, et, les yeux fermés,
je cherchais à reproduire les détails de cette scène enivrante et
délicieuse qui était le présage d'un bonheur plus ineffable encore. J'aurais voulu que le temps suspendît sa marche et que
cette heure ne finît point.... jusqu'au moment où je commencerais à en être ennuyé.

Comme nous sortions, les bras entrelacés, j'aperçus Thérèse,
et lui prenant le menton, je lui dis :

« Je t'ai fait peur l'autre jour, ma pauvre fille ; il est vrai
que tu n'as pas dû comprendre grand'chose à mes discours
insensés....

— Non, monsieur, fit-elle, je n'ai rien compris.

— Tant mieux, c'étaient de vraies sottises. Que veux-tu ? la
fusée s'était enflammée et il n'y avait pas d'eau pour l'éteindre. »
Marcella sourit en rougissant, Thérèse feignit de rougir, mais
ne sourit point. « Tu avais raison alors, friponne.... mais maintenant mon infirmité a disparu.... » J'arrachai une épingle
d'or à tête d'agate qui retenait les deux bouts de ma cravate,
et je la lui offris.

Lorsque nous fûmes dans la voiture, l'un près de l'autre,
ses mains dans les miennes, mes yeux dans les siens, qui,
dans ce demi-jour, brillaient comme deux escarboucles, Marcella me ramena sur la terre en prononçant ces mots :

« Thérèse t'aura dit quelque impertinence.... c'est son habitude. Je lui passe beaucoup de choses parce qu'elle est la fille
de ma nourrice, et que je suis sûre, d'ailleurs, de son dévouement. Son défaut est d'être intéressée. Sa mère servait chez le
secrétaire d'un cardinal ; quand Thérèse s'est vue seule au
monde, avec sa laideur pour dot, elle a tout quitté pour me

suivre.... elle eût même quitté son visage, si cela lui eût été possible. C'est elle qui a la direction de mes affaires. Elle fait d'abord les siennes, bien entendu, avant de songer à moi ; mais, quoi qu'il en soit, je ne me trouve pas trop mal de cet arrangement. »

En descendant de voiture, elle me dit tout bas :

« Aussitôt que la représentation sera achevée, je reviendrai à la maison ; j'y serai seule, je n'y recevrai personne, si ce n'est toi. »

Je courus sans perdre de temps chez toutes les bouquetières, et j'achetai tout ce qu'elles avaient encore en magasin : cela fait, je payai des hommes de bonne volonté et je les postai dans la salle en groupes distincts, avec la consigne de couvrir la scène de fleurs à un moment donné. Dans ce déluge d'un nouveau genre je m'étais réservé le rôle de Deucalion, abandonnant à Marcella celui de Pyrrha.

Le maestro Ghebart levait déjà son archet pour donner aux violons de l'orchestre le signal habituel, lorsqu'il me fut enfin permis de gagner ma stalle, couvert de sueur et brisé de fatigue ; mais un radieux sourire éclairait mon visage, et le thermomètre de ma satisfaction marquait vingt-cinq degrés au-dessus de zéro.

La salle était comble jusqu'au faîte. C'était un feu croisé de conversations à vous rompre la tête ; la chaleur était suffocante, et le parterre offrait le coup d'œil le plus affligeant : la foule était si grande et si compacte qu'elle semblait ne former qu'un seul être orné de milliers de bras. Partout retentissaient des cris de détresse, et tel, qui imprimait l'angle aigu de son coude dans les flancs de son voisin de droite, sentait ses cors foulés aux pieds par son voisin de gauche. Heureux ceux qui avaient pu prendre place sur des banquettes devenues trop étroites ! presque tous les spectateurs entrés imprudemment, confiants qu'ils étaient dans l'élasticité indéfinie de la salle, avaient dû rester debout, et de cette masse serrée et confuse de nez, d'épaules et de poitrines incrustés les uns dans les autres et ruisselants de sueur, s'élevaient des émanations lourdes et délétères.

En pareille circonstance il est curieux de voir les élégants visiter dans leurs loges les dames de leur connaissance et leur dire d'un air langoureux en s'essuyant le front : *Ah ! voilà une belle représentation !* Cette phrase semble être devenue de rigueur, et, pendant les trois heures que l'on passe au théâtre, on l'entend répéter du haut en bas de la salle dans les cinq rangs de loges où viennent poser les femmes du grand monde, sorties tout armées de leurs boudoirs, et brillantes de mille appâts dus aux soins du coiffeur et de la modiste. Dans chaque loge, la dame, mollement étendue sur des coussins comme une sultane, accueille ses visiteurs avec un sourire stéréotypé pour toute la saison et murmure à son tour le refrain obligé : *Oh! oui, c'est une magnifique représentation!*

Pour moi, je n'entendais rien, je ne voyais personne. Les loges avaient beau étaler leurs plus riches parures, je n'accordais pas la moindre attention aux femmes à la mode; je laissais leurs gracieuses œillades errer dans toutes les directions, sans en vouloir accepter la part qui me revenait de droit. La marquise A.... eut beau se déganter pour montrer ses doigts effilés et surchargés d'anneaux; Mme B.... eut beau secouer les longues tresses de sa luxuriante chevelure, et la baronne C.... offrir à l'admiration du parterre ses épaules lustrées, grasses et rebondies, spectacle dangereux pour des cœurs de vingt ans; je me souciais d'elles, en ce moment, tout autant que du cheval de bronze de la place Saint-Charles. Je laissai briller sur leur horizon factice ces étoiles de second ordre qui imprégnaient l'atmosphère des émanations de leur toilette parfumée, et je ne daignai même pas diriger sur elles ma lorgnette, qui restait gisante à mes côtés, pareille à un athlète au repos qui attend patiemment le signal de la lutte.

Marcella devait chanter dans *Beatrice di Tenda*. C'est une opinion généralement reçue aujourd'hui que Bellini est le musicien du cœur : la mélodie est son fait plutôt que l'harmonie; il reflète des sentiments plutôt que des idées. Rossini s'attaque, dès l'abord, à votre imagination, et la captive sans effort: il s'y installe comme chez lui, il la dirige à son gré, la fait circuler, voltiger, courir à perte d'haleine dans ces champs éthérés d'où jaillit l'élément des créations idéales : la verve, l'éclat, la rapidité de ses notes vous arrachent à vous-même; vous vous élancez à leur suite, au risque d'en perdre la respiration, comme il arrive à celui qui s'abandonne à une course furieuse, ou qu'on balance à grande volée sur une escarpolette. C'est une cascade continue de rubis qui se détachent un à un pour tomber dans un bassin d'argent; une série interminable de fantasmagories vaporeuses, mais pleines d'harmonie, qui se déroulent sous vos yeux en vous faisant éprouver toutes les joies

du rêve accompli et de l'idéal réalisé. La musique de Rossini
absorbe les sens et supprime la réflexion : l'esprit se laisse
aller au charme de ces accents dont le flot limpide se déroule
et vous enveloppe comme un filet magique. Rossini n'a pas besoin d'un drame qui serve de motif à ses chants ; il tient médiocrement à ces horribles squelettes maigrement versifiés
qu'il faut galvaniser à force de talent. Il est à la fois composi-
teur et poëte, et, s'il veut bien accepter la donnée d'un libretto,
c'est uniquement pour se plier aux usages reçus. Les paroles,
en effet, sont le langage de cette créature impuissante qu'on
appelle l'homme, tandis qu'il se sert, lui, de cette langue sublime qu'emploient les anges pour converser entre eux. Avec
quel noble dédain n'écarte-t-il pas ces mesquines entraves, dont
les faiseurs de canevas cherchent à embarrasser sa marche de
géant! D'un revers de main il sait se faire place au travers de
ces tristes lambeaux de poésie : « Retirez-vous, semble-t-il leur
dire, et laissez passer le colossal édifice de mes créations ;
lorsqu'il sera terminé, vous pourrez, comme le lierre, vous ac-
crocher aux aspérités de ses murailles : grimpez-y, et grand
bien vous fasse.... pour moi je fais autant de cas de vous que
d'une feuille de papier blanc ! » Songe donc, par exemple, Victor, aux symphonies de *Semiramide* et de la *Gazza ladra*; ce
sont deux miracles enfantés par l'art inspiré et la science musicale ; deux créations indépendantes des accessoires de temps
et de lieu, deux produits spontanés du génie de l'auteur, tels
que Minerve sortie tout armée du cerveau de Jupiter ; deux
poëmes d'harmonie qui renferment un univers moral.

Bellini, au contraire, s'attache surtout à reproduire les
émouvantes péripéties des drames qu'on lui présente : il s'incarne dans son sujet, il vit avec ses personnages, il partage
leurs joies et leurs douleurs, leurs haines et leurs sympathies,
il souffre, il se désespère avec eux, il prend part à leur martyre et traduit dans ses chants les grandes vicissitudes des
temps passés.

Si Bellini a peu de science musicale, la mélodie est son
triomphe. Ses détracteurs l'accusent de monotonie ; mais ce
dont ils sont forcés de convenir avec tout le monde, c'est
qu'il n'a pas d'égal lorsqu'il s'agit d'interpréter la passion. La
douleur trouve dans son âme un déchirant écho, et l'on sent
toujours vibrer la corde vraie. On ne peut, sans un attendris-
sement profond, écouter certains passages de ses œuvres. Au
milieu des notes sourdes qui montent de l'orchestre, il semble

que l'on entende des sanglots étouffés, ou bien le gémissement affaibli et lointain d'une femme qui pleure, ou la douce
voix d'une personne adorée qui n'est plus. Ces accents remplissent l'âme d'une mélancolie délicieuse, ils ramènent la pensée
vers des mémoires chéries. Ces chants plaintifs, ces sanglots,
ces cris de détresse, nous les croyons échappés à nos cœurs,
comme ces vagues aspirations qui s'élèvent en nous aux
heures solitaires, lorsqu'au déclin du jour et de l'année nous
errons dans la campagne à demi dépouillée. Cette musique,
nous ne pensons jamais l'entendre pour la première fois : c'est
un ami que nous revoyons avec transport; c'est un frère qui
revient à nous après une longue absence ; c'est ce vague et
mystérieux sentiment de tristesse qui reparaît à certains moments chez tous ceux dont le cœur a su garder un asile aux
pures émotions, et que la musique vient idéaliser et rendre
plus touchant encore.

Beatrice di Tenda, c'est la plainte harmonieuse d'une femme
indignement trahie ; chacune des notes échappées à ses lèvres
exprime d'une façon poignante tout ce qu'il y a d'amer dans
l'illusion perdue ; c'est le cri de désespoir d'une créature infortunée qui, après avoir trouvé dans l'amour un éclair de
bonheur, se voit soudain renversée du trône où elle s'asseyait
enviée et triomphante, et qui, victime d'une injuste accusation,
s'entend condamner à mort par son tyran devenu son bourreau. Cet opéra est un hymne au trépas, que des chants d'a-
mour viennent parfois interrompre : le sujet de cette lamentable épopée se résume tout entier dans la cavatine de Beatrice,
retour sublime vers le passé qu'une lueur d'espérance semble
illuminer encore d'un mélancolique sourire, et dans le finale,
chant du cygne expirant, adieu déchirant à la vie qu'une
sainte résignation vient pourtant adoucir.

La Romaine devait rendre à ravir ces délicates nuances.

Un sentiment d'indicible émotion saisit toute la salle lorsqu'elle fut sur le point de paraître ; toutes les têtes étaient
tendues dans la direction de la scène: au parterre, les efforts
que faisait chaque spectateur pour se rapprocher le plus possible de la rampe produisirent un mouvement ondulatoire de
la porte à l'orchestre, qui contrefaisait à s'y méprendre les
flots d'une mer agitée. C'était une marée montante qui mena-
çait d'envahir l'espace réservé aux musiciens et au souffleur.
Un seul désir animait ces trois mille personnes qui, par une
muette pantomime, semblaient appeler la fin de l'ouverture

et le lever du rideau ; l'impatience générale se traduisait par
un sourd murmure imposant et confus, et quelques enthousiastes commençaient déjà, par mesure préventive, à réclamer le
silence auquel les habitués des loges se prêtaient si difficile-
ment d'ordinaire. C'était un petit monde dans l'attente d'un
grand événement.... Tout à coup retentit une rumeur immense,
inexplicable, comme un coup de tonnerre qui se prolongerait
pendant un quart d'heure ; un fracas à étourdir un sourd, les
battements de six mille mains, les bravos d'une foule innombrable, répétés mille fois par les échos sonores du théâtre.
Le public s'enivrait de ses propres clameurs, le tumulte en-
gendrait le tumulte, le délire semblait présider à ces folles
démonstrations, qu'un enrouement général et le besoin de
reprendre haleine purent seuls suspendre pour quelques instants.

La Romaine, plus belle encore ce soir-là que de coutume, avait
enfin paru à côté de la statue de bronze de Facino Cane, qu'on
voyait peinte sur le premier plan du rideau. Elle s'avança vers
la rampe d'un pas majestueux et lent ; son attitude était pleine
d'une grâce modeste, une aimable sérénité brillait sur son
visage calme et noble ; elle offrait en un mot l'aspect le plus
séduisant qu'il ait jamais été permis de rêver. Elle promena
sur les spectateurs un regard assuré sans être hardi, qui
exprimait de la gratitude sans la plus petite nuance de flatte-
rie, puis elle fit à ses admirateurs avides l'aumône d'un divin
sourire. L'enthousiasme, qui était au comble, parut grandir et
dépasser les limites du possible. Marcella ne m'oublia pas,
même en cet instant solennel, et je reçus d'elle un coup d'œil
rapide, fugitif, mais expressif au plus haut degré, qui semblait
réunir en faisceau tous ces hommages pour les déposer à mes
pieds. Je chancelai sous le poids immense d'une félicité dont
au fond je ne me sentais pas digne..., je n'osai joindre mes
bravos à ceux de mes voisins, car il m'eût semblé que je
m'applaudissais moi-même.

Lorsque, grâce à la fatigue générale, l'agitation parut s'a-
paiser, lorsque les gorges desséchées eurent perdu l'usage
de la voix, Marcella put enfin faire entendre la sienne.

En m'annonçant un succès, elle avait dit vrai : ce fut un
triomphe inouï. L'opinion décourageante qu'il n'y a rien de
parfait ici-bas, reçut en sa personne un double démenti, tel
fut l'éclat de sa beauté, tel aussi l'art achevé qu'elle déploya
dans ses chants.

Quand je dis de l'art, je me trompe, c'était de la science, c'était de la puissance, c'était un anneau de cette chaîne divine qui unit les harmonies de ce monde aux harmonies des cieux.

La terre est pleine de voix qui expriment de confuses pensées, incomprises et inexpliquées pour la plupart. Depuis le sourd murmure des rameaux de la forêt agitée par le vent, depuis les gémissements de la tempête qui font retentir les gorges étroites des montagnes, jusqu'aux sons mélodieux de la harpe suspendue aux branches du saule et dont le souffle du zéphyr vient faire vibrer toutes les cordes, jusqu'au rugissement du lion, aux roulades du rossignol, il y a une échelle immense de notes dont la science musicale s'obstine à ne pas tenir compte, et qui pourtant, comme toutes les choses de la terre, part d'une humble base pour atteindre à de gigantesques sommets ; c'est la gamme que parcourt en s'ébranlant la grande voix de la nature. La dernière note, la plus élevée, la plus splendide de cet immense concert, c'est le délicieux organe de la femme.

Toute voix de femme, lorsqu'elle est belle, sympathique et dirigée avec goût, exerce sur l'homme un mystérieux attrait dont il ne peut se défendre : que dirai-je de la voix de la Romaine ? Belle entre toutes, puissante, sympathique et passionnée, cette voix avait des notes entraînantes et du plus irrésistible effet.

Le succès fut aussi complet que possible : ce fut comme une brillante synthèse des triomphes obtenus par toutes les cantatrices présentes et passées. Marcella avait affronté un public indocile, et ce monstre indéfinissable, cette unité multiple inclinant ses mille fronts, s'était senti vaincu et dompté par un de ses regards.... Il y eut un instant dans cette mémorable soirée où je rendis mentalement une éclatante justice à l'architecte de cette solide salle, qui subissait, sans en être ébranlée, tant de trépignements frénétiques. C'étaient des cris, des hurlements enthousiastes, des pleurs convulsifs comme ceux d'un enfant qui vient de voir son moineau dévoré par un chat... l'assistance donna les preuves les plus nombreuses et les plus bizarres de son extrême satisfaction. Les fleurs pleuvaient de toutes parts ; les jeunes gens comme les jeunes femmes agitaient leurs mouchoirs ; les maris s'emparaient des bouquets qui paraient le sein de leurs moitiés et les lançaient sur l'antre du souffleur.... les amants, suspendus à

mi-corps hors de leurs loges , oubliaient pour applaudir la
présence de leurs maîtresses. Au dernier acte, tout le monde
éclata en sanglots, et des soupirs attendris et poussés en cadence venaient marquer les temps de la mesure. On fut sur le
point de bénir l'horrible mémoire de Filippo Maria Visconti,
lequel, en envoyant sa femme au supplice, avait donné à Bellini le sujet de ce magnifique opéra, qui, grâce à l'interprétation palpitante de Marcella, nous ouvrait à tous un coin du
paradis.

Je te laisse à penser mon émotion : je couvris de calme et
de silence la plus grande joie qui ait jamais rempli le cœur
d'un homme. Je songeais aux pompes triomphales de l'ancienne Rome et j'en avais pitié; il me semblait que je devais
être pour tous un objet d'envie en dépit de l'obscurité menteuse qui me couvrait.... « Si, en ce moment, pensai-je, la vérité
pouvait luire aux yeux de cette foule amoureuse d'une seule
femme, elle me mettrait indubitablement en pièces, moi qui
accapare ce trésor dont plusieurs milliers d'hommes consenti-
raient avec ivresse à se partager les plus imperceptibles frac-
tions ; moi qui possède seul cette déesse, objet de l'adoration
et des désirs de tout un peuple ! » Je me livrais ainsi aux idées
extravagantes que peut enfanter dans son délire une joie sans
limites ; je m'adressais les félicitations les plus exagérées, je
m'abandonnais à tous les élans d'une vanité assez bien justi-
fiée cette fois.... Ma stalle s'était transformée en un lit de
roses.... sans épines.

Je me trompe; je sentis en ce moment-là même une légère
piqûre ; elle me vint, comme toujours, de Sanluca et du
marquis.

« Mon cher comte, disait ce dernier, je suis attendri comme
un épicier près du berceau de son premier-né : jamais la Romaine n'avait chanté avec tant d'âme , elle donnerait des
transports à un sourd-muet. Il y a ce soir dans la salle un
agent de *l'impresario* parisien; c'est un Français qui parle
l'italien avec autant de facilité que nous parlerions, vous et
moi, le slovaque ; il est venu en *Piémont*, dit-il, pour passer
de là en *Italie*, où il doit faire emplette d'une cargaison de
gosiers pour le théâtre Ventadour. Il s'est présenté chez moi
muni d'une lettre de recommandation.... on sait que je pro-
tège les arts, et j'ai une réputation bien établie de *dilettante*.
Je l'ai régalé immédiatement de cet ingénieux jeu de mots:
« Vous venez sans doute entendre la Marcella : c'est la sou-

« veraine des souverains [1], elle ne chante pas, elle enchante.»
Je suis certain maintenant qu'il a le projet de l'engager au
grand profit des oreilles françaises, au grand bénéfice surtout
de la caisse de son directeur.

— Eh! croyez-vous que la Romaine l'ignore? dit alors le
comte. Si elle déploie ce soir tous ses moyens, croyez que ce
n'est pas seulement pour vous attendrir, mais bien pour fasciner l'impresario transalpin dans la personne de son agent. »

Je fus sur le point de me retourner, pour assurer à Sanluca
qu'il était dans l'erreur, mais une réflexion rapide me retint :
qu'allais-je faire? peuvent-ils se douter que les efforts surhumains de Marcella n'ont qu'un seul but, celui de me plaire?

Le comte poursuivit :

« Elle me l'a dit hier en confidence : « Je veux aller à Paris,
« c'est mon rêve; je veux voir la grande ville à mes pieds, je
« veux la voir me prodiguer ses richesses et ses merveilles et
« se croire trop payée si je lui donne en retour deux ou trois
« séries de trilles par semaine. Paris est le centre de la civili-
« sation : il parle, et le monde écoute en silence : tous les peu-
« ples, jusqu'aux Cosaques des Steppes, s'inclinent devant la
« majesté de ses arrêts ; qui est applaudi de Paris, est porté
« en triomphe par l'Europe entière. Si demain Paris n'est pas
« amoureux de mes chants, que je perde mon nom ! »

— Eh bien, fit le marquis, vous pouvez dire à Marcella
qu'il suffira d'un mot de moi pour décider le Français.... mais
ce mot, je ne le prononcerai qu'à une seule condition : c'est
qu'elle consentira à me voir.... »

Je me retournai cette fois, et je couvris le bonhomme d'un
regard chargé d'un immense dédain.... Sanluca et lui n'y prirent heureusement pas garde.

A la fin de la représentation, Marcella fut rappelée quinze
fois sur la scène ; le public ne pouvait se résoudre à la
quitter : il lui semblait que chacune de ses apparitions fugi-
tives lui rendait sous une autre forme les séductions de son
chant et de son jeu, en retardant le cruel instant de la séparation. Lorsque enfin les derniers applaudissements se furent
éteints dans un vague murmure, je m'élançai hors du théâtre
dans un trouble indicible, et, le cœur plein d'une agitation
violente, je me dirigeai à la hâte vers la maison de Marcella
Elle venait de quitter sa voiture, et je la trouvai encore toute

---

1. *Soprani.* Le jeu de mots n'existe pas en français.

remplie de l'émotion d'un triomphe incroyable.... Quant à Thérèse, elle me précéda dans le salon avec le maintien respectueux et soumis d'un magistrat qui présente au vainqueur les clefs d'une ville.

A partir de ce jour, il n'est pas de folie que je n'aie faite pour la Romaine : s'il m'arrivait de concevoir l'idée de quelque prodigalité absurde, je la saisissais au vol, je n'avais point de repos que je n'en eusse fait une réalité.... et Dieu sait combien ces idées-là viennent fréquemment assaillir un cerveau qu'une passion aveugle met en ébullition! « Les faveurs dont elle me comble chaque jour, ou plutôt à toute heure, à toute minute, sont des trésors inappréciables, me disais-je, des trésors dont la vaine science d'un mathématicien ne parviendrait pas à établir le chiffre : en regard de l'infini qu'elle me livre, pourrai-je découvrir jamais une suffisante compensation? » Grâce à mes largesses, le luxe de son mobilier atteignit à des proportions inouïes même à notre époque de civilisation raffinée: pour embellir le séjour de ma divinité, je mis à contribution les cinq parties du monde; rien ne me coûtait lorsqu'il s'agissait de me créer de nouveaux droits à ces mille menues faveurs de l'amour, qui se traduisent en sourires, en déclarations murmurées à voix basse, en serments toujours les mêmes et toujours nouveaux.... Il suffisait qu'un objet fût presque introuvable pour que je me fisse un point d'honneur de le déposer à ses pieds charmants, et si mignons que j'eusse pu les serrer dans une seule main et les couvrir d'un seul baiser. Les billets de mille francs s'échappaient de mon secrétaire comme le vin d'un tonneau défoncé, et le gouffre de mes dettes se creusait au point de devenir presque infranchissable.

Avec quel air d'indifférence modeste Marcella acceptait l'hommage de ces dons insensés! Pour tirer d'elle un imperceptible remercîment, un mot de gratitude, une minute d'attention, il fallait que j'eusse déboursé une somme qui eût fait sauter de joie et battre des mains la danseuse le plus en vogue et la plus dépensière de toute l'Italie. Cette attitude me semblait pourtant toute naturelle: « Il serait beau, disais-je à part moi, qu'à chaque nouvelle offrande une divinité descendît de sa niche pour remercier le sacrificateur! »

Mon bonheur avait du reste quelque chose d'âcre comme le sentiment qui en était l'origine ; je n'éprouvai jamais une entière satisfaction. Dans cette félicité menteuse, en effet, le cœur était peu ou point intéressé, et lui seul peut nous donner des joies pures de tout alliage. Les joies de l'amour vrai peuvent se comparer aux ondes d'une source limpide qui viennent étancher notre soif dans les jours caniculaires ; la coupe à laquelle je m'abreuvais, m'enivrait au contraire sans pouvoir me désaltérer : j'étais comme un buveur d'eau-de-vie dont l'estomac brûlé demande vainement un remède au poison qui le tue.... Et puis, de temps à autre, j'étais en proie à des accès de jalousie furieuse, jalousie insensée, matérielle, où il était moins question d'amour que de possession.

J'étais jaloux du public, à qui son sourire s'adressait aussi bien qu'à moi : ces applaudissements qui avaient été mon bonheur devenaient mon tourment. Ce public était un rival qui me l'arrachait, qui savourait des transports auxquels j'avais seul droit, dont les adulations faisaient oublier les miennes ; un rival enfin, qui lui donnait avec de l'or des satisfactions d'amour-propre auprès desquelles pâlissait tout ce que j'avais de plus précieux à lui offrir. J'étais jaloux de ceux dont les clameurs enthousiastes lui causaient une joie égale ou supérieure à celle qu'elle trouvait dans mon amour ; j'étais jaloux de ces êtres vulgaires qui tout un soir se repaissaient du spectacle de ses beautés, dont l'analyse leur offrait peut-être l'occasion de profanes commentaires et de réflexions ignobles ; j'étais jaloux de son talent même, dont j'aurais voulu savourer à moi seul l'inconcevable attrait ; j'étais jaloux aussi de ces nombreux courtisans qui tourbillonnant sans cesse à ses côtés, élevaient entre elle et moi comme un mur infranchissable, et dont l'attitude parfois trop familière faisait bouillonner mon sang. Pour me faire goûter en paix quelque bonheur, elle eût dû se confiner dans une retraite inaccessible à la curiosité de la foule, où personne ne m'eût dérobé un regard, un sourire un signe de ses paupières : car toutes ces choses m'appartenaient de droit, et je ne les eusse partagées volontairement avec qui que ce fût.

Certains jours, lorsqu'à mes yeux elle embrassait sa chatte, qu'elle caressait longuement et avec amour en lui disant de douces paroles, il me prenait des velléités furieuses d'arracher de ses mains l'innocent animal pour le jeter par la fenêtre ; j'enviais Thérèse, qui pouvait la voir à toute heure du jour et de la nuit.... Je comprenais maintenant comment, sous l'impulsion d'une crise passionnée, on pouvait assassiner sa maîtresse pour l'empêcher de passer aux bras d'un autre homme, et se poignarder ensuite sur son cadavre.

Le principal objet de mes soupçons, c'était cette caricature ambulante, cette contrefaçon humaine qu'on nommait milord Stonehouse. Deux fois déjà il m'était arrivé de rencontrer dans le salon de Marcella ce visage de brute aux regards automatiques : nous avions échangé un froid salut suivi de quelques phrases inintelligibles, et dès le premier instant de notre connaissance nous nous étions établis vis-à-vis l'un de l'autre sur un pied d'inimitié cordiale.

J'essayai de le faire congédier : « Chère amie, dis-je un soir à Marcella, je me demande pourquoi, lorsqu'il s'agit de l'ornement de ton salon, tu ne préfères pas à ce magot britannique des magots de la Chine, qui ont sur lui le grand et double avantage d'être à la mode et de ne pas parler. Je me propose de t'envoyer demain quatre mandarins de porcelaine, dont l'honnête et agréable laideur éclipsera complétement celle de ce hideux sorcier, et qui sur la cheminée garderont, sans qu'on les en prie, un silence plein de dignité. Leur provenance chinoise est *garantie*, ils sont fabriqués à Londres, et ces compatriotes de milord te seront, j'en suis convaincu, d'une bien plus grande utilité. »

Elle me répondit par un petit sourire un peu forcé qu'elle accompagna de quelques mots vides de sens, puis elle ajouta :

« Tu es injuste pour milord ; c'est un de ces hommes qu'un amant doit voir avec plaisir auprès de sa maîtresse. Leur présence fait obstacle aux soupirants, et par leur laideur ils se font suffisamment obstacle à eux-mêmes ; ses traits repoussants devraient te le faire chérir, sa stupidité te le faire adorer. C'est un devoir pour le riche de faire l'aumône aux pauvres : par amour pour l'humanité, permets-lui donc de venir parfois se purifier en respirant l'air de mon salon ; c'est un animal domestique et paisible qui ne casse rien, et qui sait rester dans un coin accroupi sur ses pattes. »

Je n'en parlai plus, sachant par expérience combien il est dangereux de laisser apercevoir sa jalousie, et je renfermai la mienne dans mon cœur toutes les fois que j'étais en public ; mais à peine étais-je seul qu'elle trouvait un libre cours et s'épanchait dans de risibles monologues, plus sots encore que ceux que nous sifflons au théâtre.

A quelques jours de là, j'entendis à l'opéra Sanluca dire au marquis : « Marquis, préparez-vous à me remercier, et tâchez d'élever au niveau des circonstances l'expression de votre gratitude ; ce matin j'ai plaidé votre cause auprès de Marcella et je l'ai gagnée : je vous présenterai demain. »

La surprise me donna un frisson : je me retournai et, sans oser prendre part au dialogue, je redoublai d'attention. Le marquis prit l'air d'un homme gâté par les complaisances des femmes et habitué aux bonnes fortunes ; il passa le pouce de sa main droite dans l'ouverture que présentait son gilet au-dessus du bras, battit une marche sur sa poitrine avec les doigts restés libres de cette même main, et répondit :

« Je vous remercie, comte, et je vais inscrire vos bons procédés à l'article de mon passif, prêt à vous payer de retour à la première occasion. Que vous a dit Marcella à mon sujet ?

— Elle m'a dit beaucoup de mal de vous, grâce à une lettre imprudente que vous lui avez écrite et qu'elle a brûlée afin de n'avoir pas à vous garder rancune. En sa qualité de Romaine, elle est excellente catholique et pardonne aisément.... lorsqu'elle y trouve son profit.

— Ah ! ah ! mon billet ! fit le marquis en clignant de l'œil, savez-vous ce qu'il contenait ?

— Oui, reprit le comte, et vous n'avez eu qu'un tort....

— Lequel ?

— Celui d'avoir mis vos offres à la fin et non en tête du poulet. Les paroles blessent, les cadeaux jamais ! les cadeaux sont des déclarations muettes que les femmes savent parfaitement interpréter, et qu'elles trouvent plus claires que les plus beaux discours. »

Je ne pus me contenir plus longtemps et j'interrompis Sanluca :

« Vous mettez cette femme trop bas, monsieur le comte ; maintenant que je la connais mieux, j'en puis parler à mon tour. Elle n'aime pas la *pluie d'or*, mais elle la souffre comme une nécessité ; quant à ce qui est de la désirer, je puis dire qu'elle en fait autant de cas que vous des tirants de vos bottes lorsque vous avez à vous chausser. Elle la voit tomber autour d'elle avec une stoïque indifférence, qui est la marque certaine sinon de beaucoup de grandeur d'âme, du moins d'un désintéressement assez rare aujourd'hui. Elle ne cherche pas à l'arrêter, et ne creuse pas des silos pour la recevoir, mais elle ouvre à ses flots un large lit où elle coule à pleins bords. Pour se procurer de l'or elle ne lèverait pas le petit doigt, et, quand vous aurez pu l'apprécier, je ne doute pas, monsieur le comte, que vous ne vous rangiez à mon avis. »

Après la pièce, je me présentai vainement chez Marcella. Thérèse me dit qu'elle était souffrante et venait de se mettre au lit. Je me retirai avec une rage d'auteur sifflé et tous les soupçons d'Othello. La nuit tout entière fut employée à préparer l'horrible scène que je me proposais de lui faire le lendemain; mais quand j'entrai chez elle, son salon était plein déjà. J'y trouvai le comte, milord, et les autres habitués : dans un coin retiré, j'aperçus le marquis assis à côté de la Romaine, qu'il s'efforçait de séduire par des mines aussi impertinentes que ridicules, et qui ne paraissaient point trop déplaire à Marcella, quoique le personnage fût sorti ce jour-là plus hideux que jamais des mains onctueuses du coiffeur, auquel sa tête fardée et pommadée eût pu servir d'enseigne.

Cette apparition produisit sur moi l'effet désagréable d'une bouteille d'eau de seltz qui m'eût jailli au nez en me couvrant d'écume; je me contins pourtant, et je croisai quelques instants mon regard avec celui de milord, vrai regard d'acier; je m'efforçai de faire passer dans ce coup d'œil toute la fureur qui me dévorait, et je pris place sur un siège à côté de lui, dans l'espoir de lui écraser un *cor*, et résolu de le forcer à m'en demander satisfaction. J'avais envie de saisir le vase du Japon que milord faisait chaque jour remplir de fleurs nouvelles, et d'écraser la fragile porcelaine avec son contenu sur la citrouille peinte et chauve du marquis. Marcella, en effet, s'était contentée de m'adresser un léger salut, après quoi elle ne s'était pas plus inquiétée de moi qu'elle ne s'inquiétait au théâtre de la présence d'un sous-allumeur de quinquets.

Sanluca pérorait au milieu d'un cercle.

« Paris! pour toutes les Vénus de la mythologie contemporaine, qui n'est plus celle des poëtes, mais celle des banquiers, Paris est dans notre siècle le centre le plus raffiné de toutes les jouissances matérielles : il n'est pas de merveilles, filles du songe plutôt que de la réalité, qu'on n'y trouve à acheter ou à vendre à tant le kilogramme. On y voit des femmes laides qui troublent tous les cœurs et font pâlir les beautés les plus renommées : de l'esprit partout, depuis la loge du portier jusqu'au salon du pair de France, qui par une lettre de recommandation vous donne accès dans les réunions aristocratiques; depuis le garçon de restaurant jusqu'au député,

depuis l'enfant de l'Auvergne qui vous livre à prix d'or l'eau
détestable de la Seine, jusqu'au *viveur* qui ne boit que du vin
de Champagne.... A chaque pas on rencontre le vice qui va
en calèche..., le vice élégant et spirituel qui ferait damner un
anachorète de quatre-vingts ans.... l'argent qui luit partout,
la misère en haillons qui, lorsqu'elle a cessé de rugir au milieu de sa fange, entonne tout à coup un chant obscène, orné
d'un refrain patriotique. Paris est une Babel où toutes les
langues se confondent..., où l'on trouve de tout, même du bon
sens.... Un carnaval éternel incarné dans un perpétuel bal
masqué; un tourbillon de plaisirs fous et charmants, qui font
tourner toutes les têtes. C'est à bon droit qu'on l'a nommé la
Babylone du monde occidental.... avec cette différence, il est
vrai, qu'on n'y retient pas les Juifs en captivité.... bien au
contraire! Que dans cette ruche, où l'or tient lieu de miel, la
Romaine introduise la pointe de son petit nez, et je consens
à échanger mon cheval bai contre un lapin, si dans une semaine elle n'a pas empoché un million, causé le suicide de
deux fils de famille, amené deux journalistes sur le terrain,
ruiné trois banquiers, et envoyé en Belgique un notaire en
déconfiture.... Tenez-vous le pari, milord? »

Milord s'agita comme un polichinelle dont on aurait fait
jouer trop brusquement le ressort, et, sans avoir rien compris
à ce que disait Sanluca, il répondit de cette voix criarde qui
me faisait l'effet de l'ongle d'un procureur qui raclerait du
verre :

« Un pari? *yes !* moi parier toujours. »

Alors, je lançai à l'Anglais un regard de travers, et je dis
au comte :

« Comment! la *diva* prend donc son vol vers Paris?

— Oui, ajouta Sanluca; le marquis lui a promis d'aplanir
tous les obstacles qui pourraient surgir par le fait de l'agence
parisienne, et, tenez, le voilà qui lui renouvelle pour la cen-
tième fois les mêmes promesses accompagnées des mêmes
compliments. Compliments bien superflus, car la Romaine
est aux anges.... On dirait une fille de douze ans, le jour de
sa première communion. Sa félicité déborde en rayons qui s'é-
chappent de son front, de ses yeux et de la fossette de son
menton; je jurerais que, si on l'interrogeait à l'heure qu'il est
sur l'âge du marquis, elle donnerait sa parole qu'il n'a pas
plus de trente ans.

— Vous parlez de moi? fit le marquis en se retournant pou

nous faire admirer l'orgueilleux sourire qui contractait toutes les rides de son visage.

— Nous étions à mille lieues de vous, reprit le comte, nous parlions de l'esprit français. »

J'approuvai cette réponse par un sourire.

Milord Stonehouse, enfilant péniblement ses paroles comme s'il eût eu la bouche pleine de gravier, s'adressa à Marcella :

« *Je suis vraiment content.... vous venir à Paris. J'aime Paris.... C'est peuple qui rit toujours, vin il était très-bon.... du thé beaucoup, le bifteck il était pas mauvais....*

— Que le diable t'emporte ! » murmurai-je ; puis je repris à haute voix : « Vous regretterez l'Italie, Marcella.... je vous ai entendue vous plaindre de notre climat : à Paris, ce sera bien pis, et le froid du Piémont sera doublé du brouillard britannique. On y marche dans une boue épaisse, et, si l'on s'avise de lever les yeux, on n'aperçoit que d'épais nuages.

— C'est parfaitement exact, fit le comte ; pendant un séjour de trois mois que j'ai fait à Paris, il ne m'est arrivé que deux fois de voir, ou plutôt d'entrevoir le soleil à travers un voile nébuleux. Cet astre ressemblait assez à une plaque de laiton bruni qui fixerait sur la terre deux prunelles mélancoliques. Pendant ces deux jours, dont chacun célébrait à l'envi la splendeur, les oiseaux du Luxembourg et des Champs-Élysées chantaient du matin au soir : ils sont habitués là-bas à se contenter de si peu !... »

Marcella ne dit mot, et ses yeux s'abaissèrent devant les miens, que la colère animait d'un feu sombre. Les importuns, au bout d'un moment, se retirèrent à la file, en déposant au passage un baiser sur la main de la Romaine, tandis que je restais impassible sur ma chaise, comme un héros au poste de l'honneur. Milord sortit le dernier en me couvrant d'un regard qui était effrayant à force d'insignifiance.

Marcella, me tournant le dos, se plaça en face du miroir, rajusta sa robe, et, par un mouvement plein d'une grâce voluptueuse, inclina la tête en arrière, en doublant son corps à demi, afin de voir si son vêtement s'adaptait à ses épaules d'une façon suffisamment correcte. Cette pantomime avait pour but, je le pensais du moins, de dissimuler l'embarras qu'elle éprouvait dans cet instant critique. Ce moment de répit ne me fut pas inutile à moi-même : j'avais tant de choses à lui dire, tant de reproches à lui adresser, que tout cela s'embrouillait dans ma mémoire, où je cherchais vainement à remettre un peu d'ordre.

Après deux minutes de profonde mais bien inutile méditation, je me levai et m'approchai d'elle.

« Marcella! » lui dis-je, déterminé que j'étais à me laisser guider par le hasard : mais elle ne me laissa pas achever.

Son bras gauche vint s'enrouler amoureusement autour de mon cou, et mes lèvres sentirent la douce pression de sa main droite :

« Oh! tais-toi, murmura-t-elle en faisant vibrer les cordes les plus délicates de sa voix argentine; je sais tout ce que tu as à me dire. J'eusse volontiers aidé Thérèse à jeter au bas de l'escalier ce marquis impertinent.... Je l'eusse bien voulu!... Mais nous autres, pauvres femmes, nous sommes de misérables esclaves, obligées bien souvent de céder aux caprices d'un fou.... Notre profession nous met parfois à la merci de malhonnêtes gens, et nous contraint à de honteuses complaisances dont nous rougissons ensuite.... nous sommes le jouet du premier cuistre qui se rencontre sur notre chemin.... Si je remets un insolent à sa place, il a une vengeance toute prête, il me siffle au théâtre : les sifflets sont pour nous comme l'épée de Damoclès; ils sont plus à redouter pour notre réputation qu'un coup de poignard en pleine poitrine.... Il suffit de deux sous donnés à un crocheteur pour nous rendre plus malheureuses que si l'on en voulait à nos jours....; tu le vois, nous sommes réduites à tout faire pour éviter des inimitiés.... Le marquis peut me faire obtenir un engagement pour Paris à d'excellentes conditions; devais-je repousser ses avances au risque de le blesser? Oh! je te jure que ç'a été pour moi le plus douloureux des sacrifices, de souffrir l'insulte de sa présence.... mais Paris! c'est la capitale des artistes : là seulement, ils peuvent se voir couronner des mains de la renommée, qui redit leur nom à toute la terre par la voix de mille journaux, dont les millions d'exemplaires répandus sur l'univers entier vont dicter leur opinion à tous ceux qui savent lire : là seulement est le dernier degré de cette échelle sur laquelle nous nous hissons avec tant de fatigue : ce n'est qu'à Paris que je me verrai saluée de tous comme la reine de l'art; aurais-tu voulu que je brisasse ma carrière par une susceptibilité maladroite? Si tu savais depuis combien de temps j'aspire à la scène parisienne!... C'est le grand but de mes désirs et de mes efforts; je m'en suis rapprochée bien lentement jus-

qu'ici, et, pleine de dépit, je voyais ajourner sans cesse l'heure
de mon triomphe suprême. Eût-il été sage de renoncer à toutes
mes espérances, au moment de les réaliser?... Votre vie
pourtant, à vous autres hommes qui êtes nés pour l'action,
n'est qu'un continuel combat à la poursuite de la grandeur,
de la gloire, de la puissance! J'ai sacrifié mon ressentiment
à la nécessité : c'est là ce que vous nommez de la politique.
Devant quelle fourberie ont jamais reculé ces personnages
que vous nommez grands, et que la dissimulation a seule pu
conduire au succès dans tant de carrières diverses? Celui
qui a le mieux réussi dans ses tentatives adroites, celui en un
mot qui a su mettre dans sa conduite le plus de fausseté et
d'astuce, c'est celui-là même qu'on loue de préférence aujourd'hui en le qualifiant de judicieux, de prudent et de sage!
Eh quoi! de semblables moyens devront-ils être interdits à
une pauvre femme dont tout l'avenir est en jeu, et qui, en définitive, ne peut compter sur l'appui de personne?... Allons,
Romualdo, quitte ces airs courroucés qui me désespèrent :
regarde-moi avec tes yeux de tous les jours, dont j'aime
tant à voir les éclairs joyeux et caressants.... Pourquoi faire
le méchant?... Que t'importe une demi-heure d'ennui que je
consacre malgré moi à donner audience à un crétin? Si c'est
un péché, il est suivi d'une assez rude pénitence.... Si mon
musée vivant s'enrichit d'une nouvelle caricature, en quoi
cela peut-il te chagriner?

— Eh! chacune de ces caricatures est pour moi un objet de
tourment.... »

Je me repentis aussitôt de cet aveu maladroit; elle recula
d'un pas, et, me regardant fixement :

« Quoi! s'écria-t-elle avec un étonnement douloureux, qui
eût suffi pour me montrer toute l'étendue de ma faute, serais-
tu jaloux par hasard? c'est une triste maladie, qui fait perdre
à ceux qui en sont atteints l'esprit, l'appétit et la gaieté :
trois choses qui me plaisent plus que je ne saurais dire, et
que j'aime surtout à retrouver dans ceux qui m'entourent.
Pour ce qui est de toi, la crainte que t'inspirent les gens dont
tu parles dénote en vérité par trop de modestie. La modestie
est une vertu, j'en conviens; mais la vertu, lorsqu'elle dépasse
certaines bornes, est bien près de devenir de la sottise.... je
hais les jaloux, parce que ce sont les ennemis jurés de l'a-
mour. La jalousie est à ce noble sentiment ce que le vi-
naigre est au vin : un poison délétère. Lorsqu'il en tombe une

goutte dans la coupe de l'amour, la liqueur se corrompt, et n'a plus que cette saveur nauséabonde du lait qui tourne à l'aigre. »

Marcella, grâce à ma fausse manœuvre, avait ainsi passé de la défensive à l'offensive. Je lui pris la main, je la contraignis de s'asseoir près de moi sur le canapé, et je me mis à méditer sur ce que j'allais lui répondre. Toute cette tempête amoncelée dans mon âme depuis la veille s'affaissa comme un ballon percé d'un coup d'épingle, et les griefs sanglants que j'avais accumulés dans ma mémoire se dissipèrent tout d'un coup comme une volée de chardonnerets auxquels on aurait ouvert la porte de leur cage.

« Je ne suis pas jaloux de ces imbéciles, lui dis-je, mais je ne puis m'empêcher de les trouver souverainement importuns : ils forment à eux tous un tiers incommode qui ne s'en va jamais et contrarie notre amour. C'est un chœur d'intrus qui vient interrompre, en détonant, notre duetto enivrant.... en un mot, ce sont des harpies dont j'ai hâte de me voir délivré.

— Il ne faut pas vouloir l'impossible, reprit Marcella ; mais j'ai vraiment honte d'avoir perdu tant de minutes à parler de ce sot personnage de marquis.... Dis-moi, es-tu déjà allé à Paris ? » Je fis signe que non. « Eh bien ! nous le verrons ensemble ; nous examinerons en détail ce monde nouveau, et nos impressions partagées en seront plus douces.

— Et s'il m'était impossible d'aller à Paris ? interrompis-je.

— Tu ne m'y suivrais pas moins, reprit-elle sans se troubler. Penses-tu avoir le droit de m'abandonner comme un vêtement hors d'usage ? Crois-tu que je le souffrirais ? Serais-tu assez cruel pour cela ? Non, vraiment ; notre ligne de conduite est clairement tracée : ton devoir est de me suivre ; le mien de t'y contraindre par tous les moyens qui sont en mon pouvoir. Il faut en prendre ton parti ; je suis bien décidée à te refuser la faveur de la plus insignifiante caresse, tant que je n'aurai pas la certitude que tu es à moi sans arrière-pensée, comme ma chatte Cléopatre : si, d'ailleurs, au dernier moment tu refuses de partir, je te rendrai heureux malgré toi, je t'enlèverai. »

Il n'y avait pas moyen de lui résister, je promis tout ce qu'elle voulut ; mais il s'agissait de trouver le moyen de tenir mes promesses. J'étais criblé de dettes et je ne pouvais m'éloigner sans en payer au moins une bonne partie : car un commencement de libération suffit pour calmer les inquiétudes des fournisseurs et faire renaître le crédit. Il fallait, en outre, trouver l'énorme somme que devait réclamer l'existence luxueuse que nous allions mener elle et moi dans Paris. J'obtins ce double résultat par de nouveaux emprunts. Les usuriers m'étranglèrent avec un air bénin, et je souscrivis sans balancer à leurs plus monstrueuses exigeances, avec la joyeuse insouciance d'un fiancé qui signe son contrat de mariage. J'étais hors de moi en palpant les sacs d'écus et les lettres de change qui affluaient de nouveau dans mon secrétaire.

Mais mon parti une fois arrêté, tout retard me fut insupportable : je sentais, en effet, plus vivement encore les ennuis de ma situation, et mon impatience redoublait à la vue de ces élégants stupides qui entouraient ma maîtresse et dont le maintien impudent semblait accuser des succès égaux aux miens; j'étais irrité surtout de l'assiduité du marquis, qu'on voyait sans cesse aux trousses de Marcella; il niait, il est vrai, qu'elle lui eût accordé des faveurs, mais sa physionomie disait tout le contraire; son insolente bêtise me poussait à bout, et la crainte seule du ridicule m'empêchait de lui faire un mauvais parti. Il me semblait aussi qu'à Paris Marcella serait plus à moi, que tout engagement serait rompu par son départ et que j'aurais le champ libre pour m'opposer aux tentatives de nouveaux concurrents.

J'étais sur le point de quitter Turin, lorsqu'on me remit une lettre de mon père. Le bruit de mes folies avait pénétré, je ne sais comment, jusque dans l'obscur village où vivait le pauvre vieillard, et, plein d'alarmes pour l'avenir de son fils unique, il venait me confier ses chagrins et m'envoyait de sages avis : « Veille sur toi, me disait-il; la fougue des sens, les transports irréfléchis de la passion, sont des guides funestes qui te conduiront promptement à l'abîme, si tu n'y prends garde. Tout viendra s'engloutir dans ce gouffre que tu abordes avec tant de folle insouciance : tu perdras non-seulement l'aisance et le bien-être, qui sont des gages solides de repos et de bonheur, et qu'il est possible pourtant de recouvrer à force de travaux et d'efforts, mais aussi ces autres biens mille fois plus précieux, qui sont l'estime de soi-même et la considération publique. Crois-en ma vieille expérience, il y a quelque chose de divinatoire dans les terreurs qui agitent mon âme paternelle. Je ne sais si plus tard tu auras le courage de t'arrêter sur la pente fatale qui t'entraîne à ta perte, mais par pitié reviens à moi lorsqu'il en est temps encore! Tu trouveras dans une

prompte fuite le remède au mal qui t'afflige, et les prétextes
ne te manqueront pas pour quitter le théâtre de tes égarements. Accorde à ton vieux père cette faveur de te presser encore dans ses bras avant de mourir ; viens soutenir ses pas
tremblants, permets-lui d'espérer que sa tête blanchie repo-
sera sur ton épaule à l'heure suprême des adieux. En suivant
la route du devoir, tu trouveras un bonheur plus pur et surtout plus durable que celui auquel je voudrais t'arracher ;
viens du moins raffermir mon courage par ta présence, tant
que dureront mes souffrances, qui, peut-être, seront passagères. Tes affaires, m'a-t-on dit, sont un peu en désordre : nous
satisferons tes créanciers ; ne va pas surtout craindre des reproches et des récriminations : je sens qu'en te voyant ici j'aurai
tout oublié. » Cette lettre, dictée par une tendresse si dévouée,
eût tiré des larmes des yeux d'un étranger ; elle m'émut au
plus haut point et je versai tant de pleurs que je réussis presque à me persuader qu'ils suffisaient à expier tous mes torts.
Cependant, la honte et le regret d'avoir attristé les vieux
jours de mon vénérable père m'inspirèrent, dans le premier
moment, une noble résolution, la seule qui fût d'accord avec
mon devoir.

« Il faut partir sans plus tarder, me dis-je, partir sans revoir
cette femme funeste qui me dominerait comme par le passé ;
il faut quitter Turin pour aller consoler celui à qui je dois
tout.... Nous verrons bien si le charme agira à distance et si
je ne parviendrai pas à dompter cette malheureuse passion !
Quand Marcella sera partie pour Paris.... Mais, grand Dieu !
je la quitte donc pour ne plus la revoir ! Que va-t-elle penser
de moi ? Oh ! non : le sacrifice est trop grand et je ne puis m'y
résoudre ; ce serait de la cruauté ; d'autre part.... pour elle et
pour moi.... peut-être vaudrait-il mieux.... »

Et je courus chez elle. J'entrai avec la face sinistre de
Jephté, venant prier sa fille d'aller avant de mourir pleurer
deux mois sur la montagne. La Romaine recula à mon
aspect.

« Qu'as-tu donc ? s'écria-t-elle stupéfaite ; ta mine est allongée comme celle d'un héritier qui n'hérite pas.... As-tu des
douleurs d'entrailles ?... Ton cheval favori s'est-il couronné ? »

Je lui remis la lettre de mon père. Elle la lut rapidement,
fit sa petite moue habituelle et me rendit l'épître ; puis, d'un
air dégagé, elle dit : « Eh bien ? »

Je gardai le silence : accablé sous le double fardeau de la douleur et de l'incertitude, je n'avais pas le courage de lui répondre. Elle continua : « C'est une de ces bonnes semonces paternelles, qu'on rencontre au moins une fois dans toutes nos comédies classiques, dont le public applaudit, en bâillant, les vertueuses tirades. Il y a dans cette lettre de la morale à foison, de la raison à remuer à la pelle, mais pas l'ombre du sens commun. Quelle plaisante figure ferait un homme comme toi exilé dans un village, réduit à causer avec l'apothicaire, avec la femme du syndic, avec le chirurgien qui est en même temps le vétérinaire ! Tous les villages se ressemblent. Après un mois d'existence rustique, l'homme le plus à la mode a déjà subi une transformation radicale : ce n'est plus qu'un élégant fossile. Eh ! quoi ! ton père craint-il que je fasse un hachis de ton cœur, de ton foie et de ta cervelle, ou que je les mange en friture ? Ton père, mon bon ami, est un homme d'autrefois ; de son temps on mettait sur la même ligne la cantatrice et le vampire ; les femmes de théâtre étaient regardées comme des monstres qui abusaient de leur beauté pour attirer des fils de famille qu'elles ne tardaient pas à immoler, afin de composer de leur sang un aliment épouvantable assaisonné avec les larmes des parents infortunés. Les mères, les tantes, les pères les grands-pères et les prédicateurs avaient formé une ligue offensive et défensive pour écraser l'ennemi le plus redoutable des débutants candides, qui n'ont pas moins continué de préférer la damnation éternelle, qu'ils encourent en notre coupable compagnie, au salut qu'ils auraient infailliblement mérité en suivant la direction de leurs grand'mères. Le préjugé s'en va tous les jours. Je t'en fais juge : ai-je rien de commun, par hasard, avec le monstre que rêve ton père ? L'homme âgé voit tout en noir ; la vieillesse est comme un verre grossissant qui fausse la vue et donne aux objets une apparence fantastique. Je veux répondre victorieusement à ce père aveugle, en faisant de son fils le plus heureux des hommes : nous verrons bien s'il aura la barbarie de s'en plaindre.... Quels sont tes projets ? Ton visage bouleversé devrait me faire appréhender quelque fâcheux coup de tête.... mais je ne puis y croire, et je ris malgré moi en pensant à ton attitude dans un salon de province.... Je te vois d'ici tristement assis au coin d'une cheminée moyen âge, et, la chevelure en désordre, écouter en bâillant les radotages d'un vieillard. »

Je me sentais frémir sous l'aiguillon piquant de ses paroles, et mille sentiments divers se disputaient mon cœur. J'avais été

blessé du ton ironique de son début, et je m'étais presque ré-
volté, puis j'étais arrivé tout doucement à me reprocher
l'excès d'émotion que m'avait fait éprouver cette lettre, et
j'avais fini par prendre la posture humiliée d'un écolier espiè-
gle, que son pédagogue a surpris au moment où il luiattachait
au collet une queue de papier ; mais lorsque je l'entendis s'attaquer à mon père et le tourner en ridicule, je sentis renaître à
l'instant mon affection filiale et je me levai impétueusement,
sous le coup d'un sentiment d'irritation qui m'avait rendu
pour une minute à mes instincts naturels.

« Marcella ! lui dis-je d'une voix vibrante, vous oubliez que
ce *radoteur* est mon père, c'est-à-dire l'homme que je respecte
le plus sur la terre, l'homme envers qui l'obéissance est pour
moi un devoir sacré, et dont les prières sont pour moi des ordres auxquels je me reproche de n'avoir point encore
obéi.... »

Elle s'arrêta interdite, et modifia sur-le-champ son plan
d'attaque. De l'ironie elle passa aux supplications, du dédain à
l'humilité : ce fut un changement à vue plus merveilleux et
plus rapide que ceux qu'opèrent sous nos yeux, au théâtre,
les plus habiles machinistes. Elle accourut vers moi qui, dans
mon courroux, étais sur le point de franchir le seuil de la
chambre, me prit par le bras et me contraignit, par une douce
violence, à considérer son visage qui portait l'empreinte d'une
grâce attendrie ; elle fit rouler dans ses yeux quelques larmes
semblables à des perles qu'elle semblait avoir peine à retenir,
et de sa voix, qu'elle revêtit de son timbre le plus mélodieux et
le plus touchant, elle me dit :

« Oh ! ne me quitte pas ainsi, Romualdo ! Oui : tu as raison,
tout te rappelle auprès de ton vieux père.... je le sens, je le
comprends, moi aussi. Un père est pour nous comme une
image de Dieu sur la terre.... C'est là seulement qu'on peut
trouver indulgence et pardon.... Ah ! tu n'as donc pas vu qu'il
y avait des pleurs sous mon triste sourire ? Ces plaisanteries
affectées n'étaient qu'un masque impuissant sous lequel j'aurais
voulu dissimuler mon désespoir.... Tu ne peux supposer que
la femme qui t'aime se détache de tout ce qui fait son bonheur
sans jeter un cri d'angoisse, sans pousser un gémissement,
sans laisser entrevoir la blessure qu'elle porte au cœur....Tu ne
peux pas le vouloir non plus ! Ma nature orgueilleuse cherchait
vainement à s'armer d'une froide ironie ; mon orgueil est tombé
maintenant comme un oiseau frappé dans son vol.... Va donc,

et laisse-moi poursuivre ma triste destinée ! A côté de ton père tu trouveras de nouvelles et plus puissantes affections, des joies plus tranquilles et plus pures.... Oh ! que ne puis-je te suivre et consacrer tous mes soins à ce vieillard, qui m'est cher à cause de toi ! Je voudrais qu'il apprît à me bénir, et te pardonnât de m'avoir aimée.... Va donc, laisse-moi seule en butte aux tempêtes d'une vie orageuse : je n'aurai plus maintenant qu'à souffrir en songeant au passé radieux, à l'immense bonheur qui vient de s'évanouir !... Oh ! je te l'avais bien dit : Aimer, pour moi, c'était une folie.... Le jour où, trop faible, j'ai cédé aux attraits d'un véritable amour, j'ai dû me résigner aussi à un long avenir de misères et de regrets. Adieu, Romualdo, tu emportes avec toi tout mon repos, toute ma joie : il me semble qu'au lendemain d'une soirée triomphante je m'éveille avec la voix rauque d'un hibou.... Mon cœur est brisé pour jamais, il n'y a pas de chirurgien qui puisse le guérir, Que serais-je désormais pour toi ? tu m'oublieras sans doute.... le nom chéri de ta Marcella ne représentera plus à tes yeux qu'une ombre légère, qu'un souvenir à demi effacé de quelques jours heureux qui ont fait époque dans ta vie de jeune homme. Pars donc, et oublie-moi ! C'est notre destin à nous.... un jour de bonheur.... de longues années d'amertume et de résignation ! Mais ne me quitte pas du moins dans un moment d'irritation : que j'aie ton estime, sinon ton amour, et que la douleur de ne plus te voir ne soit pas doublée par le chagrin mortel de t'avoir offensé. »

Elle s'arrêta suffoquée par une émotion croissante qu'indiquaient assez ses dernières paroles, qui s'étaient échappées avec effort, entrecoupées de sanglots : elle cacha sa tête dans ses mains, baigna de larmes abondantes son mouchoir orné de riches broderies, et finit par s'affaisser sur un siége qui se trouvait là fort heureusement pour la recevoir.

Ma colère et mon bon sens, que j'avais retrouvés en même temps, s'en allèrent plus vite encore qu'ils n'étaient venus : j'avais cependant vu couler bien des pleurs et j'aurais dû savoir le cas qu'il en fallait faire. Je m'inclinai pour baiser le front humide de Marcella, et ses beaux yeux dont les paupières demi-closes étaient imprégnées d'une céleste rosée, puis je fis à ses lamentations une réponse non moins dithyrambique.

« T'abandonner, grand Dieu ! toi mon trésor, ma joie, ma volupté, mon seul rêve ! toi l'incarnation de la beauté ! Qui

donc a pu vouloir me pousser au suicide ? Tant que tu seras à
moi, sache-le bien, il n'est pas de plaisir qui puisse me tenter.... mes désirs les plus violents, mes plus ardentes aspirations trouvent en toi leur satisfaction complète : je t'aime
d'une soif inextinguible que chaque jour rend plus brûlante
encore; je t'aime pour ta beauté sans égale, toujours nouvelle
toujours croissante; je t'aime à me consumer d'amour, la
tête appuyée sur tes genoux.... au moindre frémissement de
ton corps j'éprouve une sensation pénétrante et indéfinissable,
pareille à l'extase du croyant qui voit en songe s'ouvrir à deux
battants les portes rayonnantes du paradis; tu es devenue le
seul aliment qui puisse suffire au feu qui me dévore; loin de
toi je languis comme une abeille privée du suc des fleurs. Oh !
non ! non! je ne pourrai jamais t'abandonner ! je te le jure par
ces larmes précieuses que tu viens de répandre; je suis ton
bien, ta propriété comme Cléopâtre; portion indivisible de toi-
même, je m'attache à tes pas comme ton ombre et comme ta
pensée.... je veux te voir sans cesse, m'enivrer de tes charmes, ou bien je veux mourir. »

Elle se redressa à moitié, posa convulsivement sa main sur
mon épaule, fixa sur mes yeux ses yeux étincelants, et d'une
voix vibrante et brève elle me dit :

« Et ton père?

— La vue de ta douleur m'a éclairé, lui répondis-je; en
présence de notre double et immense infortune, une inspiration céleste est descendue dans mon cœur : je veux lui obéir
en aveugle; j'irai trouver ce bon vieillard, je lui dirai : « Cette
« femme est ma vie, c'est Glycère dont la douce magie m'a en-
« sorcelé pour jamais. Si vous voulez que je sois heureux, ne
« m'arrachez pas à mon Ève adorée. » Va, ne crains rien, je reviendrai avec son pardon déposer à tes pieds ses bénédictions
paternelles. »

Marcella secoua la tête d'un air attristé et reprit en soupirant :

« A quoi bon nous repaître de vaines illusions? Aussitôt que
tu auras franchi le seuil de la maison de ton père, tu verras
s'ouvrir un abîme infranchissable entre Marcella et toi. »

Je voulus insister, mais elle m'ordonna au nom de sa douleur de me taire et de partir : une parole de plus eût produit
sur elle l'effet du soc de la charrue sur le sein déchiré de la
terre; ma présence lui causait un supplice pareil à celui de la
mère de Dieu, que les peintres nous représentent percée de

sept coups de poignard. Elle me poussa vers le seuil, puis me ramena vers elle comme par un élan involontaire, déposa sur mon front un baiser rapide et passionné, s'essuya les yeux avec son mouchoir et referma brusquement la porte derrière moi.

Je descendis l'escalier en blasphémant comme un matelot pris de vin : irrité, troublé, hors de moi, l'esprit fatigué, le corps brisé, j'avais perdu mon dernier atome de jugement, et j'étais bête à faire plaisir.

Je me promenai quelques instants sans but, comme ces spectres privés de sépulture que les poëtes font errer sur les rives de l'Achéron ; puis, au lieu de rentrer chez moi, je retournai chez la Romaine à pas précipités.

Après m'avoir fait longtemps attendre, Thérèse apparut enfin, et me dit que sa maîtresse était sortie pour la répétition. C'était l'excuse habituelle, qui variait seulement dans la forme. Tantôt il avait fallu visiter le *maestro*, tantôt il avait fallu s'aboucher avec le *contralto* qui était souffrant et n'avait pu se rendre à la répétition générale : les prétextes ne faisaient jamais défaut. Marcella se permettait ainsi, sans que je pusse m'en plaindre, d'éternelles absences qui mettaient ma patience à de rudes épreuves. Pour cette fois, comme tu peux l'imaginer, je me gardai bien de paraître fâché : je m'assis en face de Thérèse, dont la physionomie offrait une nuance indécise entre le courroux et la pitié, et je lui demandai, de l'air d'un coupable qui avoue ses torts, comment se trouvait la Romaine. Thérèse me déclara qu'elle était plongée dans un désespoir tout à fait inquiétant et qu'il fallait que j'eusse un cœur de roche pour la tourmenter ainsi. La soubrette ajouta d'un ton malin qu'elle me priait, dans le cas où je mourrais d'apoplexie, de lui léguer ce précieux viscère, dont elle ferait un collier d'une valeur inappréciable, après l'avoir réduit préalablement en petits morceaux dont chacun vaudrait plus qu'un diamant.... Après m'avoir raillé quelques instants encore, elle acheva mon supplice en m'annonçant que Marcella partait dans deux jours pour Paris, dans la calèche de milord Stonehouse.

Cette nouvelle me fit *tressaillir*.... je lançai un horrible juron qui fit *tressaillir* Thérèse, tandis qu'un violent coup de poing que j'assénai sur un meuble voisin fit *tressaillir*, à son tour, la pauvre Cléopatre, tout occupée de se lustrer le poil, accroupie sur ses pieds de derrière. Thérèse voulut parler,

mais peu s'en fallut que je ne la maltraitasse. J'étais animé de
la sainte fureur de Moïse, lorsque, de retour du Sinaï avec
les tables de la loi sur l'épaule, il aperçut de loin les entrechats
de son peuple qui dansait autour de la statue profane du veau
d'or. Milord Stonehouse était, dans ma pensée, fort au-dessous
du veau : c'était un mastodonte. N'ayant pas sur moi, comme
le grand législateur des Hébreux, quelque chose que je pusse
briser sans qu'il m'en coûtât rien, j'écrasai sur le sol le fameux
vase du Japon et je foulai, sous la semelle de mes bottes, les
fleurs, emblèmes infortunés des amours de milord.... Deux
jours après je partais en poste avec la Romaine : notre suite
se composait de trois voitures surchargées d'une inconcevable quantité de caisses, de malles et de valises; on eût dit les
fourgons de l'armée persane de Xercès. Il est inutile d'ajouter
qu'avant mon départ, je dus, pour payer les dettes de Marcella, infliger à ma caisse une forte saignée. Quant à mon père,
j'eus l'audace de lui écrire une sotte lettre pleine de mensonges et de subterfuges, et bien propre à lui enlever le peu d'espérance qu'il avait pu conserver.

QUATRIÈME RÉCIT.

Séjour de Romualdo à Paris. Il revient en Piémont complétement guéri, mais presque ruiné.

Je n'ai pas l'intention, mon cher Victor, de te réciter le *Guide de l'étranger à Paris :* tu peux être en repos là-dessus. Si je voulais te conter toutes les merveilles de la grande métropole de l'Occident, la nuit n'y suffirait certainement pas, et le regret de t'avoir privé de sommeil ne serait pas compensé par le faible avantage d'avoir chargé ta mémoire de détails confus dont il te resterait peu de chose. Paris, comme l'a fort bien dit un poëte français contemporain[1], c'est la grande cuve où viennent fermenter les éléments moraux les plus disparates, fournis par toutes les civilisations de l'univers; c'est la coupe sans fond d'un Gargantua fantastique, d'où s'écoule comme d'une source intarissable le fleuve régénérateur où viennent s'abreuver d'une lèvre avide toutes les tribus de notre globe; c'est le centre d'une indéfinissable agitation, d'un tumulte que domine de temps à autre le son des grelots joyeux de Momus qui, marotte en main, semble guider la danse échevelée; c'est le grand pandémonium de la terre, où tout vient aboutir et que dirigent sans contrôle Plutus et Asmodée; mille contrastes viennent étonner l'esprit : de riches vêtements et de petites âmes; de beaux visages et de mauvais cœurs; des esprits charmants et des affections vulgaires; des femmes séduisantes et des femmes hideuses; des amours achetés et des vertus vénales; des réputations qu'on marchande, et d'autres qui aspirent vainement à être marchandées; des rires joyeux et des rires convulsifs; de l'or pur et du cuivre doré; des gants blancs et des consciences de couleur foncée; des fronts superbes et des échines doublées;

---

1. Auguste Barbier.

des paroles puissantes et de faibles cœurs ; des jeunes gens usés et des vieillards pleins de jeunesse ; des escrocs et des dupes ; des chairs qui s'étalent et de l'étoupe qui simule la chair ; de la poussière et du limon, du sang et de la fange, des turcs et des juifs.... tout cela s'assemble et, s'accouplant autour de la grande idole des imbéciles, l'opinion, s'élance dans le tourbillon satanique de la valse de *Robert le Diable.*

Lancez un jeune homme au milieu de cette ronde infernale, au bout d'une minute il aura le vertige, il perdra l'usage de la raison, cette faculté que la nature nous a mesurée d'une main si avare, comme si. elle eût été envieuse de ses propres dons. La notion du juste et de l'injuste, ces deux *concepts* abstraits qui ne sont convenablement définis que dans les livres des philosophes que personne ne lit, cette idée, dis-je, se brouille et se confond dans le cerveau de l'adolescent qu'envahissent de séduisants sophismes, et l'infortuné ne pense bientôt plus qu'à une seule chose, à satisfaire à tout prix l'instinct brutal qui l'entraîne vers le plaisir. Envoyez à Paris un Diogène de vingt ans, il ne lui viendra même pas à l'esprit de se fourrer dans un tonneau pour disputer à l'Alexandre du jour la jouissance d'un rayon de soleil ; mais vous le rencontrerez sur le boulevard vêtu d'un *frac* d'Humann, les cheveux parfumés, les pieds brillants sous leur enveloppe vernie ; il dansera le cancan à *Mabille* ou à *Valentino* avec une Laïs du quartier Bréda, il souscrira des lettres de change, et passant sous les fourches caudines de Clichy, il ira demander aux princes de l'usure quelques-uns de ces lumineux éclairs, plus estimés que les écrits des sages, et qui rayonnent sur la face rutilante des *napoléons* d'or de l'hôtel des Monnaies.

Le jour même de notre arrivée, je vis entrer dans l'appartement de Marcella un garçon de l'hôtel qui vint lui présenter un riche bouquet de fleurs exotiques : « C'est de la part de lord Stonehouse, » fit-il. Elle prit ces fleurs d'un air indifférent et répondit en langue française, avec un accent romain fortement prononcé : « C'est bien ; » puis elle jeta le bouquet dans un coin, comme elle eût fait d'un gant sali : je lui sus gré de cette démonstration spontanée. Le soir, au moment où on allumait les flambeaux, mon oreille fut affectée désagréablement au nom de l'Anglais qui se faisait annoncer. Marcella le reçut avec empressement : pour moi, je restai debout près de la cheminée où flambait un grand feu, le dos tourné à la glace

et dans l'attitude superbe d'un grand seigneur qui voit entrer
un paysan. Milord me regarda cinq minutes d'un air ébahi,
comme s'il eût eu quelque chose à me dire ; peut-être voulait-
il me donner à entendre que ma présence le gênait.... Je n'y
pris pas garde et redoublai de roideur. Il avait crevé plusieurs
chevaux pour nous précéder d'un jour à Paris, et ce jour il
l'avait employé à découvrir un appartement digne de l'objet
de son culte, comptant le lui offrir tout meublé. Voilà ce
dont, avec force grimace et sifflements, il venait l'entretenir
en son épouvantable jargon, ajoutant à sa burlesque pantomime un air d'orgueilleuse satisfaction qui me le rendait
mille fois plus insupportable. Je me réjouissais pourtant en
songeant à la mortification qu'un refus inévitable allait lui
causer : aussi quel ne fut pas mon étonnement lorsque je vis
la Romaine le remercier avec un adorable sourire et lui promettre de se transporter dès le lendemain au somptueux do-
micile qu'il avait bien voulu lui préparer !

« Marcella ! » m'écriai-je.... Elle m'arrêta court en me disant que milord, en agissant ainsi, n'avait fait qu'exécuter
ses ordres. Je me mordis les lèvres et gardai le silence, ne
voulant pas renouveler les scènes de jalousie dont je n'avais
que trop abusé déjà. Voulant éviter, d'autre part, d'être le
témoin de la joie insultante qui illuminait en ce moment les
prunelles grisâtres de l'Anglais, je m'assis à l'écart et je me
pris à considérer, avec une préoccupation assez mal dissimulée, les larges rosaces en tapisserie qui couvraient le
parquet du salon.

Au bout d'une heure, milord consentit enfin à se retirer
après avoir baisé la main de Marcella. Pour qu'il ne se berçât
point de l'espérance de me voir lui rendre son froid salut, je
me redressai à tel point que ma tête, en se repliant, toucha
presque à l'immense cloche de cristal qui couvrait la pendule et mettait à l'abri de la poussière un Napoléon de bronze
debout sur son rocher.

A peine les basques de l'habit de milord avaient-elles disparu derrière les battants de la porte, que, cédant à la sourde
irritation que j'avais dû réprimer jusque-là, je me lançai
dans des récriminations sans fin, où perçaient toutes les sus-
ceptibilités de l'amour alarmé ; je reprochai surtout à Marcella d'avoir eu assez peu de confiance en moi pour charger
de ses intérêts un homme qui m'était aussi justement odieux
que lord Stonehouse, au risque de me mettre vis-à-vis de

mon adversaire dans la position la plus pénible et la plus
humiliante, comme si je n'étais pas en état aussi bien que lui
de choisir et de parer le nid de mes amours.... Elle releva
soudain cette dernière insinuation, et ses paroles furent assez
claires pour que je pusse comprendre qu'à Paris, comme à
Turin, il ne me serait pas permis de m'abriter sous le même
toit que ma maîtresse.

Je criai, je pleurai, je passai de la colère aux supplications,
mêlant les prières aux blasphèmes : elle fut inflexible sur cet
article, et je n'obtins d'elle que des protestations menson-
gères, où le fantôme sacré de la morale était trop souvent
évoqué. Une femme ne recule devant aucun obstacle lorsqu'elle veut atteindre son but ; les fourberies les plus raffinées
ne lui coûtent rien, et je me suis bien souvent pris à regretter
que les fonctions administratives fussent interdites au beau
sexe.

Sous le coup de ces premiers ennuis, j'eus un moment la
salutaire pensée de fuir et de regagner Turin sans plus
tarder ; mais cette réflexion ne fit que traverser mon esprit,
et j'eus la sottise d'en faire part à Marcella qui en rit beaucoup, jugeant bien que je m'étais trop avancé pour pouvoir
reculer.

L'appartement de la Romaine occupait le premier étage d'un
magnifique hôtel sur le boulevard des Italiens ; c'était une
réunion de douze salles splendides qu'un petit prince allemand
avait récemment refusé de louer, trouvant le prix trop élevé
pour lui. Quant à moi, je payai un loyer fabuleux afin de
pouvoir me loger dans le même quartier.

Chaque jour, la haine italienne que j'avais vouée à milord, et
l'antipathie britannique dont il m'honorait, venaient se froisser
dans le salon de Marcella transformé en champ de bataille. Nous
ressemblions à deux mâtins tenus en respect par la présence
de leur maître, mais qui attendent impatiemment l'instant
où il leur sera permis de se prendre à la gorge. Il va sans
dire que, voulant lutter de toutes les façons avec lord Stonehouse, je devais me résigner à des dépenses qui, légères pour
lui, étaient écrasantes pour moi : mon trésor fondait à vue
d'œil, comme un sorbet sur les lèvres roses de ma belle.

Nous ne tardâmes pas à nous lier avec tout ce que Paris
renferme de nationaux et d'étrangers de distinction ; nous
fréquentâmes tout un monde aristocratique de libertins, de
viveurs, de désœuvrés ; l'élite de la banque, et tout naturelle-

ment aussi l'engeance prodigue et spirituelle des journalistes et des acteurs. Cette société était fort mêlée : c'étaient des nobles ruinés pour la plupart, et des financiers dont l'amabilité avait des *hauts* et des *bas* comme le cours de la rente ; des artistes aux mœurs décousues, des feuilletonistes à tant la ligne, aventuriers de la pensée, toujours prêts à vendre au plus offrant leurs opinions et leurs calembours ; enfin, toute la fleur de la jeunesse dorée. Les hommes de la presse m'enchantaient par leurs saillies à jet continu ; mais ils me ruinaient par des emprunts trop souvent répétés, par les dîners qu'ils acceptaient toujours, et par les détestables habitudes de jeu qu'ils m'avaient données. Ils me remboursaient en feuilletons plus ou moins piquants, en l'honneur de la Romaine, les sommes énormes qu'ils me soutiraient sans cesse, et les bouteilles de champagne qu'ils buvaient en ma présence et à mes dépens.

Je te dirai, entre parenthèses, que le succès de Marcella ne fut pas moins grand à Paris qu'ailleurs : le public choisi du théâtre Ventadour s'enflamma pour elle, qui ne dut pas moins d'applaudissements et de triomphe à la *furia* française qu'à l'enthousiasme italien. Dès le premier soir, un jeune attaché de l'ambassade russe, nommé Gonikeff, un peu prince, fort riche, et tartare au delà de toute expression, en devint amoureux fou, ainsi qu'un pair de France, aussi noble que les Capet, et l'un et l'autre prirent à témoin de leur récente ardeur les innombrables élégants du foyer. Les journaux furent unanimes à proclamer le mérite hors ligne de la débutante, à laquelle ils prodiguèrent à l'envi ces éloges superlatifs, qui sont dans les habitudes de la presse française.

Après les représentations, j'allais avec mes nouveaux amis sceller chez le restaurateur un pacte d'éternelle intimité. Ces braves gens, qui dans la salle m'avaient étourdi de leurs battements de mains, m'enivraient à table d'esprit improvisé et de libations copieuses, qui me livraient sans défense à leur habileté lorsque nous prenions les cartes. J'étais une victime innocente que ces pontifes de la civilisation parisienne égorgeaient sur l'autel de la mode, après l'avoir entourée de ces plaisirs bruyants aussi prompts à se flétrir que les guirlandes antiques dont on parait les hécatombes. Un souper de journalistes parisiens est une chose assez originale pour qu'il soit difficile d'en donner une idée même approximative. Chacun parle avec la fougue et l'entrain d'un encyclopédiste

qui connaîtrait à fond les mystères de la vie et ceux de la
bouteille. C'est un *steeple-chase* intellectuel, où les concurrents courent après les mots à effet, et dont la palme est dé-
cernée sans conteste au paradoxe le plus excentrique. La
pensée revêt mille formes bizarres : c'est un aérostat qui
tantôt se perd dans la nue, tantôt rase la terre et finit par se
dissoudre comme une bulle de savon. On met tout à contribution, les beaux-arts, la littérature, la philosophie, l'économie sociale, et de tout on sait tirer tour à tour de subites
étincelles, des points de vue nouveaux et de réjouissantes
absurdités. Lorsqu'au dessert, ma tête vacillait sous les vapeurs du champagne, je me méprenais sur mon entourage,
il me semblait voir Aristote, Bacon et Kant disputer avec
saint Augustin, Luther et le P. Roothann, sous l'inspiration
d'une pesante ivresse.

Celui dont le babil était le plus étourdissant et le plus curieux, c'était un certain Mériou, enfant de la Provence, plein
de verve poétique ainsi qu'un troubadour, et vicieux comme un
folliculaire contemporain ; il remplissait en effet les fonctions
d'aristarque, et trônait dans le feuilleton du lundi d'un journal des plus en vogue. C'était une puissance : aussi auteurs
et artistes le comblaient-ils à l'envi des plus plates adulations. Il discourait sans effort des heures entières : il n'était
pas de connaissance scientifique ou littéraire qui parût étrangère à son intelligence facile et superficielle. Il parlait de tout
avec un merveilleux aplomb qui faisait illusion au vulgaire ; la
discussion était son élément, la contradiction excitait et redoublait sa verve ; les interruptions ne l'arrêtaient jamais
et réussissaient tout au plus à modifier son système d'argumentation. Dans ces bruyantes assemblées où tout le monde
bavarde en même temps, sa voix de baryton dominait le tumulte, et l'on ne perdait pas une de ses folles plaisanteries :
ce mérite, à l'entendre, l'eût prédestiné à lui seul aux triomphes oratoires, et le rendait également propre aux fonctions
de ministre, de député.... ou de crieur public.

Parlait-on de l'art? « L'art disait-il, c'est l'imitation de la
nature ; mais tout portrait doit flatter l'original, sans quoi on
est en droit de refuser au peintre son salaire : celui-ci se voit
alors obligé de transformer son sujet, de coiffer d'une
auréole la tête bouffie et vulgaire d'un bon père de famille
électeur et garde national, et de métamorphoser sa tunique
citoyenne en guenilles sanglantes, pour l'exposer en qualité

de saint, chez un marchand de *bric-à-brac*. Dès l'enfance de
l'humanité et de l'art, tout le monde est demeuré d'accord et
l'on a répété à satiété qu'il fallait copier la nature, qu'il n'y
avait point de salut hors de là ; mais, lorsqu'il s'est agi de
passer à l'exécution, on a eu le bon esprit de chercher le
succès dans l'idéal et le surnaturel. L'homme a été placé au
milieu des jouissances terrestres pour en reconnaître le néant
et en souhaiter d'autres qui ne sont pas à sa portée. La nature
nous offre un simple canevas, et notre imagination doit fournir ce qui manque à la tapisserie : c'est ainsi, par exemple,
que l'eau nous a été donnée pour étancher notre soif; mais, bon
Dieu! qu'adviendrait-il de nous et du dix-neuvième siècle,
siècle ennuyé, siècle malade, si Noé, cet antique *viveur*, n'eût
pas su découvrir la panacée de toutes nos misères? L'art est à
la nature ce que le vin est à l'eau ; le champagne n'est autre
chose que la traduction libre et embellie des ondes insipides
de la Marne. Si vous tenez à passer pour un grand écrivain,
chargez toutes vos couleurs, et brunissez les teintes que vous
tirez du prisme : la littérature contemporaine est basée tout entière sur ce principe esthétique, et c'est le bon. Observez les instincts de la foule qui se presse dans nos théâtres du boulevard ;
les mélodrames qu'on y représente sont sans contredit aux
antipodes du naturel : ils n'en sont que plus admirés. Le
peuple a un tact souverain qui ne le trompe jamais; c'est la
voix de Dieu même qui, par l'organe de ces hommes simples,
aux blouses bleues, aux jaquettes déguenillées, applaudit aux
meurtres du cinquième acte, aux passions échevelées, aux
leçons de morale privée et publique données par la dame de
Saint-Tropez et Marguerite de Bourgogne. Refaire la nature
suivant les besoins du moment, c'est l'art, c'est la vraie
création. Voilà en peu de mots le résumé de cette science critique, de cette immense doctrine littéraire que j'ai délayée
dans mille *feuilletons* qui ont porté la bonne semence aux
quatre coins du monde. Les pédants, nos prédécesseurs, invo-
quaient sans cesse des règles immuables : insensés, qui, voulant courir, commençaient par s'attacher des entraves aux
pieds. D'où nous viennent d'ailleurs ces règles inflexibles?
d'Aristote peut-être? c'était un homme comme moi, un païen,
un barbare qui préconisait l'esclavage et qui de notre temps
eût fait fouetter des nègres. Voici quel est le grand principe
engendré par la science et la philosophie du siècle dernier et
qui est devenu la religion du nôtre : il n'y a qu'une seule

règle : *arriver à l'effet !* Employez les moyens les plus excen-
triques pour atteindre à ce but, je vous absous d'avance.
L'effet, c'est l'expression, la synthèse de toute la science moderne, de la politique à la médecine, de l'ontologie à l'odon-
talgie. Armé du marteau de la critique, notre âge marche à
travers les débris des règles et des croyances, ces limites
absurdes qui nous furent imposées dans des temps de ténèbres. Que trouvez-vous au delà ? l'infini ; tout et rien. Allez
donc ! précipitez-vous dans l'immense carrière qui vous est
ouverte : si vous vous y perdez, tant pis pour vous et bonsoir ! L'autorité du jour en toute chose n'est plus que l'autorité du fait…. quand les faits ont raison, la logique a nécessairement tort. Voyez la philosophie : tout y est système
et les systèmes ne sont rien. L'observation subjective des
idées et des phénomènes, c'est la faculté de construire des
systèmes à l'infini, fabrique ambulante qu'on peut facilement porter avec soi. L'observation individuelle est l'origine des principes contradictoires : *tot capita, tot systemata.*
Où est le vrai, où est le faux ? Chacun a raison à son propre
point de vue et tort au point de vue d'autrui : les opinions se
décomposent comme les verges d'un faisceau. Le *moi* est pénétré de l'importance de son *moi* et plein de mépris pour le
moi du prochain ; que si vous consultez en particulier tous les
membres de l'humanité, vous demeurerez convaincu que tous
les hommes sont en même temps des crétins et des esprits
sublimes. Voici maintenant, ou je me trompe fort, à quoi se
réduit *la critique de la raison pure :* toutes les raisons doivent
s'humilier devant la raison d'un seul, ou bien il faut douter
de tout et ne croire personne…. C'est là toute la question
philosophique, politique et religieuse, qui dès l'origine du
monde a été posée à l'homme, question qu'il s'épuise à dé-
brouiller depuis cette époque et qu'il résoudra clairement le jour
du jugement universel. Le premier système fait de nous des
brutes et des esclaves, le second dissout le lien social, et l'humanité ne se compose plus que de folles unités qui errent à
l'aventure. Bacon, cette forte tête, eût pu nous donner en deux
lignes la quintessence de ses lourds in-folio : *Observer avec
exactitude : analyser avec précision ; généraliser avec une logique
vigoureuse.* C'est là la panacée philosophique. L'homme s'est
creusé la tête, il a passé des siècles à manipuler les drogues
de Bacon, l'observation, l'analyse, la généralisation, et jamais on n'a vu deux individus observer, analyser, généra-

liser de la même manière. L'uniformité eût engendré l'ennui,
j'en conviens ; mais sans elle, que devient la vérité ? La vraie
philosophie, comme l'a dit un spirituel écrivain, consiste surtout dans la recherche de son but. Ce but, voulez-vous le
connaître ?... je l'ai récemment découvert entre deux gorgées
de champagne, au fond du verre dont mon nez sondait les
profondeurs ; le but de la philosophie, c'est d'en imposer aux
sots qui forment la majorité du public. Les philosophes sont
des saltimbanques qui, haussés sur le tremplin flexible de la
définition, frappent à tour de bras sur les énormes volumes
qui leur tiennent lieu de grosse caisse et crient à la foule
assourdie : « Nous sommes la science ! nous sommes la sagesse !
« nous sommes vos maîtres et vos guides ! » Le monde est une
chose lumineuse comme le soleil, un composé de deux mystérieux éléments, l'un matériel, l'autre spirituel. Les savants
qui se disent initiés à ces mystères ont été créés pour se con-
tredire et se réfuter réciproquement ; quant à nous qui avons
épluché le monde moral, nous pouvons vous en donner en deux mots une idée qui, fort abrégée, n'en sera pas
moins juste : tout se tient ici-bas ; la philosophie est à la littérature, comme la queue d'un bœuf attachée à la queue d'un
taureau. La philosophie est une littérature sans style, et la
littérature une philosophie sans idées ; l'une et l'autre sont
de vrais ballons gonflés d'air, qui sont lancés dans les champs
de la fantaisie, après avoir reçu leur titre des écrivains qui
les mettent en circulation. Autrefois il y avait des écoles littéraires, aujourd'hui tout littérateur est chef d'école : il était
grandement temps que le pauvre Aristote fût mis aux inva-
lides. Tout est laid, tout est beau : c'est la formule, et le public fait son choix ; c'est l'émancipation du goût.... A propos
d'Aristote, il me souvient que c'est lui qui a donné le nom de
politique à l'art de gouverner. La politique, c'est une littérature en action, littérature qui est rarement applaudie ; c'est
une science profonde et matérialiste, car elle repose entièrement sur l'expérience, sa théorie n'étant que celle des faits
accomplis. Avez-vous de l'audace, de l'entêtement et la digestion facile ? vous serez un homme d'État, pour peu que la fortune vous soit propice. Je vous le jure en face de cet autel
chargé de comestibles, en présence de ces débris informes
d'un souper *plantureux* : qu'on me transporte des bureaux de
mon journal dans le cabinet d'un ministre quelconque, et je
me charge de le remplacer à votre grand avantage, au grand

avantage aussi du monde tout entier. Il est facile de s'acquérir et de garder un beau renom de politique tant qu'on se
borne à rédiger des premiers Paris.... un journaliste, quelle que
soit son opinion, trouve toujours moyen d'en imposer à sa
coterie, parfois même aux coteries voisines, et ses opinions les
plus hasardées sont souvent les mieux accueillies de ce public au cent mille têtes, qui se soucie peu qu'on l'éclaire si on ne
l'amuse pas. La presse est un champ neutre où tout le monde
a tort et raison en même temps.... j'ai connu un gredin dont la
conscience avait certainement peu de valeur, et qui pourtant avait réussi à se la faire acheter fort cher et con-
curremment par trois journaux de nuances aussi tranchées
que possible : la *Quotidienne*, le *National*, et le *Constitution-*
nel. La politique est un vaste manteau aux revers bariolés,
que les gouvernements écartent avec soin sur les épaules du public. L'art suprême des agents du pouvoir consiste à maintenir l'équilibre de cet immense réseau auquel chaque parti
s'accroche afin de s'emparer du lambeau dont la couleur l'a
séduit et de le retourner dans le sens qui lui plaît davantage.
Le peuple, jouet des factions, se soulève à son tour et renverse
de temps à autre la frêle tente qui l'abrite et dont la forme
change au gré de ses évolutions convulsives. Depuis soixante
ans on a cru découvrir que le peuple était souverain.... erreur
capitale ! Si le peuple est souverain, le souverain ce n'est pas
le peuple. La souveraineté s'incarne dans mon portier, dans
le pair de France, le gendarme et le garde champêtre.... la liberté règne partout où l'on néglige de vous charger de fers....
Voilà la politique en France ! Comment diable en suis-je
venu à parler politique ? que disais-je donc ? où en étais-je
resté ? Remplissez mon verre et entonnons une chanson de
Béranger ! »

Je tenais à te rapporter cette longue et folle sortie de Mériou,
pour te donner un spécimen de la science et du genre d'esprit
de certains journalistes français.

Un jour, en entrant dans le boudoir de Marcella, je la trouvai en tête-à-tête avec le critique.

« Vous venez bien mal à propos, me dit-il; j'étais en train
de persuader à la *Diva* qu'il était de son devoir et de son intérêt de ne pas m'être cruelle. »

Je souris d'un air contraint, comme s'il m'eût marché sur
le pied.

» Et Marcella.... qu'en pense-t-elle ?

Je crois qu'elle commence à entrer dans mes idées, fit-il
riant à gorge déployée. Je vous en fais juge, Romualdo,
outa le Français; madame a une grande puissance de la-
rynx, moi je suis une plume toute-puissante ; sa force s'é-
vapore en sons harmonieux, la mienne se cristallise en paroles redoutées; elle mérite la gloire, il ne tient qu'à moi de
la lui donner. L'union est donc pour nous une nécessité de
situation. L'indifférence entre nous, ce serait la guerre : car
lorsqu'on vous a vue, Marcella, il est impossible de ne pas
vous adorer. L'écho de votre magnifique voix est moins re-
tentissant que la grosse caisse de mon journal ; mes articles
sont lus et commentés à Londres; ils pourraient, si vous le
désiriez, préparer les voies et inaugurer pour vous, au delà
de la Manche, un triomphe à venir.... Vous ne pouvez faire
autrement que d'aller à Londres ; les Anglais, qui ne sont pas
connaisseurs ont du moins le bon esprit de récompenser largement les artistes. Il y a un contrat tacite entre les deux
grandes métropoles européennes; si Paris donne la gloire,
Londres prodigue les guinées. Quand notre théâtre a sanc-
tionné par un contrat sans appel la réputation qu'un artiste
avait conquise sur les autres scènes du continent, l'heureux chanteur n'a plus qu'à passer le détroit, sûr de captiver l'oreille grossière de John Bull et de tirer à vue sur
sa caisse. C'est une taxe indirecte imposée par notre civilisation à ces veaux marins.... Je n'ai qu'un mot à dire, madame, pour que l'Angleterre vous ouvre ou vous ferme sa
bourse.....

— Mériou ! m'écriai-je indigné, votre plume est donc à
vendre ?

— Pourquoi pas ? reprit-il vivement ; il me semble qu'elle a
son prix ; sachez, mon bon ami, qu'ici-bas tout se vend, tout
s'achète; il s'agit seulement de déguiser l'opération et de sauver les apparences. Le désintéressement est une chose idéale,
qui n'existe qu'au ciel ou chez les peuples primitifs. Un homme
raisonnable ne donne rien pour rien : *do ut des*, disaient vos
compatriotes les anciens Romains, si j'ai bonne mémoire. Le
dévouement, l'abnégation, l'esprit de sacrifice, sont autant de
masques destinés à couvrir des combinaisons plus subtiles, des
spéculations plus raffinées. Agir secrètement, voilà le grand
art ; obliger autrui, se prêter à d'habiles concessions, c'est
de l'adresse et du savoir-faire. La plupart des contrats sont
des contrats tacites, et ce sont les plus honorables ; agisse-

ouvertement, levez tous les voiles, on criera au scandale, et l'opinion n'aura pas assez de mépris pour un être de votre espèce. Préjugé d'une part, hypocrisie de l'autre. Voyez l'amour, voyez l'amitié ; ils exigent impérieusement qu'on les paye de retour, et pourtant, quoi de plus étranger au calcul que les affections du cœur? *L'homme n'est pas un loup pour l'homme.* Quoi qu'aient pu dire Horace, ou Lucain, ou Martial, je ne sais plus lequel.... ils se sont trompés. Si les hommes eussent été des loups, il y a deux mille siècles qu'ils se seraient mis en pièces après une lutte acharnée, et, comme dans certaine fable, on n'eût plus trouvé sur le champ de bataille que le bout de leurs queues. L'homme, en face de son prochain, est tout simplement une sangsue. Les membres de cette humanité, qu'à si juste titre on appelle souffrante, se saignent à l'envi, et celui-là ne tarderait pas à tomber d'épuisement, qui se laisserait vider les veines sans se refaire au moyen de la substance d'autrui. On ne saurait, dans tous les cas, refuser le mérite de la franchise à celui qui joue cartes sur table. »

Telle était sa morale.

La Romaine lui tendit courtoisement la main :

« Soyons amis, dit-elle, et ne me faites pas de mal. Moi aussi, je veux faire retentir l'écho sonore de Covent-Garden ; je le désire aujourd'hui, comme je désirais il y a trois mois de venir à Paris. Lord Stonehouse m'a promis son concours ; n'allez pas, de grâce, paralyser ses efforts. »

Je les écoutais tout ahuri, et je balançai entre l'envie de faire un éclat et la crainte du ridicule. J'aurais voulu me persuader que j'assistais à une mauvaise plaisanterie. Était-il croyable, en effet, que Marcella osât, en ma présence, signer ce pacte dégradant!

Dans ce nouveau monde où j'étais venu vivre, au milieu du tourbillon qui m'entraînait, je voyais pirouetter au hasard mille formes étranges et bizarres, je me heurtais à chaque pas contre le vice élégant, envié, recherché, choyé. Je voyais ce fantôme de convention, que dans la société on nomme l'honneur, lutter victorieusement avec l'honneur véritable. Je voyais qualifier de vertu ce qu'à bon droit jadis on qualifiait de forfait ; j'en étais venu au point de sentir s'ébranler en moi les notions du juste et de l'injuste, et de me demander si j'étais toujours ce même homme qui pouvait avoir des faiblesses, mais qui, du moins, n'était pas capable de s'avilir.

Cès réflexions amères me déchiraient le cœur, et je ne pouvais pourtant me résoudre à prendre le parti courageux que me dictait ma conscience. Mes résolutions les plus honnêtes n'étaient jamais suivies d'effet, semblables en cela à ces bonnes intentions dont l'enfer est rempli.

Pendant ces heures d'angoisses, durant ces intervalles lucides, ma vertu assoupie semblait reprendre quelque force, et cette gaieté française, qui m'assourdissait de ses bruyantes clameurs, était pour moi un affreux cauchemar : j'étais fatigué de l'agitation stérile de ce monde corrompu ; il me fallait alors découvrir à tout prix un coin solitaire où je pusse aller rêver à mon pays, à mes premières années si paisibles et si pures, à mon père que j'avais si cuellement abandonné, aux douceurs d'une amitié réciproque et désintéressée.

Je cherchais un ami et j'en avais un sous la main ; il se nommait Mario Tiburzio. C'était un exilé romain, homme de lettres, jeune encore, plein de gravité, de savoir et d'esprit; ses manières étaient simples et bienveillantes, et sa conversation pleine d'attraits. Je m'étais senti entraîné vers lui par cette inexplicable impulsion morale, cette sympathie qui est la source des affections profondes. Il ne paraissait pas, de son côté, avoir de l'éloignement pour moi; mais ses habitudes étaient si différentes des miennes, que nous avions rarement occasion de nous rencontrer.

Mario connaissait depuis longtemps Marcella, qui était de son pays, mais elle semblait redouter sa présence et l'évitait avec soin. J'avais remarqué en outre que Mario la traitait avec une froideur affectée, et qu'en son absence il n'était jamais question de lui chez la Romaine. J'avais eu souvent envie de demander à ma maîtresse une explication à ce sujet, car il ne me venait point à l'esprit qu'on pût la voir sans tomber à ses pieds, et mon expérience parisienne était bien faite pour me confirmer dans cette opinion.

Un jour, entre autres, je trouvai dans son salon le prince russe Gonikeff, le vicomte de Montauchoux, pair de France, lord Stonehouse et Mériou, qui faisaient assaut de galanterie et protestaient de leur adoration de la manière la moins équivoque. Les stupides adulations de ces individus qui, incapables de se contraindre même en ma présence, osaient demander ouvertement à cette femme ce que je regardais comme mon seul bien, leur attitude insolente et basse en même temps, me remplirent d'une telle irritation, que je me dérobai par la fuite à ce dégoûtant spectacle d'une créature à qui j'avais tout sacrifié et qui semblait prête à se livrer au plus offrant.

Au sortir de la maison, je rencontrai précisément Mario Tiburzio : le hasard me servait à souhait. En ce moment une foule de réflexions se pressèrent à ma pensée ; l'attitude singulière du Romain en face de Marcella, les motifs qui pouvaient y donner lieu, la réserve qu'il commençait à garder vis-à-vis de moi, me revinrent en mémoire, et, mû par une impulsion secrète et irrésistible, je m'élançai vers lui, et je le pris par le bras en m'écriant : « Soyez le bienvenu, Tiburzio, je vous cherchais. »

Je crus m'apercevoir qu'il recevait assez froidement mes avances, et cette affectation de roideur ne fit qu'exciter plus fortement ma curiosité ; je sentais que cet homme possédait un secret dont il fallait à tout prix pénétrer le mystère, et que cet entretien aurait une grande influence sur mon avenir. « Ce soir, pensai-je, nous serons aussi intimes que Nisus et Euryale ou nous échangerons des coups de pistolet. Le sort en est jeté, il faut savoir à quoi s'en tenir.... »

Je ne savais trop par quel bout entamer la conversation, et je débutai par parler politique. Après avoir réformé bien des constitutions et refait la carte d'Europe, nous en vînmes, je ne sais comment, à causer de Marcella ; j'étais sur mon terrain, et j'entrai sur-le-champ en matière. Tu ne devinerais jamais ce que Mario pensait de moi ! Il me prenait pour un de ces êtres avilis qu'on trouve fréquemment à la suite des femmes de théâtre, qui veulent bien payer leur amour et acheter leur protection. Cela suffisait largement à expliquer l'éloignement subit que je paraissais lui avoir inspiré et que ses doutes humiliants rendaient en vérité fort légitimes. Je restai stupéfait comme un monarque absolu qui verrait un portefaix asséner un vigoureux coup de poing sur sa tête sacrée.... mes yeux démesurément ouverts s'injectèrent de sang, toutes mes articulations se contractèrent, et mes lèvres pâlissantes laissèrent échapper la plus effroyable imprécation que j'eusse proférée de ma vie. Mario, témoin de mon indignation, voulut bien l'interpréter comme un démenti sincère et solennel, et me serra la main avec effusion, comme un juge qui dans un prévenu a, contre toute attente, découvert un innocent. Il n'avait pas du reste été le seul à concevoir de tels soupçons. Ces personnes aimables et polies qui me faisaient tant d'accueil et ne dédaignaient pas de me *plumer* au jeu et de m'emprunter de l'argent, eussent toutes juré sans hésiter que Marcella était entretenue par lord Stonehouse et que je vivais moi-même du trop-plein de ses dons, des miettes que la Romaine voulait bien laisser tomber de sa table dans la gueule de son caniche ; tout le monde était convaincu de mon infamie, sans que personne osât me la reprocher en face. Tiburzio n'y mit pas tant de façons : on eût dit la courte harangue du chirurgien sur le champ de bataille : « Vous avez la gangrène ; décidez-vous à perdre le bras, ou crevez comme un chien. »

Je lui fis le récit de mes amours et des folies qui en avaient été la suite. Une confidence en vaut une autre, et j'appris de lui l'histoire de la Romaine.

C'était la fille d'un petit commerçant de Rome ; ses parents s'étaient imposé les plus lourds sacrifices pour développer ses rares dispositions musicales et lui donner une éducation au-dessus de sa condition. La jeune fille répondit parfaitement à leurs soins et à leurs espérances. Quand elle chantait le soir dans sa petite chambre, des groupes se formaient sous ses fenêtres, et, lorsqu'elle avait fini, ses auditeurs enthousiastes se retiraient à pas lents, emportant avec eux de longues émotions. Tiburzio connaissait le père et la mère, bonnes gens peu sensés, mais pleins de cœur, et qui se fussent mis en quatre pour éviter à leur enfant le plus petit chagrin. Marcella était devenue peu à peu, pour son entourage, l'objet d'une espèce de culte, et s'était habituée de bonne heure à se considérer comme étant d'une nature supérieure à celle de ses parents, qu'elle comptait pour rien. Les éloges et les flatteries que lui attiraient déjà de toutes parts son talent, sa grâce et sa beauté naissante, avaient fait prendre à sa vanité des proportions gigantesques, et les satisfactions de l'amour-propre étaient désormais un aliment dont elle ne pouvait se passer.

Après ses débuts, qui lui valurent des applaudissements partis de plus haut, il lui sembla entrer dans une vie nouvelle, dont son existence antérieure n'avait été qu'un pâle crépuscule, et les souvenirs importuns de son enfance obscure ne tardèrent pas à s'effacer complétement de sa mémoire. Elle avait perdu la notion du devoir ; dans son cœur desséché par l'orgueil, refroidi par l'égoïsme, il n'y avait plus de place que pour un seul sentiment : la soif du succès.

Tout ce qui pouvait s'opposer à l'accomplissement prochain

de ses désirs était pour elle un sujet de vive irritation, tout
ce qui ne la conduisait pas directement au but qu'elle rêvait
était un obstacle à ses yeux. Elle en vint bientôt à rougir de
ses parents et les mit de côté, comme on renvoie un mauvais
domestique. comme on se débarrasse d'un vêtement usé. Tiburzio m'affirmait que ces vieillards infortunés étaient réduits
à la dernière misère, sans que Marcella eût jamais songé à
leur envoyer une obole.

« Les femmes de théâtre, me disait-il, sont un produit hy-
bride de notre civilisation ; produit brillant et bizarre, mais
sans suc et sans fraîcheur, comme les fleurs qu'on fait éclore
dans des serres à force de soins, et qui, en retour de l'immense valeur conventionnelle qu'on veut bien leur attribuer.
perdent le don divin de la fécondité. La comparaison serait
d'une justesse plus grande encore, si, stériles pour le bien, les
liaisons qu'on peut avoir avec ces femmes n'entraînaient
pas des suites déplorables. La société leur fait une place à
part, elle les déclasse, mais elles sont habiles à rendre le mal
pour le mal. Leur profession les prive de la plupart des joies
qui sont accordées aux femmes ordinaires : elles n'ont pas
d'intérieur, pas de foyer domestique et d'affections intimes ;
elles sont fatalement condamnées à plaire à tout le monde, et
à n'aimer personne. Les écarts monstrueux auxquels on les
voit se livrer parfois ne sont que la conséquence de la fausse
position qu'elles occupent dans ce milieu artificiel où les mauvais instincts ont le champ libre et finissent presque toujours,
hélas! par étouffer les bons. Rechercher l'amour de pareilles
créatures, c'est jeter son cœur à d'avides harpies. Pour un
plaisir d'une heure, la société fait d'elles moralement ce qu'on
faisait jadis de certains hommes : des eunuques ; elle les contraint à renier leur plus belle mission, à renoncer aux obli-
gations si douces que la Providence a imposées à la fille, à
l'épouse, à la mère; elle les a forcées d'abandonner le seul
terrain où leur nature généreuse eût pu se développer dans
toute sa splendeur. Les charmes pudiques de la femme ont
besoin d'ombre et de mystère; ils se flétrissent et disparaissent bientôt au contact du monde et de ses plaisirs impurs.
Nous demandons à la vierge de notre choix un amour sans
restriction, comme celui que nous lui avons juré; il faut que
nos existences se fondent dans une sainte communauté d'affections, de sympathies et même de pensées.... Pourrait-on
obtenir quelque chose de pareil d'une fille telle que Marcella ?

Son existence bruyante et dissipée a fait tarir en elle les sources vives du bonheur ; elle n'aspire plus maintenant qu'à des choses vulgaires : de l'argent, des flatteries banales, voilà ce qu'elle cherche et ce qu'elle désire. Elle est incapable désormais de partager une passion vraie, elle n'a plus assez d'imagination pour cela, les sens même sont éteints en elle. Vous a-t-elle dit qu'elle vous aimait ? c'était un rôle qu'elle répétait en lui communiquant peut-être un peu de cette fougue et de cette ardeur qui l'électrisent au théâtre en face d'un ténor. Les serments qu'elle vous a faits, mille autres les ont reçus déjà, mille autres les recevront encore, tant que dureront sa jeunesse et sa beauté. Ainsi que sa voix, sa beauté n'est pour elle qu'un moyen de réaliser ses vues ambitieuses : c'est une gracieuse prostituée qui se livre pour des cadeaux, pour des succès, pour des applaudissements, comme une autre plus à plaindre, mais moins méprisable, se vend pour un morceau de pain. Peut-être, au contact de vos brûlantes ardeurs, a-t-elle senti s'éveiller en elle un mouvement de curiosité. Peut-être vous a-t-elle accordé des faveurs passagères, que justifiaient du reste vos prodigalités ; mais elle a payé de la même monnaie les services du spirituel Mériou, la protection et les largesses de lord Stonehouse, du prince Gonikeff et du vicomte de Montauchoux. Il est possible que vous ne me croyiez pas.... En ce cas, l'heure de votre guérison n'a pas encore sonné. Un dernier mot pourtant ; un conseil est aussi désagréable à donner qu'à recevoir, mais le devoir d'un homme clairvoyant est de retenir son prochain sur le bord de l'abîme : commandez des chevaux de poste, et, sans attendre une heure, retournez à Turin. D'ici à un an, vous pourrez juger la situation de sang-froid, et vous vous applaudirez de votre sage détermination. »

Il parla longtemps encore, et me laissa convaincu de la vérité de ses assertions. Je me promis donc de mettre ordre à mes affaires, et de quitter Paris dans le plus bref délai.

Deux jours après, la Romaine, que je n'avais pas revue, entra dans ma chambre brusquement et à l'improviste.

« Que signifie cela, mon beau monsieur ? s'écria-t-elle avec un courroux affecté ; vous voulez donc plus que jamais prendre tout à rebours. On avait parlé jusqu'ici des caprices féminins, de l'étrange mobilité du beau sexe, mais je vois que vous allez nous gâter le métier. Jusqu'à présent, l'inquiétude, les petits soins étaient le lot des hommes en amour ; ils veillaient

sur leur maîtresse comme sur un trésor.... et c'est vous, amant
dédaigneux, ou plutôt amant infidèle, qui mettez à de telles
épreuves mon orgüeil et ma dignité de femme?... Eh bien !
parlez, exposez vos griefs ! qu'avez-vous à me reprocher ? Pourquoi m'infliger le supplice de votre absence ? Ah ! nous en
sommes encore aux doutes feints ou réels ! Quoi ! après tant de
mois de tendresse, après tant de preuves de dévouement que je
vous ai prodiguées, vous osez soupçonner encore.... Mettez-
vous bien dans l'esprit qu'il n'y a rien d'irritant pour une
femme comme de voir suspecter la sincérité de ses sentiments....
La confiance et la fidélité sont les deux formes les plus délicates de l'amour et les qualités que j'apprécie le plus dans un
homme. Romualdo, vous êtes pâle et muet comme cette ravissante statuette de Ganymède en marbre de Carrare, que je
tiens de la munificence du vicomte de Montauchoux.... Allons !
voilà que vous retombez dans cette insolente pantomime que
je hais tant !... Ne vous ai-je pas répété mille fois que la jalousie était la plus stupide et la plus ennuyeuse de toutes les
maladies ? Vous ne pouvez sans injustice être jaloux de moi,
et votre manière de me témoigner vos soupçons est des plus
inciviles.... Mais écoutez-moi donc ; parlez, dites, faites quelque chose !... Vous prétendez, vous autres hommes, que nous
sommes la fourberie incarnée ; eh bien ! ma franchise va vous
prouver que cette assertion est aussi bassement calomnieuse
que toutes celles qu'on nous jette à la tête. Je sais tout : vous
voulez partir, m'abandonner comme une créature vulgaire,
comme une petite bourgeoise dont vous seriez las.... et vous
croyez que je vais comme les autres femmes me résigner après
quelques façons, et vous envoyer à Turin, pour toute vengeance, une lettre de reproches tempérés par des bénédictions ? Détrompez-vous ! vous n'en serez pas quitte à si bon
marché. Si Cléopâtre s'égarait, je n'aurais pas recours aux an-
nonces des journaux ou aux proclamations du crieur public,
je me mettrais moi-même à sa poursuite, et je n'aurais point
de repos qu'elle ne me fût rendue. Et toi, Romualdo, n'as-tu
pas à mon affection des droits plus sacrés que cette pauvre
bête ? tu m'appartiens, et, par la Madone, tu ne saurais m'é-
chapper. Regarde ce diadème..., je voudrais le briser plutôt
que de le voir passer sur un autre front que le mien.... je tiens
à tout ce qui est à moi, il faut me l'arracher de force ! C'est
dans l'amour ainsi compris que je mets mon orgüeil.... Être
abandonnée, grand Dieu ! Souffrirais-tu qu'on vînt te dire en

face : « Vous êtes un infâme, un homme avili, un homme sans
« honneur ? » Mon honneur est tout entier dans l'amour que
j'inspire. Tu n'as pu du jour au lendemain cesser de m'aimer....
Ne suis-je plus cette même Marcella dont la voix t'enivre,
dont la beauté t'appartient, dont le cœur n'a battu que pour
toi? Voyons, imite ma franchise; as-tu besoin d'argent?...
Ne va pas en rougir; je sais que tu as fait pour moi d'assez
fortes dépenses..., je le ai acceptées sans honte. Richesse et
félicité ne doivent-elles pas être communes entre ceux qui s'aiment? Ton père, il m'en souvient, t'a prédit que je te ruine-
rais.... Ce mot m'a blessée profondément, et ma plaie saigne
encore. Malheur à moi si tu pouvais le croire ! Peut-être ton
existence luxueuse de Paris a-t-elle épuisé tes ressources.... Ton
embarras me dit assez ce que tes lèvres se refusent à me révéler.... Oh ! pourquoi me tromper ainsi? penses-tu que celle
qui s'est donnée tout entière, pourra hésiter à jeter ses trésors aux pieds de son amant? »

Ici je voulus l'interrompre; elle mit sa main sur ma
bouche.

« Point d'observation; les hommes ont un orgueil stupide....
Ils exigent tout d'une femme, tout jusqu'à son honneur, qui
est pourtant plus précieux que l'or, et ils s'offensent ensuite si
dans des jours de détresse elle leur fait des offres de service!
En pareil cas, on n'a pas assez d'indignation contre un ami
qui vous tourne le dos, et ce qu'on eût accepté volontiers
de lui, il semble qu'il soit dégradant de le recevoir des mains
de sa maîtresse. Ne crains pas de m'être à charge.... Je puis
suffire à tout sans me gêner. Regarde cette bague.... elle seule
vaut une fortune. Quelle belle eau ! on dirait une goutte de rosée fondue dans un rayon de soleil ! Quelle richesse aussi dans
les pierres précieuses qui encadrent ce diamant !... Tu ne l'a-
vais pas encore vu, mon Romualdo ; je le tiens du prince Gonikeff.... Allons ! voilà encore que tu te fâches.... L'autre jour,
j'étais au piano, et le prince, debout à mes côtés, marquait la
mesure et tournait les feuillets de la partition, car son oreille
est assez juste, pour une oreille tartare. Sans y mettre la
moindre intention, je regardais machinalement cette main qui
s'agitait en cadence.... Le prince a une belle main, ornée d'un
blond duvet, la main d'une statue grecque, modelée par un
artiste russe. Son regard se rencontra avec le mien ; il ôta
l'anneau qui parait son petit doigt et, profitant de l'instant où
il retournait la page, il laissa rouler le bijou sur les touches

d'ivoire ; je le pris, et, après l'avoir examiné, je voulus le lui rendre. « N'en faites rien, me dit-il, mes mains ne sont plus « dignes de porter cette bague, qui vient de toucher les « vôtres. » Il prononça ces mots avec une respectueuse gravité.... Je me levai, j'admirai sa physionomie flegmatique, et, passant la bague à mon doigt, je lui répondis : « Doré-« navant, mon cher prince, lorsque vous viendrez faire de la « musique chez moi, vous aurez la complaisance de cacher « vos bijoux. » Ce récit minutieux et détaillé est un garant de ma sincérité.... Tu vois que je ne te cache absolument rien. Penses-tu que je fisse ainsi, si je ressemblais à cette femme sans nom, qui n'existe que dans ton imagination troublée? Tu crois peut-être que je fais grand cas de ce prince Gonikeff et de sa munificence asiatique.... Eh bien! je vais fouler aux pieds son anneau, comme j'ai déjà fait de son amour. »

En ce moment, un souvenir pénible s'offrit à ma pensée : je songeai à tout ce que m'avait dit Tiburzio, aux propos outrageants de cette tourbe de fainéants et de crétins qui, à l'heure même, m'accusait peut-être de recevoir les dons de Gonikeff, comme j'avais accepté les présents de l'Anglais.... Je rougis fortement, et je m'écriai d'un ton de sourde irritation qui effraya Marcella :

« Ah! reprenez cet anneau, reprenez-le, madame, au nom de Dieu! »

Elle le ramassa en baissant ses yeux humiliés qui se remplirent de larmes; son attitude désolée semblait dire: « Voyez le cruel qui veut me priver du plaisir de lui faire un cadeau.»

Je continuai d'un air moins féroce :

« Vous vous trompez, Marcella, je n'ai besoin de rien; je plains l'homme qui ne sait pas se suffire à lui-même : la société a voulu qu'il en fût ainsi, et ses décrets sont exécutés avec une rigueur implacable. On le juge faible et partant méprisable, celui qui implore un appui quelconque, ou même qui accepte des secours qu'il n'a pas demandés. J'ai ce qu'il me faut.... je n'ai besoin de personne, je n'ai surtout ni le besoin ni la volonté de mettre un impôt sur l'amour.... Si tu tiens à me prouver le tien, qu'il ne soit plus question entre nous de toutes ces misères.

— Mais alors, qu'as-tu donc, reprit la Romaine d'une voix étouffée. Pourquoi me fuir? as-tu le mal du pays? j'en ai souffert aussi, moi, bien souvent et bien fort! Nous autre

filles de l'Italie, habituées à un climat plus doux, nous per-
dons, loin de la patrie, la moitié de nos forces, de notre
gaieté et de notre talent. Combien de fois la pensée de ma
Rome adorée et le souvenir de ma jeunesse écoulée sous
l'humble toit de mon père ne sont-ils pas venus mêler leur
amertume aux joies factices de ce monde étranger! Oh! je cé-
derais sans regret tous ses plaisirs trompeurs pour sentir
un moment sur mon front le souffle embaumé des brises au-
soniennes!... Combien de fois, au milieu des accords harmonieux de l'orchestre, au bruit des applaudissements de la foule,
n'ai-je pas songé aux joies de mon enfance si heureuse et si folle,
aux airs naïfs et charmants que je chantais le soir avec mes compagnes, aux sages avis de ma mère empreints d'une tendresse
si dévouée!... Combien de fois n'ai-je pas rejeté loin de moi
cette robe de Nessus qu'on appelle la gloire, pour voler dans
les bras de mes parents et retremper mon âme à la source
pure des affections intimes!... Tu songes à ton père, il te
tarde de le voir et de l'embrasser.... je te comprends, je t'ap-
prouve! car moi aussi j'ai quitté mon vieux père.... Quand
pourrai-je le revoir, hélas!.... ma profession est un obstacle
à la satisfaction des sentiments les plus sacrés et les plus
chers à mon cœur. Si j'étais libre, je voudrais aller avec toi,
te suivre au bout du monde.... mais tu sais bien que cela
m'est impossible. Si tu me quittes, un pressentiment secret
m'avertit que je ne te verrai plus. Romualdo! sois sincère....
je te le demande au nom de ce qu'il y a de plus saint sur la
terre; sois sincère, dussé-je mourir après avoir entendu mon
arrêt. Veux-tu me quitter pour jamais? »

Elle se jeta dans mes bras, et enlaçant mon corps tout
entier dans une étreinte convulsive, elle fixa sur moi ses yeux
ardents où, à travers l'épouvante, il me semblait voir briller
encore un éclair d'amour et de désir. J'étais déjà vaincu; on
eût dit que son instinct de femme lui avait dévoilé les accu-
sations de Mario, pour qu'elle pût les rejeter une à une et les
faire tomber à ses pieds comme des traits émoussés. Autant le
réquisitoire de mon ami m'avait paru convaincant, autant
la défense me parut adroite et irrésistible.... Les derniers
baisers de Marcella avaient troublé mes sens, et je m'étais
senti désarmé par ce regard fascinateur plein de folles promesses.... Cette malheureuse entrevue me rejeta au fond de
l'abîme; je repris ma chaîne, et ma maladie devint désespérée.

Voici quelles furent mes résolutions : j'étais, il est vrai,

à bout de ressources, mais je ne pouvais me résoudre à changer
de vie, à renoncer à ces folies qui avaient engraissé à mes
dépens tant d'ignobles parasites. « Prouvons à tous, me disais-
je, que ce n'est pas à l'or de l'Angleterre que je dois ce luxe
et cette brillante existence que l'on m'envie. Prouvons à tous
que la Romaine accepte des présents sans en faire jamais, et
que, de tous ceux qu'elle reçoit, les miens sont les plus magnifiques et les mieux accueillis. » Pour atteindre mon but, il
fallait beaucoup d'argent, et je ne savais vraiment où m'en
procurer; la lèpre de l'usure, toile d'araignée inextricable,
m'enveloppait aux trois quarts, et déjà je me débattais entre
les pattes visqueuses de l'horrible bête qui s'apprêtait à me
donner le coup de grâce.

Après avoir hésité longtemps, je finis par consulter Mériou.

« De l'argent! me dit-il; on en trouve toujours tant qu'on
n'est pas sous les verrous de Clichy et qu'on ne s'est pas fait
sauter la cervelle.... Ce dernier moyen est le plus expéditif
de tous et tire infailliblement d'embarras les débiteurs en
déconfiture, les banqueroutiers et les joueurs. L'usurier, que
les moralistes et les pères attaquent à l'envi, l'usurier est la
providence de la jeune humanité de dix-huit à trente ans.
Chez lui, les fils de famille trouvent une succursale de la
caisse paternelle, où, moyennant un droit d'escompte et de
commission, un peu fort, j'en conviens, on les fait jouir par
anticipation de biens qu'ils ne possédaient qu'en espérance.
Mais tout plaisir est mêlé d'amertume, et, pour laisser en
paix la vieille comparaison des roses sans épines, vous savez
que les femmes ont des ongles redoutables au bout de leurs
mains effilées. Je vous présenterai demain à mon pourvoyeur
ordinaire : un élégant prêteur aux gants *paille*, qui mène une
grande existence et fait courir à Chantilly. Tout progresse,
tout se perfectionne, et, si la conscience est blessée, les apparences sont du moins satisfaisantes. Balzac, lorsqu'il nous
peint Gobseck, Palma, Gigonnet, est en retard sur le siècle
de vingt bonnes années : si son génie a su démasquer et
montrer à nu, sous leurs dehors trompeurs, l'aventurier
moderne, l'intrigant, l'escroc et l'espion, il n'a pas encore
personnifié ce type prodigieux de l'usurier à la mode, qui, dans
l'intervalle compris entre une séance de la Bourse et un
rendez-vous amoureux, dépouille avec tout l'art imaginable
l'imprudent qui implore son appui. Vous verrez M. Hundrot :
il vous étonnera. C'est un gentilhomme de la régence qui

consent à s'occuper d'affaires; il est bien avec les dames et entretient à la fois une actrice des Variétés, une figurante de l'Opéra-Comique et une écuyère de l'Hippodrome; un *lion* qui, après une lecture attentive du Code pénal, a jugé à propos de se couvrir de la peau du renard. »

Le lendemain, je foulais le tapis moelleux du salon de M. Hundrot : la tenture et les rideaux étaient de damas, et ma figure humiliée venait se réfléchir dans d'immenses glaces aux cadres délicatement sculptés; nous nous assîmes sur des meubles de Boule, en face d'une vaste cheminée chargée d'objets d'art d'une immense valeur. Cette salle avait l'apparence la plus aristocratique, et l'on y trouvait à profusion ces mille riens qui sont sans prix et semblent attester l'aisance héréditaire d'une noble famille.

M. Hundrot m'accueillit comme un ministre constitutionnel accueille un député solliciteur; nous parlâmes un peu de tout : de la dernière séance de la Chambre, du cours de la Bourse, du prochain ballet, du nouveau roman de Georges Sand, du sucre de betterave, de chevaux, de jeu et de plaisirs. Un domestique, en livrée galonnée sur toutes les coutures, nous servit un excellent *madère* dans de petits verres rangés sur un plateau d'argent, après quoi il fut enfin question d'affaires.

Mériou exposa la question; j'indiquai en balbutiant la somme dont j'avais besoin, et je m'enquis des conditions du prêt. M. Hundrot tira de sa poche un ravissant peigne d'écaille de tortue qu'il passa dans ses favoris avec une grâce parfaite, puis, avec l'emphase modeste d'un professeur qui récite, sans avoir l'air d'y toucher, la leçon qu'il a préparée la veille, il nous dit :

« Qu'est-ce que l'emprunt? une opération de crédit. Le crédit qu'on obtient est le plus souvent en raison inverse de celui qu'on voudrait obtenir : le crédit, en effet, ce n'est pas autre chose que l'apparence, remarquez bien que je dis l'apparence, d'un gage qui doit garantir ce payement; tandis que, d'autre part, le besoin est le contraire de cette apparence, c'est-à-dire l'apparence du contraire. C'est sur ces données que l'on établit les conditions de tout emprunt. Ayez beaucoup de crédit, vous aurez des conditions excellentes; ne présentez-vous, au contraire, que de faibles garanties, il faudra que d'énormes chances de gain viennent compenser d'énormes chances de perte, et il n'y a vraiment rien de plus équitable, mon cher monsieur, à moins que je ne me méprenne complétement sur la signification du mot justice. Vous venez d'entendre ma profession de foi, et vous savez maintenant comment vont les choses. La plus grande partie du genre humain ne peut offrir à ses créanciers des gages suffisants.... devra-t-elle pour cela éprouver constamment la dureté d'un refus? A Dieu ne plaise! où serait alors la charité? On distingue par suite deux catégories d'emprunteurs: les uns disposent de ces gages solides dont parle le Code au titre des hypothèques, et qui mettent évidemment le prêteur à l'abri de tout risque; aussi se contente-t-il volontiers de l'intérêt dit *légal*. Ce premier cas est tout à fait exceptionnel: neuf fois sur dix, le prêteur s'expose pieds et poings liés à la mauvaise foi de son débiteur, qui peut lui faire perdre intérêts et capital. C'est un contrat à la *grosse aventure*, et les stipulations sont rédigées en conséquence. Si vous prêtez à cinq pour cent avec hypothèques, vos bénéfices modestes mais assurés vous enrichissent à la longue; si vous prêtez sur parole à dix et vingt pour cent, vous courez des risques énormes, qui seront incomplétement compensés par l'éventualité d'un bénéfice brillant, mais fort douteux. Il s'agit de savoir quels sont les prêteurs qui vous séduisent davantage; quant à moi, je vous le déclare dès à présent, je prête volontiers sur parole. »

C'était bien ainsi que je l'entendais. Nous abordâmes alors la question des intérêts.... Je n'ai jamais vu, mon cher, d'homme plus poli ni de juif plus rapace; au bout d'une demi-heure, et grâce à la nécessité qui me pressait, il arriva à me dicter les conditions suivantes : je devais toucher dix mille francs en or à un cours plus élevé que celui du commerce; il me livrait en outre une voiture à deux chevaux, attelage qu'il disait magnifique et d'une valeur de sept mille francs. Je m'obligeai en retour à signer un billet de vingt-deux mille francs, payable dans un mois. Le papier timbré était sur le bureau, et, pressé d'en finir, j'y apposai ma griffe.

J'échangeai dans la journée mon équipage contre un élégant tilbury à un seul cheval; je pris un groom à mon service, et je m'apprêtai à remplir le rôle de millionnaire. Je redoublai de luxe, je jetai l'or à pleines mains, et c'était bien entendu dans la poche de Marcella qu'il en tombait le plus. Pendant quelques jours, je me vis entouré et fêté plus que je ne l'avais été jusque-là.

Je revis Tiburzio et je lui contai tout. Je lui fis compassion et il ne craignit pas de me parler avec la même sincérité :

« Cette femme, disait-il, vous a ensorcelé; elle vous ferait voir des étoiles en plein midi, et vous prouverait sans peine que le pâle soleil de la France a plus d'éclat que notre beau soleil italien. Marcella est votre Capoue, et Paris est pour vous le champ de bataille de Zama.... Comment ferez-vous dans un mois? Ce mois passera rapidement, vous pouvez m'en croire, et vous arriverez, sans vous en douter, à la veille de la terrible échéance. »

Je lui répondis que j'avais l'intention d'écrire à mon père.

« Pensez-y bien, ajouta-t-il, une lettre de-change protestée peut vous conduire à Clichy; elle est tirée sur votre liberté et représente la valeur de votre vie. Dans un mois, vous n'aurez plus que ces deux alternatives, payer ou aller en prison. C'est un adoucissement apporté par le Code à la brutalité de notre ancien droit romain, qui permettait au créancier de couper un membre à son débiteur insolvable. Aujourd'hui, un usurier se garderait bien de mutiler sa victime, car il amoindrirait ainsi la valeur de sa seule hypothèque. S'il vous arrivait malheur, adressez-vous à moi; je dispose de faibles moyens, mais vous pouvez compter que je ne négligerai rien pour vous rendre service. »

Marcella, comme les autres, avait d'abord redoublé d'amabilité, puis elle avait repris vis-à-vis de moi ses allures indifférentes et donné un libre cours à sa coquetterie; elle s'était assurée de la solidité de ma chaîne, et cela lui suffisait.

Un jour que je me présentai chez elle, Thérèse s'opposa formellement à ce que j'entrasse, et me dit d'un ton qui ne souffrait pas de réplique :

« Madame est sortie.

— Vraiment! m'écriai-je, pourquoi ne me dis-tu pas qu'elle est à sa répétition? »

Je m'efforçai vainement de railler; mes lèvres contractées et pâlies n'attestaient que trop l'état de mon cœur.

« Vous avez tort de le prendre ainsi, monsieur Romualdo, continua Thérèse, qui supporta sans broncher mon regard inquisiteur; je sais à quoi m'en tenir quand je vous dis que madame est sortie, et cette réponse doit vous suffire.

— En vérité, Thérèse, tu devrais chercher des excuses plus plausibles; ton peu d'imagination prouve clairement deux choses, ou que ta maîtresse et toi vous avez perdu le juge-

ment, ou que Marcella veut enfin jeter le masque, et cela
m'intéresse assez pour que je tienne à éclaircir ce mystère.
Laisse-moi entrer. »

J'avais, en prononçant ces mots, l'attitude d'un voleur de
grand chemin; l'impudente soubrette fit trois pas en arrière.

« Entrez donc, me dit-elle d'un air profondément railleur,
voyez, examinez, fouillez, bouleversez tout sans vous gêner;
posez-vous en homme jaloux, sauf à rougir plus tard lorsque
vous aurez découvert le peu de fondement de vos soupçons; je
conterai tout à madame, et ce qui pourra résulter de pire de
votre conduite, ce sera son courroux, et le ridicule dont vous
vous serez bien gratuitement couvert aux yeux d'une servante. »

L'aplomb de cette fille réussit à m'en imposer : craignant
l'effet de ses menaces, je ne voulus pas affronter plus longtemps les sarcasmes de cet affreux démon, et je partis brusquement.

Je descendis l'escalier avec la plus grande précipitation et
je m'élançai dans la rue. Là, je sentis redoubler mon trouble
et mes incertitudes : tantôt je voulais retourner chez la Romaine, tantôt il me semblait plus prudent et plus sage de ne
pas faire d'éclat en l'absence de toute preuve; je me livrais, en
attendant, aux réflexions les plus contradictoires : « Marcella
m'aime, Marcella me trahit; je n'ai rien à lui reprocher si ce
n'est un peu de coquetterie.... mais non, c'est une infâme
courtisane! Pourquoi n'aurais-je pas confiance en elle?... Je
suis vraiment bien stupide de ne pas saisir l'occasion de la
prendre en flagrant délit ! » Au plus fort de ma perplexité, je
m'arrêtai afin de méditer plus à mon aise, et, grâce aux allées
et venues dont je ne m'étais pas rendu compte, je me retrouvai
précisément sous les fenêtres de Marcella, et j'entendis les
sons de son piano.... il n'y avait pas de méprise possible, car qui
eût pu égaler l'exécution parfaite de la grande artiste?

Pense donc à l'effet que produisit sur moi cette intempestive
harmonie ! Je lançai un si horrible juron que je vis se voiler à
l'instant la fraction infinitésimale de rayon solaire qui était
venue dorer une minute l'immense vitrine du prochain magasin de modes.... Je courais chez ma maîtresse avec l'impé-
tuosité d'Ajax et la colère de Ménélas lorsqu'il s'aperçut de la
disparition d'Hélène, quand tout à coup une main de fer s'abaissa
sur mon épaule : c'était Mériou, qui semblait envoyé par la

Providence pour arracher Marcella à ma fureur et m'éviter à
moi-même de comparaître en cour d'assises et d'enrichir du
récit de mon forfait les interminables colonnes de la *Gazette
des tribunaux.*

« Où allez-vous donc ainsi? me demanda-t-il en passant son
bras sous le mien; vous avez les allures d'une machine à vapeur ou celles d'un cheval arabe, né en France et baptisé en
Angleterre. Cette comparaison est toute de circonstance; vous
allez m'accompagner si vous n'avez rien à faire.... ou plutôt je
n'admets aucune excuse, si ce n'est celle d'un rendez-vous
amoureux.... On doit toujours renvoyer les affaires au lendemain, à l'exemple de ce voluptueux Spartiate qui faisait à Thèbes
un repas de satrape.... il est vrai qu'il fut assassiné la même
nuit par les partisans d'Épaminondas, mais il eut du moins la
consolation d'achever en paix un bon dîner. Ainsi donc, vous
me suivez chez Hundrot, notre ami commun; il a pris je ne
sais où trois magnifiques chevaux, *omne trinum est perfectum,*
autant qu'il en faut pour lui et pour nous deux : car sa bourse
et sa vanité trouveront également leur satisfaction dans
l'exhibition qu'il se propose d'en faire devant le monde élégant. Nous les ferons caracoler aujourd'hui au bois de Boulogne sous les yeux des plus belles dames et des plus brillants
cavaliers de la capitale. Peut-être pourrons-nous tirer notre
épingle du jeu aussi bien que notre compagnon : si les hommes admirent les chevaux, les femmes nous regarderont, et
nous avons la perspective d'enflammer mille cœurs, tout en
servant la spéculation d'Hundrot. Le bois de Boulogne est une
sorte de foire permanente où l'on expose toutes les marchan-
dises sociales, où l'on trafique de voitures, de femmes et de
chevaux, et le mariage lui-même, ce dernier des sacrements, ne
laisse pas de tenir un rang honorable parmi les contrats qui
s'y *bâclent.* »

Il n'y eut pas moyen d'esquiver cette corvée. Hundrot fut
plus aimable que jamais, et je n'aperçus ce jour-là que sa face
de gentilhomme. Il me remercia de l'honneur que je lui faisais en enfourchant, pour deux heures, un de ses coursiers, et
nous sautâmes en selle pour nous retrouver quelques minutes
plus tard dans l'allée principale du bois de Boulogne.

C'est un vaste théâtre aux cent scènes diverses,

a dit un poëte : de longues files de splendides équipages aux
vernis étincelants, aux coussins moelleux, aux orgueilleux

écussons ; un flux et reflux de femmes aux brillantes parures,
fardées jusqu'aux yeux, étalant leurs sourcils peints et leurs
chairs postiches, et plus trompeuses encore dans leurs discours que dans leur physionomie ; d'innombrables regards
qui échangent en se croisant des courants magnétiques ; un
murmure confus de demandes et de réponses ; des plumes et
des écharpes ondoyant au milieu d'une épaisse nuée de poussière soulevée par les pieds des chevaux ; enfin, tout un monde
éclatant composé d'acteurs vaniteux et de spectateurs en-
nuyés, venant se réunir, les uns et les autres, sous la sur-
veillance protectrice d'une double haie de gendarmes, ces
Dieux Termes à cheval, gardiens immuables de l'ordre public.
De distance en distance on apercevait voltigeant au-dessus de
la foule, comme des insectes à la surface d'un marais, de jeunes cavaliers, centaures modernes à la recherche de nouvelles
Déjanires ; les coudes relevés à angle droit, le bout des pieds
tendu sur l'étrier, les reins agités par le mouvement plus ou
moins gracieux du trot à l'anglaise, ils cherchaient à donner
à leur attitude tout l'attrait dont notre vilain sexe peut être
susceptible.

J'ai tort, du reste, de médire de ces messieurs, car ce fut
dans leur escadron que j'allai prendre place à la suite de mes
deux acolytes. Mériou me servait de guide et mettait un nom
sur tous ces visages inconnus, ajoutant à sa nomenclature un
commentaire assez scabreux, au grand contentement d'Hundrot, qui l'applaudissait de la voix et du geste. « Quel profond
scélérat ! disait-il ; rien ne lui échappe ; il trouverait à épilo-
guer sur la vie d'un apôtre. Une mauvaise langue est une
puissance dans le monde.... surtout lorsqu'elle est dans la
bouche d'un homme qui connaît tous les petits mystères de la
haute société. »

Excité par ces éloges, le *feuilletoniste* redoublait de caus-
ticité :

« Voyez-vous cette femme jaunâtre.... on dirait une Indienne
venue à Paris pour y faire restaurer son foie endommagé.
Deux noirs diamants enchâssés dans deux cercles livides, sur
une face terreuse, voilà le fond de sa beauté. C'est la baronne
de Veaubeau, unique rejeton d'une des plus nobles familles
de France, et qui en cette qualité réunit la fortune et l'illus-
tration de toutes les branches de son antique race. Ses premiers ancêtres arrivèrent à Lutèce, une peau d'ours sur
l'épaule, une massue à la main et le visage hérissé d'un poil

fauve.... Cette origine est commune à toute la haute noblesse. Ces conquérants aux jambes nues, chassés par la faim des forêts qui leur servaient de repaires, sont venus ici remplacer les populations qu'ils avaient massacrées. La famille Veaubeau a compté des héros à toutes les époques ; deux ou trois d'entre eux se firent écharper aux croisades ; un autre portait la queue de saint Louis, lorsque ce grand monarque allait rendre la justice au pied d'un chêne dans une prairie pleine de moucherons ; un cinquième fit tuer un jour une douzaine de malotrus qui s'acquittaient de la corvée de trop mauvaise grâce ; un autre eut une part importante aux *dragonnades*, sous Louis XIV : tous enfin se couvrirent de gloire et nagèrent dans l'or, jusqu'au jour néfaste où le père de notre belle promeneuse fut contraint de donner des leçons de danse, à Londres, pendant l'émigration. Réduit à l'extrémité, ne sachant à quel saint se vouer pour se procurer le pain quotidien, qu'il demandait vainement à Dieu dans sa prière, il consulta sa raison, et sa raison lui répondit que son génie était concentré dans ses jarrets : de là son héroïque résolution. Après le retour des Bourbons il puisa largement dans la caisse où vint s'enfouir le fameux *milliard*, et c'est de cette source que provient l'opulence de cette étrange créature qui cache sous un masque égyptien les passions ardentes d'une fille andalouse. Maîtresse des richesses accumulées de la branche aînée et de la branche cadette, elle a pris un mari pour la forme et des amants pour le fond. Le plus connu, c'est ce beau et insipide jeune homme que vous voyez là-bas et qu'on nomme le comte Blaguefort, noble de fraîche date. Son père reçut un titre de Napoléon, qui le récompensa ainsi d'avoir pillé le corps d'armée dont il devait assurer l'approvisionnement. Il a grandi plus tard sous la restauration, grâce à l'appui des jésuites, qui étaient bien faits pour sympathiser avec lui : le grand-père était cordonnier à Saint-Mandé. Le comte Blaguefort actuel a d'abord eu du malheur, car il est d'une stupidité peu commune ; le jeu, les femmes de bas étage et mille folies ont englouti son immense patrimoine, et il a fini par se vendre à la baronne, dont la main protectrice le retient sur le bord de l'abîme. Avec l'argent qu'elle lui donne il entretient d'autres femmes, parmi lesquelles on cite une ex-danseuse de corde, divinité de Valentino, qui, à son tour, est éperdument amoureuse d'un tambour de la garde nationale, qu'on voit chaque jour s'enivrer à ses dépens. Admirez l'horrible chaîne qui vient unir la baronne au tambour! C'est une image fidèle de la grande évolution économique : la production et la consommation de l'amour parisien. Il faut prendre notre petit monde tel qu'il est : des Pâris au rabais, des Hélènes qui tendent la main; des *Iliades* en miniature, dont chacun de nos romanciers est l'imperceptible Homère. Mais voici venir notre *diva*, fleur exotique et nouvelle pour ce jardin hospitalier. Regardez : sa voiture est la cinquième à la troisième file de gauche. Elle s'avance au petit pas de ses beaux chevaux noirs; devant elle est un agent de change, et derrière, la femme d'un préfet assise à côté du secrétaire d'État à qui son mari doit le poste qu'il occupe en province. Voyez comme la Romaine s'étale intrépidement dans sa calèche d'emprunt, et comme elle soutient impassible le feu croisé de ces mille regards que fixent sur elle avec insolence les dames envieuses de sa beauté! Oh! oh! victoire à la Russie! Le prince Gonikeff est maître du Caucase.... le voilà qui caracole à côté de la voiture de Marcella; la joie semble rayonner sur chacun des poils de sa barbe roussâtre. »

Je me levai sur les étriers, et je regardai : ma maîtresse, drapée dans un châle splendide, avait une attitude pleine à la fois de modestie et de fierté; et l'heureux diplomate tartare s'enivrait des paroles qui de temps en temps s'échappaient de ses lèvres. Bientôt elle passa près de nous, et répondit à notre salut par un ravissant sourire, dont la meilleure part semblait aller à mon adresse. Le Russe ne se dérangea pas, il resta immobile comme s'il ne nous eût pas aperçus; seulement il contracta les paupières ainsi que font les myopes,

Come vecchio sartor fa nella cruna [1],

suivant la belle expression de Dante, et son œil incertain parut se diriger de notre côté.

Lorsqu'ils nous eurent dépassés, Hundrot m'adressa la parole de l'air d'un homme qui désire être compris à demi-mot :

« Le salut que nous a adressé la Romaine vaut un trésor, fit-il; c'est un billet en blanc avec la signature au bas. »

Si j'avais bien saisi le sens de cette insinuation, j'eusse inévitablement fait un éclat; mais, tout préoccupé de mes soupçons qui semblaient être devenus une certitude, songeant peu d'autre part aux mille calomnies qui couraient à ma honte, je

---

[1]. Tel qu'un vieux tailleur qui s'efforce d'enfiler une aiguille.

ne vis pas l'insulte cachée sous les paroles d'Hundrot, et je répondis par un léger signe de tête qui n'avait aucune signification.

Mériou reprit :

« Le cœur de la Romaine est une pomme de discorde que se disputent avec acharnement le prince Gonikeff et le vicomte de Montauchoux : c'est une lutte entre la politique Russe et la politique française, activement surveillées l'une et l'autre au théâtre italien par la politique anglaise sous les traits de lord Stonehouse. Le diplomate de Saint-Pétersbourg a juré de faire *au bois* une apparition triomphante aux côtés de la dixième muse. Il y a aujourd'hui des milliers de dixièmes muses ; je ne vois pas d'inconvénient à jeter Marcella au milieu de cet innombrable essaim. Le pair de France a parié son revenu d'un an, que sa magnifique propriété de Meudon servirait de cage pendant deux jours au beau cygne qui a quitté les bords du Tibre pour venir s'ébattre dans la mare parisienne du théâtre Ventadour.... et quand on parle de jours, ce sont bien entendu des jours de vingt-quatre heures, où les nuits sont comprises. Le prince a le premier touché le but, ce qui ne fera du reste que retarder le triomphe du pair de France : car, dans cette course d'un nouveau genre, on décerne la palme au vaincu aussi bien qu'au vainqueur.

Cinq jours s'écoulèrent sans que je pusse trouver l'occasion d'un tête-à-tête avec Marcella. Elle savait avec un art infernal mettre toujours un tiers entre elle et mes interpellations : l'arsenal de ses ruses était inépuisable. Au bout du troisième jour, je m'avisai de lui écrire un billet plein de ridicules menaces et de prières plus risibles encore ; elle ne me répondit rien et se contenta de m'accorder en public des signes de préférence marquée. Les yeux de lord Stonehouse s'écarquillaient alors d'une manière effrayante et se chargeaient d'une lueur courroucée qui lui donnait l'air le plus stupide du monde. Sa haine et la mienne grandissaient d'heure en heure : nous étions comme deux cousins, âpres héritiers d'un oncle agonisant.

Au bout de la semaine, Marcella m'écrivit que son directeur lui ayant accordé un petit congé, elle en profitait pour se rendre à l'invitation du vicomte de Montauchoux, qui réunissait pendant ces quelques jours dans son château de Meudon une société choisie.... On devait y faire de la musique et l'on comptait qu'elle voudrait bien s'y faire entendre dans les morceaux les plus saillants de son répertoire lyrique.

Je courus chez elle et j'appris qu'elle était déjà partie. Pendant vingt-quatre heures je m'enfermai chez moi en proie à la plus vive agitation, et je m'abandonnai à de si poignantes réflexions que je ne sais comment je pus conserver ma raison. On a écrit que la solitude est mauvaise : elle est surtout détestable dans ces moments de désespoir où le désordre de l'imagination vient encore agrandir l'horreur des maux réels. L'homme réussit rarement à se consoler lui-même, et les monologues imités de celui de Jacopo Ortis n'ont que trop souvent la même conclusion.

Je voyais maintenant avec évidence tout ce que ma position avait de désastreux; je m'apercevais que, depuis le jour où j'avais reçu le premier sourire de Marcella et savouré son premier baiser, j'avais servi de jouet à cette créature artificieuse qui, sous de vaines apparences, cachait un cœur avili. Je comprenais clairement qu'elle n'avait eu pour moi qu'un caprice passager, qui, une fois satisfait, n'avait plus laissé en elle que le désir d'exploiter à sa guise un pauvre insensé toujours jaloux, et qu'une caresse, une parole suffisait pourtant à désarmer; un prodigue bon à dépouiller, sauf à le rejeter plus tard comme un fruit dont elle aurait exprimé tout le suc.

Sanluca avait donc eu raison, Mériou n'avait pas tort, Tiburzio avait vu juste : tout le monde excepté moi s'était rendu un compte exact de la situation, et je m'étais obstiné dans ma sottise en dépit de tant d'avis unanimes, quoique émanés de sources si différentes. Cette courtisane qui sacrifiait sa vertu pour acquérir de l'or et satisfaire sa vanité, cette courtisane s'était fait un jeu de prendre à ses filets un amoureux imbécile incapable de résister à la fougue des sens; elle s'était plu à flétrir son âme, à abrutir son intelligence; cette Circé m'avait transformé en un animal immonde, moi qui n'avais pas su résister comme le sage Ulysse. Toutes mes folies vinrent alors se présenter à ma mémoire; mon esprit examinait tout avec une effrayante lucidité, et je faisais à chaque pas les plus douloureuses découvertes. Des actions qui m'avaient paru presque indifférentes au temps de mon aveuglement, s'éclairaient maintenant à mes yeux d'un jour tout nouveau; les résultats de mon observation devenaient de plus en plus accablants, et je reconnaissais avec désespoir toute l'étendue de mes égarements. Ce réveil de la conscience a quelque chose d'affreux ; l'orgueil blessé, la honte d'avoir été pris pour dupe, la rage que me causait le souvenir d'erreurs irréparables, toutes ces impressions réunies me mettaient hors de moi. Je croyais voir le sourire railleur, entendre les ricanements dédaigneux de Sanluca, du marquis, de Gonikeff, du vicomte et de Mériou, sans oublier l'horrible Thérèse et le spectre de lord Stonehouse.

Oh ! cette dernière idée, l'idée du triomphe de Stonehouse, était pour moi un affreux cauchemar ! Ce fut sur sa tête que vinrent se réunir toutes les velléités de vengeance, toute l'impuissante colère que m'inspiraient les succès de mes rivaux réunis. Rien n'est terrible comme la colère impuissante, rien n'est à redouter comme les menaces d'un être qui paraît désarmé. Pendant quelques minutes je balançai entre deux résolutions également odieuses ! Je ne savais si je devais aller chez Stonehouse et me baigner dans son sang, ou s'il ne vaudrait pas mieux courir à Meudon, arracher Marcella au cercle brillant qui l'entourait, et flétrir à jamais la beauté dont elle était si fière en répandant sur son visage une bouteille d'acide sulfurique.

Je finis par adopter un troisième parti : j'allai trouver Tiburzio.

« Ah ! cette fois vous commencez enfin à ouvrir les yeux, s'écria-t-il ; voilà qui est bien. Vous eussiez pu revenir plus tôt à récipiscence, mais il n'est jamais trop tard pour se repentir. On ne reste pas immobile dans la mauvaise voie : quoi qu'on puisse faire, on avance toujours ; en revanche, à quelque moment qu'on se décide à rétrograder, on y trouve toujours son avantage. Allons dîner ensemble, c'est le cas de faire un repas frugal qui nous permette de causer de sang-froid. »

Tu sais, mon cher ami, quelle est la composition des drames : les quatre premiers actes sont le nœud de l'action qu'a imaginée le poëte ; on y voit se développer l'intrigue, les péripéties, les accidents divers qui doivent préparer l'esprit des spectateurs à la catastrophe nécessaire qui servira de conclusion à tout ce qui précède, et qu'on appelle cinquième acte : unique issue où viennent aboutir tous les fils d'une trame déliée. Le procédé de la nature est le même ; la vie de l'homme aussi est un drame plus ou moins long, plus ou moins comique ou tragique, suivant le caractère et la destinée de chaque individu. Ce qu'il y a de certain, c'est que notre bonheur dépend en

grande partie de nous, et que nos infortunes sont le p.us so-
vent la conséquence de nos folies. C'est là mon histoire : au
point où j'en étais arrivé, je pouvais déjà entrevoir la conclusion de mon drame *semi serio* : j'étais au cinquième acte.

Avant même que Marcella fût de retour à Paris, Hundrot
me porta une botte en pleine poitrine ; je reçus le coup sous
la forme d'une lettre parfumée, où les lignes suivantes étaient
tracées à l'encre bleue sur un charmant papier couleur de
rose: « Vendredi de la semaine prochaine, vingt-cinq du
mois, je donne une soirée d'amis : on fera un peu de musique,
et le chant et la danse seront suivis d'un souper. J'espère que
vous me ferez l'honneur d'y assister ; en semblable occurrence,
un maître de maison compte toujours sur ses amis : je compte
donc sur vous. Ce jour-là coïncidant avec l'échéance de vos
billets, vous n'aurez pas besoin de vous déranger deux fois, et
nous réglerons nos petites affaires entre deux verres de punch.»
Puis, je lus ce *post-scriptum* terrifiant : « A défaut de payement, et suivant l'usage, les lettres de change seront protes-
tées le lendemain. »

Tiburzio me l'avait annoncé ; ce mois s'était écoulé avec
une rapidité foudroyante, et je me trouvais à la veille de
l'échéance fatale, sans avoir rien tenté pour me tirer de ce
mauvais pas. Que pouvais-je faire ? il me restait quelques
jours à peine pour prendre mes dispositions. Je fis un effort
sur moi-même et j'écrivis à mon père. Chaque mot que je
traçais était pour moi l'occasion d'un remords, car je sentais
que j'enfonçais le poignard dans le sein de cet homme vénérable. Je fis l'aveu sincère et complet de tous mes torts et,
par l'expression d'un vif repentir, je cherchais à adoucir le
coup qu'il allait recevoir. Un fils aux abois se repent toujours,
sauf à faire payer à son père les frais de sa coûteuse conversion.

Après avoir jeté ma lettre à la poste, je fus soulagé d'un
grand poids ; mon attitude allait être passive désormais : je
n'avais plus qu'à attendre patiemment les suites bonnes ou
mauvaises de ma détermination. Je me berçai de la douce
espérance que mon père recevrait à temps l'avis de ma détresse et pourrait remédier à tout ; ma pensée anxieuse volait
avec la malle-poste sur la route de Turin, et je calculais le
jour et l'heure où ma pressante missive serait enfin arrivée à
son adresse.

Aussitôt que la Romaine reparut à **Paris**, je me présentai chez elle. En dépit de mes protestations, de ma colère, des sages conseils de Tiburzio, j'avais hâte de la revoir, dussé-je payer chèrement ce tête-à-tête. Peut-être entendit-elle ma voix lorsque Thérèse m'introduisit dans l'antichambre, car elle se mit sur-le-champ à son piano. Lorsque j'entrai, elle feignit de ne pas me voir et se prit à chanter, avec une douceur enivrante, une romance où l'amour débordait. Elle était dans un petit négligé qui lui seyait à ravir; je ne l'avais jamais vue plus séduisante. Le grand secret de cette sirène consistait dans une merveilleuse puissance de transformation qui donnait à ses attraits une apparence toujours nouvelle. Étonné, ravi, je m'arrêtai sur le seuil, m'abandonnant tout entier au charme qui m'envahissait par les yeux et par les oreilles.

Ce que je devais lui dire, je l'avais préparé longuement à l'avance, résolu que j'étais à résister à toutes ses caresses; mais ce beau plan s'évanouit en un clin d'œil et je restai désarmé en sa présence. Lorsqu'elle eut achevé sa romance, elle se leva tout à coup et tressaillit à ma vue; elle se jeta à mon cou, me serra dans ses bras et me couvrit de baisers.

« Enfin, te voilà ! te voilà donc ! oh ! merci ! qu'ils ont été pénibles et longs les instants de l'absence, ô mon Romualdo ! à chaque heure, à chaque minute du jour, je t'adressais dans mon âme un ardent appel.... je couvrais d'un long regard la route de ce Paris où j'avais laissé mon cœur. A peine arrivée, je te revois.... Oh ! quel bonheur ! tu ne sais pas combien je t'aime.... combien je suis orgueilleuse de ton amour.... Je redoutais tes soupçons, ta jalousie; mais, lorsque tu reviens à toi, tu es vraiment le roi des amants. Je me préparais à t'aller chercher moi-même, afin de dissiper cette humeur noire qui s'était accumulée sur ma tête pendant cette longue semaine passée loin de toi, et j'étais épouvantée en songeant aux monstres qu'en mon absence ton imagination aurait pu se forger. Nous autres, femmes-artistes, nous avons pour ennemi notre sexe tout entier, rival sans pitié, dont le regard, la voix, les gestes et même le silence sont autant de calomnies : nous avons à combattre aussi ces hommes méprisables qui, après avoir tenté de nous corrompre, se vantent de succès qu'ils n'ont pas obtenus; toutes les puissances de l'univers se liguent contre notre faiblesse : comment résister, si nous ne réussissons même pas à vous persuader, vous à qui nous nous sommes livrées tout entières et qui connaissez le fond de notre cœur ! »

Étourdi et confus, je répondis, sans trop me rendre compte des mots que je prononçais :

« Marcella ! le doute et l'amour sont des frères jumeaux, nés avec le monde…. veux-tu entendre ma confession ? tu crois me connaître aussi bien que toi-même, tu me crois jaloux…. hélas ! il n'en est rien ! je suis avare et cupide. Depuis que j'ai placé en toi tout mon avenir, j'ai compris et admiré les Turcs et leurs procédés. Hier encore je maudissais la civilisation sociale de cette Europe, qui m'interdisait de me faire un harem dont les solides verrous pussent garder la seule femme dont je sois amoureux, dont les murailles épaisses pussent mettre mon cher trésor à l'abri des envieux et m'en garantir la possession sous la garde de ses milliers d'eunuques. Oh ! je te le jure, je voudrais te voir captive dans un palais, paradis en miniature où j'adorerais sans crainte cette divinité triomphante qui traîne à son char l'univers dompté et lui inspire un amour qui ne se dément pas ; cette divinité qui s'est incarnée tour à tour dans Hélène, dans Aspasie et dans Marcella…. ce rêve impossible, je le réaliserais pourtant si tu voulais ! le veux-tu ? » Elle fit un geste qu'on pouvait interpréter de mille façons. « Pour atteindre ce but, continuai-je, deux choses sont nécessaires : d'abord, quitter Paris…. »

La Romaine m'interrompit :

« C'est mon dessein, je veux aller à Londres ; lord Stonehouse a réussi à me faire obtenir un engagement au théâtre de la Reine…. je ne tiens plus maintenant à Paris que par les quelques représentations que j'y dois donner encore.

— Tu ne m'as pas compris, répliquai-je. Paris et Londres, pour moi, c'est tout un ; il faut fuir la ville, ou du moins ces centres impurs où l'on va au théâtre, où l'on salit des gants blancs. L'autre chose qui n'est pas moins nécessaire, c'est un amour sincère et entier…. ai-je réussi à t'inspirer un sentiment pareil ? »

Marcella parut plongée dans un ébahissement profond, comme si elle eût écouté un homme en délire ; elle baissa les yeux et répondit un *oui* imperceptible.

« Si j'étais femme, et femme amoureuse, voici à peu près ce que je dirais à mon amant : L'atmosphère empestée du monde est mortelle à l'amour ; il se plaît dans la paix des champs et le silence des forêts ; la solitude à deux est son véritable élément. Fuyons loin d'ici ; il vaut mieux mille fois aller rêver ensemble sur le bord des ruisseaux, et, couronnés de myrte, mêler nos chants amis, que languir confondus au sein de cette foule d'indifférents et d'envieux, dans ce monde factice où l'on respire un air empoisonné. Cette idée n'est pas nouvelle, on la retrouve à chaque page des poëtes antiques, dans tous les livres des romanciers, ces poëtes bâtards de notre époque. Partons, enlève-moi, conduis-moi où tu voudras, pourvu que je n'entende plus l'écho de clameurs insensées, le raclement des archets et le bruit sec des touches du piano. Regarde : le printemps joyeux nous invite à nous retremper aux sources du vrai bonheur ; allons dans les bocages lutter de tendresse et de constance avec les tourterelles... »

Marcella m'interrompit encore et dit d'une voix émue :

« Il suffit ; si j'étais homme, je tiendrais un langage tout différent.... mais vous êtes tous ainsi ; qu'on vous donne ce que vous demandez, vous exigerez sur-le-champ l'impossible. Si nous reculons devant cet obstacle infranchissable, vous dites alors que nous avons cessé de vous aimer. Comprendrais-tu, Romualdo, que, sans hésitation, je me jetasse dans tes bras, que je te criasse: « Partons ! je veux te suivre au bout « du monde, je veux quitter pour jamais ce qui a été ma gloire, « ma joie, ma vie; je veux renoncer à ce rêve brillant de « ma jeunesse, à ce prix de mes travaux, qu'après tant de sa- « crifices, d'angoisses, d'amertumes, j'allais recueillir enfin ; « je renoncerai à tout cela pour toi, dont l'amour devra dé- « sormais me tenir lieu de tout ce que je perds, de tout ce « que je sacrifie sans retour et sans regret... » Si je cédais à tes folles instances, Romualdo, tu serais peut-être le premier à blâmer et à déplorer ma faiblesse. A Turin, il t'en souvient sans doute, avant de me donner à toi, je t'ai demandé le temps de réfléchir; as-tu souffert de ce délai ?... Eh bien, aujourd'hui, je te demande quelques jours pour méditer sur une décision plus importante encore que la première ! »

En rentrant chez moi, je tressaillis à la vue de mon groom qui tenait une lettre à la main; je la pris en tremblant : elle portait le timbre du village où résidait mon père, mais l'adresse n'était pas de sa main, et j'ignorais de qui pouvait être cette écriture. Pendant dix minutes, je restai dans une incertitude cruelle, n'osant pas briser le cachet et en proie aux plus sinistres pressentiments. Ce ne pouvait être une réponse, puisque ma lettre était partie depuis deux jours à peine.... Était-ce mon père qui m'écrivait ? mais dans ce cas, pourquoi l'adresse n'était-elle pas aussi de sa main ? Si ce n'était

pas lui, qui pouvait-ce être et qu'allais-je apprendre? Mon inquiétude redoublant, je me sentis oppressé et fus forcé de m'asseoir. Je déchirai enfin l'enveloppe fatale : tout était de la
même main, et je reconnus la signature du curé de ma paroisse.

Il m'annonçait que mon père, atteint d'une maladie de langueur, dépérissait à vue d'œil, qu'il avait pris sur lui de m'en
donner avis à l'insu du malade et dans le but de m'éviter des
regrets tardifs, si le pauvre vieillard s'éteignait sans me voir.
« Votre vénérable père, ajoutait-il, parle continuellement de
vous, il ne pense qu'à vous, son unique désir est de vous
serrer encore dans ses bras, et votre présence pourrait seule
éloigner sa fin, ou du moins adoucir ses derniers instants. Je
vous ai vu tout enfant, je connais la bonté de votre cœur et
la noblesse de vos sentiments et je ne doute pas que vous
ne vous hâtiez de venir nous rejoindre. Excusez l'importunité d'un vieux pasteur qui s'intéresse malgré lui à tous
ses paroissiens, même à ceux qui l'ont quitté depuis longtemps. »

Cet ecclésiastique était un saint homme que ses vertus et
l'imposante majesté de ses cheveux blancs rendaient également
respectable. En lisant ces lignes tracées par sa main tremblante, il me semblait revoir les jours de mon enfance, lorsque, assis sur ses genoux, je l'entendais me parler avec amour
de Dieu et des devoirs de l'homme sur la terre.... puis, je pensais que ma dernière lettre avait peut-être aggravé l'état de
mon malheureux père, et je me tordais les mains en songeant
à l'impossibilité de partir avant d'avoir remboursé les vingt
mille francs que j'avais empruntés. Ne sachant plus à quel
saint me vouer, je sortis hors de moi, et j'allai instinctivement
frapper à la porte de Mario Tiburzio. Je me jetai dans ses
bras en sanglotant : il me donna quelques consolations, puis,
après avoir réfléchi un instant, il s'offrit à m'accompagner
chez M. Hundrot. Nous ne pûmes le voir ce jour-là, mais il
nous reçut le lendemain, après nous avoir fait faire antichambre une grosse demi-heure. Il fut gracieux et poli au
delà de toute expression. Tiburzio lui exposa l'état de mes
affaires, il lui dit que la santé de mon père me rappelait
impérieusement en Piémont, qu'aussitôt après mon arrivée je serais en mesure de le satisfaire et que, s'il voulait
des garanties, il s'engageait, lui Tiburzio, à me servir de
caution.

L'usurier répondit du ton le plus aimable qu'il ne doutait pas le moins du monde de ma solvabilité ; que les sentiments et les offres de mon ami lui faisaient le plus grand honneur : mais il aimait quant à lui les situations nettes, et comme il nous estimait également tous les deux, il ne croyait pas en conséquence qu'il lui fût avantageux de substituer à mes engagements les promesses d'un tiers. Puis s'adressant à moi, il ajouta : « Rappelez-vous qu'après-demain arrive l'échéance ; mettez-vous à ma place et songez à ce que vous feriez si votre débiteur vous tenait un langage pareil à celui que j'entends : vous verriez certainement toujours en lui un homme parfaitement honorable, mais vous auriez des soupçons. A défaut de payement, je devrai donc à mon grand regret m'opposer à la délivrance de votre passe-port.... Mais parlons franchement : donnez-moi pour caution lord Stonehouse, et je vous laisse libre. »

Je tressaillis comme si j'eusse marché sur un serpent et je m'écriai : « Stonehouse !

— Certainement, reprit Hundrot, de l'air d'un homme convaincu ; vous êtes amis, et d'ailleurs, s'il refusait, un mot de la Romaine.... »

Il s'arrêta tout étonné en voyant la fureur que trahissait la contraction violente de mes traits. Telle était ma colère, que je me fusse inévitablement jeté sur lui, si Tiburzio ne m'avait pas retenu dans ses bras et entraîné de force loin de cette infâme maison.

La journée du lendemain s'écoula rapidement sans que je reçusse la réponse que j'attendais avec tant d'impatience ; je puis dire que ces heures d'angoisse furent les plus douloureuses de ma vie.

Il s'agissait pourtant de trouver une solution ; j'avais d'abord songé à fuir, puis à me brûler la cervelle, cet expédient, comme disait Mériou, étant le plus simple de tous ; j'avais pensé aussi à Marcella. Ce parti qu'autrefois j'eusse rejeté comme trop humiliant me sembla le meilleur ou plutôt le seul que je pusse adopter, et je l'embrassai en désespéré. Je m'armai de résolution et je courus chez elle.

J'entrai précipitamment sans vouloir écouter Thérèse, qui, me voyant sur le point de franchir le seuil du boudoir, cherchait en vain à m'arrêter. J'ouvris la porte de la chambre et quel douloureux spectacle s'offrit à ma vue !... Marcella et milord.... enfin ce fut un de ces coups de théâtre après lesquels il n'y a plus qu'à baisser le rideau. Si j'eusse été le mari de la Romaine, j'eusse tué Stonehouse avec l'approbation du *jury*, et notre Code pénal ne m'eût condamné qu'à trois mois de prison. Je restai pétrifié comme Niobé lorsqu'elle vit tomber son dernier enfant sous les flèches de Diane ; pendant cette longue minute je me livrai mentalement à ce petit soliloque : « Si j'avais un couteau de boucher, je pourrais les tuer ensemble.... parviendrai-je à leur couper la gorge avec mon canif? Ne serait-il pas préférable de les assommer avec cette chaise?.... Non, il faut saisir l'Anglais au collet et le jeter par la fenêtre. »

Marcella revint à elle la première, peut-être parce qu'elle était habituée à de pareilles scènes ; elle s'avança vers moi dans l'attitude d'une reine qu'un courtisan maladroit a trouvée en chemise : « Sortez, me dit-elle ; pas un mot, pas un geste : je suis chez moi! si vous avez à parler à monsieur, vous pourrez vous expliquer ailleurs.... »

J'aurais sans doute eu la sottise d'obéir à ses injonctions, sans l'incartade de lord Stonehouse qui, les dents serrées, l'œil en feu, m'aborda d'un air menaçant en m'adressant cette ridicule apostrophe qui en toute autre circonstance m'eût fait partir d'un éclat de rire : « Vous.... depuis beaucoup de temps.... avoir été tout à fait désagréable à moi!... »

Ma fureur déborda à l'aspect de cette absurde apparition, à la vue de cet informe *Mamamouchi*. Je m'élançai, et d'un coup de poing vigoureusement asséné j'aplatis son nez proéminent, dont les vastes ailes vinrent s'écarter sur les deux côtés de son visage avec la souplesse du caoutchouc. Stonehouse tout ensanglanté recula de quatre pas, ses yeux se remplirent de larmes et il se mit à éternuer convulsivement, comme eût fait la chatte de la Romaine, si un mauvais plaisant se fût avisé de lui fourrer dans le nez un demi-kilogramme de poudre de tabac.

God damne his eyes[1]! s'écria-t-il du fond de la poitrine, et s'affermissant sur ses jarrets, il prit l'attitude du boxeur, également préparé à riposter à mes assauts ou à prendre luimême l'offensive, si je faisais mine de faiblir ; je m'emparai d'une chaise, décidé à lui briser le crâne s'il s'avançait de mon côté. Je te laisse à penser la confusion et l'effroi de Marcella et de sa suivante, qui se jetèrent entre nous et, après bien des

---

1. Que Dieu vous maudisse les yeux.

cris, des supplications et des efforts, parvinrent à nous séparer. Je me retrouvai dans l'escalier encore tout ému de
courroux, les cheveux en désordre, le chapeau de travers, et
satisfait pourtant de la petite correction que j'avais admi-
nistrée à mon heureux rival.

En rentrant chez moi, j'avais assez la tournure du renard
de la fable ; la vérité fatale m'était enfin apparue dans son
foudroyant éclat, et cette lumière trop vive, tout en m'éclairant,
m'avait blessé la vue. Ce fut le tour des regrets. Cette femme
était si belle ! Et cette beauté idéale, un monstre pouvait à force
d'or en faire sa propriété, la souiller à son gré ! Et moi ! stupide adorateur de cette créature sans foi, je n'avais rien découvert de ces infamies qui crevaient les yeux de tout le
monde ! Pour lui plaire, je n'avais pas craint d'attrister les
derniers jours de mon vieux père ; je m'étais ruiné, j'avais
presque sacrifié mon honneur ! Il y avait là matière à des
remords cuisants, à des lamentations qui eussent fait oublier celles de Jérémie et les plaintes de ce bonhomme Job,
qui, en dépit de sa proverbiale patience, ne put s'empêcher
de maudire le jour de sa naissance, ses parents, sa femme
et ses amis.

Au bout d'une demi-heure je vis arriver Mériou, dont la
physionomie était empreinte d'une gravité digne d'un rap-
porteur de la Chambre des députés.

« Le devoir que j'ai à remplir est des plus désagréables, me
dit-il, quoique ce soit un devoir d'honneur. J'eusse aimé mieux
cent fois me mettre à votre disposition. L'Italie et la Pologne
sont les alliées naturelles de la France, comme en témoi-
gnent assez les adresses de son parlement et les articles de
ses journaux; l'Angleterre est au contraire notre implacable
ennemie. Vous avez aplati le nez de la perfide Albion et je ne
puis que vous en féliciter, mais elle a paru se choquer de ce
procédé, et je ne puis disconvenir qu'elle soit dans son droit:
j'ai dû sur sa réquisition lui servir de parrain ; et je viens vous
en donner avis. Paris est la terre classique du duel: c'eût été
un miracle que vous eussiez pu échapper à la nécessité de
venir sur le terrain une fois ou l'autre, et je crois qu'il est avantageux que vous fassiez vos preuves tout de suite. C'est dans
le duel que viennent se résumer les dernières traditions de
chevalerie que notre époque mesquine ait bien voulu respec-
ter. Quiconque a reçu, grâce au fer du coiffeur, le brevet d'élégant, doit savoir maintenir son droit l'épée au poing ; l'éduca-

tion serait incomplète si l'on se bornait à fréquenter les salons, les théâtres et les tripots : il faut aussi passer par la salle d'armes de Grisier et le tir de Lepage. Choisissez donc un témoin, cher monsieur Romualdo, envoyez-le-moi, et nous aurons bientôt réglé les détails de la future rencontre. »

Je choisis Tiburzio ; il me demanda si je connaissais le maniement des armes, et sur ma réponse que je n'avais jamais touché une épée ou un sabre, je le vis hocher tristement la tête. Il s'aboucha avec Mériou et il fût décidé que dès le lendemain au lever du soleil nous nous battrions au pistolet à quarante pas de distance, chacun ayant la faculté de s'avancer de dix pas vers son adversaire et devant tirer au moment qu'il jugerait convenable.

Le soir, Mériou vint me trouver.

« Ne restez pas seul ainsi, me dit-il, soupez gaiement, et chassez de votre esprit toute préoccupation. Quoique parrain de votre adversaire, je vous demande la permission de souper avec vous, et dans votre intérêt j'accepte sans cérémonie l'invitation que vous allez me faire. J'ai déjà choisi des armes chez Lepage ; ce sont deux admirables pistolets fabriqués en France, montés en Angleterre, et qui serviront pour la première fois. Allons nous installer chez Véry pour y passer *la veille des armes ;* M. Tiburzio sera avec nous, et nous y parlerons gravement de toutes les folies humaines. La solitude, croyez-le bien, n'est bonne que pour les sots et les philosophes.... Dieu puisse-t-il vous préserver d'appartenir jamais à l'une de ces catégories ! »

A table, suivant l'habitude, on traita mille sujets divers ; puis au dessert, la conversation étant tombée sur le duel, Mériou, qui était gris, parla à peu près en ces termes :

« Il n'y a pas de nation qui ait une chronique aussi batailleuse que la nôtre ; à peine avons-nous l'âge de raison, que nous songeons à croiser le fer, et l'amour du duel ne s'éteint en nous qu'aux approches de la décrépitude. C'est un usage qui est passé dans nos mœurs, bien que les moralistes, ces frondeurs impitoyables, l'aient attaqué de tout temps avec acharnement. Tout le monde en France peut se vanter de s'être battu plus ou moins souvent, tout le monde, à moins qu'on ne veuille excepter de cette formule générale les femmes et les petits garçons au-dessous de dix ans. Aux yeux du Français, le duel est un divertissement de bon goût ; la vie, une longue plaisanterie entrecoupée de fréquents éclats de rire.

Il suffit d'un jeu de mots pour rendre burlesques les plus graves événements, et lorsque nous avons les armes à la main, au lieu de froncer le sourcil comme les autres peuples, nous savons nous éventrer en souriant. Nous devons cet heureux privilége au vieux sang qui coule encore dans nos veines en dépit de tant d'invasions barbares.... Ces peuplades lugubres que le Nord a vomies sur nos plages, n'ont pas tardé à se dérider au contact de notre perpétuelle ivresse, et peu d'années ont suffi pour opérer une fusion complète entre le flegme britannique et la pétulance gauloise. Risquer sa vie, c'est imiter ces spectateurs qui se font expulser du théâtre avant la fin d'un vaudeville ennuyeux, où la folle grisette que des entrechats trop hardis font reconduire sur le boulevard par la main gantée de buffle du gendarme.... On se bat pour le plus léger motif; vous avez un gilet plus beau que le mien et qui excite mon envie : je vous pousse brutalement, et, comme je me refuse à toute espèce d'excuses, vous êtes forcé de m'en demander raison, sauf à me presser dans vos bras lorsque ma mauvaise humeur se sera dissipée à la suite d'un grand coup d'épée. Il m'est arrivé d'écrire, à propos d'un livre que je n'avais pas lu, que le style en était aussi fatigant que la conversation de celui qui l'avait écrit. Nous nous battîmes, et j'eus le plaisir de lui casser la cuisse d'un coup de pistolet, après l'avoir insulté le plus gratuitement du monde. Une autre fois, je m'avisai d'établir un parallèle entre les jambes de deux actrices des *Variétés* qui étalaient leurs mollets avec une extrême complaisance, et je donnai naturellement la préférence à celle qui me parut devoir l'emporter. Grand scandale au théâtre : je reçus trois cartels à la fois, et je sortis à mon honneur de cette triple rencontre, où l'un de mes adversaires perdit le bras droit, un autre le petit doigt de la main gauche, et le troisième eut le chagrin de voir son nez gâté pour la vie. Quelques jours plus tard, je feignis de revenir à résipiscence et je déclarai qu'après mûre réflexion il me semblait que les mollets des deux actrices étaient parfaitement égaux en mérite. Cela me valut un nouveau défi, et moins heureux cette fois, je vis l'épée de mon adversaire me labourer les côtes après avoir traversé une magnifique chemise de toile de Hollande. J'ai mené à bien la plupart de ces aventures, parce que je n'ai jamais douté de la fortune.... la confiance peut seule fixer cette déesse inconstante; elle se moque de ceux qui l'implorent, et se montre propice aux insouciants qui s'abandon-

nent aux chances du destin. Il faut aborder le péril sans hésitation ainsi qu'une coupe remplie, et qu'il faut vider quoi
qu'il en coûte : le vin peut être bon ; il peut être détestable ;
mais excellent ou mauvais, il faut le boire en fermant les yeux,
du moment qu'on n'est pas libre de transformer le liquide
à son gré.... Si j'avais à me battre avec un goddam, savez-
vous ce que je ferais ? Je commencerais par tirer sur la mau-
dite bête, et là, deux hypothèses se présentent : ou l'animal
tombe les quatre fers en l'air, et alors il n'y a plus qu'à se
frotter les mains, ou bien, au contraire, il reste debout et s'ap-
prête immobile à me rendre mon feu.... Permettez-moi une petite parenthèse, vous serez ému sans doute en voyant la
gueule menaçante d'un tube foudroyant.... N'y prenez pas
garde, les pistolets sont des armes ordinairement inoffensives ;
des chiens qui aboient, mais qui mordent rarement.... Je re-
prends : Si je voyais mon adversaire prêt à tirer, je me mettrais à hurler à pleins poumons, en détonant comme un nègre
le fameux hymne *God save the king !* Tout enfant d'Albion sous
l'impulsion de sa propre nature, et mû par son respect profond pour la constitution de son pays, doit sauter d'allégresse
en écoutant cet air national ; mon adversaire attendri par ces
chants, et charmé plus encore de mes notes fausses, tirerait
en sautant, ou sauterait en tirant, ce qui lui ferait manquer le
but de cent mètres au moins.... »

Je t'avouerai franchement que cette nuit me parut fort
triste, en dépit des lazzi de Mériou. Je pensais à mon père, que
je ne devais probablement pas revoir.... je le croyais du moins,
en songeant au malheureux état de sa santé et aux chances
douteuses de mon duel du lendemain. Je pensais aussi à mes
dettes, que je ne savais comment payer, et je maudissais en
moi-même le long et déplorable égarement qui m'avait engagé dans cette route sans issue ; je pensais enfin, te le
dirai-je ? à la douceur de vivre et à la folie qui m'avait
poussé à compromettre mon existence pour un sujet aussi
frivole.

Aux premières lueurs du jour, je vis paraître Tiburzio : une
voiture nous attendait dans la rue, et nous nous empressâmes
de nous rendre au lieu convenu. Chemin faisant, mon ami me
donna d'utiles avis ; il ne me cacha pas que Stonehouse était
un tireur de première force, mais il me fit observer que, dans
un combat singulier, l'issue dépendait en grande partie du
hasard, et que j'aurais avantage à tirer le premier en ayant

bien soin de ne pas marcher sur mon adversaire, pour que la
distance rendît ses coups plus incertains.

Nous arrivâmes. Lord Georges et son témoin étaient debout
au milieu d'une petite prairie : le premier· restait immobile,
les bras croisés sur la poitrine ; le second fumait un cigare d'où
s'échappait une blanche fumée que venaient dorer les premiers
rayons du soleil. Mériou vint à ma rencontre et me serra la
main.

« Eh ! bonjour, me dit-il en jetant son cigare ; nous avons
une journée magnifique ; le ciel est bleu comme l'uniforme de
nos lanciers, et le soleil, plus paresseux que nous, ne tardera
pas à se dégager de ce nuage aux teintes orangées. Un de mes
amis, médecin excellent, m'assure sept fois par semaine que
rien n'est bon à la santé comme de se lever matin : nous aurons
aujourd'hui autant d'appétit que des chasseurs d'Afrique : mon
ami a un estomac de fer, ce qui ne l'empêche pas de rester au
lit jusqu'à onze heures moins un quart.... Comment trouvez-
vous ce site ? C'est moi qui l'ai choisi, car il a été le théâtre
de la plupart de mes nombreux combats. Des arbres qui en-
trelacent gracieusement leurs rameaux au-dessus de nos têtes,
une herbe épaisse et fine, de l'ombre et du silence, rien n'y
manque : cela rappelle les idylles de Gessner et les *Canzoni* de
Pétrarque. »

Je le priai d'en finir le plus vite possible. Nous prîmes place :
les yeux gris de lord Stonehouse semblaient être ceux d'un hibou affamé ; je vis avec une satisfaction maligne que son nez
gonflé gardait encore la trace du coup qu'il avait reçu la veille.
Nous n'échangeâmes pas une seule parole, et nous reçûmes les
pistolets des mains de nos témoins.... Quand ceux-ci se furent
éloignés, nous nous regardâmes fixement, puis je visai et je tirai : le diable seul peut savoir où alla se loger la balle que je destinais à la mâchoire de l'Anglais ; ce dernier se tint immobile,
ne dit pas un mot, ne fit pas un geste, mais un sourire infernal effleura ses lèvres : il fit dix pas de mon côté, ainsi que
le permettaient nos conventions, et il abaissa lentement le
canon de son pistolet.... Je vis cette gueule béante se diriger
vers moi, ainsi que m'avait dit Mériou, puis j'entendis le bruit
de la détente : ma tête reçut un choc violent, je sentis mes
idées s'embrouiller, un nuage couvrit ma vue, et je tombai sans
connaissance sur l'herbe si douce que m'avait fait admirer le
journaliste.

Lorsque je revins à moi après un évanouissement dont je ne

me rendais pas compte, je me trouvai étendu dans mon lit, et Tiburzio veillait à mon chevet.

Je fis un effort pour me rappeler ce qui s'était passé, mais j'éprouvais un grand mal de tête, comme si on l'eût mise en morceaux. A peine eus-je renoué le fil de mes idées, que je lançai à mon ami un regard interrogateur, et d'une voix inintelligible je lui dis :

« Et la Romaine? »

Tiburzio se pencha sur mon lit, mit ses doigts sur ses lèvres pour m'inviter au silence et me répondit :

« Hippocrate t'ordonne le silence. Ta blessure, sans être grave, exige beaucoup de soins; la balle t'a sillonné le crâne, mais elle a eu la complaisance de ne pas s'y fixer, ce qui simplifie beaucoup les choses. Tu as passé deux jours sans connaissance : pendant ce temps il est arrivé une lettre de ton père.... je l'ai décachetée à ta place.... elle contenait la somme nécessaire. Prends courage *per Bacco!* Je me suis hâté de satisfaire Hundrot et tu n'as plus rien à craindre; rassure-toi, ton père va mieux et t'attend. Je lui ai écrit que, t'étant blessé la main dans une chute, tu ne pouvais te servir d'une plume, mais qu'aussitôt guéri, tu volerais dans ses bras. Il compte en conséquence te voir dans un mois au plus tard : le médecin m'assure que, si tu es sage, tu pourras être sur pied dans quinze jours. »

Il ne m'avait pas dit un mot de Marcella, et je n'osai pas répéter ma question. L'empressement qu'il avait mis à me parler de mon père était un reproche indirect qui me remplissait de honte en me rappelant au sentiment de ma situation. Les deux semaines s'écoulèrent sans que je commisse d'imprudence, et le jour de ma guérison s'avançait rapidement. Pendant ma convalescence, je reçus plusieurs visites, entre autres, celle de Mériou, mais personne n'eut l'idée de me donner des nouvelles de la Romaine, et je ne cherchai pas non plus à en avoir. A peine pus-je quitter mon lit que je voulus lire la lettre de mon père : elle était d'un laconisme désespérant, qui prouvait l'abattement extrême de celui qui l'avait écrite. Tout en se dépouillant pour payer mes créanciers, il ne m'adressait aucun reproche, et semblait résigné à mon ingratitude. Cette douleur muette m'affligeait plus que n'eût fait la colère ; j'aurais voulu presser la fin de ma convalescence pour aller plus tôt tomber à ses genoux et implorer son pardon. Quant au moral, j'étais à peu près guéri.

Aussitôt qu'il me fut possible de monter en voiture, je dis adieu sans regret à la cité bruyante, et peu d'heures me suffirent pour terminer mes apprêts de voyage.

« Vous retournez dans votre Italie, me dit Mériou, dans cette belle Italie dont j'ai fait souvent de si pompeuses descriptions sans l'avoir jamais vue ! là où croît la vigne qui fait rire les ivrognes, là où mûrit la figue qui noircit la lèvre souriante des enfants demi-nus ; cette Italie, patrie du *far niente* et des femmes aux grands yeux, où les paysans moissonnent en cadence comme dans le tableau de Léopold Robert, où l'on porte des scapulaires et pas de souliers, où les lazzaroni dorment voluptueusement en plein air, où les rayons du soleil vous brûlent comme autant de charbons enflammés. Quand vous serez loin d'ici, rappelez-vous parfois notre grise atmosphère, la gaieté de nos nymphes au nez retroussé, l'entrain joyeux de nos soupers, nos huîtres et le vin de Champagne, la chaîne métallique des huissiers de nos chambres, enfin tout ce qui constitue notre existence civile, morale et politique. L'unité de temps et de lieu est bannie de la comédie humaine, et l'acte commencé dans la Chaussée-d'Antin peut, sans inconvénient, s'achever aux Moluques. Allez donc continuer votre représentation sur la scène que vous indiquera le grand *impresario* de l'univers, et recevez, en attendant, de ma main, la bénédiction et les vœux d'un garçon de bonne humeur.... Puissent le ciel, l'amour et la joie vous conserver à jamais des digestions faciles ! »

Tiburzio avait voulu m'accompagner jusqu'à la frontière ; dès que nous fûmes seuls, il me regarda fixement et me dit :

« Deux jours après ton duel, la Romaine est partie pour Londres avec l'Anglais, sans même demander de tes nouvelles. Ton sang a moins de valeur à ses yeux que les guinées de milord.

— Merci ! je suis guéri, » répondis-je en lui serrant la main ; et nous partîmes.

Lorsqu'il fallut enfin se quitter, nous tombâmes dans les bras l'un de l'autre et nous nous embrassâmes avec une douloureuse tendresse : je n'avais plus de maîtresse, mais je laissais en France le meilleur des amis. Je me hâtai autant qu'il me fut possible, et j'arrivai bientôt dans mon village ; je n'essayerai pas de dépeindre les mille sentiments qui agitèrent mon âme lorsque je mis le pied sur ce seuil si longtemps abandonné.... Hélas ! mon père était à toute extrémité, et je

bénis Dieu qui me permettait du moins de le revoir. La sincérité de mon repentir le consola un peu des chagrins que je
lui avais donnés ; pour satisfaire mes créanciers de Turin et
de Paris, l'infortuné vieillard avait dû vendre presque tout ce
qu'il possédait, et, réduit à un état voisin de l'indigence, il
regrettait en mourant de me laisser pauvre au milieu d'une
société qui fait plus de cas de la richesse que du génie, de la
science et de la vertu ! »

CINQUIÈME RÉCIT.

Histoire de Giubbasso.

Le lendemain du jour où Romualdo avait achevé l'histoire de la Romaine, nous nous trouvions dans les mêmes circonstances *de temps et de lieu*, comme dirait un commentateur d'Aristote ; le repas étant achevé, je mis les coudes sur la table et je dis à mon commensal qui, tenant une bougie enflammée, s'apprêtait à allumer un cigare de Virginie :

« Jusqu'ici, mon cher ami, tu as fait aux femmes leur procès en envisageant uniquement le point de vue qui leur est défavorable ; ta conclusion s'accorde parfaitement avec tes prémisses, et si elles sont vraies, je dois admettre avec toi que la femme que nous aimons nous trompe, nous exploite ou nous persécute ; je dois admettre aussi qu'un homme serait fou d'aller chercher dans ce que tu nommes *le bazar de la vie* cette affection pure, cette tendresse dévouée que rêvent les adolescents, et qui remplissent les plus belles pages des grands poëtes et des bons romanciers. Dans ce monde vulgaire où toute créature humaine patauge dans la fange, l'amour est une fable aussi bien que la justice, la vérité, la vertu, une fable sans moralité. Notre monde, disent les philosophes, est un monde contingent, c'est-à-dire qu'il ne contient rien qui soit absolu, et, comme le bon et le beau sont deux absolus, allez donc les chercher.... Mais à qui la faute ? Les hommes, tes récits en font foi, la mettent en totalité sur le compte de la femme, et c'est une déplorable erreur. J'aimerais à examiner avec toi le revers de la médaille, à t'entendre traiter la question sous toutes ses faces, à te voir un peu fustiger le sexe fort en l'honneur du sexe faible.

— En ce cas le tort est de notre côté, fit Romualdo, dont les paroles s'échappaient à travers un nuage de fumée : de ces deux assertions contraires on peut tirer cette conclusion moyenne que le tort est égal des deux côtés et que tout le monde a droit à l'indulgence alors que tout le monde est coupable. Les deux sexes ont été créés pour se compléter et se tromper réciproquement ; si un homme est sincèrement épris, il tombera inévitablement aux pieds d'une coquette, *et vice versa*, si c'est une femme qui est amoureuse.

Des deux parts, on voit des cœurs viciés, des esprits malades, des velléités capricieuses, qui sont le tourment du véritable amour. La cause de nos égarements est dans l'intelligence, qui arrache l'homme au joug des habitudes machinales et l'élève à des hauteurs où elle est impuissante à le maintenir. Observe les mœurs des animaux : y vois-tu rien de semblable ? La vie des hommes est un tissu de bassesses et de turpitudes. Tu connais Giubbasso, ce freluquet à la voix mielleuse, au sourire perpétuel, ce *bellâtre* prodigue d'adulations intéressées et de méchancetés doucereuses. A la place du cœur il a, je le suppose, un cornichon à l'huile, et la conscience et la morale lui sont aussi complétement étrangères qu'une paire de souliers vernis peut l'être aux pieds d'un chiffonnier. Il a pour tout mérite une de ces figures régulières, mais banales, comme on en voit sur les gravures de modes, et dont l'attrait est irrésistible pour les petites filles qui sortent du couvent ; il a en outre à sa disposition un petit arsenal d'œillades assassines, de poses élégantes, de phrases volcaniques propres tout au plus à enflammer l'imagination de quelque sotte bien vaine, bien crédule ou trop confiante.

Il possède aujourd'hui quarante mille francs de rente qui représentent la valeur vénale de ses agréments physiques, dont il a fait jouir successivement trois vieilles extravagantes. Pour arriver à l'opulence, il lui a fallu passer sur le corps de ces femmes décrépites, auxquelles il a fait élever, du reste, de superbes mausolées en marbre de Carrare avec des sculptures des meilleurs artistes. Quelque méchant professeur d'éloquence latine a fourni à prix d'or des inscriptions assez peu éloquentes en italien détestable, dont chaque syllabe paraît baignée de larmes. La *douleur inconsolable* et l'*impérissable mémoire* du style lapidaire et *lapidable* n'empêchent pas Giubbasso de mener joyeuse vie et de liquider son arriéré en se livrant à des orgies sans fin. Artémise en frac, il engloutit chaque jour la substance de ses anciennes et horribles compagnes.

Ces périodes pompeuses et entortillées dont on régale les

défunts, sont des mensonges à deux tranchants qui ont pour
but de tromper à la fois les vivants et les morts, et, comme on
l'a remarqué, elles sont aussi sincères que ces formules épis-
tolaires pleines de servilité, qui servent de transition entre la
signature et le corps de la lettre. Les cimetières sont destinés
à faire l'apologie de tous les testateurs et de tous les héritiers
du monde civilisé.

Mais arrivons aux faits. Cet Adonis, courtisan de Vénus octo-
génaires, avant d'arriver au bras de sa première moitié, a
commencé par fouler aux pieds et par briser le cœur d'une
jeune fille qui n'aimait que lui, comme tu vas le voir. Ç'a été
un véritable assassinat commis à la barbe du Code pénal, et
que doivent flétrir l'indignation et le mépris publics.

La malheureuse fille dont j'ai à te parler était la nièce d'un
médecin, vieux libertin, fantasque et grognon, qui, n'ayant
point d'autre parent, vivait seul avec elle, la traitant plutôt
comme sa servante que comme son enfant, quoique des personnes médisantes prétendissent qu'il lui avait donné le jour.
Le visage de la jeune personne n'avait rien de remarquable ;
mais elle était si douce, si modeste, il y avait dans son regard
tant d'aimable candeur, qu'on oubliait en la voyant ce que
ses traits pouvaient offrir d'irrégulier. Son teint était d'un
blanc mat avec quelques taches de rousseur ; sa bouche était
un peu grande, mais son sourire était charmant ; elle avait, en
un mot, la timidité d'un agneau et l'innocence d'une tourterelle. L'humeur acariâtre de son oncle, encore accrue par de
fréquentes infirmités, l'avait habituée de bonne heure à l'obéissance passive ; au moindre signe de son tyran, on la voyait se
lever et courir pour exécuter ses ordres. La résignation avait
trouvé un facile accès dans le cœur de la pauvre enfant, qui
eût écarté comme une horrible tentation toute pensée de ré-
volte ou même de colère contre celui que le monde et sa
conscience timorée lui avaient appris à considérer comme un
bienfaiteur. Elle pleurait parfois, mais ses larmes coulaient
en secret ; s'il lui arrivait de gémir sur son isolement, de regretter cette ineffable douceur des joies de la famille qu'on
n'apprécie à sa juste valeur que lorsqu'on en est privé ; ces prévenances et ces caresses maternelles dont elle était sevrée
depuis si longtemps, elle ne tardait pas à refouler au fond de
son âme ces aspirations que rendait plus ardentes sa situation
actuelle, et s'efforçait de sourire au bruit de la rude voix de
son oncle qui faisait retentir de son nom les échos sonores de

la maison.... Ce nom, par parenthèse, était des plus communs
et convenait assez bien à l'humble condition de celle qui le
portait : elle s'appelait Catherine.

On ne pouvait la connaître, sans éprouver à l'instant cette
impression de respect que la vertu fait sentir aux plus indifférents. Les domestiques ne tarissaient pas lorsqu'on les mettait sur le chapitre de leur jeune maîtresse, et déclaraient tout
d'une voix qu'il y avait quelque chose d'admirable et de céleste
dans sa patience, son humilité et sa résignation. Créée pour
la souffrance, sujet de pitié presque dès le jour de sa naissance, personne pourtant, ajoutaient-ils n'eût été plus digne
d'une meilleure fortune.

Quoiqu'elle ne fût pas jolie, il était naturel qu'elle donnât
de l'amour à l'homme qui saurait l'apprécier ; mais il y avait
dans tout son être tant d'angélique pureté, qu'un honnête
garçon n'aurait pu, sans des précautions infinies, aborder
vis-à-vis d'elle un sujet aussi délicat.

Giubbasso apprit, je ne sais comment, tous ces détails, et
résolut d'en tirer parti. Fort jeune alors, mais profondément
dépravé, ce misérable, qui avait autant d'orgueil qu'un grand
d'Espagne, était presque sans ressources et parcourait le
monde en corsaire afin de prendre la fortune aux cheveux
et de lui ravir, s'il était possible, sa corne d'abondance. Sa
portière, sa blanchisseuse et son miroir, lui avaient maintes
fois répété qu'il était beau garçon, et il avait résolu de spéculer
sur ses avantages physiques pour s'élever de plusieurs crans
sur l'échelle sociale. Une grosse dot accompagnée d'une
femme hideuse, si c'était nécessaire, tel était le rêve de ses
nuits, rêve dont la réalisation lui eût permis de marcher de
pair avec les gros contribuables que les percepteurs saluent
jusqu'à terre, et qui sont les vrais souverains de la société
contemporaine. On rencontre chaque année, dans les rangs de
la bourgeoisie mercantile et industrielle, un certain nombre
de filles uniques, héritières opulentes des patientes économies
paternelles ; c'est autour de ces fleurs parfumées que vient
rôder l'innombrable essaim de jeunes gens faméliques, papil-
lons d'un nouveau genre que les familles écartent avec soin.
Giubbasso, qui ne manquait pas d'audace, avait essayé à diverses reprises sur les héritières disponibles les séductions
de ses poses et de ses regards, la nécessité l'obligeant de faire
sa cour à une distance qui neutralisait complétement l'effet de
la parole.

Mais ces petits moyens étaient si peu efficaces, que toutes
les jeunes filles s'y montraient insensibles : les adorateurs
étaient nombreux, et Giubbasso se perdait nécessairement
au milieu de la foule. Une demoiselle modeste retirée du
monde, inaccessible aux autres spéculateurs, c'était là son
fait. L'oncle de Catherine était riche, il lui laisserait probablement tout son bien : notre fat se dit que le destin lui tenait en réserve cette pauvre ingénue; il s'applaudit de sa sagacité, et résolut de ne rien négliger pour pénétrer dans la
place. Lorsqu'il eut vu Catherine, fascinée par son premier
regard, rougir jusqu'au blanc des yeux et baisser humble-
ment la tête, il se frotta joyeusement les mains et se promit
bien que l'héritage du vieil Hippocrate ne passerait pas en
d'autres griffes que les siennes.

L'ennuyeux vieillard avait une prédilection marquée pour le
piquet : Giubbasso était un joueur de première force, et, grâce
à ce petit talent, il n'eut pas de peine à s'introduire dans la
maison de Catherine. Une fois admis, il sut ménager de
faciles triomphes au bonhomme, qui, dans sa gratitude, lui fit
autant d'accueil et fut aussi aimable que le permettaient ses
fréquents accès de goutte. Giubbasso ne perdait point son
temps, et durant les courts intervalles consacrés à recueillir
et à mêler les cartes, à proclamer les *seizièmes* et les *quatorze*,
il dardait en plein ses regards enflammés sur la pauvre enfant qui, assise au coin de la table, travaillait à la lueur économique de la seule lampe qui éclairât la salle.

Elle avait trouvé d'autant plus de charme à ces prévenances
que personne jusqu'à ce jour n'avait paru prendre le moindre intérêt à ce qui la concernait; lorsqu'il la regardait, elle se
sentait tout émue et toute tremblante, et son cœur battait violemment dans sa poitrine. Ces éternelles et monotones soirées
d'hiver lui paraissaient délicieuses depuis que Giubbasso les animait par sa muette présence ; son âme était en possession d'une
joie intime, qui pour être dissimulée n'en était pas moins vive :
il lui semblait renaître au contact de cette passion ardente et
contenue. Son amant ne lui avait pas encore adressé la parole que déjà elle lui appartenait tout entière, elle l'aimait de
cette affection immense que peut donner une pauvre créature
altérée d'amour, qui soupire après le bonheur qu'elle n'a pas
connu et qu'elle se croit sur le point de saisir sous la forme
la plus enivrante. La présence de l'objet aimé a une puissance
en quelque sorte magnétique; en dépit de tous les efforts,

son agitation et son trouble se trahissaient à chaque instant aux yeux de son amant; elle ne pouvait lever les yeux sans rencontrer les siens, et elle éprouvait alors un tressaillement involontaire. Giubbasso, toujours aux aguets, saisissait avec à-propos l'instant fugitif où, suspendant son travail, elle se tournait de son côté, et sa face hypocrite se couvrait soudain d'un masque d'ineffable béatitude. Il comprit qu'il fallait enfin en venir à une démarche décisive : un soir, en quittant la maison, il mit à la dérobée dans la main de Catherine un petit billet accompagné d'un regard suppliant ; tout interdite elle serra le billet dans sa main, et son visage se couvrit de rougeur. Galeotto [1] a certainement été l'inventeur de l'écriture, ce langage mystérieux à l'usage de l'amant au désespoir que la fortune ennemie a séparé de sa maîtresse [2]. Sur dix intrigues amoureuses, neuf pour le moins se traitent par correspondance à grand renfort d'interjections ; si l'on faisait une statistique exacte de tous les bouts de papier qu'on barbouille dans l'univers, on verrait que les lettres d'amour forment le revenu le plus clair de l'administration des postes. L'écriture, c'est une parole condensée par la réflexion, où tout est prévu et calculé pour produire un effet donné, sans que l'écrivain ait à subir l'ennui d'une contradiction immédiate. La plume a sur la langue ce grand avantage qu'elle ne va jamais au delà du but qu'elle s'est prescrit, qu'elle ne laisse pas échapper un mot sans en avoir discuté à l'avance le fort et le faible. La parole est un fait insaisissable et qui peut avoir pourtant d'irréparables conséquences : il n'y a pas de rature ni de grattoir qui puisse venir à bout d'effacer un mot prononcé à la légère.

Catherine glissa le billet sous son corset, et il lui sembla que ce petit talisman ramenait la paix et le calme dans son âme : dès qu'elle put être seule dans sa chambre, elle retira de son sein ce chiffon de papier, et pleine d'innocence, après 'avoir baisé mille fois, elle l'ouvrit et le lut.

---

1. Voyez, dans la *Divine Comédie*, Inferno, c. v, l'épisode de Francesca da Rimini :

> Galeotto fu'l libro e chi lo scrisse....

Galléhaut fut le confident des amours de Genièvre et de Lancelot. Ce nom est aujourd'hui synonyme d'entremetteur.

2. On connaît ces deux vers de Colardeau :

> L'art d'écrire, Abailard, fut sans doute inventé
> Par l'amante captive et l'amant agité.

Elle aimait, et dans son cœur elle s'était tacitement promise et livrée à l'homme de son choix, qui avait lu dans ses yeux une déclaration silencieuse il est vrai, mais des plus significatives.

Cette lettre n'avait pourtant rien d'extraordinaire, et ressemblait parfaitement à toutes les lettres de la même espèce : c'était une enfilade de pensées et de phrases déclamatoires. On n'aime véritablement que la femme à laquelle on écrit ; lorsque nous sommes éblouis et domptés au spectacle d'une grande beauté et de charmes souverains, une force irrésistible nous pousse à écrire, et nous prenons machinalement la plume. On n'a pas la moindre espérance, on n'élève pas la moindre prétention : comment en effet attendre une réponse d'une femme qu'on a divinisée dans son rêve et qu'on voit planer au-dessus des nuages ? On n'attend rien, on ne demande rien, mais on écrit et l'on parle de suicide à la fin de sa lettre. Les femmes, les trois quarts du temps, se laissent prendre à ces sottises : comment s'étonner de l'émoi d'une jeune amoureuse comme l'était Catherine ? elle rougit, pleura, s'abandonna successivement aux mouvements les plus contraires de la joie et de l'appréhension, et passa toute la nuit sans fermer l'œil, en proie à un trouble indicible, et dans une confusion d'idées impossible à décrire.

Giubbasso revint le lendemain : en la voyant rougir et trembler il comprit sur-le-champ qu'il avait réussi ; il eut grand soin de perdre tout le soir, supputant les immenses compensations qu'il trouverait dans l'héritage du vieillard à ses chétifs déboursés de chaque jour.

Mais l'oncle n'était pas précisément un tuteur de comédie; un beau jour, jour funeste pour Catherine, il surprit des regards équivoques accompagnés de poignées de mains qui lui parurent trop significatives : il fit entendre sa rude voix qui ressemblait à un sourd grognement, lança un regard chargé d'ironie à Giubbasso qui resta tout interdit, puis d'une voix brève il congédia sa nièce, et parla ainsi à son complice : « Catherine n'a rien et vous êtes, m'a-t-on dit, aussi gueux que possible ; si ma nièce ne m'était pas indispensable, je vous laisserais aller ensemble vivre d'amour et de pain noir ; tant que je vivrai elle restera fille, et, comme vos visites ne pourraient que troubler inutilement son repos, je vous invite à déguerpir sur-le-champ et à ne plus mettre les pieds ici. »

Le séducteur voulut répondre , et protester de la pureté de

ses intentions, de la sainteté de son amour ; mais le vieillard
l'interrompit par un juron, et d'un doigt irrité lui montra la
porte. Giubbasso partit en l'envoyant au diable, et chemin
faisant il se demandait combien de temps encore ce tyran
brutal pourrait se débattre contre la mort prête à le saisir.

Catherine souffrit et pleura, mais sa douleur fut tout inté-
rieure ; elle se contraignait en public et dissimulait soigneusement les pleurs qu'elle versait ; elle parut seulement plus
languissante que de coutume et plus mélancolique encore que
par le passé. Giubbasso lui faisait passer de temps à autre
par l'intermédiaire de la femme de chambre des lettres de
flamme.... Catherine les dévorait avidement, relisant mille
fois ces périodes contournées pleines de douces promesses et
qui lui semblaient souverainement éloquentes. Ces déclarations restaient empreintes dans son cœur en traits ineffaçables ; elle conservait pieusement ces chiffons de papier, comme
un vieux soldat de l'Empire conserve la croix d'honneur
conquise à Austerlitz ou à Wagram, mais elle n'y faisait
point de réponse. Le misérable aurait voulu la compromettre
et lui arracher un aveu qui liât son avenir : il ignorait combien était profonde la tendresse que lui avait vouée cette infortunée, qui dans son cœur s'était livrée pour jamais dès
l'instant où il avait déclaré son amour, et qui eût mieux aimé
mourir que d'appartenir à un autre homme.

L'état du vieux médecin allait s'aggravant chaque jour ;
bientôt il fut obligé de garder le lit, et Giubbasso joyeux se
crut au moment de toucher le but. Pour Catherine, elle ne
songeait qu'à adoucir les derniers moments du moribond en
l'entourant des soins les plus délicats et les plus empressés.
Un soir la domestique vint lui dire à l'oreille qu'une personne
l'attendait en bas dans le salon, ayant à l'entretenir de choses
importantes ; quittant pour un instant le chevet de son oncle
elle descendit.... c'était Giubbasso. Il lui dit avec un accent
attendri qu'il n'avait pu rester plus longtemps sans la voir,
qu'il avait besoin de lui exprimer une fois sans détour tout ce
qu'il sentait pour elle, et qu'il la conjurait de vouloir bien lui
donner une réponse, quelle qu'elle pût être. Il l'invitait à
bannir toute crainte, toute appréhension : si l'arrêt qu'il attendait était contraire à ses vœux, il se retirerait en silence pour
aller mourir de chagrin sur une plage étrangère, semblable à
une lampe qu'une ménagère négligente aurait oublié de garnir.
Elle-même avait besoin, dans les circonstances pénibles que

lui créait la maladie de son oncle, d'un ami sincère qui voulût partager ses chagrins; il s'offrait à être cet ami, il offrait un appui dévoué que nul autre que lui ne pouvait sans mentir promettre à Catherine.

La pauvre enfant n'eut même pas la force de recourir à ces termes moyens qui font qu'on ordonne à un amant de s'éloigner tout en le retenant par une muette pantomime. En écoutant Giubbasso elle sentait son cœur déborder de tendresse, tellement elle était peu habituée à de pareilles démonstrations. Pendant une courte demi-heure elle s'abandonna aux plus doux épanchements et prit innocemment pour du miel la glu repoussante de l'infâme oiseleur. Ils ne se quittèrent qu'après avoir entendu le bruit de la sonnette dont le malade tirait le cordon d'une main convulsive, et ils échangèrent avant de se séparer les serments les plus solennels.

Le vieillard, en sa qualité de médecin, avait clairement aperçu qu'il avait peu d'heures à vivre; libertin, vicieux, incrédule dans sa jeunesse, il se sentit, au moment de mourir, assailli de remords et de craintes superstitieuses. Bien des gens qui, dans la force de l'âge, ont professé le voltairianisme le plus éhonté, deviennent fanatiques aux premières apparences de maladie : le scepticisme français n'est qu'une négation stérile qui prouve tout au plus l'incurable légèreté et la faiblesse d'esprit de ceux qui en sont atteints. Le malheureux, saisi de terreur en face du spectre de la mort debout près de son lit, envoya chercher un prêtre, et, après une conférence qui ne dura pas moins de deux heures, il fit appeler son notaire. Ce prêtre appartenait d'aventure à l'une de ces congrégations affiliées à la Compagnie de Jésus, qui agissent dans le même esprit et tendent au même but.

Le notaire reçut un testament secret des mains du médecin, et, deux jours après, le moribond reposait dans le cimetière. Catherine pleura, Giubbasso rit aux larmes, et le confesseur du défunt sollicita avec instance la prompte ouverture du testament.

A peine Giubbasso avait-il appris la mort de l'oncle, qu'il se rendit chez la nièce, héritière présumée, avec l'exactitude rigoureuse d'un créancier qui va renouveler une inscription hypothécaire. Il se montra prodigue de consolations et de caresses; l'heure de la récompense était proche, et cette circonstance était bien faite pour doubler son ardeur. Au plus fort de son chagrin, Catherine se laissa prendre à ces vains

simulacres d'une feinte passion; elle en vint presque à se
trouver coupable d'éprouver un sentiment si vif en présence
de l'événement funeste qui venait de lui enlever le dernier
membre de sa famille : mais ces réflexions se dissipèrent
promptement. N'était-elle pas libre de satisfaire le vœu le
plus cher à son cœur?... Celui qu'elle adorait n'était-il pas
à ses pieds, plus pressant et plus tendre encore qu'elle ne
l'avait jamais vu? En écoutant ses discours passionnés, il lui
semblait entrevoir une félicité sans termes, une lune de miel
qui n'aurait point d'éclipse.

L'ouverture du testament allait détromper Giubbasso et
refroidir ses feux. Le vieux pécheur avait choisi son âme
pour héritière, et son confesseur devait lui servir d'exécuteur
testamentaire; quant à sa nièce, il lui léguait une dot de huit
mille francs et une rente viagère de six cents livres. En écoutant la lecture de l'article qui la concernait, Catherine crut
avoir hérité du Pérou (il n'était point encore question de la
Californie); elle bénit la mémoire de son oncle et récita une
kyrielle de de Profundis pour le repos de son âme.

Giubbasso se retira la mort dans l'âme :

Honteux comme un renard qu'une poule aurait pris,

il courut s'enfermer dans sa chambre et soulager son dépit
en chargeant de malédictions la mémoire du rusé gredin qui
le frustrait ainsi d'un héritage qu'il croyait avoir assez chèrement payé par de longs mois de bassesses et de fourberies,
par des calculs profonds qu'un destin implacable venait si
cruellement déjouer. S'il songea à Catherine, ce fut pour se
dire que la pauvre fille, n'étant ni riche ni belle, n'avait qu'à
se pourvoir ailleurs.

Comme un manant qu'il était, il mit de côté tout égard et
cessa incontinent ses visites. Catherine l'attendit plusieurs
jours, plongée dans une perplexité effroyable; puis, voyant
qu'il n'arrivait pas, elle s'abandonna à un noir chagrin qui ne
lui permit plus de goûter un instant de tranquillité. Elle avait
cru d'abord à une maladie, puis, détrompée, elle s'imagina
lui avoir déplu par quelque faute involontaire qu'elle s'efforçait vainement de retrouver dans sa mémoire. Elle s'accusait d'un
excès de froideur, elle se reprochait de n'avoir pas assez montré
au dehors cet immense amour dont elle était remplie. Elle se prit
ensuite à croire qu'elle n'était plus aimée, et les angoisses de
son âme se traduisirent en déchirants sanglots : une lutte

terrible s'engagea dans son cœur entre sa dignité de femme
et l'ardente passion qui la dévorait; celle-ci finit par l'emporter, et elle se décida à écrire à Giubbasso, pour lui demander la cause de son inexplicable conduite.... Le misérable
alluma son cigare avec cette missive pleine de tendresse et
de douleur, et se garda bien d'y répondre. Quelques semaines
plus tard, Catherine s'évanouit en apprenant le mariage scan-
daleux de l'homme qu'elle aimait plus que tout au monde.
Après avoir repris ses sens, elle poussa de longs gémissements et, brisée de fatigue, se mit au lit en invoquant la
mort; mais la mort n'arrivait pas. En proie comme elle était
à de continuelles hallucinations, elle en vint à se persuader
que la nouvelle fatale était un conte, et que son entourage,
conjuré contre elle, inventait des fables pour la tourmenter, afin
de mêler un peu d'amertume à son bonheur, trop grand pour
ne pas exciter l'envie. Comment Giubbasso aurait-il pu changer
ainsi tout à coup? n'avait-elle pas reçu son serment d'inviolable
fidélité? avait-elle changé elle-même?... Peut-être était-ce une
épreuve.... elle se leva, se vêtit à la hâte, et, tout en désordre, courut au logis du jeune homme. Il était à sa toilette,
cherchant à donner un tour élégant aux nœuds de sa cravate,
prêt à voler ensuite auprès de sa nouvelle fiancée à qui il avait
fait la veille des promesses décisives : c'était une riche veuve
dont le front blanchi pliait sous le poids de soixante-dix
hivers. Lorsqu'il vit entrer dans sa chambre la pauvre Catherine, pâle, défaite et semblable à un spectre, il poussa un
cri d'épouvante et se laissa tomber sur un siége. Catherine
s'élança vers lui, se cramponna à son bras et lui dit d'une
voix tremblante et saccadée :

« Me voilà! c'est moi.... cette chambre est la tienne, c'est
donc la mienne aussi.... je t'ai engagé ma foi, tu ne saurais
m'abandonner ainsi.... en voyant que tu ne venais pas, j'ai
compris que tu m'attendais.... et je suis venue!.... Regarde-
moi! mais tu sembles tout étonné.... c'est moi! ne me connais-
tu pas? » Ses yeux se fixèrent alors sur cette glace devant laquelle
Giubbasso faisait sa toilette l'instant d'auparavant.... A la vue
de ses traits hâves et décharnés, son exaltation factice tomba
tout à coup, elle fondit en larmes et put à peine prononcer
ces paroles entrecoupées : « J'ai tant souffert pour toi!.... j'ai
voulu mourir.... et maintenant je viens te demander le droit
de vivre et d'espérer.... Au nom de Dieu, soyez franc....
auriez-vous cessé de m'aimer?... »

Giubbasso fit une réponse entortillée, comme un procureur qui s'est chargé d'une mauvaise cause. Pendant dix minutes, il se jeta dans une série de faux-fuyants stupides qui ne réussirent pas à masquer son embarras. Catherine l'écoutait immobile et plongée dans une stupeur profonde.... Lorsqu'il eut achevé, elle lui dit d'une voix éteinte : « Vous épousez une autre femme?.... »

Le perfide parla alors de convenances, de nécessités douloureuses et invincibles.... En donnant sa parole à Catherine, il avait agi de la meilleure foi du monde; mais les circonstances n'étaient plus les mêmes, et, le cœur brisé, il se voyait contraint de faire violence à ses plus chères inclinations.

La pauvre enfant comprit tout, et vit clair enfin dans cette âme fangeuse. Le ressort qui l'avait soutenue jusque-là parut se détendre; elle essaya de parler et ne put que murmurer des sons inintelligibles.... elle lança sur l'infâme un regard de mépris, fit un effort, et partit en laissant sur le seuil de la porte tous ses rêves et tout l'espoir de sa vie.

Sa santé déclinait chaque jour; elle tomba dans un état d'incurable langueur que rien ne pouvait soulager; elle prit en dégoût le monde et l'existence et se jeta dans un cloître, pour avancer ainsi l'heure de ses funérailles. Quant à Giubbasso, il enterra bientôt gaiement sa première femme, et peu après, il donnait sa main à une autre créature non moins riche et non moins vieille que la première. Le jour même de ces fiançailles dérisoires, les religieuses d'un couvent de province priaient sur le cercueil d'une de leurs compagnes, morte, jeune encore, d'une maladie de poitrine : c'était l'infortunée Catherine, que Dieu, dans sa clémence, avait appelée à lui, la délivrant enfin du double fardeau de l'existence et de la douleur.

SIXIÈME RÉCIT.

Romualdo conte l'histoire de la Ghita qui, séduite par l'offre d'un collier de sequins, quitta son village pour aller vivre dans le désordre.

La Ghita était fille d'un pauvre paysan qui exploitait une de ces métairies que, dans le Piémont supérieur, on appelle *Ciabôt*. Comme elle avait reçu de la nature une tournure élégante, jointe à une physionomie des plus agréables et à une grande vivacité d'esprit, elle se vit dès son enfance considérée comme une merveille dans tout le voisinage, et son père et sa mère qui l'adoraient, comme avaient fait les parents de *la Romaine*, se demandaient parfois comment, eux, simples et rudes paysans, avaient pu donner le jour à un petit être aussi accompli.

Il me souvient de l'avoir vue lorsqu'elle n'avait pas quinze ans, et je dois dire que c'était une beauté achevée. Ma famille possédait une petite villa située à deux pas de la chaumière où vivait le père de la Ghita; et la charmante paysanne venait souvent à la maison, soit pour nous offrir des fleurs, soit pour nous vendre du beurre, du lait et d'autres produits rustiques. Comme ma mère et ma sœur, excellentes femmes toutes deux, la traitaient avec une grande bienveillance et la comblaient de petits cadeaux, tels que bonnets, rubans et tours de cou, elle était toute heureuse de nous visiter, toute chagrine lorsqu'il fallait partir. J'avais aussi remarqué combien, dès cette époque, elle aimait à contempler son image dans les glaces du salon, avec des mines qui trahissaient une naissante coquetterie, bien naturelle du reste dans une pauvre innocente, que tout le monde, à dix lieues à la ronde proclamait la plus belle fille du pays. Elle n'avait pas eu de peine à se persuader que le public avait raison, et eût cru manquer à ses devoirs en dédaignant des attraits qui faisaient l'admiration de ses concitoyens.

Elle avait des cheveux d'un noir luisant, auprès desquels eussent semblé ternes les plus brillants vernis de l'Angleterre; des yeux châtains, clairs et profonds, qui renvoyaient des reflets dorés, de ces yeux qui, à l'instar des rayons du soleil, vous forcent à baisser la tête lorsqu'ils se fixent sur les vôtres et vous laissent un instant ébloui, après que vous vous êtes dérobé à leur éclat; elle avait le teint d'un brun mat : teint solide qui brave l'influence de l'atmosphère et qui, dans une femme, est à mon sens le signe distinctif d'une grande beauté et l'indice de fortes passions. Si vous aimez l'ardeur en amour, si vous voulez trouver un cœur qui réponde aux élans fougueux qui font frémir le vôtre, n'allez pas frapper à la porte d'une blonde à l'œil d'azur, à la peau satinée; vous pourrez trouver chez elle de la tendresse et de l'affection, mais ces deux sentiments seront sans énergie, elle n'éprouvera que de faibles et passagères impressions.... En thèse générale, on peut affirmer que la passion proprement dite est l'apanage exclusif des femmes brunes.

Un des plus grands charmes de la Ghita, c'était la vivacité, mêlée d'un peu de brusquerie, qui paraissait dans toute sa personne en lui communiquant un indéfinissable attrait. La connaissance qu'elle avait de son propre mérite lui donnait en outre, avec je ne sais quelle attitude imposante et fière, une assurance majestueuse qui s'alliait admirablement à son genre de beauté.

Il va sans dire qu'elle avait conquis le cœur des jeunes gens, non-seulement dans la paroisse, mais dans tout le canton; ils accouraient de fort loin pour la voir, et, lorsqu'il y avait une foire ou un marché dans le voisinage, on ne craignait pas de faire un détour afin de contempler, en passant, la merveille de la contrée. Ainsi que tu dois le supposer, son amour-propre commençait à prendre des dimensions gigantesques, et ses compagnes ne tardèrent pas à la voir de fort mauvais œil. Ces jalousies, ces petites inimitiés finirent par la mettre mal à l'aise : aussi, durant la belle saison, cherchait-elle à se faufiler dans les maisons bourgeoises des environs. Cette prétention, jointe à son orgueil, l'avait fait nommer *la signora*, et c'était, ma foi, de tous les surnoms, celui qui était le moins déplacé, quoiqu'il fît un singulier contraste avec la situation de sa famille. La petite métairie que cultivait son père suffisait à grand'peine en effet à l'entretien du ménage et à des dépenses aggravées encore par les mille fantaisies de la jeune fille, qui, pour rien au monde, n'eût consenti à se passer de parures et de bijoux, de peu de valeur sans doute, mais qui ne laissaient pas que d'être une lourde charge pour une famille de paysans à qui le superflu avait toujours été inconnu. Le père et la mère étaient trop indulgents et trop faibles pour s'opposer aux caprices de leur enfant, et ils se fussent imposé les plus lourds sacrifices plutôt que de la contrarier jamais. Ils n'auraient pas souffert que la Ghita se livrât comme eux à des travaux grossiers qui eussent promptement altéré sa beauté : aussi s'épuisaient-ils l'un et l'autre, et faisaient-ils des efforts surhumains pour entretenir la belle et paresseuse enfant qui faisait toute leur joie. Ils eussent cru offenser la Providence en laissant ces petits pieds, si délicats et si mignons, affronter sans défense un sol semé de ronces, en souffrant que ces mains si finement modelées s'endurcissent au contact de la pioche ou du manche de la charrue

Ainsi raisonnaient ces braves gens, au grand contentement de leur fille, qui s'empressait de leur complaire en ne faisant rien ou presque rien. Habituée qu'elle était à traiter d'égale à égale, non-seulement les personnes de sa condition, mais aussi les membres de la classe bourgeoise, elle avait parfois surpris dans la bouche de beaux messieurs des propos dans le genre de ceux-ci : « Cette fille possède un trésor dans chacun de ses yeux; c'est une magicienne qui charmera le monde dès qu'elle voudra s'en donner la peine; si les princes épousaient encore des bergères, elle serait bientôt reine; elle n'aurait qu'à le vouloir pour rouler sur l'or; à la ville, elle ferait pâlir les beautés les plus renommées; quinze jours lui suffiraient pour attirer tous les yeux et tenir le haut du pavé. » Ces paroles en l'air se gravaient en traits ineffaçables dans le cerveau de la pauvre enfant, qui, prenant au mot les flatteurs, redoublait d'orgueil et de coquetterie. Son père et sa mère la trompaient les premiers en proclamant partout que leur fille n'était pas faite pour vivre à la campagne et qu'elle ne saurait manquer d'arriver un jour à de plus hautes destinées. Il résultait de tout cela que la Ghita commençait à perdre la tête et que toutes ses pensées, tous ses rêves se résumaient dans cette idée fixe : aller à la ville et faire fortune. La pauvrette s'imaginait alors qu'on pouvait s'enrichir sans trop de peine, même sans cesser d'être honnête, chose difficile pour un homme, presque im-

possible pour une femme. Il me souvient de l'avoir entendue
souvent à la maison entamer ce sujet délicat et demander où
elle pourrait prendre des leçons qui la missent à même de se
placer plus tard à Turin chez une couturière. Nous ne l'en-
couragions pas dans ses projets d'émigration, et, quoiqu'elle y
songeât toujours, elle cessa bientôt de nous en parler.

Nous n'étions pas les seuls à vouloir la détourner de son
funeste dessein, et nous étions chaudement appuyés par cet
homme vénérable, ce bon vieux prêtre dont je t'ai déjà dit un
mot à propos de Marcella. Figure-toi un homme de soixante-
cinq ans environ, aux cheveux argentés, au front large et
légèrement ridé vers les tempes; deux yeux d'une nuance
indécise entre le bleu et le gris, pleins de douceur et de vivacité : qualités qui, loin de s'exclure, s'accordent parfaitement
ensemble; des joues fraîches et colorées, une taille un peu
courbée, mais une démarche ferme encore; une voix sonore et
d'un timbre agréable, enfin un majestueux ensemble, dont
les deux caractères principaux, la candeur et la bonté, préve-
naient dès l'abord en sa faveur. Il ne perdait pas d'ailleurs à
être connu plus intimement, et je l'ai vu, dans diverses circonstances déployer la prudence, la charité et la modération que
réclame fréquemment la sainte et difficile carriére qu'il avait
embrassée.

« Croyez-moi, mes bons amis, répétait-il aux parents de la
Ghita, tâchez de ramener votre fille à des idées plus raison-
nables, tâchez de lui faire perdre ce goût des futilités, cette
inclination à la paresse, qui lui seront si nuisibles un jour.
Toutes ses pensées sont frivoles, elle ne se repaît que de chimères et de rêves extravagants, qui, je vous en avertis, ne
peuvent que l'éloigner de la bonne voie. Rappelez-la, pour
l'amour de Dieu, à des sentiments meilleurs : car, si cela dure
encore quelque temps, il est fort à craindre que vos regrets ne
soient inutiles et tardifs.... Il faut écouter la voix de la raison ;
seriez-vous satisfaits si vos noyers et vos châtaigniers se
contentaient de pousser vers le ciel une tige élancée et vigoureuse, et se couvraient d'un épais feuillage sans vous donner
jamais de fruits? Il en est de même de la Ghita; mettez-lui
une quenouille entre les mains, qu'elle travaille comme ses
parents, et qu'elle s'habitue à remplacer sa vieille mère dans
les soins du ménage, puisque la Providence a voulu qu'elle
aussi fût saine, adroite et bien portante.... »

Il recommençait bien souvent les mêmes discours sans

tirer des deux entêtés vieillards autre chose que cette réponse
évasive :

« Que voulez-vous, monsieur le curé? elle est si jeune encore! avec le temps elle deviendra plus sérieuse et prendra
goût au travail. »

Le curé s'adressait alors à la jeune fille elle-même, et lui
disait avec l'accent d'une bienveillante et paternelle sollicitude :

« Vois-tu, ma chère enfant, ce ne sont ni les belles robes,
ni les fichus de couleur, ni les bonnets brodés et autres bagatelles semblables, qui peuvent faciliter l'établissement d'une
jeune personne. Si Dieu, comme je l'espère, te destine un bon
mari, sois persuadée qu'il te recherchera pour de tout autres
motifs. Le *mari*, tu peux m'en croire, est un poisson d'une
espèce particulière, qui se laisse prendre aux filets de la modestie, de l'ordre et du travail; meilleur est l'engin, et plus
gros est le poisson. Un homme honnête et raisonnable voudra pour femme une bonne ménagère, économe et réservée :
en continuant comme tu as commencé, tu pourras séduire
tout au plus quelque libertin sans cervelle, qui fera ton malheur et le sien. Je n'ignore pas que ta petite tête éventée est
toute remplie des espérances les plus ambitieuses, des rêves
les plus extravagants; que tu veux aller briller à la ville,
comme si tu n'avais qu'à te montrer pour que les grands
seigneurs viennent à l'envi t'offrir leur fortune et leur main.
Mais, ma chère enfant, il n'y a pas de ville au monde où
l'on puisse, en restant sage, s'enrichir du jour au lendemain.
Dieu a voulu que les gens de bien travaillent beaucoup,
tout en gagnant peu, afin qu'ils sentissent toujours le besoin
de travailler et de rester vertueux. S'il en était autrement,
la vertu disparaîtrait, car les trésors du monde sont trop vils
pour lui servir de récompense, et les actions intéressées trouvent ici-bas une rémunération appropriée à leur néant; il est
un prix plus noble et plus précieux, que Dieu garde là-haut
pour ceux qui ont bien vécu sur cette terre, dont les joies
immondes t'ont fait perdre l'esprit. Si tu n'es pas riche, ce
sera un fort petit malheur, car Dieu sait mieux que toi ce
qui peut te convenir. Tu aimeras, si tu es sage, la condition
obscure où il t'a placée; tu te plongerais de gaieté de cœur
dans un abîme de maux en voulant chercher la félicité dans
une autre voie que celle que t'a marquée la Providence. Sois
convaincue, une fois pour toutes, que, si Dieu a voulu que tu

fusses la fille du métayer Matteo, et non celle d'une comtesse,
il avait ses raisons pour cela, et que tu n'y perdras rien.
Choisis un bon mari.... ou plutôt n'en as-tu pas un sous la
main? Tu connais Gianni, le fils de Carlantonio, bon garçon,
religieux, moral, travailleur, sain d'esprit et de corps; je sais
qu'il t'aime au fond du cœur, et serait heureux de t'épouser.
Quand tu seras sa femme, quand tu verras s'ébattre à tes pieds
trois ou quatre beaux enfants qui vivront dans cette douce
aisance que donnent dans nos villages le travail et l'économie,
tu te réjouiras certainement de m'avoir écouté. »

Ainsi parlait le bon prêtre, sans s'apercevoir qu'il prêchait
dans le désert, et que l'entêtement des deux vieillards et les
illusions de la Ghita étaient également incurables.

Rien de plus vrai que ce que le curé avait dit de Gianni. Le
pauvre garçon ne pensait qu'à la fille de Matteo, il séchait
littéralement d'amour. L'altière paysanne n'avait pas assez
de mépris pour ces prétentions parties de trop bas à son gré,
quoique Gianni, vigoureux et bien fait, fût un des plus beaux,
des plus riches et des plus aimables jeunes gens des environs.
Personne plus que lui n'avait d'entrain et de bonne grâce :
ses contes et ses chansons abrégeaient les longues veillées
d'hiver, et ce qui n'était pas non plus à dédaigner, il était
exempt de la conscription, ayant tiré l'année précédente un
excellent numéro. Il n'en fallait pas davantage pour en faire
le coq du pays, et toutes les filles de sa connaissance eussent
été trop heureuses s'il eût poussé pour elles la moitié des
soupirs que lui arrachait la froideur de la Ghita.

Un jour, Gianni, réduit au désespoir, voulut savoir définitivement à quoi s'en tenir sur les dispositions de celle qu'il
aimait; il la saisit au passage, et, prenant son courage à deux
mains, il lui parla en ces termes:

« Ghita, il n'est pas besoin que je vous peigne mon amour,
que je vous exprime l'ardeur de la passion que vous m'inspi-
rez; vous savez quelle est ma tendresse, et vous n'ignorez pas
que je suis, grâce à elle, la risée de tout le village.... Je ne
vous demande rien qui soit contraire à l'honnêteté ni au respect que vous devez à Dieu et à vos parents ; écoutez : Je leur
ai déjà confié mes intentions, ils connaissent le fond de ma
pensée ; votre père, le brave Matteo m'a répondu : « Je sais
que tu es un bon garçon, et je serais ravi de t'avoir pour gen-
dre.... » Car il faut que vous sachiez, Ghita, que toute mon
envie est de vous épouser solennellement au grand autel de la

Madonna delle Spine.... « Je m'intéresse à toi, me disait votre père, et le vieux Carlantonio est mon ami, ce serait un mariage bien assorti à tous égards ; tu as du bien au soleil ; ma fille, grâce à Dieu, est belle comme le jour : jeunesse, beauté, fortune, voilà de quoi faire votre bonheur pendant cent ans. » C'était votre père qui parlait ainsi, pensez-y donc, et il ajoutait : « Je donne dès à présent mon consentement et ma femme ne refusera pas le sien, non plus que sa bénédiction ; mais, comme notre petite Ghita est maîtresse de son choix et que nous ne voulons pas la contrarier, va la trouver, tâche de lui plaire, et tout ira pour le mieux.... » Je viens, en conséquence, connaître une bonne fois vos résolutions dernières, afin de ne pas rester dans cette triste incertitude.... Voulez-vous être ma femme ? »

La Ghita avait cheminé aux côtés du jeune homme sans prêter grande attention à ses discours ; elle se retournait de temps en temps pour interroger l'horizon d'un air distrait, retroussait sa jupe, arrangeait les plis de sa robe, puis se baissait pour cueillir une marguerite qu'elle effeuillait ensuite brin à brin, comme pour lui demander le secret de l'avenir. Lorsque Gianni eut fini, elle lui jeta un regard plein de coquetterie ironique et lui répondit :

« Vraiment, mon père a plus de bon sens que vous ; puisque c'était moi et non pas lui que vous aviez l'intention d'épouser, il eût été naturel de me parler tout d'abord. Mon père vous a dit que vous étiez un bon garçon, je le crois et je vous en félicite ; je vous rendrai même cette justice que vous êtes le plus habile danseur de *corrents* qu'il y ait dans toute la contrée : aussi avez-vous dû remarquer qu'à la dernière fête je vous ai donné la préférence sur tous vos rivaux. Si je voulais épouser un paysan, je déclare sans hésitation que je vous choisirais plutôt que Tonio, Centi et ce farceur de Drea, qui me font la cour aussi bien que vous ; mais le fait est que je n'ai nullement envie de recevoir d'ici à quelque temps la bénédiction nuptiale, et de me consacrer à l'éducation de vilains marmots. Vous m'avez priée d'être franche, et je le suis : j'ai de l'amitié, de l'estime pour vous, je vous suis reconnaissante de votre affection, donnons-nous la main, soyons amis, et restons-en là. »

Gianni frémit sous le coup de la colère et de la douleur. Il voulut parler, il n'y put réussir ; il se retourna brusquement et s'éloigna silencieux et en toute hâte. La Ghita haussa les épaules d'un air indifférent, et, poursuivant son chemin, elle entonna une chanson joyeuse.

Il advint vers ce temps-là qu'un des gros banquiers de Turin envoya, pour administrer une filature qu'il avait établie près de notre village, un de ses commis, qu'on nommait M. Malacqua. Il touchait à cette époque de la vie qu'on est convenu d'appeler la seconde jeunesse, où le commun des hommes a déjà le front chauve, l'égoïsme au cœur, l'expérience sinon l'habitude de tous les vices. Malacqua était bien fait, il avait la parole facile, la repartie prompte et plaisante, mais ordinairement de mauvais goût; il avait l'air impertinent, les manières communes et bassement familières du commis voyageur. La coupe de ses habits était irréprochable, il les portait avec aisance ; l'or luisait sur ses doigts, sur sa chemise, aux boutonnières de son gilet ; il était myope ou affectait de l'être, ce qui lui permettait d'incruster dans l'orbite de son œil droit un petit lorgnon qu'il fixait sur son prochain avec une rare insolence; pour surcroît de luxe, il portait à ses oreilles de petits cercles d'or.

A peine arrivé dans le pays, Malacqua profita de la première fête pour s'installer sur la grande place de la paroisse. L'œil armé de son éternel lorgnon, il tenait à la main une badine avec laquelle il battait, en se jouant, les tiges de ses bottes, et faisait subir une inspection sévère aux femmes qui passaient. Il ne tarda pas à remarquer la Ghita, qui, de son côté, n'avait pu voir la riche toilette de l'étranger sans qu'un éclair jaillît à travers le voile de sa brune paupière. Le commis s'empressa d'aller aux informations; plus il voyait la jeune paysanne, plus il brûlait de la posséder, et il n'épargna ni caresses ni artifices pour en arriver à ses fins. Il ne lui fallut pas longtemps pour découvrir le côté faible de la place : la vanité de la Ghita sautait aux yeux; il sut la flatter adroitement, et se mit bientôt si avant dans ses bonnes grâces que tous les amoureux du village, Gianni surtout, en enrageaient, et ce qui était plus grave, la jalousie des femmes se trahissait en sourds murmures et en propos médisants.

Malacqua se donnait pour un personnage d'importance, et parlait à la pauvre fille du monde et de ses pompes en homme blasé sur toutes ces misères; on l'eût pris pour un millionnaire qui s'était fait commis par désœuvrement. La Ghita, ébahie et charmée, se laissait prendre à ces sottes vanteries. Émue de joie et de surprise, elle l'entendait énumérer les plaisirs de la ville, ce paradis terrestre dont elle avait tant d'envie de goûter les fruits savoureux, au risque de renouveler la triste histoire de notre mère Ève, du serpent et de l'arbre de la science. Elle n'était même pas éloignée de croire que Malacqua était un prince qui, pour l'amour de ses beaux yeux, s'était déguisé en employé subalterne.

Aussi la vit-on, dans le but de lui plaire, redoubler de luxe, de parure et de coquetterie : chaque jour c'étaient nouveaux atours et nouveaux rubans ; chaque jour elle changeait la forme de ses longues tresses surchargées de guirlandes et de nœuds de velours. Sa folie s'accrut au point de la rendre la fable du village : les jeunes gens poussaient des blasphèmes en voyant tout ce qu'elle faisait pour un étranger, et les vieillards hochaient la tête d'un air sinistre en répétant que cela finirait mal.

La plupart des bijoux de la Ghita venaient de Malacqua, qui, chaque jour, la comblait de nouveaux présents, heureux d'établir à peu de frais sa réputation de magnificence et de prodigalité. En flattant la vanité de sa future victime, il prenait le meilleur chemin pour arriver à son but, car l'ambition et le délire de la jeune fille croissaient à vue d'œil, et sa vertu était déjà bien malade.

Dans les environs, on ne parlait pas d'autre chose que des *amours* de la Ghita, et ses parents étaient à peu près les seuls à ignorer le scandale causé par la conduite de leur fille. Si l'on interrogeait Malacqua à ce sujet, il riait dans sa barbe, et ses dénégations, empreintes d'ironie, laissaient le champ libre aux suppositions les plus défavorables. Le curé, qui prenait une vive part à tout ce qui pouvait intéresser ses paroissiens, car il les regardait comme ses enfants, le curé, après y avoir pensé plusieurs fois, prit un jour sa canne et son chapeau et se dirigea vers la chaumière du père Matteo.

Tout en marchant, il répétait à part lui : « Faire des observations au père et à la mère, c'est ne rien dire à personne ; autant vaudrait s'abstenir, car ils ne me croiront certainement pas, et, voulussent-ils m'écouter, ils sont incapables de prendre des mesures de rigueur vis-à-vis de leur fille : s'ils s'en avisaient, d'ailleurs, la malheureuse enfant ne tarderait pas à reprendre le dessus.... Non ; il faut laisser aux deux vieillards la douce erreur dans laquelle ils se bercent, et tourner tous mes efforts contre ce diable en jupon, qui court à sa perte avec tant d'ardeur. »

Lorsqu'il toucha le seuil de Matteo, la famille achevait de dîner. Le vieux métayer et sa femme étaient assis sur de méchants escabeaux en bois ; près d'une lourde table chargée de vaisselle grossière, dans laquelle fumait un reste de potage. Matteo était en manches de chemise ; et ses bras amaigris s'échappaient d'un gilet sale et usé, déchiré par derrière et sans boutons sur le devant. Les liens du caleçon étaient rompus, et l'on apercevait, au-dessous, des jambes sèches, noires et velues, dont les extrémités s'abritaient dans d'informes sabots. Lorsqu'il mangeait, son corps tout entier reposait sur ses coudes appuyés sur la table ; en voyant ses reins doublés et sa tête branlante, on reconnaissait un homme épuisé par l'âge et par d'écrasants travaux. Sa femme, assise vis-à-vis de lui, n'était ni moins sale, ni moins vieille, ni mieux vêtue, et sa santé paraissait complétement délabrée. La Ghita, souriante et parée, rôdait dans la chambre et tenait une élégante assiette de faïence ; sa cuiller était de métal, et non de bois comme celle de ses parents ; un couvert fort propre était disposé sur la table à son intention ainsi qu'un morceau de pain blanc, car elle eût rougi de mordre dans du pain bis comme son père et sa mère. Elle avait pour siége une chaise de paille en bon état.

À la vue du curé, Matteo se leva péniblement en roidissant sur la table ses deux mains écartées, puis il ôta respectueusement le mauvais bonnet qui couvrait à demi sa tête chenue : Anna sa femme s'empressa de remettre sur la table l'écuelle qu'elle allait porter à sa bouche, et se tourna vers le curé qui, debout sur le seuil et frappant le pavé de sa canne, leur souhaitait le bonsoir en souriant.

Après les saluts d'usage, que prolongea beaucoup la civilité obséquieuse de cette famille de villageois, la vieille Anne rinça un verre en toute hâte ; et, après l'avoir rempli d'un vin clairet, le mit sur une assiette et l'offrit à son pasteur, qui, après s'être débarrassé de son chapeau et de son bâton, s'était assis sur le misérable siége que Matteo s'était empressé de lui présenter. La conversation s'engagea ; et le curé dit à ses hôtes que, passant près de leur chaumière, il avait été bien aise de venir prendre de leurs nouvelles ; on parla ensuite de la récolte, de la sécheresse, du vent, de la pluie, et, comme il se faisait tard, le curé prit congé de ses vieux paroissiens, puis, sans avoir l'air d'y toucher, il pria Ghita de l'accompagner à quelque distance pour le préserver des faux pas.

La jeune fille accepta la proposition d'assez mauvaise grâce, car c'était précisément l'heure habituelle de ses rendez-vous avec ce gredin de Malacqua, qui l'attendait effectivement sur la route, et qui, à la vue du vieux prêtre, s'empressa de se cacher derrière l'épais buisson qui bordait le chemin. A l'abri de cette muraille de verdure, il continuait de s'avancer à pas de loup, en donnant des signes de la plus vive impatience, pantomime que la Ghita apercevait fort bien:

« Ghita, disait le curé d'un ton plus grave encore que de coutume, te voilà vêtue comme une marquise, et l'on dirait en te voyant que tu es issue de parents millionnaires. Où prends-tu tous ces beaux atours? Si tu les achètes avec l'argent de ton père, tu n'es guère excusable, car il est douloureux de voir dissiper en futilités le fruit des sueurs d'un vieillard qui manque du nécessaire. Si tu trouves ailleurs des ressources, permets-moi de trembler pour ton honneur et pour ta vertu. Ta réputation, à parler franchement, commence à devenir assez mauvaise; ta conduite est l'objet de mille commentaires fâcheux, un sujet véritable de scandale pour toute la paroisse. Je veux bien croire que les apparences seules sont répréhensibles et que tu ne t'es point encore définitivement engagée dans la voie du mal : tu es jeune, folle, étourdie, et tu n'as jamais rigoureusement pratiqué cette retenue modeste qui est le complément indispensable de la sagesse chez une fille; mais je veux espérer qu'au moins tu n'as pas perdu tout à coup le respect que tu dois à tes parents, que tu te dois à toi-même, et la crainte de Dieu, sans laquelle il n'est rien ici-bas qui puisse tourner à bien. Je crois que tu es pure encore, ma chère enfant; mais je t'avertis qu'il est grand temps de revenir sur tes pas, de reprendre la voie étroite, sentier difficile qui peut seul conduire au bonheur et qui, en assurant ton salut éternel, te donnera dès cette vie la paix et la satisfaction incompatibles avec une existence de désordre et d'infamie. »

Si la Ghita eût été seule avec le curé, j'ignore si les paroles du saint homme eussent produit quelque effet sur cette âme déjà pervertie. Mais Malacqua était là, un sourire ironique sur les lèvres, le regard plein de menace et de défi : la paysanne fascinée n'avait plus d'oreilles pour le prêtre, dont les avis soulevaient en elle une sourde irritation, comme il arrive à celui qui reçoit une verte semonce en présence de personnes dont il aurait à cœur de se concilier l'estime ou le respect; aussi répliqua-t-elle d'un air assez effronté : « Je ne comprends vraiment pas, monsieur le curé, où peuvent tendre toutes ces insinuations. Que mon fichu soit blanc ou noir, que j'aie quelques rubans de plus ou de moins, il me semble qu'il n'y a pas grand mal à cela ; je ne fais tort à personne....

— Tu te fais tort à toi-même, infortunée, s'écria le curé ; tu ruines ta réputation, ton avenir, tu détruis pour jamais la tranquillité de tes parents tandis qu'il ne tenait qu'à toi de leur assurer une heureuse et paisible vieillesse ! Parlons nettement, ajouta-t-il en s'arrêtant tout à coup, les mains appuyées sur sa canne et la regardant face à face.... tu étais déjà bien malade avan l'arrivée de ce commis bavard venu ici pour ton malheur : maintenant tu as entièrement perdu la tête. C'était à cela que je faisais allusion, et tu m'avais parfaitement compris. Tu as prêté l'oreille à ses beaux discours et il s'est mis sur un pied de familiarité des plus inconvenants ; penses-y bien, en pareille matière tout est grave : on cesse d'être innocent pour peu qu'on écoute la voix du tentateur. La réputation d'une fille est comme ce miroir devant lequel tu passes de si longues heures à t'admirer : un souffle suffit à la ternir. Ce beau monsieur de contrebande t'a dit cent choses ridicules qui t'ont fait ouvrir de grands yeux, pauvre sotte.... Prends garde ! je suis venu pour t'avertir et te retenir, s'il était possible, sur le bord de l'abîme. Les gens de cette espèce, lorsqu'ils font la cour à une jeune fille, ne reculent devant aucun serment, devant aucune promesse ; je ne serais pas étonné que ce monsieur Malacqua t'eût promis de t'épouser, sachant que le mariage est un prétexte excellent pour masquer des démarches suspectes et calmer les appréhensions d'un cœur sans expérience. Qu'en dis-tu ? me serais-je trompé ? Toutes les paroles de ces séducteurs sont autant de ruses détestables ; les paysannes sans défiance se laissent prendre aux amorces de caresses qui semblent innocentes, l'intimité redouble, elles cessent peu à peu de montrer cette réserve dont leur sexe ne devrait jamais se départir, et la corruption s'insinue par degrés dans leur âme ; c'est un sentier glissant, où les chutes sont presque toujours mortelles. Tu as grand besoin de conseils, ma pauvre Ghita ; Dieu avait mis ta vertu sous la sauvegarde de ton père et de ta mère, et voilà que, par je ne sais quel étrange renversement des lois providentielles, il se trouve qu'au lieu de te laisser guider par eux, tu élèves la prétention de les diriger toi-même au gré de tes rêves insensés. C'est pour cela que je suis venu te parler à leur place, moi ton père spirituel, moi qui t'ai tenue sur les fonts baptismaux et qui donnerais volontiers ma vie pour le salut de ton âme. Sois confiante et dis-moi ce qu'il en est, car ce n'est qu'au prix d'un repentir sincère que tu pourras éviter de devenir l'opprobre de ta famille et de ton village. »

La Ghita irritée lui répondit insolemment : « Il me semble monsieur le curé, que je ne suis point au confessionnal et que vous n'êtes point en chaire; je ne vois donc pas de quel droit vous vous mêleriez de mes affaires, et pourquoi je serais forcée d'écouter vos sermons.... »

Le curé, stupéfait à la vue de tant d'insolence et de grossièreté, recula de quelques pas, tout étourdi de cette sortie audacieuse à laquelle la docilité de ses paroissiens ne l'avait point préparé; l'indignation lui fit monter le rouge au visage, et il reprit avec véhémence : « Malheureuse! quel égarement est le vôtre? votre manière d'agir m'éclaire plus que n'eussent pu faire vos discours, et je suis convaincu maintenant que vous êtes plus coupable que je ne le supposais. La douceur et l'humilité sont les compagnes inséparables de la pudeur, et l'on ne répond pas par des insolences à des conseils dictés par l'affection et l'intérêt, sans avoir franchi ce pas funeste au delà duquel il n'y a que le vice et l'infamie. Eh quoi! insensée, vous êtes sur le point de rouler au fond d'un précipice d'où vous ne pourrez sortir sans y laisser votre honneur, et vous repoussez brutalement celui dont la main amie cherche à vous retenir sur la pente fatale! Vous cheminez en aveugle dans la nuit des passions, et vous rejetez le flambeau qu'on vous offre! Un jour viendra, un jour prochain peut-être, où vous serez aux regrets de votre indigne conduite; vous voudrez alors remonter le courant prêt à vous engloutir, et rentrer dans la voie qu'en dépit de mes avis vous vous êtes obstinée à quitter.... il ne sera plus temps. Pensez-y bien, vos illusions ne tarderont pas à se dissiper; je suis venu ici dans l'intention de vous sauver, et je ne m'attendais pas à voir méconnaître ainsi la bienveillance que je vous témoignais. Je vous pardonne et je prierai Dieu d'avoir pitié de votre folie, mais désormais vous n'aurez plus à craindre que je vienne vous importuner par des conseils que vous recevez si mal. Il ne me reste plus qu'à attendre que le repentir, le malheur ou votre ange gardien, vous ramènent au tribunal de la pénitence. »

Cela dit, il s'éloigna la tête baissée, dans l'attitude d'un

honnête homme qui a voulu faire le bien, et qui de sa vertueuse tentative n'a retiré qu'amertume et dégoûts.

La Ghita, agitée et tremblante, le suivit quelques instants
des yeux. Combattue par les sentiments les plus divers, un
secret instinct lui criait de courir après son vieux pasteur et
d'implorer son pardon; elle l'eût fait sans doute, si elle n'eût
vu en ce moment Malacqua sauter sur la route en chanton-
nant un refrain à la mode.

« Ma belle petite Ghita, s'écria-t-il avec cet air prétentieux
et libertin qu'il aimait à emprunter aux jeunes gens du bel air,
ma charmante amie, j'admire comme tu as su dire son fait à
cette vieille corneille : c'est le métier de ces vilains oiseaux de
troubler le plaisir des bonnes gens qui veulent bien consentir
à les entendre.... Tu l'as parfaitement remis à sa place, et je
ris en le voyant se retirer avec sa courte honte, pareil à un
chien qui sort de la cuisine en serrant la queue, poursuivi par
les huées de la ménagère. »

Il s'empara du bras de la paysanne, le mit sous le sien en
le pressant amoureusement, puis ils prirent ensemble la direction de la chaumière, en parlant à voix basse de ces choses
qui, au dire de Benvenuto Cellini, ne se trouvent pas chez
l'apothicaire.

La nuit couvrait tout de son ombre : ils s'avançaient dans
cette demi-obscurité qui permet de voir les objets les plus
rapprochés tout en voilant les horizons lointains. Cette heure
est par excellence celle des rendez-vous : dans le silence de la
nuit le cœur de la femme se trouble et faiblit, tandis que
l'homme sent redoubler son audace. La hardiesse de Malacqua
n'avait du reste besoin d'aucun stimulant.

La Ghita écoutait dans une douce extase, dans un ravissement ineffable, les paroles pompeuses, les phrases apprises et
préparées à loisir par son séducteur; phrases qu'il murmurait maintenant à l'oreille de la jeune fille avec ses intonations les plus caressantes, tout en lui serrant délicatement
la taille, et en baisant sans trop de résistance ses joues, son
cou et ses cheveux.

Toute heureuse, et déjà vaincue à demi, la Ghita répliquait
à son tour :

« Peut-être le curé n'a-t-il pas tout à fait tort, monsieur
Malacqua; peut-être m'oublierez-vous lorsque vous serez de
retour à la ville, où vous retrouverez tant de femmes plus
riches et mieux vêtues que moi.... plus belles aussi.... Vous

ne songerez plus alors que je vous aime plus que les autres,
et qu'au moins sur ce point-là personne ne pourrait l'emporter sur votre pauvre Ghita. Mais je ne suis qu'une paysanne
confinée au fond d'un village, destinée à mourir obscurément
sans avoir connu le plaisir et le bonheur.... Quand vous ne
serez plus là, je verserai des larmes amères, en me disant
qu'au milieu des fêtes de Turin, dans ce tourbillon où vous
serez entraîné de nouveau, vous ne penserez pas plus à moi
qu'au *campanile* de notre église de San Rocco. De vous et de
vos promesses il ne me restera plus qu'un souvenir.... »

Malacqua se hâtait de l'interrompre et la rassurait en lui répétant à satiété qu'elle était la plus belle des femmes; qu'elle
serait son dernier amour; que tout ce qu'il avait était à sa
disposition; qu'il lui offrait tout : son cœur, ses richesses, son
existence et sa main; qu'elle ne devait pas s'inquiéter et se
tourmenter à plaisir, et qu'en échange de sa tendresse il se
faisait fort de lui donner toutes les joies du paradis. Il confirmait le tout par des serments solennels; et la pauvre fille,
qui ne demandait qu'à être convaincue, se laissait prendre facilement à ses protestations.

Ce soir-là même Gianni, qui était allé à quelque distance
mettre l'eau à ses prairies, retournait chez lui, la pioche sur
l'épaule; il avait rencontré en route Drea, un de ses bons
amis, qui, lui aussi, aurait bien voulu épouser la Ghita, et
ils cheminaient côte à côte, ayant choisi de préférence le
sentier qui passait près de la chaumière de Matteo. Arrivés
près de là, ils aperçurent deux personnes qui, les bras entrelacés, conversaient sur le bord de la route, cachés derrière
un noyer qui empêchait qu'ils ne pussent être vus par les habitants de la maisonnette. Les paysans s'approchèrent, et ils
entendirent alors le bruit de deux gros baisers, qui scellaient
d'une façon non équivoque les plus tendres adieux.

« Oh! oh! s'écria Drea, qui était le plaisant du village, ce
n'est pas le bruit d'un soufflet. »

On entendit un petit cri de surprise ou d'effroi, et une
femme s'élança tout émue dans la direction de la maison,
comme un moineau saisi en flagrant délit par le laboureur
dont il mangeait le grain. L'homme, resté seul, se tourna
vers les nouveaux venus, et, après leur avoir lancé un regard
menaçant, il s'éloigna d'un pas rapide en faisant siffler sa
badine.

« Malheur! s'écria Gianni, c'est la Ghita.

— Corne de bœuf! fit Drea, c'est la friponne elle-même, et ce vilain merle est le commis de la filature.... Oh ! j'ai envie de lui donner une bonne correction.... »

Il fit quelques pas comme s'il eût voulu rejoindre Malacqua ; mais Gianni le retint et l'engagea à ne pas commettre d'imprudence.

« Eh ! laisse-moi appliquer deux bons revers de main sur la face du freluquet, répondit Drea, cela ne lui fera pas grand mal et lui inspirera de salutaires réflexions. Je ne vois pas pourquoi je me refuserais cette petite satisfaction.... S'il m'appelle en justice, il n'y aura pas de témoins, je ne l'ai ni vu ni connu. S'il veut lutter avec moi, je l'arrangerai de la belle manière. »

Gianni réussit pourtant à retenir son ami, et, grâce à ses efforts, Malacqua put sans accident regagner sa filature ; mais dès le lendemain tout le village était au courant de la petite scène nocturne, que chacun, suivant l'habitude, se plut à embellir par d'amples commentaires : Gianni avait pu lier les mains de Drea, mais il n'avait pu lui couper la langue. A partir de ce jour, la réputation de la Ghita fut complétement perdue dans l'esprit de tous les habitants de la paroisse.

Ses compagnes l'évitaient et répondaient à peine aux saluts que du reste l'altière paysanne ne leur prodiguait pas : elle attribua cette conduite à l'envie que leur inspiraient ses succès. Les jeunes gens ne s'arrêtaient plus comme autrefois pour causer avec elle et lui dire des douceurs : la Ghita s'en réjouissait, riant de cette réserve, qui naissait, pensait-elle, d'une impuissante jalousie.

On touchait à la fête de Notre-Dame de septembre, fête nationale pour le Piémont, car on y célèbre le glorieux anniversaire du jour où les Français, battus et mis en fuite par le duc Victor-Amédée II, furent obligés de lever le siége de Turin. C'est l'époque des plus grandes réjouissances pour les paysans de mon village ; dès l'aurore une foule immense se presse dans nos étroites rues : jeux, musique, feu d'artifice, rien ne manque à la solennité, et le soir, après vêpres, on vient danser sur la grande place, sauf à continuer ce divertissement pendant toute la nuit dans l'intérieur des maisons et dans les basses-cours. Les femmes, jeunes et vieilles, déploient en cette circonstance un luxe inusité ; plusieurs mois à l'avance elles rêvent et se préparent à ce grand jour, et il est assez amusant de les voir circuler toutes fières de leur

parure et chargées d'innombrables bijoux d'argent doré qui
font retentir l'air d'un cliquetis joyeux, comme les clochettes
d'une mule espagnole.

L'ornement le plus cher à nos villageoises consiste en un
collier de pièces de métal enfilées, et dont les deux extrémités
viennent retomber sur la poitrine. Le collier des jeunes filles
n'a qu'un seul tour, celui des femmes mariées en a au moins
deux, et le nombre va croissant avec la richesse de celle qui
le porte.

Le jour de la fête, alors que les chants de la grand'messe
étaient déjà commencés, on vit la Ghita pénétrer dans l'église
dans l'attirail le plus luxueux, vêtue d'une robe de moire, avec
un fichu de soie blanche, semé de fleurs, bordé de riches
franges aux couleurs variées. Un large cordon de velours
rouge retenait sur son sein une pesante croix, de magnifiques
anneaux pendaient à ses oreilles, et ce qui plus que tout le
reste scandalisa l'assistance, on voyait miroiter à son cou, habitué à des ornements de pacotille, le double tour d'un collier de sequins d'or dont le merveilleux éclat accusait une
immense valeur.

Cette entrée fit sensation; tout le monde se tourna vers la
nouvelle arrivée, et ce fut pendant dix minutes un concert de
murmures, de chuchotements, d'interjections, qui faillirent
interrompre le service divin. Au bout d'un instant on vit paraître Malacqua lui-même, qui, appuyé contre un pilier, se
mit à lisser sa moustache, avec un air d'amoureuse béatitude,
par lequel il semblait complaisamment assumer sur sa tête la
responsabilité du scandale qui venait de se produire. Au sortir
de l'église le vide se fit autour de la Ghita : les femmes la
fuyaient, les hommes la regardaient de loin avec un air de
curiosité méprisante. Aussi, pleine de douleur et de confusion,
ne tarda-t-elle pas à regagner sa chaumière, dépitée contre
tous et surtout contre elle-même. Le soir, pas un garçon
du village ne vint lui demander une contredanse, et elle fût
éternellement restée sur son banc sans l'intervention de Malacqua, qui, sous le feu de mille regards irrités, vint l'engager
pour quelques *corrente*. Elle eut lieu de se livrer à de pénibles
réflexions, en se voyant négligée et délaissée par tous ceux
qui peu de jours auparavant se montraient pour elle pleins
d'égards et de prévenances.

Gianni ne vint pas au bal. La vue de la Ghita lui faisait
mal, et il l'évitait maintenant avec autant de soin qu'il en

mettait naguère à la rechercher. Parmi ceux qui formaient autour de l'étranger un cercle menaçant, on remarquait surtout Drea, qui, excité par de copieuses rasades, se sentait plus irascible qu'à l'ordinaire, et eût été fort disposé à jouer des mains.

Vers minuit, la danse tirait à sa fin et la Ghita partit, toujours accompagnée de Malacqua. Les villageois ont le bon esprit de ne pas dissiper comme nous les heures consacrées au sommeil en se livrant à ce plaisir stupide qui consiste à se démener en cadence aux sons discordants d'un violon détraqué. Ils savent que le lendemain ils se lèveront au point du jour pour reprendre de fatigants travaux, et tout l'attrait des fêtes est impuissant à leur ôter le désir du repos.

Peu après le départ de la Ghita et de son amant, Drea s'esquiva à son tour, et les suivit de loin sans qu'ils s'en doutassent.

La pauvre fille s'en allait le cœur serré, pleine à la fois de honte et de colère : à peine eut-elle fait quelques pas qu'elle fondit en larmes, au grand étonnement de son compagnon, qui n'avait pas assez de tact pour apprécier la cause de cette subite explosion.

« Oh ! mon Dieu ! s'écria-t-elle, je suis une fille perdue.... perdue à cause de vous ! Ne voyez-vous pas que tout le monde me fuit... ne semble-t-il pas que je vais leur donner la peste, à ces envieuses qui, pour me regarder, se font plus laides encore que de coutume ! Que leur ai-je fait ? je ne suis pas médisante ; je ne fais de mal à personne, et l'on me traite pourtant pis qu'une mendiante qui irait frapper à toutes les portes.... »

Malacqua l'écouta assez paisiblement et lui dit ensuite :

« Que vous importent ces sottises ? vous devriez au contraire être fière de pareilles attaques ; ne prouvent-elles pas que vous êtes entre toutes la plus belle, la plus élégante, la mieux parée ?.... Mon amour, d'ailleurs, n'est-il donc pas une compensation suffisante pour toutes ces petites misères ?

— Mais comment puis-je faire pour habiter encore ce pays ? répliquait la Ghita ; ne suis-je pas en butte à toutes les calomnies, l'objet de continuels outrages ? tant que vous serez ici je supporterai tout ; mais vous partirez un jour, et j'ai la mort dans le cœur lorsque j'y songe. La vie sera pour moi un supplice de tous les instants.... quand vous m'aurez quittée, il ne me restera plus qu'à mourir.... Malacqua, pourras-tu donc

m'abandonner ainsi? Après tant de promesses, pourras-tu me
laisser sans consolation et sans refuge? Voici l'instant de me
montrer ta sincérité.... tu vas partir pour Turin.... Ah! plutôt
que d'affronter ici de nouvelles insultes, je sens que je te
suivrais à pied au bout du monde.

— J'y penserai, répondit Malacqua, nous trouverons moyen
d'arranger les choses : aie confiance en moi, et tu n'auras pas
lieu de t'en repentir. Mon vœu le plus cher est de t'avoir toujours près de moi, et je serai heureux de t'emmener à Turin,
si tu le désires. »

Ils parlèrent longtemps de la sorte, la conversation prenant
une tournure de plus en plus tendre. La Ghita essuya ses
larmes, sourit bientôt de la façon la plus engageante et
chemina suspendue au bras de son amant, sans se douter
qu'un œil observateur s'attachait à ses pas. Lorsqu'ils furent
près de la chaumière de Matteo, Malacqua et sa compagne
échangèrent un adieu accompagné de baisers non moins
retentissants que ceux qui avaient causé tant de scandale les
jours précédents; Drea, étouffant sa colère, se tapit derrière
un arbre, et là il observa et attendit en silence.

Ghita entra dans la maison après avoir quitté le commis,
qui reprit la direction du village. Drea s'élança alors sur la
route et se rapprocha insensiblement de Malacqua, tout en
affectant de chanceler comme un homme pris de vin. Lorsque
l'occasion lui parut favorable, il se laissa aller sur lui de tout
son poids en lui donnant une si forte secousse qu'il le fit
reculer de deux pas tandis que son chapeau roulait sur le sol.
Malacqua à demi étourdi voulut se fâcher, mais à peine avait-
il ouvert la bouche que le paysan se précipita sur lui....
« Gredin! s'écria-t-il, c'est toi qui m'as heurté!... » en même
temps il le saisit au collet et le broya entre ces mains puissantes qui sont l'apanage exclusif des gens de la campagne.

Drea avait traité si rudement l'infortuné commis qu'il dut
garder le lit pendant deux jours; à peine levé, il courut annoncer à son maître d'hôtel qu'il partait le soir même. Drea
n'avait pas été plus discret que la première fois, et Malacqua,
en voyant le sourire malin de tous ceux qu'il rencontrait,
put aisément se convaincre que le village tout entier était
complice de la vigoureuse correction qu'il avait essuyée.

Durant cette dernière journée, la Ghita fut vis-à-vis des
siens de l'humeur la plus incompréhensible : tantôt brusque
et fantasque; tantôt caressante et douce comme si elle eût

voulu se faire pardonner sa conduite passée. Elle allait et
venait dans la maison, chantant, avec une gaieté affectée,
commençant mille choses et n'achevant rien. Puis on la voyait
tout à coup s'asseoir dans un coin et rester immobile comme
si elle eût été absorbée par une méditation profonde. Elle
sortit à trois ou quatre reprises, et rentra chaque fois plus
troublée et plus impatiente; son agitation s'accrut vers le soir
au point d'attirer l'attention de sa mère, qui, tout occupée
qu'elle était à préparer le modeste souper de la famille, n'en
remarqua pas moins l'émotion de sa fille et lui demanda si
elle souffrait. La Ghita répondit sèchement qu'elle n'avait
rien et courut s'enfermer dans sa chambre, qui communiquait
avec la campagne par un escalier extérieur.

Au bout d'un instant on vit paraître le père Matteo, condui-
sant deux vaches amaigries attachées à un tombereau; il les
mit à l'étable, rangea ses ustensiles aratoires, et entra dans
la cuisine. Épuisé de fatigue, il s'assit et, après avoir suspendu son chapeau à un clou et s'être essuyé le front, il
s'approcha de la table, coupa une longue tranche de pain avec
le couteau qu'il portait toujours sur lui, et dit à sa femme:

« Anna, donne-moi à manger, car je meurs de faim; j'ai
passé toute la journée à rompre un terrain plus dur que la
pierre. J'espère que le souper ne se fera pas attendre.

— Il est prêt, » répondit la vieille femme.

Elle détacha de la crémaillère la marmite fumante et la plaça
sur la table près de son mari. Matteo enfonça dans la polenta
une large cuiller, tourna et retourna le potage dont le parfum
irritait son appétit, et demanda où était la Ghita.

« Elle vient de sortir, dit Anna, elle est sans doute dans
sa chambre.

— Eh bien, appelle-la pour le souper. »

Anna prononça trois fois à voix haute le nom de Ghita sans
que personne répondît. Matteo, qui dans l'intervalle avait
rempli les deux écuelles, et l'assiette de faïence de sa fille, se
tourna vers sa femme et lui dit : « Elle n'y est donc pas?

— C'est étrange, je l'ai vue monter il y a moins d'un quart
d'heure.

— Comment se fait-il alors qu'elle garde le silence? » Le pauvre homme, tenant toujours sa cuiller à la main, se leva tout
inquiet, et il ajouta : « Va donc voir un peu ce qu'elle fait là-
haut, si par hasard elle se trouvait mal.... »

Anna se hâta autant que ses vieilles jambes purent le lui

permettre.... elle entra dans la chambre de la Ghita, et Matteo, qui l'attendait au bas de l'escalier, la vit bientôt descendre seule et les traits bouleversés.

« Eh bien ? cria-t-il avec angoisse.

— Elle n'y est pas, fit la femme, debout sur le palier.

— Où diable peut-elle être allée maintenant ? elle sait bien qu'il est l'heure de souper.

— Faut-il te le dire, Matteo ? reprit Anna hésitante et inquiète.

— Quoi ? s'écria le vieillard, qui soudain changea de visage ; y aurait-il quelque chose d'extraordinaire ?

— Le coffre où elle met ses hardes est ouvert.... et il est vide.

— Oh ! diable ! » hurla Matteo, et il grimpa jusque dans la chambre de sa fille. Cette pièce était dans le plus grand désordre ; il n'y avait plus rien dans le coffre....

Matteo regarda de tous les côtés, fureta dans tous les coins, alla vers la porte, fit jouer les ressorts de la serrure, revint vers le coffre, réfléchit un instant, puis il dit :

« Si les voleurs étaient venus ?

— Sainte Madone ! je n'ai pas quitté la maison ; personne autre que la Ghita n'a pu entrer ou sortir.... et puis, quand serait-on venu ? La Ghita était là, il n'y a pas plus de dix minutes.... elle aurait crié.

— Que faut-il conclure de tout cela ? Peut-être que la Ghita aura retiré ses hardes du coffre pour les mettre ailleurs.... Allons la chercher, elle ne peut être bien loin ; elle cause sans doute à deux pas de la maison.... N'a-t-elle rien dit en sortant ?

— Puisque je ne l'ai pas vue !... puisque je la croyais encore ici ! »

Matteo sortit accompagné de sa femme ; ils interrogèrent vainement l'horizon, et ne virent que le feuillage agité par la brise du soir. Le vieux paysan fit retentir les airs du nom de sa fille, et l'écho fut sourd à sa voix. Ils poussèrent plus loin leurs investigations, ils allèrent sur la route.... partout la solitude, partout le silence ! Après une demi-heure d'inutiles efforts, ils rentrèrent chez eux accablés de fatigue et d'ennui, pleins d'une terreur vague, mais sans se douter le moins du monde de la criminelle résolution de la Ghita.

Matteo n'avait plus faim ; il laissa la polenta se refroidir dans son écuelle et donna son pain au chien fidèle qui, prenant part à son affliction, le regardait tristement en agitant la queue.

« Attendons encore, dit-il enfin à sa femme, elle ne peut tarder à rentrer ; pour moi, je ne saurais manger si je n'ai pas la Ghita sous les yeux.... elle sera allée visiter quelqu'une de ses amies dans les environs.... mais pourtant n'être pas rentrée à cette heure !... S'il y avait quelque fête.... quelque bal au village, je serais rassuré.... Tu ne sais donc rien ? pendant la journée elle ne t'a rien dit qui puisse nous mettre sur la trace ?

— Non, répondit la femme ; je crois cependant qu'elle avait quelque chose en tête ; elle était agitée.... ses paroles étaient bizarres, ses regards étranges.... Oh ! mon Dieu ! le rapprochement de toutes ces circonstances me fait craindre qu'il ne soit arrivé un malheur !... »

Matteo se leva brusquement et dit à sa femme que cette idée n'avait pas le sens commun, comme s'il eût voulu lui faire un crime de la terreur secrète qui commençait à le gagner lui-même.... « Quel peut être ce malheur dont tu parles ? Qu'avons-nous à craindre ? que les loups ne l'aient dévorée au mois de septembre ? Vous autres femmes, vous perdez la tête au moindre accident et vous rêvez de catastrophes.... Une heure de retard ! Voilà vraiment un beau sujet d'inquiétude ! Combien de fois ne s'est-elle pas fait attendre ?... Je me propose pourtant de la gronder un peu fort quand elle rentrera.... parce que j'aime qu'on soit exact. »

Anna avait allumé la lampe qui brûlait suspendue à son crochet. Les minutes, les heures s'écoulaient, la nuit était sombre. Le mari et la femme sortaient tour à tour pour faire de nouvelles perquisitions, mais ils revenaient toujours plus abattus et plus tristes, sans avoir rien découvert. Après un long silence, silence plein d'épouvante sous lequel les deux vieillards cherchaient à dissimuler leur inquiétude croissante, Anna dit enfin à son mari :

« Elle peut avoir éprouvé un accident.... une fille seule est si exposée.... »

Matteo bondit comme sous la pression d'un ressort, ou comme un coursier généreux auquel on lâche la bride, après avoir longtemps contenu son ardeur : il prit son chapeau, s'arma d'un lourd gourdin, et courut sur la route en disant à sa femme qui s'apprêtait à le suivre :

« Reste, reste, je vais la chercher.... je suis vieux, mais je

ne crains personne.... C'est ma fille d'ailleurs ! ne t'inquiète
pas, je vais jusqu'aux moulins. »

La mère infortunée resta debout sur le seuil de la porte,
dans une attente remplie d'une inexprimable angoisse. Au
moindre froissement du feuillage, au moindre bruit, il lui
semblait voir venir la Ghita au bras de son père. Elle comptait les minutes; à chaque instant elle se croyait sur le
point de la presser enfin sur son cœur. « Matteo l'aura déjà
retrouvée, se disait-elle, et ils reviennent ensemble.... ou
bien elle sera restée dans le voisinage et rentrera seule....
pendant que son père la cherchera d'un côté, elle apparaîtra
de l'autre.... il y a bien déjà dix minutes que Matteo est
parti ; il ne peut tarder longtemps.... un quart d'heure tout
au plus.... mettons une demi-heure, une heure même....
et puis il sera là.... avec elle, il n'en faut pas douter.... il ne
se contentera pas de la chercher sur la route.... il entrera
dans les chaumières où cette étourdie a l'habitude de s'arrêter.... chez Maria Antonia ou dans la maison jaune.... Tout
cela prendra du temps, mais deux bonnes heures suffiront....
savoir, d'ailleurs, s'ils ne sont pas sur le point de rentrer.... »

Mais plus elle attendait, plus elle sentait redoubler son anxiété et sa frayeur, car chaque heure emportait en s'envolant
les dernières illusions de cette mère affligée. Enfin un bruit
de pas se fit entendre : « Il n'y a plus de doute, fit-elle, quelqu'un s'approche.... ce sont eux certainement.... » La pauvre
femme crut voir se dessiner derrière les troncs des arbres les
ombres de sa fille et de son mari.... Transportée de joie elle
rendit grâce à Dieu, ses craintes se dissipèrent avec ses doutes,
elle s'élança hors de la maison d'un pas mal assuré.... Ce
n'était encore, hélas ! qu'une vaine illusion ! Matteo revenait
seul, haletant, baigné de sueur, accablé de fatigue.... En
apercevant sa femme il eut, lui aussi, un vague rayon d'espoir et se hâta de l'interroger :

« Elle est venue, n'est-ce pas ? Elle est à la maison ? Ne la
voyant nulle part, j'avais bien pensé que je la trouverais ici à
mon retour. »

A ces mots qui lui enlevèrent toute espérance, la vieille
Anna sentit se briser le ressort qui l'avait soutenue jusque-là;
elle fondit en larmes, se meurtrit le visage, arracha ses cheveux blancs, et s'écria avec une expression déchirante : « Oh !
mon Dieu ! elle est donc perdue ! » Puis elle s'affaissa sur elle-

même comme foudroyée, et fût tombée à terre, si Matteo ne
l'eût reçue évanouie dans ses bras.

La Ghita ne revint pas ; je n'essayerai point de décrire l'affreuse nuit que passèrent ses parents. Lorsque les premiers
feux du jour vinrent éclairer leurs fronts pâlis, ils semblaient
avoir vieilli de dix ans en quelques heures. Anna surtout
conservait à peine l'apparence d'un être vivant.

L'amour maternel est en quelque sorte infini ; c'est de tous
les amours le plus complet et le moins égoïste, un dévouement
de tous les instants , sans limites et sans conditions , une passion ardente , une vertu céleste. Il absorbe un être tout entier
et devient son mobile unique et sa seule pensée ; il s'incarne
dans le cœur de la femme, remplace en elle tout autre sentiment, et la rend presque insensible aux affections moins pures.

Dès le lendemain, la nouvelle de la fuite de Ghita se répan-
dit dans le village , et donna lieu à mille commentaires.
Comme Malacqua était parti le même jour, on ne doutait pas
qu'il ne l'eût enlevée.

Le curé, comprenant tout ce que la position des deux vieillards avait de douloureux, s'empressa de leur offrir ses consolations. En entrant dans la chaumière, il y trouva un autre
homme qui, la mort dans l'âme, pleurait et se désolait aux
côtés de ces infortunés, jurant et blasphémant, appelant à
grands cris, dans son délire, les vengeances du ciel. Cet
homme, c'était Gianni.

Matteo reçut dans la matinée une lettre de la Ghita ; elle la
lui avait fait remettre par un petit garçon qui, en retour de
sa complaisance, s'était vu gratifié d'une poignée de gros sous.
Quand le pauvre vieillard sut que cette lettre venait de sa
fille, il l'arracha des mains du messager, la baisa avec transport, la tourna en tous sens, la serra sur son cœur, l'ouvrit
enfin, et considéra avec anxiété ces caractères qui n'offraient
à ses yeux qu'une confuse image. Il maudit bien fort son
ignorance, qui ne lui permettait pas de comprendre ce que
disait sa fille, puis il demanda au petit garçon ce qu'il savait
de l'événement. Celui-ci lui apprit que, la veille au soir, il
avait vu la Ghita, chargée de ses hardes, se diriger vers une
voiture qui stationnait à une portée de fusil de la chaumière,
qu'elle l'avait chargé de remettre cette lettre, mais pas avant
que la nuit fût écoulée , qu'ensuite elle était montée dans la
voiture, qui s'était immédiatement éloignée au grand trot de
ses chevaux.

En ce moment Gianni entra, tout ému de l'affreuse nouvelle qu'il venait d'apprendre ; Matteo lui remit la lettre en lui disant : « Lis donc, pour l'amour de Dieu !... c'est elle qui écrit.... Ce papier nous dit tout : le lieu de sa résidence, le jour où nous la reverrons.... jour prochain, sans doute.... mais lis donc, lis donc! Elle va nous annoncer, j'en suis sûr, que nous l'embrasserons sous peu.... nous saurons aussi pourquoi elle est partie. Car vraiment nous ne lui avons causé aucun chagrin, nous faisions tout au monde pour lui plaire.... Lis donc, Gianni. »

Le père et la mère s'approchèrent du jeune homme, qui, ayant étudié autrefois, déchiffra sans trop de peine le contenu de cette lettre où la Ghita disait en substance que son pays lui était devenu odieux, et qu'elle ne pouvait désormais le souffrir, même en peinture ; qu'une occasion se présentait d'aller s'établir à Turin, et qu'il y aurait folie à ne pas la saisir avec empressement ; qu'il ne fallait pas songer à connaître le lieu de sa demeure ou chercher à la ramener chez elle, car elle était bien décidée à n'y pas revenir de sitôt pour y reprendre son ancienne existence ; que la fortune lui souriait et qu'elle espérait être bientôt riche à millions ; qu'alors elle ne manquerait pas de faire du bien à ses parents, à qui elle se proposait d'envoyer incessamment quelques petits secours : elle les invitait, en terminant, à se tranquilliser et à la laisser agir à sa guise.

Quand les infortunés eurent entendu cette déclaration, ils éclatèrent en sanglots et furent pris d'un accès de désespoir plus affreux encore que le premier. Anna eût autant aimé apprendre la mort de sa fille ; elle avait perdu l'usage de la parole, et des larmes brûlantes coulaient à flots pressés de ses yeux éteints sur son visage sillonné de rides. Matteo, hors de sens, marchait au hasard dans l'appartement, se frappant la tête avec son poing fermé, brisant tout sur son passage, mêlant les blasphèmes aux sanglots, et maudissant cette ingrate enfant, qui reconnaissait si mal les sacrifices que ses parents s'étaient imposés pour elle dès le jour de sa naissance. Cela vint au point que le curé et Gianni lui-même se crurent obligés de le rappeler à de meilleurs sentiments.

« Écoutez, père Matteo, disait Gianni, cette malheureuse n'a pas agi de son propre mouvement ; elle a cédé aux conseils du gredin qui lui a fait tourner la tête : le cœur est encore bon.... je tiens pour assuré que, si elle était témoin de vos larmes, elle se repentirait et donnerait tout au monde pour réparer sa faute. Je suis convaincu qu'elle maudirait la première le déplorable égarement qui a triomphé de sa raison, et qu'elle voudrait vous demander son pardon à genoux, bien décidée à expier le passé par une conduite exemplaire. Mais il faudrait qu'on lui parlât.... une lettre ne ferait rien. Ce qu'on peut dire par écrit est peu de chose.... je vous offre mes services. J'irai la trouver à Turin, et je parie de vous la ramener.... tout s'arrangera pour le mieux, et il ne restera plus qu'à jeter un voile sur le passé. »

Le curé serra la main de Gianni; Anna ne dit mot, mais elle lui sauta au cou et lui donna deux bons baisers; Matteo, tout en murmurant : « Je ne veux plus la voir, je ne connais plus cette sans-cœur.... » Matteo était tout attendri, et voyant que le jeune homme faisait mine de sortir, il le prit vivement par la main et lui demanda à voix basse, comme s'il eût rougi de sa démarche, quel jour il comptait partir.

« Tout de suite, répliqua Gianni.

— Ne vaudrait-il pas mieux que je t'accompagnasse ?

— Non, fit le curé, vous avez votre champ à cultiver. C'est le temps des semailles, et vous êtes nécessaire ici. Laissez partir notre ami Gianni. Si Dieu a complétement abandonné la Ghita, il ne faut pas que vous soyez exposé à un refus direct. »

Le curé parlait ainsi, parce qu'il connaissait à fond le caractère de la jeune fille, et qu'il comptait peu sur l'efficacité de la tentative de Gianni. Aussi voulut-il entretenir ce dernier avant son départ, et lui donner quelques conseils. Il l'engagea à maîtriser sa fougue naturelle, à éviter toute rencontre avec le séducteur de la Ghita, et à s'abstenir de voies de fait qui pourraient, en attendant la justice de Dieu, l'exposer à comparaître devant celle des hommes.

Gianni connaissait le nom et la demeure du banquier dont Malacqua était le commis, et il espérait, par l'intermédiaire des bureaux, se procurer facilement l'adresse de la Ghita, qui devait, pensait-il, habiter sous le même toit que son séducteur.

Il avait deviné juste. Malacqua avait retenu un appartement au troisième étage d'une maison de la rue Guard'infanti, près de la place du Château. Ce petit logement se composait de quatre pièces avec deux balcons qui donnaient sur la rue. Tout à l'intérieur révélait le libertin de bas étage; aux murs tapissés de papiers communs étaient suspendues des gravures obscènes, encadrées dans des baguettes de bois tout uni ; partout des briques au lieu de parquet ; les meubles fanés avaient pour cachet cette élégance douteuse que dans notre siècle l'extrême division des fortunes a rendue générale. Çà et là gisaient épars quelques livres orduriers. En un mot, on ne pouvait pénétrer dans ce sanctuaire impur sans deviner au premier coup d'œil qu'on était chez un commis voyageur ou chez un clerc d'avoué. C'était là que la Ghita était venue chercher un asile.... Quoiqu'elle n'eût pas rencontré de prime abord cette magnificence orientale qu'elle rêvait au village ; quoique ce logis mélancolique, où le soleil pénétrait obliquement et comme à regret, lui communiquât quelque chose de sa tristesse ; quoiqu'elle ne pût sans vertige contempler du haut de son balcon la rue où s'agitait la foule en tourbillons confus, comme au fond d'un abîme, elle se voyait entourée pourtant d'une somptuosité équivoque et d'un luxe d'emprunt qui lui en imposaient, surtout lorsqu'elle songeait au toit délabré de son père.

On n'avait point alors à sa disposition ces locomotives ardentes qui nous entraînent aujourd'hui en quelques heures d'un bout à l'autre du royaume. Les *diligences* étaient loin de justifier ce que leur nom a d'ambitieux, et le trot compassé de leurs chevaux poussifs, incapables de franchir plus de deux kilomètres à l'heure, mettait à de rudes épreuves la patience des provinciaux qui osaient concevoir le projet inouï de se rendre à Turin. Aussi quatre longues journées s'écoulèrent-elles avant que Gianni pût arriver dans la capitale et découvrir le logis de la Ghita.

Dans l'intervalle, Malacqua lui avait fait prendre un costume de dame qui faisait ressortir sa grâce et sa tournure élancée.

Quoique le vêtement fût d'une étoffe assez commune, la forme suffisait de reste pour éblouir la pauvre enfant et lui faire croire à une transformation radicale. La joie qu'elle en éprouva, jointe à l'excellente façon de sa nouvelle robe, la rendit plus séduisante que jamais ; aussi le commis, tout fier de sa conquête, s'empressa-t-il de faire part de son triomphe à ses amis, tous gens de la même espèce, qui voulurent voir la Ghita, et qui, surpris de sa rare beauté, se montrèrent prodigues envers elle de compliments et de petits soins. Son amant, pour compléter son œuvre de fascination, voulut la mener au grand théâtre, où elle assista à la représentation d'un opéra suivi d'un ballet. En pénétrant dans cette salle inondée de lumières et de parfums, à la vue de toutes ces femmes du grand monde couvertes d'or et de diamants, au son de ces instruments qui mariaient leurs accords à des voix éclatantes, la Ghita eut beaucoup de peine à retenir un cri d'admiration. Après le spectacle elle rentra tout émue : il lui semblait avoir goûté par avance les joies du paradis.

Lorsque Gianni, embarrassé dans son costume des dimanches, le cou serré dans une belle cravate de soie rose et dans un col de chemise dont les bouts gigantesques lui masquaient la moitié du visage, fut parvenu au troisième étage et qu'il eut tiré en tremblant le cordon du commis, celui-ci était heureusement hors de la maison, et ce fut la Ghita qui ouvrit la porte; elle tressaillit en se voyant face à face avec le jeune paysan; ils pâlirent tous les deux, et leurs regards s'abaissèrent vers le sol.

« C'est vous, Gianni? » fit alors la jeune fille qui reprit la première son assurance. Elle ne put toutefois s'empêcher de rougir en prononçant ces paroles avec l'accent glacial d'une personne qu'on dérange.

Gianni interdit ne sut que répondre en balbutiant : « Oui, c'est moi. » Elle parut vouloir le congédier et refermer la porte dont sa main retenait le battant; mais se ravisant tout à coup, elle recula d'un pas comme pour l'inviter à entrer.

Le pauvre garçon resta debout au milieu de la première pièce; ému, tremblant, embarrassé, il promenait autour de lui un regard indécis, faisant tourner son chapeau dans ses mains, osant à peine soutenir le regard de cette femme qu'il dévorait des yeux lorsqu'elle n'y prenait pas garde; il hésitait à prendre la parole et gardait l'attitude d'un coupable en présence de son juge.

Ce fut encore la Ghita qui rompit le silence : « Eh bien! que voulez-vous de moi, Gianni?

— Je viens, répondit-il, de la part de vos parents.... qui depuis votre départ n'ont plus ni tranquillité, ni faim, ni soif, ni sommeil.... ils ne vivent plus. Ah! que ne pouvez-vous être témoin de leur désespoir! » Et il lui fit un tableau naïf et touchant des scènes douloureuses auxquelles il avait assisté.

La Ghita le laissa parler tout à son aise; quand il eut fini, elle réfléchit un instant et dit ensuite avec beaucoup de résolution et de sang-froid que ses parents avaient grand tort de prendre

ainsi les choses ; qu'il ne s'agissait point d'une séparation éternelle, mais peut-être de quelques mois d'absence ; qu'en agissant
ainsi qu'elle l'avait fait, elle avait eu en vue leur bonheur aussi
bien que le sien, et qu'un jour ils seraient les premiers à la
remercier et à la bénir de son dévouement filial ; qu'il ne pouvait plus être question pour elle de rentrer au village ; qu'elle
ne l'oserait pas, en eût-elle la plus grande envie ; que d'ailleurs
elle aimait Malacqua et en était aimée, qu'elle l'épouserait et
deviendrait ainsi une dame d'importance, ce qui lui permettrait
d'aller retrouver ses parents ou de les appeler auprès d'elle
pour leur faire partager sa félicité ; qu'elle l'engageait, lui
Gianni, à les consoler, à leur faire entendre raison, et à vouloir bien en attendant les assurer de toute son affection.

Gianni était horriblement pâle, et l'indignation faisait trembler sa lèvre. Il avait mis toute son âme dans les paroles
simples et touchantes qu'il avait fait entendre à cette fille éga-
rée ; en rappelant les larmes et le désespoir d'Anna et de
Matteo, il s'était attendri lui-même et avait eu peine à retenir
des pleurs et des sanglots. La froideur et le dédain de la Ghita
l'avaient frappé comme un coup de poignard en pleine poitrine ; il fallait qu'elle fût tombée bien bas pour rester insensible au récit de la désolation de ce père et de cette mère dont
le seul tort était de s'être sacrifiés pour elle.... et puis une autre
pensée venait en le torturant rouvrir ses anciennes blessures.
Cette Ghita qu'il adorait était devenue la proie d'un malhonnête homme, elle logeait chez lui, elle mangeait son pain, elle
était devenue son bien et sa chose! Si le misérable commis
fût entré en ce moment, tous les conseils du curé ne l'eussent
pas préservé d'une correction plus complète encore que celle
qu'il avait reçue de Drea.

Anna et Matteo attendaient des nouvelles de Turin avec
cette anxiété fébrile du condamné à mort à qui on a fait espérer sa grâce. Ils avaient calculé le jour, l'heure, la minute
où leur fille pourrait être de retour et se jeter dans leurs bras.
Ils ne se parlaient pas, mais de temps à autre ils échangeaient un regard plein d'angoisse où se reflétait une idée fixe,
une seule crainte, une unique espérance. Ils n'avaient plus de
goût à rien : dépourvus d'énergie et de volonté, incapables de
s'occuper de leurs affaires, ils restaient tout le jour immobiles dans cette cuisine qui leur semblait vide depuis le départ de leur enfant. Plongés dans une méditation que des
soupirs profonds venaient seuls interrompre, ils allaient jus-

qu'à la porte, interrogeaient l'horizon, puis revenaient machinalement se rasseoir à cette même place où s'asseyait leur
Ghita ; ils regardaient le dressoir auquel était suspendue l'assiette de faïence où elle prenait sa nourriture.... puis ils ver-
saient des larmes amères et silencieuses. Si par hasard Matteo
sortait un instant, Anna courait à la chambre de sa fille, et là
elle prenait un plaisir douloureux à se rappeler avec le passé
tout son bonheur maternel, l'orgueil que lui inspirait la beauté
de son enfant, les caresses qu'elle en recevait.... les moindres
objets lui devenaient précieux s'ils avaient appartenu à la
Ghita ; tantôt elle tordait ses mains en s'écriant qu'elle ne
la verrait plus, tantôt un pâle sourire effleurait ses lèvres à la
pensée que, dès le lendemain peut-être, elle la presserait sur
son cœur. Elle déployait alors une activité singulière et ran-
geait tout dans cette chambre abandonnée, comme si celle
qui l'habitait naguère eut dû venir l'occuper le soir même.

Mais les jours s'écoulaient et les deux vieillards ne rece-
vaient point de nouvelles de la Ghita et de Gianni : leurs craintes s'accrurent au plus haut point. C'est un supplice qu'on ne
saurait décrire dans une langue humaine, que cette attente
d'une personne adorée que l'on a crue perdue et que l'on
n'est point assuré de revoir ! Lorsque Gianni revint au village
après un voyage inutile, il n'eut pas le courage d'aller sur-
le-champ porter aux deux vieillards la fatale nouvelle : après
avoir longtemps cherché un moyen de leur présenter sous
une forme adoucie la cruelle vérité, il finit par s'adresser au
curé, lui raconta tout et le pria de l'assister de ses conseils
en cette triste circonstance.

Le père et la mère étaient presque toujours dans la
même situation : Matteo accroupi cachait sa tête dans ses
mains ; Anna filait machinalement à côté de la porte, jetant sur
la campagne un regard furtif et inquiet. Lorsqu'elle vit Gianni
apparaître à l'angle de la route, elle poussa un cri et voulut
se précipiter hors de la chaumière, mais l'effroi la cloua à sa
place lorsque derrière le jeune homme elle découvrit le curé, et
personne à leur suite. L'horrible vérité se fit jour dans son
âme ; elle devint livide et retomba immobile sur son siége.
Matteo, au cri de sa femme, avait levé la tête, puis, en la
voyant si pâle et si émue, il devina à demi ce qu'il en était,
et, sans prendre le temps de l'interroger, il courut avec une
rapidité surprenante vers les messagers qui lui apportaient la
lugubre nouvelle.

« Eh bien ! eh bien ! s'écria-t-il tout essoufflé et pouvant à
peine se faire entendre.... et la Ghita? où l'avez-vous laissée?
où donc est-elle?

— Entrons dans la maison, Matteo, reprit le curé, nous ne
vous cacherons rien. »

Anna les attendait sur le seuil de la porte, s'appuyant
contre la muraille pour ne pas tomber, car ses jambes se dé-
robaient sous elle.

« Mes chers enfants, commença le curé lorsque tous furent
assis, tandis que les deux vieillards, suspendus à ses lèvres, le
regardaient en tremblant, mes chers enfants, les affections
terrestres, comme toutes les choses d'ici-bas, sont pleines d'illusions et de misères; quiconque met sa confiance dans la
créature sera infailliblement trompé dans son espoir et re-
cevra tôt ou tard un rude châtiment. Il faut aimer notre prochain, c'est un précepte de la nature et de la Providence; mais
il faut aussi se tenir prêt à chaque instant à perdre l'objet de
notre affection, afin d'accueillir avec résignation et humilité
les décrets du Très-Haut lorsque sa main s'appesantit sur
nous, afin de résister aux tentations de la haine et de la colère, et de conserver toujours des sentiments de charité pour
ceux qui nous persécutent. Quoi qu'il arrive, nous devons
bénir la volonté du meilleur des Pères, qui ne nous éprouve
en cette vie que pour nous donner au ciel une plus magnifique récompense. Comme hommes et comme chrétiens, nous
devons accepter l'infortune avec courage.... »

En ce moment, Anna et Matteo éclatèrent en sanglots; leur
douleur, dont une vague espérance avait retenu l'élan, prit
un caractère déchirant qui eût attendri un cœur de bronze.
Gianni et le curé firent tout au monde pour calmer leurs angoisses; mais, après d'inutiles efforts, ils durent se retirer sans
avoir pu apaiser cet immense désespoir que la fatigue rendait
parfois silencieux sans qu'il fût moins amer.

La pauvre Anna ne survécut pas longtemps au coup qui
l'avait frappée : elle languit de jour en jour, s'affaiblit par
degrés, et la maladie devint son état habituel. Elle ne parlait
à personne ; on ne l'entendait ni se plaindre, ni accuser sa
fille ; mais, quand elle était seule, elle priait et pleurait. La
Ghita, complétement pervertie par Malacqua, s'abandonnait
de plus en plus à sa passion effrénée; entourée de gens sans
mœurs, elle oublia sa famille et son village, et ne donna plus
de ses nouvelles. Ses parents ne paraissaient plus songer à

leur fille ; mais dans la solitude de leur chaumière, qui pourra redire les confidences douloureuses et les souvenirs cruels qu'ils échangeaient entre eux ?

Quatre mois après la fuite de la Ghita, Anna mourut, et Matteo, vielli, épuisé, plus semblable à un spectre qu'à un être vivant, voulut accompagner le cercueil jusqu'au cimetière. Lorsqu'il eut vu la terre recouvrir le corps de sa compagne, il planta lui-même une croix de bois sur sa tombe, mais il ne pleura pas, car la source de ses larmes était tarie, Avant la fin de l'année il reposait à son tour sous le gazon.

Depuis cette époque j'ai revu deux fois la Ghita; je la rencontrai d'abord peu de temps après son départ : plus belle que jamais, brillante de jeunesse et de fraîcheur, elle portait avec orgueil ses riches vêtements couverts d'or et de bijoux; un vieux libertin, comte et général, en avait fait sa maîtresse; Malacqua n'ayant pas, comme tu le penses, consenti à l'épouser, elle ne tarda pas à le prendre en aversion : c'étaient des puerelles et des crises continuelles. Corrompue de plus en plus par la fréquentation de femmes dépravées, elle rompit définitivement avec lui et s'abandonna sans vergogne au métier de courtisane. Elle quitta l'humble logis du commis pour aller habiter le splendide appartement d'un agent de change, puis de main en main elle passa aux bras d'un opulent général en retraite.

Dix ans et plus s'étaient écoulés, lorsqu'un soir, au coin de *la Via nuova*, je me vis accoster par une de ces créatures effrontées qui gagnent leur pain au prix de l'infamie. Il me sembla reconnaître le visage sous la couche épaisse de fard qui le couvrait, sous les rides précoces causées par le vice et la débauche; poussé par la curiosité, je me retournai involontairement pour regarder en face cette fille perdue.... c'était la Ghita !

SEPTIÈME RÉCIT.

Où Romualdo conte l'histoire de Marta qui mourut d'amour.

Le jour suivant je vis paraître Romualdo, dans l'attitude pensive d'un philosophe, avec l'air préoccupé d'un employé supérieur du ministère des finances. Je vis sur-le-champ qu'il ne me restait à opter qu'entre une histoire lugubre et un mauvais sermon, et je m'empressai d'affronter le premier danger pour ne pas tomber dans le second, pire à tous égards.

« Que prétends-tu me démontrer aujourd'hui, lui dis-je, à travers les fictions de ta lanterne magique ? »

Il me répondit solennellement :

« Je ne suis guère d'humeur à jaser aujourd'hui, et je crois que je pleurerais volontiers, si les préjugés du monde ne nous interdisaient pas les pleurs, à nous autres hommes, comme une lâcheté. »

Je m'efforçai de revêtir un masque mélancolique et je repris :

« Que t'est-il donc arrivé ?

— Je viens de rencontrer face à face le pâle spectre de la mort....

— Ah ! m'écriai-je en lui serrant la main, aurais-tu perdu l'un de tes bons amis ?

— Ce n'était pas précisément de l'amitié que je sentais pour elle.... encore moins de l'amour ; c'était le respect indéfinissable et profond que l'on éprouve involontairement, en présence d'un ange de vertu....

— Mais de qui veux-tu donc parler, au nom du ciel ?

— Connais-tu Mlle Icchese ?

— Quoi ! ce laideron qui habite, si je ne me trompe, en face de chez toi ?

— Oui, cette fille laide , osseuse, décharnée, contrefaite, cette guenon hideuse.... elle est morte !... Mais tu ne sais pas qu'elle cachait un trésor sous cette rude écorce, comme Brutus dans les cavités de son bâton. Pauvre fille ! elle est morte phthisique il y a quelques heures et son cadavre est à peine refroidi. En sortant ce matin, je savais qu'elle était fort mal, et que cela ne pouvait durer longtemps ainsi ; mais le médecin m'avait donné l'espoir qu'elle vivrait quelques jours encore..... il vaut mieux pourtant qu'elle soit morte, car elle a du moins cessé de souffrir. Ce matin donc, en sortant, j'aperçois de funèbres tentures devant la porte de son logement, je m'approche en tremblant et je lis ces mots : *Priez pour l'âme de Marta Icchese* [1]. C'était bien elle.... j'ai pensé à l'affliction de ses parents, et je suis monté.... tu sais que je suis au mieux avec eux, et que nous nous connaissons depuis longues années. Je ne trouvai personne.... père, mère, sœur, cousins et cousines, tous étaient partis ! Quel hideux et singulier usage que d'abandonner le cadavre encore chaud de ceux que nous aimons ! J'errai de chambre en chambre, et, parvenu près du lit de Marta, j'aperçus une femme chargée de la garde du corps, qui absorbait tranquillement le contenu d'une bouteille placée à ses côtés.

« Qui êtes-vous? me demanda cette femme. Seriez-vous le fabricant de cierges?

— Non, je suis un ami de la maison, et je viens dire un dernier adieu à cette pauvre demoiselle Marta. »

Elle me laissa passer.... la jeune fille était étendue sur sa couche, pressant un crucifix entre ses doigts jaunes et roidis.... un pâle sourire semblait errer sur ses lèvres pâles et contractées.... il y avait si longtemps qu'elle n'avait souri ! Elle dut accueillir avec bonheur le trépas qui, pour elle, était une délivrance. Je la trouvai moins laide ainsi ; elle avait même une sorte de sinistre beauté. Je cherchai dans ma mémoire une de ces prières que ma mère avait enseignées à mon enfance, je la prononçai à voix basse, et je sortis le cœur oppressé et l'esprit en désordre.

Giubbasso et Malacqua ont été, au point de vue moral, les assassins de Catherine et de la Ghita. Marta a été la victime de son mauvais destin, qui, pour préparer la catastrophe, s'est servi du mérite d'un noble jeune homme qui ne se douta jamais du mal irréparable dont il était la cause innocente.

---

1. Il est d'usage, en Piémont, de suspendre au-devant de la maison mortuaire un écriteau portant le nom du défunt.

C'est un triste secret que je suis prêt à te révéler ; mais, au nom de notre amitié, ne ris pas en m'écoutant, si tu veux con_ server mon estime comme par le passé. Marta la laide et l'horrible, Marta est morte d'amour ! Elle est morte pour avoir renfermé dans son cœur l'ardente passion qui la dévorait ; elle est morte avec la fermeté d'une héroïne, avec la sainte rési- gnation qui dispose au martyre.

Assieds-toi près de moi. Cette histoire doit être contée à voix basse comme une confidence. Toute douleur est sacrée à mes yeux, mais surtout cette douleur cachée dont le monde rirait s'il pouvait la connaître, mais qui s'empreint d'un carac- tère solennel, lorsqu'elle a reçu la consécration de la mort. »

Romualdo se tut un instant comme pour recueillir ses idées, puis il commença en ces termes :

« J'ai souvent entendu dire à M. Icchese qu'il avait eu mille bonheurs en sa vie et une seule infortune. Sa richesse lui permettait de vivre largement, il avait une femme excel- lente, des domestiques assez fidèles et deux filles nubiles l'une et l'autre. Là était le nœud de la difficulté : l'aînée de ces demoiselles était belle à ravir, c'était l'orgueil de son père qui, malheureusement, n'avait pas sujet d'être aussi fier de la cadette, car tout le monde assurait qu'elle était laide comme le diable, et c'était rigoureusement vrai.

Qui sondera jamais l'obscur mystère des destinées hu- maines ? Tel naît avec un cœur de lion, tel autre ressemble au faon timide ; l'un a la carrure imposante d'Hercule, l'autre est contrefait comme Thersite ; l'un a le génie de Dante, et l'autre atteint à peine à la stature morale de Bettinelli ; tel est bercé sur les genoux d'une duchesse, et tel autre naît dans la soupente d'un portefaix ; à l'un des millions, à l'autre la misère au teint pâle ! Pourquoi ces différences ? Pourquoi la Providence ne répand-elle pas également ses dons ? Deman- dez-le à qui vous voudrez, aux plus grands philosophes même : Anaxagore et Rosmini, Confuciuc et Cousin, Platon et Gioberti finiront tous, après bien des circonlocutions, par vous avouer qu'ils n'en savent rien.

La seconde fille de M. Icchese était née sous une déplorable étoile. Être laide ! c'est le comble de l'infortune pour une femme. Un homme né pauvre, stupide et mauvais sujet, se- rait dans une situation comparativement moins désavanta- geuse. Les pauvres peuvent s'enrichir du jour au lendemain, au moyen des expédients que l'on sait et dont je n'ai pas be-

soin de parler ici ; les imbéciles sont ceux qui réussissent le
mieux par le temps qui court, et les mauvais sujets, s'ils
échappent au bagne, s'enrichissent et obtiennent les hauts
emplois. Mais, être laide, c'est un mal fatal et sans remède....
une malédiction funeste, comme pourront vous le dire ces
charmantes créatures qui vivent dans l'adoration de leur
propre personne, et que les flatteurs nourrissent d'ambroisie.
La femme a été créée par la nature pour aimer et être aimée ;
c'est la société qui l'a rendue coquette et frivole. Si son cœur
a besoin d'affection, sa vanité a soif de louanges et d'admiration : comme les déesses de l'Olympe, elle se plaît à l'o-
deur de l'encens, odeur qui devient enivrante lorsque c'est un
homme comme il faut qui brûle le doux parfum de l'Arabie.
Songe donc à l'embarras d'une femme laide au milieu d'un
cercle où toutes les prévenances, toutes les attentions, sont
pour ses voisines, tandis qu'elle est l'objet d'une pitié secrète
et mille fois plus offensante qu'un outrage direct. L'infortunée
est condamnée à porter une perpétuelle envie à ses compagnes, à qui sont réservés les succès, les plaisirs et les joies du
grand monde. Elle possède parfois des richesses morales que
les autres n'ont pas ; son cœur recèle des trésors de dévouement et d'ardente sympathie qu'elle devra soigneusement
cacher, sous peine de ridicule. Les sens, l'imagination, l'esprit,
parlent aussi chez elle d'autant plus impérieusement, peut-
être, que sa passion devra se repaître d'éternelles chimères,
et ne s'émoussera jamais au contact de la réalité dont les
froids embrassements pourraient seuls mettre un terme à ses
decevantes illusions. Qui donc aimera d'amour une créature
laide et contrefaite ? Qui voudra mettre sa main dans la sienne
et lui donner les joies de la maternité ? Quelque méprisable
aventurier, si elle est riche, consentira à lui vendre son nom,
et lui promettra une tendresse impossible : mais est-ce là une
issue acceptable pour un cœur qui se respecte ? Quel indicible
tourment que celui de voir sans cesse à ses côtés le spectacle
de la félicité d'autrui, sans espérance de mordre jamais dans
ce fruit savoureux qui est suspendu à la portée des lèvres !
Eh bien ! voilà ce que souffrent ces pauvres femmes, et, quand
l'une d'elles voit une mère embrasser son enfant dans l'effusion de cet amour qui étouffe ici-bas tous les autres sentiments, quand elle la voit presser sur son sein ce fruit chéri de
ses entrailles, elle doit dévorer ses larmes en silence. Lorsqu'elle aperçoit deux époux s'entretenir à voix basse, échan-

ger des regards attendris et murmurer des paroles magiques, tandis que la brise vient caresser leur chevelure de son souffle embaumé, elle se prend encore à sangloter et à maudire son destin implacable.

Il semblait que la nature eût assigné en commun aux deux demoiselles Icchese une certaine dose de bonheur, et que l'aînée eût accaparé le tout, abusant de son droit de primogéniture. C'était le premier fruit des amours légitimes de M. et Mme Icchese, et l'heureux père voulut célébrer son entrée en ce monde par les plus solennelles démonstrations d'allégresse; il n'était pas fâché d'ailleurs d'éblouir ses voisins par sa magnificence, et de leur prouver que ses richesses ne le cédaient en rien à ses félicités intimes. Il y eut un repas splendide dont on parla dix ans chez les commères du quartier. Au rebours de certaines gens qui veulent à tout prix perpétuer l'obscurité de leur nom, M. Icchese tenait peu à avoir un garçon, et la petite fille fut accueillie avec transport; on lui donna le nom sympathique d'Adèle.

L'année suivante, Mme Icchese donnait le jour à une seconde fille. Cette dernière grossesse avait été pénible, et l'accouchement fut des plus laborieux, car on craignit un instant de perdre à la fois l'enfant et la mère. Le médecin les sauva l'une et l'autre, il l'assurait du moins, car je suppose que la nature et la Providence furent bien aussi pour quelque chose dans l'heureux résultat de son opération. Il n'y eut point de fête; la mère était encore fort souffrante, et l'on n'avait point sujet de se réjouir : c'était trop de deux filles, et l'on n'eût pas été fâché d'avoir un fils qui, plus tard, serait devenu avocat ou colonel de hussards. La petite fille fut baptisée à la hâte et mise en nourrice sans plus de cérémonie ; on lui donna le simple nom de Marta.

Née faible, chétive, avec toutes les apparences d'une mauvaise constitution, elle tomba, pour surcroît d'infortune, entre les mains d'une paysanne sans jugement qui avait peu de lait, aimait le vin, et ne s'occupait pas plus d'elle qu'elle n'eût fait d'un petit porc mis à l'engrais dans son étable. Le père et la mère la visitaient rarement; Mme Icchese n'était pas parfaitement rétablie, puis ils avaient sous les yeux la gentille Adèle, qui croissait chaque jour en grâce et en beauté.... c'est à peine s'ils se rappelaient de temps à autre que Marta fût au monde.

Lorsqu'il fallut la sevrer, ses parents s'aperçurent avec

effroi qu'elle était boiteuse; la pauvre enfant était pâle,
maigre, épuisée; on eût dit qu'il ne lui restait plus qu'un
souffle de vie. M. Icchese rudoya la nourrice et, sans faire
à Marta la moindre caresse, envoya chercher le médecin.
Aussitôt que ce dernier fut arrivé, il lui recommanda de donner tous ses soins à sa fille, mais surtout de faire tous ses
efforts pour mettre un terme à cette désagréable claudication.
Le docteur prit une pincée de tabac, tâta gravement la petite
fille, la tiraïlla dans tous les sens, et, après l'avoir fait beaucoup pleurer, ordonna l'emploi d'un appareil mécanique.
Marta jusqu'alors avait marché, quoique avec effort; lorsqu'on
eut adapté à sa jambe cette lourde machine, elle dut renoncer
à se mouvoir, et le médecin assura d'un air satisfait que les
os avaient repris leur position naturelle.

Le système du docteur fut appliqué si judicieusement,
qu'elle resta estropiée et devint entièrement contrefaite. Elle
n'était pas au bout de ses infortunes; on avait oublié de la
faire vacciner, et la petite vérole vint donner à son visage
l'apparence d'un crible.

Ainsi, dès le berceau, Marta avait dû s'habituer à la douleur. Il fallait qu'il y eût dans son âme une source inépuisable de résignation, de douceur et de bonté, pour que, en dépit de leur inexcusable négligence, ses parents ne lui fussent
pas devenus complétement odieux. Si l'on regardait son
visage, on ne pouvait disconvenir qu'il ne fût repoussant;
mais il y avait dans ses yeux je ne sais quel rayon sympathique et touchant, dans lequel sa belle âme semblait se refléter. Mais cette lueur fugitive n'était pas aperçue par la foule,
et lorsque les étrangers la voyaient entrer en boitant et traî-
nant avec effort ses membres souffreteux, ils cédaient à ce
premier dégoût qu'excitait le spectacle de tant de laideur,
et plusieurs étaient assez grossiers pour ne pas dissimuler
leurs impressions.

Je n'ai pas besoin de te dire combien le père et la mère
étaient honteux d'avoir donné le jour à un pareil monstre, et
bien souvent ils s'étaient pris à penser que, pour elle comme
pour eux, il eût mieux valu cent fois qu'elle fût morte. Rien n'at-
triste l'homme comme les blessures que l'on fait à son amour-
propre, et la vanité des époux Icchese souffrait cruellement
de la présence de Marta. Leur dépit se trahissait malgré eux
par la manière brusque et emportée dont ils parlaient à leur
fille : vis-à-vis d'elle ils étaient toujours grondeurs, et le

moindre oubli de sa part prenait à leurs yeux les proportions
d'un crime ; on ne la louait jamais quand elle faisait bien ;
mais on la réprimandait souvent à tort, et on l'eût volontiers
punie pour les fautes de sa sœur. Combien de fois la pauvre
petite se retira-t-elle dans sa chambre pour chercher dans la
solitude l'oubli de ses douleurs ! Elle était, dans la maison,
soumise à une discipline particulière : on ne lui permettait
qu'à regret de rester au salon en présence de ses parents ;
elle avait ordre de se retirer aussitôt qu'on annonçait une
personne étrangère, et ne paraissait jamais en public avec sa
famille. Les jours de fête, elle allait à l'église suivie d'une
servante, qui semblait rougir elle-même d'avoir à guider ce
petit monstre. On ne refusait rien, en revanche, aux caprices
d'Adèle, qui vivait dans le luxe et les plaisirs ; à elle seule
étaient réservées les caresses de son père et de sa mère

Quant à Marta, il n'était pas question pour elle de divertis-
sements ; on lui permettait seulement d'aider à la toilette
d'Adèle, dont elle était la servante bien plutôt que la sœur.

Elle souffrait vivement, comme tu peux le croire ! Arrivée à
l'adolescence, la malheureuse enfant avait senti s'éveiller
dans son cœur virginal la voix de la nature, qui a destiné la
femme à l'amour et à la maternité ; elle aussi avait vu flotter
dans son imagination des rêves impossibles, et passer de
splendides visions ; elle avait senti naître en elle cet instinct
vague et doux empreint d'un charme ineffable, et qui est le
premier indice de la passion prête à déborder. Comme toutes
les femmes, Marta était tourmentée de cette immense curiosité, de ce désir de l'inconnu qui fait frémir toutes les fibres
au printemps de la vie, désir qu'elle sentait redoubler lorsqu'elle voyait Adèle revenir tout émue du théâtre ou du bal
dont elle rapportait les tièdes émanations. Elle souffrait, mais
rien ne transpirait au dehors ; elle se fût fait un scrupule de
proférer une plainte, de faire entendre un gémissement : elle
n'était pas digne, pensait-elle, d'une meilleure fortune. Ce
n'était pas contre les autres, c'était contre elle-même que la
pauvre fille songeait parfois à s'irriter.

Laide comme le diable ! disait-on, et elle ne l'ignorait pas.
Des hommes insolents avaient prononcé derrière elle à demi-
voix cet effroyable arrêt qui avait creusé dans son sein une
plaie incurable toujours saignante en dedans, et que de nouvelles et incessantes allusions venaient aigrir de plus en plus.
Le miroir, cet implacable ennemi, parlait d'ailleurs plus haut

que tous les autres : aussi le fuyait-elle avec horreur, tant sa propre image lui causait d'épouvante.

Et cependant, à de certaines heures, il lui semblait découvrir en elle des trésors d'amour, d'abnégation et de sacrifices, à rendre jalouses toutes les autres femmes; et le fait est que l'observateur qui eût sondé cette âme généreuse dans les moments où sa beauté morale venait se peindre et se manifester au dehors, eût éprouvé, en dépit de la laideur du visage de Marta, un vif sentiment de respect, et qui sait? peut-être de l'amour.... Cette fille était capable de grandes choses, de nobles affections et d'un héroïsme de tous les instants. « Oh ! se disait-elle, être aimée de quelqu'un, être comprise une fois, être relevée enfin de cette infâme et cruelle abjection.... quel rêve ! » D'un homme ou d'une femme, d'un époux ou d'une amie, d'un frère ou d'une sœur elle eût accepté la sympathie sous toutes ses formes, et tous la méprisaient hélas, et la rejetaient !

Un beau jour elle vit entrer son père une lettre à la main et le visage radieux. « Vite, vite, fit-il, mon neveu Édouard arrive aujourd'hui ; il est de retour de ses voyages et passera quelque temps avec nous. Te rappelles-tu, Adèle, ce petit garçon si vif et si gai avec qui tu jouais jadis à cache-cache? C'est maintenant un grand et beau jeune homme.... va et fais-toi belle pour le recevoir. »

Puis il ajouta d'une voix brusque :

« Toi, Marta, prépare la chambre qui donne sur la terrasse, que rien n'y manque et que tout soit disposé avec soin; puis tu iras aider Adèle à s'habiller.... ne perds pas de temps ! »

Marta courut arranger la chambre, Adèle se mit à sa toilette. L'hôte qu'on attendait arriva fort exactement; c'était un jeune homme à la taille élancée, à la physionomie douce et intelligente ; il baisa la main de sa tante, embrassa cordialement son oncle et fit un profond et respectueux salut à sa cousine Adèle, dont la beauté parut faire sur lui une vive impression.

Adèle avait su, avec un art accompli, joindre à une simplicité quelque peu étudiée une élégance de bon goût qui faisait ressortir sa charmante tournure. Un sourire de complaisante satisfaction erra sur les lèvres de son père qui dit aussitôt : « Allons, Édouard, embrasse-la sans cérémonie.... c'est ta cousine. » Édouard, ému et joyeux, déposa un baiser sur le front pur que lui tendit Adèle en rougissant. Marta était dans un coin sans

que personne y prît garde ; lorsqu'elle se fut approchée timi-
dement et eut dit au jeune homme d'une voix tremblante :
« Bonjour mon cousin, » le front de M. Icchese se voila d'un
nuage.

« C'est Marta, ma seconde fille, dit-il à la hâte et non sans
quelque confusion ; mais tu dois avoir besoin de repos,
Édouard. »

Le jeune homme, à la vue de la pauvre créature, avait
éprouvé un mouvement de désagréable surprise, mais il avait
lu dans les yeux humides de Marta, dans sa pâleur et dans
l'humilité de son maintien tant de résignation douloureuse et
muette, que sa première impression avait sur-le-champ fait
place à un sentiment de bienveillante compassion. Les paroles
et le ton de M. Icchese lui avaient fait entrevoir combien était
affreuse la situation de l'infortunée, et dès ce moment il prit
la résolution de lui témoigner plus d'égards qu'au reste de sa
famille.

Il s'approcha d'elle avec un sourire affectueux et la baisa
sur le front comme sa sœur. Ce baiser fit sur Marta l'effet d'un
feu dévorant.... elle sentit courir une flamme ardente dans ses
veines, puis tout son sang afflua vers le cœur, elle pâlit encore davantage et fut sur le point de chanceler.

Oh ! ce baiser ! il lui sembla qu'il s'imprimait sur son front,
elle en sentait encore le contact plein de chaleur et de volupté. La nuit, le jour, Édouard était devant elle, avec son
maintien caressant.... elle ne rêvait que de lui, elle ne songeait
qu'à lui. Elle cherchait à se tromper elle-même en se créant
de douces illusions ; dès qu'elle fermait les yeux, elle voyait
sous la forme d'Édouard s'approcher un amoureux fantôme qui
murmurait à son oreille des paroles enivrantes.... puis ses
lèvres s'approchaient de son visage qui recevait de nouveau
l'empreinte d'un baiser.... elle se redressait alors en tressaillant
et sentait son front baigné de sueur.

Tout cela était fort naturel ; n'avait-elle donc pas le droit
d'aimer ? Édouard était le premier homme qui pour elle se fût
montré gracieux, aimable et bienveillant ; le premier qui, loin
de la mépriser, lui eût parlé avec un respect plein d'affection. Plusieurs fois déjà, lorsque ses parents la grondaient, il
avait pris son parti, comme s'il eût deviné l'excellence de cette
âme tant éprouvée. Si elle parlait, il était ordinairement de
son avis et paraissait prendre plus de plaisir à sa conversation
qu'à celle de sa mère et même de sa sœur.

Elle l'aima! ne lui devait-elle pas en effet les premiers beaux jours de sa vie, sa réhabilitation au sein de sa famille? A peine ses parents s'étaient-ils aperçus des sympathies d'Édouard, qu'ils avaient eux-mêmes changé de ton vis-à-vis d'elle, jaloux de montrer au jeune homme combien au fond ils s'intéressaient à Marta. Ils allaient désormais au-devant des désirs les plus ambitieux de la pauvre fille. Édouard ayant un jour fait compliment à Adèle de je ne sais quel égard qu'elle avait témoigné à sa sœur, elle s'empressa de redoubler d'attentions pour son ancien souffre-douleurs, surtout lorsque son cousin était présent.

Marta se sentait revivre au sein de cette douce atmosphère; elle respirait plus librement, elle cessait de souffrir. L'indulgence qui accueillait maintenant ses discours l'avait enhardie, ses facultés se développaient plus à l'aise, et les nobles qualités de son âme s'épanouissaient au dehors ainsi que ses pensées et ses secrets instincts; c'était toute une révolution. Les soirées de famille s'écoulaient dans le charme de l'intimité; Édouard racontait ses voyages et Marta l'écoutait dans le ravissement. Elle était heureuse, et ce bonheur c'était à lui qu'elle le devait, à lui si beau, si généreux, à lui qui possédait toutes les vertus qui peuvent rendre un homme digne d'estime et de sympathie! Elle l'aima de toute la puissance de son âme, avec tout son être; elle se plut à l'orner des perfections surhumaines des héros de romans, elle en fit son idole. Pour un regard de ses yeux, un sourire de ses lèvres, une parole, une poignée de main, elle eût donné sa vie sans la moindre hésitation. Si par hasard Édouard la remerciait des soins qu'elle avait pour lui et du bon ordre qu'elle faisait régner dans toute la maison, elle éprouvait une satisfaction inexprimable et prodiguait à ce jeune homme, sans qu'il s'en doutât, ces trésors de tendresse qu'elle avait lentement amassés dans des années d'angoisse.... il était son dieu!

Elle avait d'abord cherché à dompter cette passion naissante, elle s'était efforcée de n'y pas croire, elle s'était représenté tout ce qu'il y avait d'absurde dans cette folle idée; mais toutes ces vaines tentatives n'avaient fait que la convaincre de l'irrésistible puissance de l'amour. Elle finit peu à peu par s'habituer à la pensée d'aimer.... Cela ne prouvait-il pas qu'elle avait une âme comme les autres, et que sous ces dehors repoussants battait un cœur capable de brûler des flammes les plus pures? Elle eût rougi d'avouer le sentiment qu'elle éprouvait, mais elle lui devait une félicité intime et solitaire qui lui tenait lieu de tout.

On a dit qu'il n'existait pas d'amour sans espérance : il appartenait à Marta de prouver le contraire. Être payée de retour !... elle comprenait elle-même combien cette illusion eût été dérisoire !... Elle savait aussi que le monde se fût égayé sur une prétention aussi inconcevable : être comprise et estimée par son cousin, recevoir de lui les témoignages d'une pure et sainte affection, voilà tout ce qu'elle osait espérer, ce que déjà elle avait réussi à obtenir.

A cette époque, Édouard fit une grave maladie, et l'on craignit pour ses jours. Il fallut voir alors la noble fille ; la douleur, la passion donnèrent des forces incroyables à cet être chétif et débile, qui ne quitta plus la chambre du malade bien-aimé; la fatigue et l'insomnie semblaient n'avoir pas de prise sur elle. La situation d'Édouard empirait, il avait le délire et ne reconnaissait personne.... à défaut de soins aussi dévoués il serait mort sans doute. Lorsque le médecin eut annoncé qu'il y avait du mieux et que la guérison était probable, Marta fléchit sous le poids de l'émotion et du bonheur, et courut dans sa chambre pour dérober à tous les yeux des élans qu'elle ne pouvait contenir.

La convalescence fut longue et Marta en suivit tous les progrès avec une admirable sollicitude; lorsque Édouard reprit sa connaissance, ce fut elle qui le sut la première, et en ce moment elle se sentit dédommagée de toutes ses souffrances. Elle devait en endurer bientôt de plus terribles que celles du passé. Adèle, qui jusque-là s'était peu occupée du malade, parce que ses parents ne l'avaient pas permis, et aussi parce qu'elle-même n'avait point les instincts de la sœur de charité, Adèle se montra plus assidue lorsqu'on put se borner à entretenir le convalescent. Plus jolie que jamais, fraîche comme une rose, vêtue avec coquetterie, elle semblait être l'ange de l'espérance venu pour réconcilier le mourant avec la vie. En considérant les traits nobles mais pâles et fatigués de son cousin, son regard se chargeait d'une lueur mélancolique et tendre qui l'embellissait encore. Marta, au contraire, se tenait à l'écart, et n'étant plus soutenue par la surexcitation qui avait doublé ses forces pendant la crise, elle éprouvait maintenant un ardent besoin de sommeil et de repos.

Édouard concentra toute son attention sur Adèle, dont le regard ému semblait chercher le sien.... Il se rappelait avoir en-

trevu pendant son délire un visage de femme qui lui souriait ;
il avait compris vaguement alors qu'il était l'objet de soins empressés ; mais, lorsqu'il eut entièrement repris connaissance,
il fit peu d'attention à Marta qui s'était presque aussitôt dérobée à ses yeux, et, en contemplant les beaux traits de sa
cousine Adèle, il crut retrouver en elle son ange protecteur.
Il la remercia par un regard plein d'amour, sourit doucement
et prononça avec effort ce nom chéri : « Adèle !... »

En ce moment, Marta s'éveilla en sursaut.... avertie par un
instinct secret elle se tourna vers Édouard, et elle l'entendit
prononcer d'une voix émue le nom de sa sœur.... Ce fut un
rude coup pour son cœur ; elle courut vers le lit, mais il était
trop tard.... la première pensée, la première parole de son
cousin avait été pour une autre !...

Même alors que les soins qu'exigeait la convalescence
étaient moins pressants et moins pénibles, Marta fut bien
plus attentive et dévouée que sa sœur ; mais Édouard attri-
buait naturellement l'absence d'Adèle à la pudique retenue
de son sexe, qui lui interdisait de venir sans ses parents dans
la chambre de son cousin, tandis que la laideur de Marta ne
suffisait que trop à expliquer sa présence, qui était loin d'offrir les mêmes inconvénients : n'était-elle pas un monstre
bien plutôt qu'une demoiselle ? Lorsque au contraire Adèle
paraissait, son regard caressant semblait dire au malade :
« C'est bien à contre-cœur que je quitte cette chambre, mais
durant mes longues absences vous êtes toujours présent à ma
pensée. »

Édouard était plus reconnaissant de ces sourires et de ces
courtes apparitions que des veilles et des fatigues de la pauvre
Marta.

Ce n'est pas qu'il fût ingrat envers cette dernière : il était
touché de ses soins et de son dévouement, et sentait grandir
dans son cœur l'estime et la sympathie qu'il lui avait accordées dès l'abord. Ces sentiments éclataient avec vivacité dans
certaines circonstances. Un jour, entre autres, Édouard s'était
trouvé plus mal et le médecin craignait une rechute ; dans
un moment d'oubli le malade prononça une parole dure à l'a-
dresse de son infortunée cousine, qui eût tout sacrifié pour
hâter sa guérison ; Marta fut profondément blessée, et ses
larmes jaillirent.... elle se tourna brusquement pour cacher
son émotion ; mais en cet instant Édouard lui parla, il fallut
bien répondre. Des sanglots vinrent lui couper la parole, et

le jeune homme, qui regrettait sincèrement le mouvement
d'impatience qui lui était échappé, sentit redoubler son trouble
et ses remords ; il la prit par la main, l'attira près de son
fauteuil, et lui dit d'un air attendri :

« Pardonnez-moi, ma bonne Marta !... la douleur m'a rendu
méchant.... vous êtes un ange, et moi.... »

En sentant cette main chérie dans la sienne, en écoutant
ces paroles empreintes d'une si bienveillante amitié, la pauvre
fille, dominée par une indicible émotion, fondit en larmes de
nouveau ; mais c'étaient des pleurs de joie et de tendresse :
elle venait de recevoir pour prix de ses souffrances, une faveur inespérée qu'elle eût volontiers payée de tout son sang.

« Allons, calmez-vous, Marta, ajouta Édouard ; quand je
vous ai parlé ainsi, je ne savais ce que je disais. Vous connaissez le vif intérêt que je vous porte.... si vous pleurez encore, je croirai que vous êtes toujours fâchée. »

Puis prenant la main de sa cousine, il la porta à ses lèvres
et la baisa tendrement.

« Vous pardonner ! vous pardonner ! s'écria la pauvre fille
chancelant sous le poids de sa félicité. Oh ! Édouard ! »

Craignant de ne pouvoir se contenir et de révéler son secret, elle courut s'enfermer dans sa chambre.

Cette petite scène terminée, Édouard n'y pensa plus : mais
elle !...

Le jeune homme ne tarda pas à se rétablir complétement,
mais il avait au cœur une blessure qu'Adèle seule pouvait
guérir. Sous des dehors séduisants, Édouard ne cachait pas,
comme il arrive d'ordinaire, une âme dépravée : l'amour que
lui inspirait sa belle cousine n'était autre que ce sentiment
respectable qui aspire aux solennités classiques de l'hyménée,
et dont les plus ardentes aspirations sont loin d'être incompatibles avec l'intervention du notaire et celle du curé. Au
moindre mot de sa part, le bon M. Icchese eût poussé un gros
rire de satisfaction et jeté sa fille dans les bras de son amant ;
mais Édouard voulait quelque chose de plus que le consentement du père et de la mère : il regardait la fortune d'Adèle
comme un vil accessoire, auprès du cœur dont il ambitionnait
la conquête.

Comment faire pour atteindre son but ? Il lui semblait bien
que ses œillades ne produisaient pas sur la jeune fille un effet
désagréable ; il lui semblait aussi reconnaître dans la façon
coquette dont elle se parait, dans ses propos et dans sa con-

tenance des indices assez favorables : mais rien ne prouvait
encore péremptoirement qu'il fût aimé ou sur le point de
l'être. Le moyen le plus simple était de lui parler, mais là se
présentait une nouvelle difficulté : car, si avec Marta les tête-
à-tête étaient fréquents et faciles, il n'en était pas de même
d'Adèle, qu'il ne voyait jamais qu'en présence de ses parents.

Édouard résolut de lui écrire, et se mettant à son bureau, il
traça les lignes suivantes :

« Ma cousine,

« Je suis à la recherche d'un cœur qui me comprenne et
qui m'aime. J'ai besoin d'une compagne qui vienne partager
avec moi les plaisirs et les chagrins de la vie, et mon vœu le
plus cher est de rencontrer une femme qui sache apprécier
l'ardeur et la sincérité de mes sentiments. Je n'ai pu vous voir
sans éprouver dès le premier instant un mouvement sympathique; tout en vous me révèle un ange de grâce et de bonté,
et mon seul désir est d'unir ma destinée à la vôtre; vous
n'avez qu'un mot à dire : pouvez-vous et voulez-vous accepter
mon cœur et ma main?

« C'est à vos soins, c'est à votre dévouement que je dois la
vie; il me serait doux de vous devoir un avenir de bonheur.

« ÉDOUARD. »

Il cacha soigneusement son petit billet et guetta le moment
propice où il pourrait l'envoyer à son adresse, car il ne voulait
pas mettre les domestiques dans sa confidence. Il espérait
arriver à ses fins dès le soir même, au moyen de la poignée
de main qu'il donnait chaque soir à Adèle en signe d'adieu.
Plein de son idée, il ouvrit la porte du salon, et vit sa belle
cousine assise près de sa mère et travaillant à sa broderie.
Édouard s'approcha et parla de choses banales en attendant une
occasion favorable; la fortune le servit à souhait : au bout
d'un instant Mme Icchese se leva et pria sa fille de venir avec
elle dans une chambre voisine.... Adèle obéit, serra sa broderie
qu'elle déposa dans sa corbeille à ouvrage sur un guéridon,
et sortit avec sa mère, non sans avoir échangé avec Édouard
un regard assez significatif.

Resté seul, le jeune homme s'approcha de la corbeille, y
plaça délicatement son billet, puis, entendant du bruit vers la
porte d'entrée, s'échappa par une issue latérale avec la pres-
tesse d'un voleur qui craint d'être pris en flagrant délit.

C'était Marta qui entrait. Elle venait chercher sa corbeille à ouvrage qu'elle avait laissée par mégarde au salon, et dont Adèle s'était servie à sa place. Arrivée dans sa chambre, quelle ne fut pas sa surprise à la vue de cette lettre sans suscription? Elle la déplia machinalement, sans se douter le moins du monde de ce qu'elle pouvait contenir. Un mot frappa d'abord ses regards, et l'éblouit comme eût fait une lueur trop vive : Édouard! c'était lui qui écrivait! Elle mit la main sur son cœur et crut qu'elle allait étouffer.... Puis sa tête s'embarrassa, elle ne vit plus que des caractères informes qui s'agitaient confusément devant ses yeux. Qu'avait-il à lui dire? Pourquoi lui écrivait-il? Ne pouvait-il pas à chaque heure du jour l'entretenir librement sans témoins? C'était donc un secret important qu'il n'osait confesser de vive voix! Son imagination troublée se berça un instant d'un espoir délicieux, auquel elle résista d'abord, pour s'y abandonner ensuite avec l'élan d'une folle ivresse. Elle mit la lettre d'Édouard sur son cœur, et se livra pendant quelques minutes à une méditation d'une douceur infinie, qui approchait de l'extase. Elle se leva enfin. « Il est temps de revenir à la raison, » fit-elle en s'apprêtant à lire.

Qu'éprouva-t-elle, bon Dieu! lorsqu'elle eut parcouru d'un bout à l'autre la déclaration de son cousin! Elle rougit, ses mains tremblèrent, son cœur battit avec violence. Était-ce bien à elle que s'adressait cette lettre? Mais le doute était-il possible? Édouard ne l'avait-il pas vue cent fois travailler près de cette corbeille?... Et c'était à elle.... à Marta, qu'il écrivait ainsi! C'était inconcevable.... et pourtant, elle chercha vainement à repousser la pensée qui la charmait.... les apparences étaient si trompeuses!...

« Il m'aime! il m'aime! » s'écria-t-elle toute transportée.... Hélas! en ce moment la glace qui était près d'elle lui renvoya son image, et elle recula épouvantée de sa propre laideur. « Oh! mon Dieu! disait-elle, tant de bonheur ne saurait m'être réservé.... Ce doit être une erreur, une horrible plaisanterie.... »

A cette idée, elle pâlit, et, saisie de honte, fut sur le point de s'évanouir; elle pressa dans ses mains sa tête qui semblait vouloir éclater, et, trempant son mouchoir dans l'eau froide, elle humecta son front que la fièvre brûlait; puis elle prit encore cette lettre, la relut lentement, s'arrêtant à chaque mot pour tâcher d'en découvrir le véritable sens. Le texte était parfaitement clair et ne prêtait à aucune équivoque, Édouard ne parlait que de qualités morales, de tendresse et de dévouement. En voyant Marta, n'avait-il pas déjà paru deviner la présence d'un diamant sous l'enveloppe grossière qui le cachait aux yeux ? Tous les témoignagnes d'estime et d'affection qu'elle avait reçus d'Édouard lui revinrent alors en mémoire pour la confirmer dans ses espérances. N'était-il pas naturel qu'un homme supérieur préférât dans sa femme les qualités de l'âme aux frivoles attraits d'une beauté passagère? N'était-ce pas elle dont les soins l'avaient arraché à la mort? Comment eût-elle pu supposer que ces paroles, si précises en apparence, s'appliquaient à Adèle, qui s'était si peu occupée de son cousin pendant sa maladie, et qui s'était trouvée dans sa chambre par le plus grand des hasards, lorsqu'il avait repris connaissance?

Alors Marta se livra à un accès de joie exubérante, comme jamais femme au monde n'en avait éprouvé. Dieu avait eu enfin pitié de ses longues souffrances, et la récompensait de sa résignation en lui accordant une félicité sans mélange ! Elle n'était donc ni folle ni orgueilleuse, lorsqu'elle demandait au ciel à genoux une âme qui comprît la sienne, un cœur qui répondît aux battements du sien ! Elle les possédait donc réellement, ces trésors moraux qui la rendaient digne d'une fortune si inespérée! Oh! comme elle sentit grandir en cet instant cet amour secret qu'elle avait voué à son cousin, et qu'elle croyait la veille parvenu à son apogée! Elle se promit de l'aimer tant, qu'elle le rendrait heureux à n'en pas douter. N'était-ce pas lui qui invoquait ce bonheur paisible que procure la communion de deux âmes sympathiques? Édouard.... c'était sa vie, son paradis à elle! Se savoir aimée de lui, être à lui, ne fût-ce que peu de jours, qu'un instant, c'était là une félicité surhumaine, qu'elle eût volontiers achetée au prix de mille tourments effroyables.

En ce moment elle entendit qu'on l'appelait : c'était l'heure du déjeuner de famille. Elle composa son visage du mieux qu'elle put, et descendit à la salle à manger. Édouard y était ; lorsqu'il la salua, elle sentit le rouge lui monter au visage.... Oh! combien sa voix était tremblante lorsqu'elle lui donna le bonjour! Édouard parla peu, sa contenance fut embarrassée; Marta fut la seule personne pour qui il se mit en frais. Elle se trouvait dans cette situation morale où l'on prête à tout un sens favorable ; chaque parole, chaque geste, chaque regard de son cousin lui semblaient venir à l'appui de ce que disait sa lettre. Si personne ne s'aperçut de la surexcitation qui communiquait aux yeux de la jeune fille un éclat inaccoutumé, cela tint uniquement à ce que personne ne pouvait se douter de son aventure et de ses étranges espérances.

Édouard observait le maintien joyeux et insouciant d'Adèle et cela l'attristait. N'avait-elle pas reçu son billet, ou n'en faisait-elle aucun cas ? L'idée lui vint de tout confier à Marta et d'user de son intermédiaire. Il prit sur-le-champ son parti et avant de quitter l'appartement il s'approcha d'elle et lui dit à l'oreille :

« J'ai grand besoin de vous parler. Ce soir, avant dîner, faites en sorte d'être seule dans votre chambre ; j'irai vous y trouver. »

Puis il sortit.

Marta perdait la tête et ne savait plus ce qu'elle faisait Aussitôt qu'elle le put, elle se réfugia dans sa chambre pour y donner libre cours aux pensées tumultueuses qui se pressaient dans son cerveau.

Cet entretien, on le lui demandait sans doute pour connaître sa résolution, mais elle n'aurait jamais le courage de faire cet aveu en présence de son cousin ; il fallait donc lui écrire afin d'éviter un tête-à-tête embarrassant. Elle prit la plume et traça quelques lignes avec hésitation ; puis, sous l'impulsion du sentiment qui l'animait, les paroles arrivèrent en foule et elle fit une lettre éloquente où se montrait à nu le fond de son âme. Elle commençait par exprimer un doute ; elle ne pouvait croire à tant de bonheur. Édouard serait bien coupable de chercher à la tromper, elle qui l'aimait d'une affection si pure et qui, dès le premier instant où elle l'avait connu, lui avait voué une inaltérable sympathie. Elle se savait indigne de la brillante destinée qu'on lui offrait, mais elle ferait tous ses efforts pour s'élever à la hauteur de sa sainte mission. Jusque-là, ajoutait-elle, son amour avait été un mystère qu'elle eût emporté dans sa tombe, si Dieu ne lui avait pas présenté une occasion de le dévoiler sans honte. Puis faisant un effort sur elle-même, elle engageait son cousin à bien réfléchir à l'engagement irrévocable qu'il allait contracter et dont il aurait peut-être un jour sujet de se repentir. Elle était laide, elle le savait : il ne fallait donc pas qu'il se fît illusion à lui-même et que, dans un moment d'exaltation, il prît pour de l'amour la pitié qu'elle avait su lui inspirer ; elle ne voudrait pas d'ailleurs d'une félicité qui pourrait coûter un regret à celui qu'elle aimait plus que tout au monde.

Lorsqu'elle eut fini, elle se dirigea vers la chambre d'Édouard, émue comme un malfaiteur à son coup d'essai ; arrivée près de la porte, son courage faiblit et elle fut sur le point de revenir sur ses pas. Il lui sembla qu'elle commettait une inexcusable imprudence. Ne vaudrait-il pas mieux, pensait-elle, attendre qu'Édouard eût fait connaître plus clairement ses intentions? Mais d'autre part, quoi de plus significatif que sa lettre, que le rendez-vous qu'il avait sollicité? Édouard ne manquerait pas d'accourir après avoir lu sa réponse, et lui ferait connaître sa résolution de vive voix. Elle reprit courage, entra dans la chambre et déposa son billet sur la table de son cousin.... elle était agitée au point d'en perdre la respiration ; elle appuya ses deux mains sur le dos d'un fauteuil et embrassa d'un regard caressant tous ces objets au milieu desquels vivait son Édouard, qu'il voyait et touchait chaque jour.

Tout à coup un bruit de pas se fit entendre et parut se rapprocher ; c'était *lui*, elle le devina sur-le-champ, mais il n'était pas seul et bientôt elle reconnut la voix d'un ami du jeune homme ; ils paraissaient causer avec beaucoup d'animation. Pour rien au monde elle n'eût voulu que son cousin la surprît dans son appartement ; le danger était plus grand encore, puisqu'un étranger l'accompagnait. Elle songea d'abord à fuir en emportant sa lettre, mais il n'était plus temps ; un cabinet de toilette faisait suite à l'appartement ; Marta s'y blottit à la hâte et les deux amis entrèrent.

L'ami d'Édouard le plaisantait au sujet de la mélancolie qui semblait l'envahir et faisait tous ses efforts pour l'obliger à quelques confidences. Édouard ne voulait rien avouer et l'ami revenait à la charge :

« Ces façons discrètes n'ont pas le sens commun, disait-il, et ton déguisement ne déguise absolument rien. Le secret que tu prétends cacher n'est pas moins connu que celui de Polichinelle, et chacun peut lire dans tes yeux que tu es fou de ta cousine. »

Édouard n'osa pas lui donner un démenti.

« Eh bien! cela ne suffit pas pour légitimer tes allures de poitrinaire, et t'autoriser à contrefaire la mine ébaubie d'un poisson hors de l'eau. L'amour est une maladie qu'on guérit au moyen du mariage ; épouse donc ta cousine, sois heureux et je te promets un épithalame tout neuf, copié avec discernement dans un ancien recueil. »

Personne au monde n'est babillard comme un homme amoureux lorsqu'une fois il s'est décidé à ouvrir la bouche. Édouard parla à son ami de la lettre qu'il avait écrite à Adèle, et de la réponse qu'il attendait avec impatience.

« Eh ! mais.... s'écria l'ami qui s'était approché de la table d'Édouard, voici un petit billet qui m'a tout l'air d'avoir été écrit par une femme.... »

Il le prit entre le pouce et l'index et le montra à Édouard. Celui-ci s'élança, le lui arracha des mains, l'ouvrit avec une précipitation fébrile et le lut tout frémissant.

Marta eût donné beaucoup en ce moment pour n'avoir point écrit la lettre, ou du moins pour ne pas assister à cette lecture.

L'ami regardait fixement Édouard afin de surprendre ses impressions.... Il le vit au bout d'un instant donner des marques d'une si vive surprise, d'une si étrange stupeur, qu'il ne put s'empêcher de partir par un éclat de rire.

« Eh bien ! qu'y a-t-il ? la jeune fille n'aurait-elle rien compris à ta déclaration ?

— C'est moi qui ne comprends pas.... murmura Édouard entre ses dents, il y a là une singulière erreur....

— Quelle erreur ?

— Eh ! je ne puis te l'expliquer. »

L'ami se leva et se haussant sur la pointe des pieds, il aperçut la signature de la lettre qu'Édouard tenait entre ses mains.

« Oh ! oh ! Marta ! tu as écrit à Adèle et c'est l'autre qui te répond....

— Voilà ce qui me rend si perplexe.

— Elle aura écrit de la part de sa sœur.

— Mais non.... »

L'ami entrevit la vérité.

« Eh ! eh ! fit-il, peut-être.... »

Mais l'idée lui parut si absurde qu'il ne put réprimer un nouvel accès d'hilarité.

« Marta aura cru que la lettre était pour elle. »

Édouard fit signe que oui.

« Et elle te répond pour son compte et prend la proposition au sérieux.... »

Édouard fit encore un signe affirmatif, et l'ami rit plus fort.

« Et elle te fait l'honneur d'accepter ton cœur et ta main ? »

Édouard ne put s'empêcher de sourire, et la gaieté de son ami atteignit à son paroxysme.

« Ah ! ah ! bossue ! boiteuse ! marquée de la petite vérole....

— Silence ! silence ! fit Édouard.

— Quelle conquête, mon cher ! laisse-moi te féliciter de ton bonheur. »

Édouard avait remis la lettre sur la table; l'ami s'en saisit avant qu'il eût songé à s'y opposer ; il la parcourut d'un bout à l'autre en y ajoutant des commentaires burlesques, et cette lecture s'acheva au milieu des rires des deux jeunes gens.

« Quelle modestie ! elle semble douter que tu veuilles bien l'élever jusqu'à toi.

— Assez comme cela, fit Édouard, qui reprit le premier son sérieux; la pauvre Marta est si bonne !

— Oui, mais laide comme le diable. »

Quelle affreuse situation que celle de Marta ! Elle eût préféré des coups de poignard à ces éclats de rire.... succombant sous le poids de la honte et de la confusion, elle dut faire des efforts surhumains pour ne pas tomber en défaillance; mais elle était perdue si on la surprenait.... au bruit de sa chute les deux amis ne manqueraient pas d'accourir. Cette pensée ranima ses forces, elle s'appuya contre la muraille.... mais en ce moment sa souffrance fut telle qu'elle espéra en mourir sur le coup. Pour que ses soupirs et ses gémissements ne la trahissent pas, elle mit son mouchoir dans sa bouche, le mordit et fit jaillir le sang de ses lèvres déchirées.... la douleur physique faisait diversion à sa douleur morale. Toutes ses illusions venaient de s'évanouir à la fois ; elle se prit à se haïr et à se mépriser plus que par le passé. Elle crut un instant que les jeunes gens s'approchaient du cabinet; elle alla doucement vers la fenêtre, et l'ouvrit, prête à se jeter dans la rue s'ils pénétraient dans sa retraite. Lorsqu'elle eut entendu Édouard plaisanter sur elle à son tour, elle éprouva un tourment indicible.... lui !... c'était bien lui qui riait avec un étranger des difformités de celle qui lui avait sauvé la vie ! Elle s'était donc trompée lorsqu'elle l'avait cru généreux et bon ! Lui aussi joignait ses insultes à celles de la foule, et n'avait eu pour elle qu'une pitié menteuse.... elle eût voulu être morte !

Lorsqu'elle sortit de sa cachette, ses traits étaient bouleversés, elle se soutenait à peine ; son aspect avait quelque chose d'effrayant et de lugubre. Elle alla s'enfermer dans sa chambre, et s'y promena au hasard, livrée à mille réflexions amères, que dominait l'horrible pensée du suicide.

Pourquoi rester sur la terre après avoir perdu ce qui la faisait vivre? après les outrages dont elle venait de se voir abreuvée? Avant qu'Édouard vînt dans cette maison, son existence n'avait été qu'un long supplice, mais la honte s'y joignait maintenant! Édouard avait plaisanté sur elle avec un de ses amis; se contraignait-il davantage en public? Adèle aussi rirait de la folie de cette pauvre Marta, de ce monstre qui avait eu un instant le sot orgueil de se croire une femme et une femme aimée! Et ces moqueries cruelles ne seraient que justice.... C'était la beauté d'Adèle qui avait séduit Édouard; l'âme et le cœur sont cachés, qui donc peut les connaître à fond? Elle-même, ne s'était-elle pas laissé prendre dès l'abord aux avantages extérieurs de son cousin? Édouard et Adèle s'aimaient : à eux les joies de l'amour, les délices de l'hymen et les fleurs de la vie! Pour elle, être abject, il n'y avait d'autre espoir que celui du trépas!

Elle ouvrit sa fenêtre et regarda le pavé : un instant de résolution et tout était fini.... elle ne voulait plus souffrir, sa résignation était à bout. Une idée la retint : elle songea que la populace elle-même se fût égayée en contemplant les difformités de son cadavre palpitant.... de quelque côté qu'elle se retournât elle retrouverait toujours le mépris et l'insulte! un écho railleur retentissait sans cesse à ses oreilles et la poursuivait jusque dans ses rêves funèbres. « Oh! disait-elle, mourir ignorée, loin de tous, sans être vue de personne! » Elle ferma la fenêtre et se remit à marcher, l'œil hagard et le sein haletant. En passant devant un miroir, elle s'arrêta et tressaillit à la vue de tant de laideur.... puis un sourire stupide erra sur ses lèvres, elle lança vers l'image que lui renvoyait le miroir un regard menaçant : « Oh! je te détruirai, hideuse et misérable enveloppe de mon âme! »

Le Pô coulait à peu de distance de la maison, et Marta de sa chambre en écoutait le caressant murmure.... elle prit son chapeau, son châle et s'apprêta à sortir.

« Quand je serai morte, pensait-elle, la raillerie fera place à la terreur.... mon cadavre sera hideux, mais il n'osera pas en rire, lui! Le souvenir de ma mort empoisonnera son existence, et je serai vengée!... Oh! si les morts reviennent, il verra dans ses songes mon visage implacable!... Si avant de mourir

j'allais lui faire entendre le cri de mon désespoir ?... Mais
non, il faut lui raconter seulement ce que j'ai souffert à cause
de lui.... »

Sans quitter son chapeau, elle s'approcha de ce petit secrétaire sur lequel elle écrivait quelques heures auparavant des
paroles d'amour. Elle s'efforça de recueillir ses idées et chercha des paroles poignantes pour peindre son martyre ; mais
en revenant sur les déceptions qu'elle venait d'essuyer, elle
s'attendrit sur elle-même, ses yeux s'humectèrent et perdirent
leur éclat vitreux, un sanglot s'échappa de sa poitrine comme
si la douleur eût voulu s'épancher au dehors, elle fondit en
larmes et fut soulagée. Elle pleura longuement, comme font
ces pauvres filles qui, sur le seuil du cloître, adressent un
adieu suprême au monde, à leur famille, à la vie, à tout ce
qu'elles ont aimé et qu'elles vont quitter pour se vouer à
l'ombre du sépulcre à leur œuvre expiatoire. La pensée de
Dieu vint alors traverser son âme, elle tomba à genoux pour
demander au ciel des avis et des consolations, et d'ardentes
prières s'échappèrent de son cœur, entrecoupées de gémissements.

Quand elle se leva, elle avait retrouvé le calme et la résignation, mais son visage s'était revêtu d'une empreinte d'ac-
cablante tristesse qui ne devait plus se dissiper. La prière
lui avait donné la force de pardonner, et le pardon l'avait
sauvée de son propre désespoir : elle brûla la lettre qu'elle
venait d'écrire, composa son visage et se mit à la recherche
d'Édouard.

Elle l'aborda le sourire aux lèvres.... où l'infortunée put-
elle donc prendre cette force héroïque ?...

« Avez-vous reçu ma lettre ? » lui dit-elle, d'un ton badin.

Édouard la regarda, parut fort embarrassé et balbutia quelques paroles vides de sens.

« J'espère que vous ne vous êtes pas offensé de ma plaisanterie, continua Marta avec une rare intrépidité.... je voulais
vous punir d'avoir eu assez peu de confiance en moi pour me
dissimuler vos mystérieuses amours.

— Ah ! vous savez....

— Eh ! ne l'ai-je pas deviné ! parce que vous aviez pris ma
corbeille à ouvrage pour celle de ma sœur, pouvais-je m'imaginer que votre billet s'adressait à moi ? »

Et l'infortunée sourit encore....

« Mais ne craignez rien, ajouta-t-elle, je parlerai moi-même à Adèle, et je n'aurai point à faire de grands frais d'éloquence pour la décider à vous écouter. »

Édouard l'embrassa avec transports.... Pauvre Marta !...

Le mariage eut lieu peu de temps après : Adèle et Édouard sont heureux et continuent de vivre sous le toit de M. Icchese. Marta fut témoin de leur bonheur, et cacha ses larmes pour ne pas le troubler ; elle a bercé leurs enfants sur ses genoux, et a été pour eux une seconde mère ; elle était devenue la providence des pauvres et la bénédiction de cette famille, au sein de laquelle sa bonté, son abnégation et ses soins dévoués maintenaient le calme et l'union. Mais le chagrin qui la minait sourdement ne tarda pas à altérer sa frêle constitution, et depuis plusieurs mois son médecin l'avait condamnée. Elle a cruellement souffert pendant ces derniers jours, mais elle n'a fait entendre ni un cri, ni un gémissement.... à l'angélique sérénité qui illuminait son visage, on devinait qu'elle aspirait au ciel et saluait avec reconnaissance l'aurore d'une destinée meilleure. Dieu a exaucé son vœu le plus ardent : elle est au ciel depuis ce matin ! »

HUITIÈME RÉCIT.

L'auteur, pour se dédommager d'avoir écouté si longtemps, tire de sa
poche un manuscrit dont il donne lecture à Romualdo.

« Serai-je donc éternellement réduit au rôle d'auditeur?
m'écriai-je; il y a huit jours, mon cher Romualdo, que je prête
à tes intarissables discours cette attention pieuse que les
dévotes accordent avec peine au prédicateur à la mode. C'est
la plus grande marque de complaisance qu'un ami puisse
attendre de son Pylade. Chaque jour, à la fin du dessert, je me
suis accoudé sur la table, dégustant sans broncher tes histoires les plus délayées, t'interrompant tout juste assez
pour ranimer ta verve, et me chargeant de tirer de tes narrations une conclusion morale qui ne s'y trouvait pas toujours.
Le dévouement dont j'ai fait preuve est rare, et l'on en citerait
peu d'exemples dans ce siècle bavard, où chacun voudrait acca-
parer la tribune nationale pour son usage particulier. Nous
voyons reparaître les temps de la tour de Babel : on trouve
partout des orateurs, un public nulle part. Tu m'excuseras
si je me fatigue à la fin de l'attitude humiliante que j'ai gardée
jusqu'ici, et tu voudras bien me permettre de prendre la
parole à mon tour....

— Je comprends, fit Romualdo d'un air dégoûté, tu as une
histoire en poche.

— Une histoire écrite, répliquai-je; tu sais que je manie
plus volontiers la plume que la langue. »

Je tirai mon manuscrit, Romualdo le regarda à la dérobée,
et il lui parut sans doute trop volumineux, car il fit une
horrible grimace.... Je n'en tins pas compte et je commençai
ma lecture.

I

Ils étaient assis tous les deux sous un berceau de feuillage.... rien n'est perfide comme les berceaux en question,
car leurs cloisons mobiles n'assurent qu'un abri fort impar-
fait et sont loin d'être impénétrables à l'indiscrète curiosité
d'un tiers.

L'amour, cette grande affaire de quiconque, ayant plus de
quinze ans, n'a pas encore atteint son huitième lustre, l'amour,
ce dominateur des cités, devient tout à fait despote à la campagne. Rien n'excite l'imagination et n'amollit le cœur comme
l'enivrante senteur des collines verdoyantes, et les promenades à pas lents sous les arbres séculaires. Pour les trois quarts
des gens bien élevés, la vie des champs se résume dans la
conjugaison non interrompue de ces trois verbes : aimer,
manger et dormir.

Ils étaient donc assis sous une fraîche tonnelle, et des
rameaux de pampre se balançaient au-dessus de leurs fronts.
Le jeune homme, vous avez déjà compris qu'il s'agissait de
jeunes gens, ressemblait à tous les élégants de vingt à trente
ans : cheveux frisés et pommadés, moustache et favoris,
lorgnon incrusté dans l'œil, main gantée de jaune, souliers
vernis, air des plus impertinents ; tels étaient les principaux
traits de ce signalement banal. La dame, je ne ferai pas à mes
lecteurs l'injure de supposer qu'ils aient pu avoir un instant
de doute sur le sexe de mon second personnage, la dame
n'était pas un bouton de rose, c'était mieux que cela : une
rose largement épanouie ; elle avait les manières aisées d'une
personne habituée à voir le meilleur monde et possédant sur
le bout du doigt la théorie des œillades et celle du sourire ;
elle était belle comme vous savez l'être, moitié séduisante du
genre humain, lorsque vous avez le bon esprit de ne pas donner un démenti à votre nom ; elle était mise simplement, mais
avec un goût parfait ; sa pose était gracieuse, le timbre de sa
voix harmonieux et sonore comme celui d'une clochette d'argent ; elle minaudait à ravir et plaisantait avec verve et entrain. On reconnaissait pourtant à son regard limpide et profond, à l'accent pénétrant de certaines paroles, au froncement

de son sourcil d'ébène, que sous le corset de cette splendide créature il y avait autre chose que l'organe vulgaire qui chez beaucoup de grandes dames vient remplacer le cœur. Elle était veuve et se nommait Avventina ; quant à l'âge qu'elle pouvait avoir, personne ne le savait au juste. En dépit du nombre croissant de ses admirateurs, sa réputation restait intacte, et, si les femmes l'accusaient de coquetterie et de légèreté, les hommes tout d'une voix la proclamaient cruelle, c'est-à-dire vertueuse.

Elle possédait la magnifique villa où nous venons de la ren-contrer.... Une belle femme, une belle villa, en voilà plus qu'il n'en faut pour faire jaillir des flots d'adorateurs et de visi-teurs ; les uns et les autres abondaient, et parmi eux brillait au premier rang Buonviso, le jeune homme aux moustaches avec qui vous allez faire connaissance.

Répondant à une longue tirade de son interlocuteur, Avven-tina disait : « Je veux être sincère ; je crois tout le monde et.... personne. Certes ce que vous me dites là est bien sé-duisant, mais tant d'autres m'ont fait entendre ces mêmes déclarations ! Vous autres, jeunes gens, vous vous exprimez tous à peu près de la même façon ; c'est un plagiat continuel et réciproque auquel on doit de voir les mêmes phrases ren-trer sans cesse dans la circulation. Moi, j'aime l'originalité.... Songez-y ! je suis ennuyée de ces fades protestations au point de désirer qu'on ne m'en fasse plus que par signes et par gestes. Je ne veux pas vous défendre d'espérer.... ce serait peut-être de la fausseté de ma part, et d'ailleurs vous avez trop bonne opinion de vous-même pour vous laisser rebuter ainsi au premier mot : Espérez donc et attendez ; mais vous ne perdrez rien à garder le silence, je vous le garantis ; je vous promets, et cela très-sérieusement, de vous avertir aussitôt que vous aurez fait quelque progrès dans mon cœur. Rendez-vous aimable et vous me verrez un beau jour vous tendre la main en vous disant : « Je suis à vous.... vous avez vaincu. » Maintenant levons-nous, car nous causons depuis longtemps ensemble et l'on pourrait jaser....

— Un instant.... me faire aimer, mais comment ?

— Ah ! faudra-t-il donc vous donner encore des leçons ?

— J'ai toujours pensé que, pour atteindre le but que vous indiquez, il suffisait d'aimer soi-même de toute son âme.

— Il est possible que cela soit ainsi....

— Alors je devrais être payé de retour....

— Il y a plusieurs manières de comprendre l'amour, et je vous ai prévenu que j'étais un peu excentrique dans ma façon de penser.

— Vous voulez me réduire au désespoir! En somme, que dois-je faire?

— Si je vous le disais, où serait le mérite? Essayez, pensez à tout ce qui peut toucher une femme.... Quand nous sommes émues, nous sommes vaincues aux trois quarts. Il vaut mieux s'adresser à notre sensibilité qu'à notre imagination; les hommes calculent tout, jusqu'à leurs passions, les femmes aiment avec leur âme. Les traits les plus spirituels de nos damerets effleurent à peine l'épiderme et laissent le cœur froid.... Il est vrai que je qualifie d'une manière bien indulgente l'insignifiant babillage de ces messieurs. Veuillez croire que je ne fais aucune allusion particulière. Selon moi, une belle action vaut mieux qu'un beau discours, et je juge de la valeur d'un homme d'après ce qu'il fait et non d'après ce qu'il dit. Une de mes amies me demandait un jour si je pourrais aimer un poëte. « Oui, lui répondis-je, si ses chants partaient « du cœur. » Vous me comprenez? je suis ainsi faite; je vous parais sans doute fantasque et bizarre, mais qu'y puis-je? il faut m'aimer telle que je suis ou me laisser en repos.

— Vous laisser! Oh jamais! »

L'ombre d'un homme parut alors se dessiner sur le sable fin que faisait craquer le petit pied d'Avventina. Elle leva vivement la tête.

L'homme dont l'ombre se projetait ainsi sur le sol, s'avançait gravement, les bras croisés, la tête penchée sur la poitrine; un large chapeau de paille était rabattu sur ses yeux, et de la poche de sa jaquette rustique, dont de Michelis[1] n'avait pas surveillé la coupe, on voyait poindre l'extrémité d'un gros livre. En passant près de la tonnelle, il y jeta un regard oblique, et, comme il s'aperçut qu'il dérangeait un tête-à-tête, il se retourna brusquement; ses joues pâles se nuancèrent d'une légère teinte pourpre, et il voulut se retirer dans une direction opposée.

Mais Avventina, qui était déjà debout, vint au-devant de lui.

« Monsieur Lucci, fit-elle, voulez-vous me permettre de m'appuyer un moment sur votre bras.... je ne voudrais pourtant pas troubler vos intéressantes méditations....

1. Célèbre tailleur de la rue Dora grossa.

— Mais non.... au contraire.... je suis enchanté ! »

Et il tendit son bras gauche à la charmante créature, mais avec l'air embarrassé et le visage mécontent d'un homme qui fait une corvée et qui n'ose pas dire : *Je voudrais bien m'en aller*

II

« Elle veut des faits.... des actes héroïques.... c'est une folle ! » Ainsi disait Buonviso à part lui, tout en rejoignant la nombreuse société qui circulait comme à l'ordinaire dans les jardins d'Avventina, celle-ci ayant d'excellentes relations à la ville et dans le voisinage. « Me prend-elle pour un chevalier errant disposé à courir le monde pour redresser des torts ou se faire assommer ? quel langage inintelligible ! Elle ne veut pas de discours ! comme si les préliminaires amoureux se composaient d'autre chose aujourd'hui ! Le bavardage est le cachet de l'époque, et tout se dissipe en périodes ronflantes et nuageuses. La malheureuse est saturée de romans.... Oh ! combien les moralistes ont raison de fulminer contre ces empoisonneurs publics qui nous présentent sans cesse, sous une forme humaine, des modèles de grâce, de distinction, de beauté et de dévouement fidèle, comme s'il était facile de leur faire concurrence ! Aussi les femmes en raffolent-elles.... Elles nous comparent aux types accomplis qu'elles ont vus en rêve ; il n'est pas étonnant que la comparaison nous soit défavorable. En élevant ces prétentions outrées, Avventina n'aurait-elle pas l'intention secrète de me congédier à petit bruit après m'avoir fait toucher au doigt mon insuffisance ?... Oh ! ce serait un cruel désappointement ! Parmi toutes mes connaissances, filles ou femmes, aucune ne m'a fasciné à ce point.... aucune ne saurait l'égaler.... il est facile d'en juger du reste, j'ai sous les yeux de nombreux échantillons ; examinons-les attentivement, et voyons s'il serait possible de remplacer avec avantage cette inabordable déesse qui traîne ses amants à travers des sentiers semés de ronces et d'épines.

« Voici d'abord Mme Paoloni, qui fait résonner l'écho des notes aiguës et prolongées de ses rires incessants. Ce n'est pas une femme, c'est un automate ingénieux, dû à quelque mécanicien inventeur de l'hilarité perpétuelle. Elle ne comprend jamais rien à ce qu'on dit, la pauvrette, et pourtant elle s'arrange toujours de manière à trouver tout plaisant. Je parie que si je lui parlais de la question d'Orient, au lieu de bâiller comme une créature raisonnable, elle se désopilerait la rate comme une bienheureuse. Et puis, elle n'est pas belle, quoi qu'on en dise; elle a les dents longues d'un animal antédiluvien, et des yeux à fleur de tête qui finiront par en sortir tout à fait dans un de ses nombreux accès de bonne humeur. Elle est haute en couleur, j'en conviens, ronde, grasse, fraîche à faire plaisir, la matière première abonde, mais il y manque la délicatesse et le fini du travail; c'est un bloc de pâte indigeste; d'ailleurs je ne puis souffrir les automates. Une demi-heure d'entretien avec elle suffirait pour abêtir l'esprit le plus éveillé; j'en ai pour preuve son mari, dont l'intelligence s'épaissit chaque jour. Il ferait beau voir que je fusse réduit à n'avoir plus sur les lèvres que les stupides monosyllabes de ce bon Paoloni : Certainement.... assurément.... très-vrai.... fort bien. Passons à une autre.

Mme Clorinde.... Miséricorde! un bas bleu qui vous confie ses *Aspirations intimes*, qui adresse des vers à la lune, à l'aurore, au murmure des vents, à la tourterelle qui roucoule, au diable qui puisse l'emporter! et comme si ce n'était pas assez, elle s'occupe de philosophie humanitaire, et, qui plus est, de politique. C'est une Vénus en robe doctorale, une statue de bois encadrée dans de la poésie sentimentale, qui est tout ce qu'il y a de plus fatigant au monde.... et puis, voyez cette physionomie dure et sèche, ce visage ratatiné, toujours grave, toujours sérieux, toujours ennuyé; son œil ne quitte pas les nuages, et sa lèvre serrée semble guetter une occasion de décocher un quatrain prétentieux ou une phrase aux lyriques allures. Être l'amant d'une pareille femme, ce serait se charger de l'écrasant fardeau de ses confidences littéraires, et j'ai les reins trop faibles pour cela.

« Ah! ah! voici Mlle Antonia qui bondit et folâtre comme une enfant de douze ans. Quelle agréable fillette! elle a trente-neuf ans accomplis, la taille d'un grenadier, les mains et les pieds d'un balayeur municipal, ce qui ne l'empêche pas de viser encore aux grâces enfantines. Eh! mais.... Dieu me pardonne, ne la voilà-t-il pas qui saute sur la corde de sa petite nièce? Quelle souplesse! Elle a beau serrer ses flancs, l'ampleur de ses formes la trahit, et tout vient révéler ses quarante printemps. Si l'infortunée pouvait se considérer cinq

minutes avec les yeux d'autrui, elle se hâterait de jeter bas sa
parure de jeune fille, sa robe blanche et sa petite collerette
plissée; elle changerait la forme de sa coiffure, qui ressemble
à celle d'une pensionnaire, et mettrait surtout un terme à ses
propos mignards, qui font un si singulier effet en sortant
d'une bouche édentée. Il n'y a rien d'aussi ridicule au monde
qu'un vieillard déguisé en *Cupidon*. Cette chère Antonia tombera de décrépitude en jouant encore à la poupée, et, si elle
trouve un mari, ce sera par une faveur spéciale de son patron
céleste qui aura voulu se débarrasser d'elle et de ses prières.

« Mais qui donc chuchote derrière la haie? ils sont deux....
Je crois reconnaître l'organe caressant de Mme Félicité. Ah!
par exemple, c'est là une charmante petite personne, bonne,
complaisante, aimable.... trop aimable et pour trop de monde!
Il y a un homme avec elle.... ce doit être le comte Crava, qui
lui fait une cour assidue. Approchons-nous et regardons. *Per
Bacco!* c'est le bruit d'un baiser franchement appliqué.... Oh!
oh! que vois-je! Ce n'est pas le comte, c'est l'avocat Stornello!
C'est lui sans doute qui est appelé à compléter la douzaine;
fort bien.... Laissons-les à leurs amours. Si je rencontre Crava,
je lui dirai que sa belle l'attend ici; c'est un service d'ennemi
qu'on ne doit jamais manquer de rendre à un ami. Elle me
plairait vraiment cette agréable femme.... Elle est jolie, vive,
spirituelle; mais il y a trop de copartageants. Elle n'a pas de
faveurs exclusives ; elle est libre-échangiste dans toute la
force du terme; son mari peut se rasssurer : elle n'aime personne.... car elle aime tout le monde.

« Quant à Valérie, Pélagie et Barbara, il n'en saurait être
question ; on leur donne le nom de femmes uniquement parce
qu'elles portent des jupons, qu'elles tordent en tresses des débris de cheveux, qu'elles baissent les yeux en société en se
pressant les flancs de leurs coudes pointus, et qu'elles n'ont
point de barbe : c'est une tapisserie animale, mais peu ani-
mée. Ces honnêtes cariatides servent de remplissage dans un
salon, et se rendent utiles comme *repoussoirs*. Infortunées qui
n'ont jamais vécu et ne vivront jamais, et qui auraient dû méditer de bonne heure sur ce mot instructif qu'on inscrivait sur
la tombe des Romaines antiques :

Elle vécut chez elle et fila de la laine.

« Mlle Bianca.... Oh! pour celle-là il n'y a rien à dire; elle
est pourvue de mille attraits physiques et moraux, sans

compter ceux de sa dot. La voilà, comme toujours, près de sa
maman : on dirait un agneau qui suit une brebis ; elle hésite
en parlant, sa démarche et ses regards sont mal assurés ; elle
a toute la grâce de la timidité et toute la timidité de la grâce.
Un rien suffit pour faire rougir ce petit ange, comme le moindre souffle suffit à ternir le cristal. S'il lui arrive de dire un
mot, elle paraît effrayée du son délicat de son frêle et harmonieux organe. Elle sort d'un couvent de religieuses.... Je
croyais peu à l'innocence des pensionnaires, mais la foi m'arrive quand je la contemple. Les saintes épouses du Seigneur
ont dû l'élever sous une machine pneumatique : c'est une
plante de serre chaude. Blanche! ce nom est charmant, il me
plaît et lui sied à ravir. Car où trouver une âme plus candide,
un teint d'une plus éblouissante blancheur? Chère enfant!
comme elle est gentille avec son corsage rose et sa petite collerette! Quel attrait lui donnent ces longues tresses qui encadrent son visage et se replient derrière ses oreilles! Comme
ses traits se dessinent finement sous ce large chapeau de
paille florentine!... Si j'étais peintre, je voudrais la copier
pour une tête de madone, et le fait est qu'elle ressemble
tout à fait à la Vierge.... avant la visite de l'archange. Elle
est innocente, en vérité, comme si elle suçait encore le sein
de sa nourrice, et se croirait damnée si elle adressait la parole
à un autre homme que son père. Ce n'est pas qu'elle soit sotte ;
ses grands yeux qui lancent des éclairs sous leurs longs cils
à demi baissés donneraient un démenti solennel à cette assertion erronée. Beaux yeux! lèvres de corail! cheveux blonds!
contenance pudique et modeste.... quel ensemble! Les blondes
d'ordinaire sont roides et froides comme des statues ; on devine au contraire sous cette chaste attitude un cœur sensible
et capable de grandes passions quand arrivera le réveil des
sens.... Et pourquoi ne serais-je pas appelé à initier Mlle Blanche aux tempêtes de l'amour? J'en suis digne tout autant qu'un
autre, et, sans avoir l'air d'y toucher, la jeune fille vient de
me lancer un regard dont la signification n'a rien de particulièrement alarmant. Courage donc! et si cela doit finir par
un mariage.... je m'y résignerai.... Il y a une fin à tout ici-
bas.... Une femme belle, riche et vertueuse, ce sera là un
prétexte suffisant pour me permettre de quitter avec honneur
la lice où j'ai si longtemps triomphé.

« La voilà qui s'agenouille.... elle cueille des fleurs, elle en
fait un bouquet.... Appuyé à cet arbre, je me trouverai face à

face avec elle. C'est cela. Il s'agit maintenant de faire passer dans mon regard une dévorante ardeur, une fascination magnétique. Ah! ah! elle m'a vu.... j'ai déjà obtenu un coup d'œil furtif.... elle rougit, s'embarrasse, laisse tomber ses fleurs! pauvre chérie! Au diable soient Avventina et ses folles exigences. je la quitte décidément, et je vais consacrer tous mes soins à ce jeune tendron.

« Mme Paoloni appelle la mère.... qu'elle soit bénie! C'est la première action sensée qu'elle ait faite en sa vie.... à son insu, il est vrai. La mère s'éloigne! de mieux en mieux! Blanche hésite.... suivra-t-elle sa maman? Non, elle s'arrête et revient à ses fleurs : Dieu me pardonne! je crois qu'elle a observé mon petit manége. Elle me redoute ou souhaite ma présence, elle est assise à l'écart, nous sommes seuls, saisissons l'occasion aux cheveux! c'est le cas de montrer de l'audace et de l'esprit, tout en se gardant d'effaroucher la pauvre innocente. »

III

Buonviso alla s'asseoir à l'un des bouts du banc, et la jeune fille se retira aussi loin qu'elle put dans le sens opposé; elle devint pourpre et ses yeux s'abaissèrent sur le sable de l'allée.

« Vous voilà entourée de fleurs, mademoiselle?... Pauvres fleurs! Comme leur éclat pâlit à côté du vôtre! Les poëtes ont raison : les fleurs sont le sourire de la terre, la beauté est le sourire de Dieu! Vous aimez les fleurs, mademoiselle?

— Oui, monsieur.

— Et moi, j'en suis fou. Tout ce qui est pur et gracieux m'attendrit et m'enchante! Rien de plus sérieux que le langage des fleurs; je les comprends, je m'entretiens avec elles par l'intermédiaire des yeux. Connaissez-vous le langage des fleurs?

— Non, monsieur.

— Cela m'étonne. Les Français ont publié là-dessus de superbes ouvrages ornés de gravures coloriées, et ces livres ont été immédiatement placés dans les pensionnats de demoiselles, pour leur former l'esprit et le cœur. Vous n'en avez lu aucun?

— Non, monsieur.

— Ils sont presque aussi amusants que des contes.... moraux. Voulez-vous me prêter quelques-unes de vos fleurs ?

— Oui, monsieur.

— Voici : la rose est l'emblème de la beauté, la violette celui de la modestie, l'œillet l'emblème de l'amour.

— Ah! monsieur !

— Supposons qu'une demoiselle inspire une profonde et secrète sympathie à un homme qui n'ose pas se jeter à ses pieds et lui crier : « Vous êtes mon seul bien, ma vie, mon unique flamme.... » Cet homme prendra cette rose, puis cette violette, puis cet œillet, les unira en faisceau au moyen de cette herbe verte, couleur de l'espérance, et les présentera à l'ange de son choix; ce geste équivaudra parfaitement aux paroles suivantes : « Vous êtes aussi belle que modeste, et je vous « aime énormément ! »

— Oh ! monsieur ! »

Mais en cet instant un cri de détresse vint à retentir.... Blanche! Blanche! et la mère inquiète arriva au pas de charge, lançant sur Buonviso un regard courroucé, semblable dans son émotion à une poule à qui on enlèverait ses poussins.

Elle prit sa fille par le bras, jeta ses fleurs à terre et l'emmena en toute hâte, comme pour la soustraire à quelque grand péril.

« Quelle mère féroce! murmura Buonviso un peu confus de cet abandon précipité; elle est survenue au moment le plus intéressant.... Craignait-elle donc que je dévorasse sa fille? On ne saurait le nier, l'enfant est bien gardé, il y a là de quoi rassurer le mari le plus soupçonneux. »

En achevant ces mots, il aperçut sur le sol à côté du banc un petit papier déplié : il le ramassa machinalement. Qu'est-ce que cela? un billet sans suscription. Oh! voyons un peu. Il lut : « Chère Blanche.... » Diable ! c'est une écriture d'homme, mais je ne vois point de signature. Continuons : « Mon régiment part demain; c'est un rude métier que celui de soldat, il faut se résigner à changer de garnison lorsqu'on en a le moins envie. Mais, quoi qu'il puisse advenir, je t'aimerai toujours, ma bien chère. Avant de partir je voudrais te dire un adieu solennel : cette nuit à l'heure ordinaire.... Oh! oh!... viens m'ouvrir comme d'habitude la porte du jardin et nous goûterons la douceur d'un entretien suprême. » Mille tonnerres! Est-ce possible? Suis-je bien éveillé? Ai-je bien lu?... Eh! oui vraiment! je ne me suis pas trompé.... Mais quel peut donc être cet homme de guerre?... probablement ce gros imbécile d'Annibal, son cousin! Un pareil trésor aux mains de cette brute! Et moi stupide, qui croyais à sa naïveté et qui débutais vis-à-vis d'elle par une sotte idylle!... Ah! ah! c'est risible au dernier point!

IV

Il y a de par le monde une grande quantité de choses absurdes; mais la plus absurde à mon gré c'est le système qui, préside à l'éducation de nos demoiselles.

Les couvents et les pensions font tout ce qu'il faut pour les rendre hypocrites, les familles se chargent plus tard de les rendre idiotes. On croit avoir atteint le comble de l'art lorsqu'on a fait de sa fille un automate entièrement étranger aux choses de l'esprit. Une demoiselle bien élevée ne doit en société ni parler, ni écouter, ni comprendre, ni faire un mouvement; les regards surtout lui sont interdits. Et comme cet idéal est aux antipodes de la nature, comme une créature vigoureuse et saine ne s'y plie qu'après de grands et douloureux efforts, il arrive immanquablement que quatre-vingt-dix-neuf demoiselles sur cent n'acceptent ce joug passager qu'avec la résolution bien arrêtée de prendre un jour leur revanche, même aux dépens de leurs maris.

En attendant le jour de la délivrance, tout est factice en elles : maintien, modestie, innocence, tout est affecté, tout porte l'empreinte d'une fausse éducation et des préjugés maternels.

Une demoiselle qui s'abandonne librement aux instincts de son âge, qui rit, qui chante, qui babille avec verve, entrain et bonne humeur, est regardée comme un monstre au sein de notre société compassée et pédante : on la cite comme une personne scandaleuse, et les jeunes gens y regardent à deux fois avant de solliciter sa main.

C'est un article de foi généralement admis dans le monde, qu'une jeune fille honnête ne doit jamais regarder un homme en face, et l'habitude fait que personne n'ose protester contre cet axiome stupide.

Ces déraisonnables prescriptions n'empêchent pas un cœur de seize ans de battre, et de battre d'autant plus fort qu'on cherche à en comprimer les pulsations. Plus la contrainte augmente, plus les sens s'irritent et se révoltent : la voix rauque d'un homme paraît harmonieuse à des oreilles prévenues ; on ne doit pas l'entendre, c'est une raison pour qu'on s'en laisse charmer. Si les communications habituelles entre les deux sexes n'étaient pas interdites, mille petits moyens de séduction deviendraient soudain inefficaces : le corrupteur serait dépouillé de son prestige, et l'on choisirait son mari en connaissance de cause. Tandis qu'avec nos mœurs actuelles une fille est sans défense contre celui qui réussit à l'aborder en cachette; elle ne voit et n'écoute que lui; étant seul il n'a à souffrir d'aucune comparaison défavorable, et triomphe facilement d'une créature sans expérience, impuissante à lutter contre le double attrait du mystère et du fruit défendu.

Je tirerai de l'ordre économique la conclusion de mon raisonnement, et je dirai avec les meilleurs esprits de mon temps qu'en toute chose le *protectionisme* est absurde ; la liberté avec tous ses inconvénients est préférable à tous égards, et les précautions excessives sont d'ordinaire aussi nuisibles qu'une extrême imprévoyance.

V

Trente-cinq ans; belle tête; front pensif; œil vif sous des paupières à demi closes ; sourire mélancolique ; parole brève, mais grave et pleine d'expression; corps vigoureux et bien proportionné : voilà le portrait physique de M. Lucci. Si l'on désire de plus amples renseignements sur sa personne, j'ajouterai qu'il était le dernier rejeton d'une famille opulente; que son amour de l'indépendance était taxé de misanthropie, et que son zèle pour l'étude l'entraînait à des travaux excessifs.

Tout en cheminant en compagnie d'Avventina, il faisait de vains et gigantesques efforts pour découvrir un sujet de conversation : son esprit ne lui fournissait rien. Avventina avait placé sa main droite dans sa main gauche, et ses doigts effilés s'entrelaçaient gracieusement sur le bras du philosophe qui, en dépit de son apparente austérité, ne pouvait s'empêcher de contempler à la dérobée le visage animé, souriant et gai de la jeune femme, dont l'élégante toilette relevait encore l'exquise beauté et constrastait avec la mise négligée du savant.

« Je vous ai interrompu au moment le plus intéressant d'une méditation psychologique, n'est-il pas vrai ? fit-elle; sans ma fâcheuse apparition, vous auriez peut-être, à l'heure qu'il est, soulevé le voile mystérieux des destinées humaines, ou tout au moins nous vous devrions une exacte définition de la nature de l'âme.

— Définition impossible! Le même ne saurait définir le même.... Vous me direz que c'est l'esprit qui définit; mais l'esprit est-il autre chose que l'âme? L'esprit n'est qu'un attribut, un mode d'agir de cette substance qui, âme ou esprit, n'est toujours et dans tous les cas qu'une émanation infinitésimale de la conception divine.... Dieu seul réussirait à se définir lui-même, mais Dieu c'est la sagesse incréée.... définir un objet, c'est le classer à part en faisant ressortir ses rapports de dissonance; or, comme aucune chose terrestre n'a la faculté de s'isoler assez complétement pour s'observer sous toutes ses faces.... l'âme humaine ne saurait être définie que par une intelligence extérieure à l'homme et supérieure à la sienne.... »

Avventina dégagea sa main droite afin de comprimer un léger bâillement qui contractait sa lèvre de rose. Lucci vit le mouvement, rougit jusqu'au blanc des yeux, et s'arrêta tout interdit. Ils marchèrent pendant quelques minutes : Lucci la tête inclinée, les yeux fixés sur le sol, et de temps à autre chassant du pied quelque caillou qui se trouvait sur son passage, pendant que sa compagne le couvrait d'un regard malicieux.... on entendait au loin dans le parc retentir l'écho de voix animées et de joyeux éclats de rire.

Enfin, Lucci fit un effort et rompit le silence :

« Là-bas, on bavarde.... on rit.... ne vous tarde-t-il pas, madame, de retrouver cette aimable société?

— Seriez-vous déjà fatigué de ma présence?

— Oh! non.... au contraire.... et même.... je crains pourtant que ma conversation.... je ne sais parler de rien, je m'en aperçois à merveille, et, si je me tiens à l'écart, c'est que je me reconnais indigne de fréquenter les gens du monde.

— Et vous avez grand tort. Vous seriez, si vous le vouliez, mille fois plus aimable que nos gens à la mode.

— J'ai assez d'amour-propre pour ne pas ignorer le seul

avantage que j'aie sur eux, la conscience de mon néant; je ne comprends rien à cette impertinente assurance qu'ils ont en présence des femmes....

— Eh! que vous disais-je? voilà une phrase tournée bien délicatement, et il n'y a pas de dame qui pût l'entendre sans en être singulièrement flattée. »

Lucci ouvrit la bouche comme s'il eût voulu répondre; mais soit qu'il fût retenu par la timidité, soit pour tout autre motif, il garda le silence et, comme à l'ordinaire, sa tête retomba sur sa poitrine.

Cette fois ce fut Avventina qui renoua le fil interrompu de la conversation:

« Ecoutez.... j'ai grand plaisir à vous entretenir.... votre prudence et votre discrétion me sont connues. » Lucci s'inclina. « Je vous estime sincèrement. » Autre salut de Lucci: « Et ç'a été un des bonheurs de ma vie d'avoir pu vous connaître et apprécier ce que vous valez. » Lucci pour le coup resta interdit en recevant ce troisième compliment à brûle-pourpoint. « Voudriez-vous me donner un conseil?

— Quoi? vous me le demandez! vous savez dans quelle intimité je vivais avec feu votre mari.

— C'est précisément à lui que je dois d'avoir pu discerner tout votre mérite....

— Je vous dirai que dès cette époque, j'ai eu pour vous une certaine affection.... fraternelle, pour ainsi dire.... et si je pouvais en quelques manières, vous être utile, madame.... ce ne sont point là des compliments, vous savez que je n'en fais jamais.... si je pouvais vous servir en quelque chose, je donnerais volontiers tout ce que je possède.... et de grand cœur; mais puisque vous avez à me parler de ce qui vous intéresse, ne retardez pas plus longtemps, de grâce, une si précieuse faveur.

— La situation d'une veuve dans le monde est agréable et pénible à la fois. On est entouré de flatteurs et de courtisans, cela finit même par ennuyer.... Ah! si les hommes pouvaient savoir combien est assommant l'excès de la galanterie! on jouit de sa liberté, il est vrai, mais on est sans appui, sans protecteur, sans guide. Pourquoi, du reste, s'amuser à ces préambules? Abordons franchement la question: une veuve a-t-elle raison de se remarier? »

Lucci s'arrêta.

« Vous songez donc à un nouvel établissement?

— Il ne s'agit pas de moi en particulier.... je vous inter-
roge au nom de toutes les veuves qui ne sont ni trop vieilles
ni trop laides. Dites-moi franchement votre façon de penser.

— Un mari est un maître....

— Un bon mari est le meilleur des amis.

— Certes! si l'on fait un bon choix.... Mais quand un
événement dépend du hasard, il y a gros à parier qu'il ne sera
pas heureux. Rien n'est chanceux comme le mariage.... rien
de plus difficile à concilier que les caractères et les sympathies de deux époux.... c'est un vrai coup de dé.... Je conviens
toutefois qu'une veuve a plus d'expérience qu'une pensionnaire.... qu'elle peut fréquenter plus librement les hommes,
et par conséquent observer leurs défauts dans une certaine
mesure. Quant aux jeunes filles, elles laissent le choix à leurs
parents, lesquels d'ordinaire suppléent assez mal à l'insuffisance de la partie intéressée, qui par suite d'une décision imprudente peut être malheureuse le reste de ses jours....
l'homme est si trompeur! il sait prendre cent masques diffé-
rents : s'il parle au père, on dirait un être positif incapable
d'errer jamais dans la direction de ses affaires domestiques ;
s'il s'adresse à la fille, il se transforme en Céladon plein de
mépris pour les vils intérêts qui préoccupent ce bas monde.
L'histoire dit que le serpent a trompé l'homme par l'intermédiaire de la femme : le pire de tous les serpents, c'est le jeune
homme qui aspire à fasciner une vierge candide ; il se pare
d'écailles étincelantes, il imprime des vibrations harmonieuses à sa langue fourchue.... le poison apparaît dès le lendemain du mariage. La fourberie des hommes serait médiocrement redoutable, si l'imprudence des femmes n'entrait au
moins pour moitié dans la catastrophe finale. L'amant, pour
plaire, se pare de mille qualités d'emprunt, et, dès qu'il s'est
insinué dans le cœur de sa belle, l'imagination de la pauvre
victime lui en attribue mille autres qu'il ne se fût jamais
vanté de posséder. Avez-vous déjà quelqu'un en vue?

— Vous parlez à ravir. Dans les rapports que les deux sexes
ont ensemble, l'homme seul est perfide, et le misérable croit
qu'il suffit, pour se réhabiliter, d'outrager la femme et de l'accuser de fourberie. Le paradoxe qu'il a mis en avant a revêtu
toutes les formes, on le trouve dans tous les livres ; c'est un
axiome aussi respecté que s'il émanait directement du Saint-
Esprit, et nous autres sottes nous avons presque accepté
l'arrêt qui nous condamne. Ça a été de votre part, messieurs

les hommes, un monstrueux abus de pouvoir : vous avez profité de votre grosse voix pour nous réduire au silence; mais, si jamais nous disposons exclusivement de la presse, vous n'aurez qu'à vous bien tenir ! La tyrannie de votre sexe se fait sentir jusque dans le langage. N'est-ce pas une infamie que le mot de *coquette* n'ait point d'équivalent au masculin? On eût dû, pour tout concilier, en faire un mot neutre. Je ne saurais vous dire, monsieur Lucci, combien je suis heureuse de trouver en vous ces sentiments de justice et d'impartialité.

— Vous avez donc fait un choix parmi vos nombreux admirateurs?

— Moi? point du tout! Mais je songe vaguement à la meilleure décision à prendre en ce qui concerne mon avenir. Faut-il continuer de vivre au hasard comme je fais maintenant, ou confier le soin de mon bonheur à un homme qui m'aime et que je puisse aimer? Si j'avais à choisir entre tant de prétendants, je serais assurément fort embarrassée, car je n'en vois aucun qui présente de suffisantes garanties. M. Buonviso est on ne peut plus passionné dans ses démonstrations: il m'a récité tantôt un de ces dithyrambes appris par cœur qui servent plus d'une fois, comme les vers qu'ont toujours en magasin les poëtes à gage qui adaptent leurs sonnets aux circonstances les plus diverses, en changeant le nom et la couleur des cheveux de la belle. Répondez-moi clairement, mon cher monsieur; si vous aviez le malheur d'être femme, vous enflammeriez-vous pour M. Buonviso?

— Il m'est impossible de répondre à une question pareille. Sur quoi se baserait ma décision? Les impressions des deux sexes sont si différentes en semblable matière! J'ai vu des femmes éperdument éprises de certains individus, que, sans hésitation, j'eusse qualifié de magots. Buonviso est un beau jeune homme, élégant, spirituel, qui parle beaucoup.... agréablement parfois, qui a toujours un compliment sur les lèvres.... et qui porte fort bien ses riches vêtements.

— Pour conclure, il vous fait assez l'effet d'un ballon plein de vent....

— Je ne dis pas cela....

— Oh ! ne vous gênez pas. Buonviso me déplaît; il peut discourir tout à son aise. C'est lorsque nous aimons qu'il est inutile et dangereux de vouloir nous éclairer; nous refusons alors de croire aux vérités les mieux établies. Mais quant à présent, je n'aime personne.... je n'ai jamais aimé ! vous voyez que je suis sincère. Si j'avais à prendre un second mari, je ne voudrais pas d'un homme que je n'aimerais pas.

— Vous n'avez pas aimé !... Et votre premier mari ?

— J'avais de l'amitié pour lui.... Oh ! oui, beaucoup d'amitié. Vous étiez son ami, et vous savez quel galant homme c'était. Pour de l'amour, il n'en pouvait être question entre nous. Je respecte sa mémoire, mais je puis vous rappeler sans injustice et sans ingratitude qu'il était assez égoïste.... il s'occupait de lui au point de n'avoir plus le temps de s'occuper des autres. Et puis d'ailleurs ce n'était pas un aigle.... tant s'en faut ! Il ne parlait que de ses revenus, qu'il espérait accroître par d'heureuses spéculations et de sévères économies ; des incommodités qui le tourmentaient et du menu de ses repas : car il était un peu gourmand, s'il vous en souvient. Il pensait trop à la nourriture pour songer à l'amour, et vous savez qu'en vertu de la loi du talion les égoïstes sont prédestinés à ne point inspirer de sympathie : il faut aimer soi-même, si l'on veut être aimé. Pendant sa vie comme depuis sa mort, je lui suis restée fidèle, même, dans mon for intérieur ; j'ai pleuré sa perte et crois avoir accompli tous les devoirs d'une honnête femme. Vous trouverez peut-être que je demande beaucoup à l'homme que je me sens capable d'aimer, car je veux qu'il ait un noble cœur, une figure passable et une belle intelligence, trois trésors qui sont rarement unis, et qui pourtant ne me suffisent pas : j'exige en outre une vertu presque étrangère à votre sexe, la modestie ; et, de plus, une respectueuse déférence vis-à-vis des femmes. C'est l'habitude aujourd'hui de nous traiter comme Louis XIV traitait son parlement, on nous mène avec le fouet et l'éperon. Le premier cuistre venu, s'il n'est pas un monstre au physique, se croit le droit de nous dédaigner comme ses inférieures : c'est la mode, et c'est là, pense-t-il, le meilleur moyen pour arriver à ses fins. L'insensé qui a introduit ce sot usage ne comprenait certes rien au caractère de la femme. Les hommes passent toujours d'un extrême à l'autre : jadis ils nous élevaient des autels et nous rendaient des hommages excessifs et déraisonnables ; car pour conquérir et garder un cœur haut placé, il ne faut jamais se dépouiller de sa dignité. Maintenant nous sommes devenues leur jouet ; il semble que nous devions embrasser les genoux de ces êtres abjects et courir au-devant de leurs fades outrages! Ce dernier système, non moins absurde que le précédent, est en outre infiniment immoral. Ce doit être, je pense, quelque chose de bien doux que l'amour qu'on accorde à une personne de mérite qui vous paye de retour. Si je rencontrais un homme qui m'aimât comme je souhaiterais d'être aimée, il me semble que je parviendrais à faire son bonheur. Mais je vous déclare, en vérité, que ce type que je rêve n'a rien de commun avec tous ceux qui s'agitent autour de nous, avec ces *élégants* insipides et maniérés, qu'un peintre n'aurait qu'à reproduire sur la toile s'il voulait représenter au naturel, la vanité, l'insolence et l'étourderie. »

VI

LE CHEVALIER ANNIBAL, *se tordant la moustache.* — Madame Paoloni, vous allez perdre votre fichu.

PAOLONI, *le ramassant.* — C'est vrai, ma chère.... vrai.... très-vrai....

LE CHEVALIER ANNIBAL. — Eh! que faites-vous donc là? à quoi bon remettre en place ce voile incommode? Nous avions tout avantage à ce qu'il fût enlevé; et d'autre part, madame est trop bien faite pour redouter de montrer ses appas.

MLLE ANTONIA, *s'efforce de rougir et tourne sa chaise pour qu'on s'aperçoive de sa confusion.*

MME PAOLONI. — Ah! ah! ah! Monsieur le chevalier a toujours le mot pour rire.

LE CHEVALIER ANNIBAL.

> .Sempre allegro, sempre gaio
> Ha di belle un centinaio....

Le militaire est ainsi fait, si l'on en croit l'opéra de l'*Elissir d'amore.* Votre mari serait-il jaloux, madame Paoloni?

PAOLONI. — Moi! oh!

LE CHEVALIER ANNIBAL. — Je ne vois pas alors pourquoi vous contraindriez votre femme à suffoquer sous le poids de tous ces vêtements.

PAOLONI. — Oui! d'accord.... très-vrai, assurément.

LE COMTE CRAVA, *accourant au-devant de Mme Félicité, qui s'approche appuyée sur le bras de l'avocat Stornello.* —

Enfin! je vous revois.... je vous ai cherchée par mer et par terre.

FÉLICITÉ. — Vous avez mal fait.... car il était peu probable que je fusse en mer.

MME PAOLONI. — Ah! ah! ah! tu étais donc à terre!

LE CHEVALIER ANNIBAL, *bas à Mme Paoloni.* — Le mot est excellent; permettez-moi de vous en féliciter.

STORNELLO. — Quelle belle journée, messieurs! quel beau soleil! quel air pur! comme le ciel est serein!

CLORINDE, *le regard perdu dans la contemplation de l'immensité.* — Oh! oui! Toute la nature semble sourire à l'homme.

LE CHEVALIER ANNIBAL. — Tiendrait-elle rigueur à la femme?

FÉLICITÉ. — C'est plaisir vraiment d'être à la campagne!

MME PAOLONI. — En cette saison....

LE CHEVALIER ANNIBAL. — Et en bonne compagnie.

PAOLONI. — Ah! certes!... il est sûr qu'en hiver....

CLORINDE. — Je serais heureuse même dans la solitude. L'esprit est plus libre, l'idée se dégage plus nettement dans le repos, au sein de cette rustique atmosphère. Quelle plus douce compagnie peut-on avoir que celle de sa propre pensée?

LE COMTE CRAVA, *à demi-voix.* — Ceci est médiocremen flatteur pour nous.

ANTONIA, *se balançant sur ses larges flancs et serrant les lèvres pour se faire une petite bouche.* — J'aime tant la campagne.... On y peut jouer, sauter, courir, tout à son aise.

FÉLICITÉ. — Et l'on est affranchi du joug pesant de l'étiquette; il vous est permis d'aller et de venir.... Pour moi, j'agis en toute simplicité, et je hais la contrainte.

LE COMTE CRAVA, *appuyant sur les mots.* — Oh! nous le savons. (*Bas à Félicité*) Je voudrais vous parler, madame.

STORNELLO, *tirant de sa poche un porte-cigares richement brodé.* — Voulez-vous un cigare, monsieur le chevalier? Ces dames nous permettront bien de fumer?

FÉLICITÉ. — Faites, faites, ne vous gênez pas.... Rien n'est beau comme un homme lorsque ses formes se détachent au milieu d'une blanche fumée.

CLORINDE, *bas à Mme Paoloni.* — Quelle effrontée! le tabac me fait mal au cœur.

MME PAOLONI. — Ah! ah! ah! ah!

LE CHEVALIER ANNIBAL. — Serais-je indiscret, madame, en vous demandant le sujet de votre hilarité?

MME PAOLONI. — Rien, rien. Ah! ah! ah!

STORNELLO. — Prenez donc, messieurs, puisque ces dames le permettent.... Ce sont de vrais cigares de la Havane.

LE CHEVALIER ANNIBAL. — Peut-être! On débite dans le monde quatre fois plus de cigares de la Havane que l'île de Cuba tout entière n'en saurait produire.

STORNELLO, *offrant à Crava des cigares.* — Et vous, monsieur le comte?

LE COMTE CRAVA. — Merci, j'en prendrai un.... Oh! oh! quel superbe étui! Laissez-moi l'admirer. (*Félicité rougit.*) C'est l'œuvre d'une belle main, je parie.

PAOLONI. — Assurément.... Eh! eh!... les jeunes gens....

ANTONIA. — Il est brodé au demi-point; ce n'est pas un travail difficile.

CLORINDE. — Voilà bien les insignifiantes occupations auxquelles la société nous condamne, pauvres victimes!

LE COMTE CRAVA. — Quelle étrange coïncidence!

LE CHEVALIER ANNIBAL. — Qu'est-ce donc?

LE COMTE CRAVA. — Cette broderie est tout à fait pareille à celle que faisait Mme Félicité, il n'y a pas deux jours.

FÉLICITÉ, *qui devient pourpre.* — C'est possible.... Tous ces dessins se ressemblent. Ma broderie devait couvrir un portefeuille.... je le destinais à mon mari....

LE CHEVALIER ANNIBAL. — Et puis vous l'avez donné à...?

FÉLICITÉ. — Vous êtes trop curieux.

LE CHEVALIER ANNIBAL. — Voici ma petite cousine avec sa mère.

CLORINDE. — Chère Blanche! C'est un petit agneau. (*Bas à Félicité*) Une sotte qui ne sait pas dire deux mots!

ANTONIA. — Nous sommes intimes. J'ai été élevée dans le même couvent.... Entre jeunes filles il existe un lien naturel. Viens ma chère Blanche! (*Elle la serre dans ses bras et lui fait mille caresses.*)

MME PAOLONI. — Qu'allons-nous faire pour passer le temps? Allons, monsieur le chevalier, dites-nous quelque chose de drôle.... Il faut rire à la campagne....

PAOLONI. — Évidemment.... On ne peut mieux dire....

CLORINDE. — Si quelqu'un déclamait des vers?

STORNELLO. — Ce ne serait pas le moyen de nous égayer.

LE CHEVALIER ANNIBAL, *bas à Blanche.* — Eh bien?

BLANCHE, *mettant un doigt sur ses lèvres.* — Chut!

ANTONIA. — Jouons à quelque jeu innocent.

VALÉRIE. — Oui; un de ces jeux qui occupent tout le monde.

PÉLAGIE. — *La main chaude*, par exemple.

BARBARA. — Oh! non! Je ne puis jamais deviner quel est celui qui frappe.

LE COMTE CRAVA. — Tout cela me paraît plus moral que divertissant.

LE CHEVALIER ANNIBAL. — Vous avez tort, comte, ces jeux ouvrent la porte à mille petites libertés.... Car il est bien entendu, mesdames, que je ne mettrai dans mes poches ni mes yeux ni mes mains.

Mme PAOLONI. — Ah! ah! ah!

LA MÈRE DE BLANCHE. — Chevalier!...

ANTONIA. — Jouons à colin-maillard.

LE CHEVALIER ANNIBAL. — Oui, mais à la condition que les messieurs auront le droit de ravir un baiser aux dames qui réussiront à les prendre.

MME PAOLONI. — Ah! ah! ah!

LA MÈRE DE BLANCHE. — Mon neveu! veillez sur vos discours; vous êtes d'une légèreté qui épouvante. Blanche, tu resteras près de moi et tu ne te mêleras point à ces jeux.

BLANCHE. — Oui, maman.

BUONVISO, *survenant.* — Mme Avventina n'est pas ici?

LE COMTE CRAVA. — Vous la cherchez?

STORNELLO. — C'est là son occupation habituelle.

CLORINDE, *avec une voix grêle affectant la malignité.* — Ne savez-vous pas que M. Buonviso en est éperdument épris? Nous les croyions ensemble.

LE CHEVALIER ANNIBAL. — Et je vous portais envie, par ma foi! Je suis heureux de voir que mes craintes étaient sans fondement.

(*Blanche lance à son cousin un regard de reproche.*)

BUONVISO. — L'envie est un sentiment coupable, mon cher, et vous êtes inexcusable. Je ne serais, quant à moi, disposé à vous pardonner que dans un seul cas; celui où vos soupçons deviendraient légitimes.

FÉLICITÉ. — Voulez-vous me donner votre bras, monsieur le comte? nous irons nous-mêmes à la recherche de Mme Avventina.

BUONVISO. — Si vous voulez la trouver, passez à droite.... Je suis bien sûr qu'ils vont prendre le côté opposé.

FÉLICITÉ. — Fort bien; merci. (*Bas au comte*) Eh bien! qu'as-tu à me dire? (*Ils s'éloignent*).

Buonviso. — Mme Avventina était avec Lucci ; ils causent ensemble depuis une demi-heure. Je donnerais une récompense honnête à qui pourrait m'apprendre le sujet de leur conversation.

Clorinde. — M. Lucci est homme de sens.

Stornello. — Un philosophe ! ce mot est synonyme d'ennuyeux.

Mme Paoloni. — Il n'y a pas moyen de rire avec lui.

Clorinde. — Je conviens qu'il n'aime pas à s'entretenir de bagatelles. Nous avons souvent traité ensemble des sujets métaphysiques, et je vous assure qu'il m'a vivement intéressée.

Buonviso (*bas à Stornello*). — Je le crois sans peine ; Lucci lui aura laissé la parole.

Valérie. — Nous étions convenus de jouer à colin-maillard

Pélagie. — C'est moi qui vais commencer.

Barbara. — Vous en êtes aussi, n'est-ce pas, monsieur Buonviso ?

Buonviso. — Très-volontiers. A propos, chevalier, c'est demain que votre régiment change de garnison.

Le chevalier Annibal. — Il n'est que trop vrai.

Buonviso. — C'est là ce qu'il y a de pénible dans la vie d'un soldat. (*A la mère de Blanche*) Et vous, madame, ne jouez-vous pas à colin-maillard ?

La mère de Blanche. — Moi ? non.

Buonviso. — C'est pourtant un jeu bien intéressant.

VII

Avventina était enveloppée dans une légère mante de toile, ouverte par devant, et qu'elle retenait avec la main ; ses cheveux flottaient sur ses blanches épaules, et ses petits pieds nus jouaient dans d'imperceptibles pantoufles qui faisaient en sorte de les cacher le moins possible. Debout dans sa chambre, accoudée sur l'appui de sa fenêtre et la tête inclinée, elle regardait d'un air rêveur les épais massifs du jardin, qui se détachaient mystérieux et sombres au milieu des ténèbres de la nuit.

La lune était absente ce soir-là et j'en suis fâché, car elle

eût joué son rôle dans cette romantique mise en scène. La
campagne n'était donc éclairée que par cette lueur incertaine,
ce crépuscule indécis qui plane sur la terre à la suite des
longues journées d'été.

Avventina était pensive. De temps à autre son front se plis-
sait et son œil se remplissait de flammes; puis tout à coup son
beau visage redevenait serein, et le plus gracieux sourire errait sur ses lèvres entr'ouvertes, comme un papillon voltige
sur un bouton de rose. Parfois son sein se gonflait, incapable
de contenir plus longtemps le flot de l'émotion prêt à déborder
et qui, se dissipant en soupirs profonds, laissait le calme renaître peu à peu dans ce cœur oppressé. L'air tiède du soir,
le silence de la nuit, la beauté de la nature qui, comme toutes
les beautés, semble plus attrayante lorsqu'elle est voilée à
demi; les parfums enivrants du jardin que lui apportait une
brise légère, les impressions de la journée, tout concourait à
donner aux méditations de la charmante veuve une teinte
mélancolique et douce.

Quoi qu'on puisse dire, les femmes, les belles surtout, ont
été créées pour aimer et recevoir nos hommages. L'amour est
le secret de leur existence, la synthèse de toutes leurs admi-
rations, leur mérite ou leur démérite, le mobile de chacune
de leurs actions. Chez l'homme, l'amour n'a qu'un temps: c'est
pour la femme une passion qui dure autant que la vie. Il change
parfois, j'en conviens, d'objet, de but et d'apparence; mais fille,
amante, épouse ou mère, vous retrouvez toujours en elle et
au même degré cet esprit d'abnégation et de sacrifice, ce besoin
d'affection profonde, ce sentiment délicat et puissant qui semble être l'apanage exclusif de ce sexe béni. Dans l'homme,
l'héroïsme est la passion de la gloire; dans la femme, c'est
la passion de l'amour.

Les pensées d'Avventina étaient des pensées d'amour, vagues, incertaines, flottantes, sans objet positif et qui pourtant avaient quelque chose de pénétrant et d'enchanteur. Qui
pourrait suivre les écarts d'une imagination de femme à la
poursuite de l'idéal? Qui pourrait décrire la forme et l'étendue
de ces conceptions radieuses qui ne s'arrêtent nulle part et
planent sans cesse entre la terre et les cieux?

Il était plus de minuit, et Avventina n'avait point encore
pensé à quitter son balcon.

Lorsqu'elle eut parcouru dans tous les sens le royaume des
songes et donné une large pâture à ses aspirations fantastiques,

elle tressaillit comme au sortir d'un profond sommeil, passa sa main sur son front pour rappeler sa pensée à la perception du monde réel, se redressa, et prenant à deux mains les battants de la fenêtre, voulut avant de la fermer, jeter un regard sur l'horizon ténébreux qui se déroulait à ses pieds, et lui adresser un dernier adieu, ainsi qu'on met un point au bout d'une phrase, ainsi que l'imprimeur inscrit le mot FIN à la dernière page d'un volume.

Mais elle aperçut alors quelque chose qui la fit rester immobile, l'œil fixe, le sein palpitant, le cœur partagé entre la surprise et l'effroi.

Un homme cheminait lentement et avec précaution à l'extrémité du jardin, cherchant à se cacher dans un massif d'arbustes, à l'endroit où les rameaux entrelacés semblaient offrir un plus sûr abri.

« Oh! Dieu!... un homme! dans mon jardin.... à cette heure! Est-ce un assassin? un voleur? un amoureux? Telles furent les exclamations qui sur-le-champ se pressèrent à la pensée d'Avventina. Un amant! mais qui?... c'est impossible.... ce ne peut-être Buonviso : il n'est pas homme à se déranger, à venir soupirer modestement la nuit sous ma fenêtre sans espoir d'être aperçu. C'est un de ces êtres qui ne font rien pour rien, qui sollicitent volontiers la récompense qu'ils n'ont pas méritée, et ne placent leur amour qu'à gros intérêts. C'en est donc un autre.... il n'y a qu'un adolescent qui soit capable d'un pareil trait ; ce n'est qu'à dix-huit ans qu'on sait aimer sans espérance et qu'on se trouve heureux en soupirant sous les croisées de la chambre où dort la femme aimée. Mais je ne saurais inspirer une telle passion.... O mon Dieu! ce doit être un voleur ! un assassin!... faut-il crier? mais si ce n'en était pas un! Qui sait s'il m'a vue? Il n'y a point de lumière dans la chambre, mais je suis vêtue de blanc et l'on doit m'apercevoir dans l'ombre.... il s'est arrêté. Je ne le reconnais pas à sa démarche.... et puis je suis trop agitée pour distinguer rien.... il me regarde.... quels yeux! ils brillent comme des charbons ardents ! si je pouvais voir ses vêtements, je saurais quel est son rang dans la société.... mais les voleurs se mettent si bien aujourd'hui! il croise les bras sur sa poitrine, sa tête s'incline. Cet homme ignore qu'on l'observe.... sa pose est celle d'un rêveur solitaire.... il me paraît assez bien tourné. Le voilà qui lève la tête.... on dirait qu'il soupire.... il étend la main de ce côté.... serait-ce un salut? je n'y vois pas bien.... ah!

maintenant il me semble qu'il envoie des baisers.... il se tourne.... il s'en va. Des baisers ! ah ! ce ne peut être un voleur !... »

Avventina se coucha, mais elle dormit peu et son sommeil fut des plus agités : à un certain moment elle se réveilla en sursaut, il lui semblait que quelqu'un s'accrochait à son balcon.... elle se souleva à demi pleine de terreur, mais elle ne vit personne. Le lendemain elle s'habilla fort tard ; son visage était pâle, elle se sentait brisée, fatiguée, mais son cœur était plein d'une joie inexprimable et dont elle ne se rendait pas compte. Elle songea aux événements de la nuit et courut au balcon ; en ouvrant la fenêtre elle aperçut à terre un bouquet de violettes et de pensées ; c'étaient ses fleurs de prédilection. Qui donc l'avait porté là ? Elle occupait un appartement au premier étage et l'on n'y pouvait parvenir qu'en s'accrochant aux pierres qui faisaient saillie dans la muraille, et au risque de se rompre le cou. Elle prit ce modeste bouquet, regarda autour d'elle pour s'assurer qu'elle était seule, et l'approcha doucement de ses lèvres. Lorsqu'elle quitta la chambre, ces fleurs fortunées s'étalaient triomphalement au haut de son corsage.

La camériste d'Avventina observa que ce jour-là sa maîtresse était fort distraite, qu'elle parlait peu et souriait de temps à autre sans motif apparent.

VIII

« Rassurez-vous, madame, disait Buonviso en s'asseyant à côté d'Avventina sur ce même banc où la veille il avait essayé de s'insinuer dans les bonnes grâces de la petite Blanche, rassurez-vous, je ne vous parlerai plus de mon amour. Vous m'avez fait entendre d'une façon fort claire, bien que tout aimable, que ce sujet de conversation vous ennuyait et vous fatiguait. Plutôt que d'y revenir je consentirais à vous parler des choses les plus extravagantes, de poésie comme Mme Clorinde, ou de philosophie comme ce cher Lucci : je me rappellerai cette magnifique parole d'un de nos grands diplomates contemporains, que la parole a été donnée à l'homme pour déguiser sa pensée, et je cacherai ma passion sous des dehors frivoles.

— Avez-vous appris l'accident qu'a éprouvé le paysan Matteo ?

— Sans doute. Il est tombé d'un arbre et s'est tué sur le coup. Les malheurs comme l'amour pleuvent sur l'homme sans même lui crier gare !

— L'amour, selon vous, est donc un malheur ?

— Oui, lorsqu'il n'est pas payé de retour. Il présente alors tous les caractères d'une catastrophe irréparable, dont le temps seul peut amortir les effets ; le temps, a dit je ne sais quel illustre philosophe, est le grand consolateur de l'humanité. Mais il suffit d'un sourire de femme pour que l'amour ouvre à l'homme le paradis terrestre. Le paradis, à mon avis, consiste dans un amour réciproque. Pour Matteo, il est médiocrement à plaindre ; le voilà dispensé de manger un pain noir et moisi, d'absorber de la polenta sans sel, et de faire agir ses muscles du matin au soir. Qu'est-ce que la vie pour ces pauvres diables ? une lande aride où l'herbe se flétrit en naissant. Nous trouvons notre condition misérable lorsque nous l'examinons de près : que faut-il penser de la leur ? La mort, c'est l'ange bienfaisant qui les prend par la main et les guide vers ces lieux où il n'y a ni faim, ni soif, ni travaux à exécuter, ni loyer à payer, ni enfants à nourrir. Pour eux, la mort c'est la délivrance.

— Vous parlez fort bien.

— Moi qui crois à la justice de Dieu, je suis persuadé qu'il n'y a pas d'enfer pour ces infortunés. C'est sur leur famille qu'il faut s'apitoyer, sur une veuve sans soutien, sur des enfants affamés ; c'est pour eux qu'est l'enfer.... qu'ils n'ont pas mérité.

— C'est vrai. »

Avventina était sérieuse et regardait son interlocuteur d'un air attendri.

« Je crois que j'ai fait vibrer la bonne corde, » murmura Buonviso, et il continua du ton d'un homme vivement ému : « Si l'on ne venait à leur aide, comment feraient-ils pour subsister ? Comment la malheureuse mère pourrait-elle subvenir à l'entretien et à l'éducation de ses enfants ? Cela serre le cœur quand on y pense. Léger, étourdi, mauvais sujet comme je suis, j'ai toujours estimé profondément la vertu qui est par excellence celle de l'homme de cœur, qui est le symbole et le résumé de la science sociale et religieuse : la charité.

— Mais savez-vous bien que ce sont mes propres pensées que vous exprimez là....

—Cela veut dire que je suis dans le vrai, et j'en suis fier ; je me sens réhabilité à mes propres yeux en voyant que j'ai quelques idées communes avec un ange....

— De grâce ! trêve de dithyrambes.

— Oui, revenons à la prose; je n'en serai pas moins forcé d'entrer dans ce que la poésie du christianisme a de plus délicat.... je sais que vous avez envoyé une forte somme à cette pauvre veuve.

— Qui vous l'a dit?

— La renommée.

— C'est une indiscrète. Ces petits actes de bienfaisance ne sont méritoires qu'autant qu'ils sont secrets. Je suis arrivée tard.... quelqu'un m'avait devancée. Le curé de.... avait déjà reçu d'un inconnu un capital suffisant pour l'entretien de la mère et de ses petits enfants, un inconnu, comprenez-vous ?

— Eh ! je le sais !

— Vous savez donc tout.

— A peu près.

— Savez-vous aussi le nom de l'inconnu ?

— Me pardonneriez-vous, si même en le sachant, je me croyais obligé de le taire?

— Ah !

— Selon moi, le principal avantage de la richesse est de faciliter les bonnes œuvres. La bienfaisance devient un devoir sacré pour quiconque réfléchit à l'inégale répartition du bien-être ici-bas. Chacune des pièces de cinq francs que le riche serre dans sa cassette pourrait adoucir une misère, et lui valoir mille bénédictions en tombant dans la poche d'un indigent. Nos plus douces joies d'ailleurs ne naissent-elles pas de la reconnaissance de ceux que nous obligeons ?

— Comment ! c'est vous, monsieur Buonviso qui me parlez ainsi.... pardonnez-moi, mais ma surprise est telle....

— Je comprends.... vous me croyez incapable même d'une bonne pensée. Oh ! je ne m'en offense pas. Je viens d'exprimer des vérités triviales, mais je puis vous assurer qu'elles sont profondément empreintes dans mon âme. La vie du monde si agitée, si superficielle, ne nous permet pas de montrer notre cœur à nu; il est de mode de n'en point avoir. Si l'on a des sentiments honnêtes on les cache de peur du ridicule. Quiconque afficherait des instincts généreux au sein d'une société égoïste, ferait l'effet d'un fou qui entonnerait le *De profundis* au milieu d'une fête. Il faut bien en conséquence juger les gens sur l'apparence, et l'on dit sans hésiter d'un jeune homme : « Oh ! c'est un étourneau ! un impertinent, assez « bien au physique, beau parleur; il ne lui manque que du « bon sens. » Le jeune homme en question, qui a le grand tort de ne pas tenir compte de l'opinion publique, n'a pas même l'idée de protester : il hausse les épaules, sourit et passe son chemin. On porte si loin à notre âge l'amour du paradoxe ! L'opinion de tout le monde ce n'est l'opinion de personne ; *tout le monde*, c'est un mot, une abstraction.... un être de raison; on ne pourrait, sans être taxé de folie, s'attaquer à cette ombre. Que l'on me dise que *tout le monde* assure que je suis un imbécile, je partirai d'un éclat de rire. Qu'en revanche le dernier des hommes, adversaire palpable et pouvant couvrir de sa responsabilité ses propres allégations ou celles d'autrui, qu'un tel homme, dis-je, affecte en société de faire peu de cas de mon mérite ou de me refuser son estime, il faudra qu'il m'en rende raison. Si je suis heureux, je lui couperai la gorge, et alors j'aurai suffisamment prouvé que j'ai raison et que je suis digne de toute la considération imaginable. Mais il arrive un jour où nous rougissons de ces vains préjugés, où nous voudrions enfin nous montrer tels que nous sommes ou meilleurs que nous ne sommes ; alors nous attendons, nous cherchons, nous appelons de tous nos vœux une occasion qui nous permette de dévoiler le fond de notre âme, et qui fasse dire à ceux qui sont témoins de notre changement : « Voyez, il vaut mieux que sa réputation ! »

Avventina réfléchit un instant.

« Je commence à soupçonner quel peut être le bienfaiteur mystérieux de la veuve de Matteo ; ne pourriez-vous pas, monsieur, m'assister de vos lumières, et changer mes conjectures en certitudes ?

— Non, madame, c'est impossible. Comme vous le disiez, ces petits actes de bienfaisance n'ont de prix qu'autant qu'ils sont secrets. N'enlevons donc pas au charitable inconnu le mérite d'une bonne œuvre, ne cherchons pas à pénétrer le mystère dont il lui a plu de s'entourer. »

Avventina quitta Buonviso en se disant :

« C'est lui sans aucun doute. Je l'avais mal jugé.... il a un cœur excellent. »

Le jeune homme, qui remarqua son air préoccupé, faisait aussi ses réflexions :

« Elle a donné dans le panneau, pensait-il ; il ne s'agit plus maintenant que de pousser sa pointe.... et vivement. La pauvrette ne me disait-elle pas qu'elle faisait peu de cas des paroles ? Elle vient de s'infliger à elle-même un solennel démenti, et il a suffi pour l'y déterminer de varier mon répertoire et d'élever d'un ton mon instrument. Mais je l'ai dit, le bavardage peut tout en ce siècle ; il n'a qu'un seul rival : l'argent. »

IX

Il fut troublé dans son soliloque par un léger bruit semblable au froissement d'une robe de femme. Il se retourna et vit tout près de lui Mlle Blanche. Pendant la matinée, Buonviso n'avait pas été le seul à remarquer la mine allongée de la jeune fille, dont les traits étaient fatigués, et qui évidemment avait dû pleurer beaucoup la nuit précédente ; mais en revanche lui seul pouvait s'expliquer ce chagrin si subit et si vif.

« Bonjour, mademoiselle ; vous cherchez peut-être autour de ce banc un objet égaré ?

— Non, monsieur, répondit-elle en rougissant comme une fraise mûre.

— C'était sur ce siége que vous étiez assise la dernière fois que j'eus l'honneur de causer avec vous.

— Oui, monsieur.... et vous me disiez....

— Oh ! de vraies sottises !

— Mais non, monsieur.... vous m'expliquiez le langage des fleurs.

— C'est ce que j'appelle dire des sottises.... quoi qu'on puisse penser de cet idiome végétal, il sera toujours moins éloquent et moins persuasif qu'une seule parole écrite ou prononcée avec âme. »

Les yeux de Blanche quittèrent le sol ; elle les reporta sur Buonviso comme pour l'interroger, puis tout à coup baissa la tête et rougit de nouveau. Le jeune homme tira de la poche de son gilet le billet qu'il avait trouvé la veille, et le lui présenta gracieusement.

« Cette lettre, fit-il, a été perdue hier par quelqu'un à cette même place.... reprenez-la sans trouble et sans crainte, mademoiselle. Ce billet n'est heureusement pas tombé aux mains d'un indiscret ou d'un imprudent. Au prix de ce qu'il contient, le langage des fleurs est insignifiant et ridicule. »

Elle était tout abasourdie. Buonviso lui remit le billet, fit une pirouette et disparut.

Annibal était un spadassin redoutable et un duelliste renommé; cette double considération eut probablement une grande influence sur la délicate conduite de Buonviso.

X

« Je vous rencontre seul et fort à propos, mon cher Buonviso, j'ai besoin de vous parler....

— Que voulez-vous, mon cher comte ?

— Pourriez-vous me servir de parrain ?

— Il vous est né un fils ?

— Eh! non.... c'est un duel.....

— Oh ! diable ! Et avec qui ?

— Avec cet animal da Stornello....

— J'ai compris : vous ne voulez plus permettre qu'il chasse sur vos terres.

— Le motif doit rester caché.

— Comment donc ! tout le monde en parle.

— Quoi ! déjà ?

— Eh ! qui donc ne s'est pas aperçu que vous vous disputiez les bonnes grâces de Mme Félicité ?

— Il y a pis que cela.

— Quoi donc ? Allons, dites-moi tout ; dans une affaire d'honneur, un témoin est comme un confesseur.

— Oui, mais je vous recommande le silence.

— Fort bien, parlez à votre aise, je serai discret comme la tombe.

— Depuis quelque temps, une certaine dame m'accordait des rendez-vous nocturnes....

— Mme Félicité?

— Peu importe le nom....

— D'accord ; c'est donc Mme X....

— Je dois vous dire qu'elle est à la campagne....

— Près d'ici....

— Peu importe l'endroit. Lorsqu'elle ne pouvait me recevoir, elle m'avertissait de ne point escalader le mur du jardin, c'était ma façon ordinaire de m'introduire chez elle, en arborant un signal convenu sur un point déterminé....

— Cette dame a lu Boccace. Il est dit dans une nouvelle du *Décameron* qu'une femme annonçait à son amant la présence du mari en mettant une tête d'âne au bout d'un bâton.... votre maîtresse cultive les bons auteurs, je vous en félicite.

— Cette nuit j'y suis allé....

— Le signal y était-il ?

— Non. Je grimpe sur le mur, et je saute ensuite sur l'herbe du jardin.... à trente pas de distance je vois un individu qui se livre aux mêmes opérations et qui franchit la muraille en même temps que moi.

— Oh ! diable !

— J'éprouvai une sensation peu agréable.

— Je le crois.

— Je m'arrête alors.... je m'accroupis et j'observe mon homme....

— Et vous apercevez....

— Un vrai sosie qui répète tous mes gestes et m'observe à son tour. Le prenant pour un voleur, je me glisse vers un buisson, et je m'y blottis sans perdre de vue le personnage, qui, rassuré par mon immobilité, se dirige avec précaution, mais assez rapidement, du côté de la maison.

— Per Bacco! c'est fort intéressant.

— Je le suis, et, en m'approchant, je découvre que ses allures et son costume sont ceux d'un élégant.... j'entends le craquement de ses bottes vernies.... mes soupçons deviennent une certitude.... je m'élance, il se retourne, et je me trouve nez à nez....

— Avec l'avocat Stornello.

— Vous l'avez dit.

— C'était un voleur qui en voulait plutôt à votre maîtresse qu'à votre bourse.

— Il n'est pas besoin de raconter notre querelle.... un duel était inévitable, il aura lieu aujourd'hui.

— Pourquoi vous battre ?... Vous êtes, ce me semble, l'un et l'autre sur le même pied chez la belle. C'est elle qui a tous les torts, et chacun de vous devrait lui adresser un cartel.

— Ce n'est pas une plaisanterie, une affaire qu'on puisse arranger.... Voulez-vous m'accorder cette preuve d'amitié?

— En doutez-vous? prêter de l'argent à un ami, l'assister dans un duel, sont deux services qu'on ne refuse pas. Je suis tout à votre disposition.

— Allez donc chez l'avocat, abouchez-vous avec son témoin, arrangez les choses pour le mieux. Je suis indifférent sur le choix des armes et le lieu du combat, mais je tiens à ce que tout se fasse promptement. Je vous attends ici.

— Très-bien, fiez-vous à moi, je serai de retour dans dix minutes. »

Et ils se séparèrent après avoir échangé une vigoureuse poignée de main. Buonviso reparut au bout d'un instant.

« Tout est convenu, dit-il au comte Crava; vous vous battrez à un kilomètre d'ici, sur un terrain que je connais. C'est un endroit tranquille, isolé, et qui semble fait à point pour deux hommes qui veulent s'égorger en paix. L'arme choisie est le pistolet. Ce sera le jugement de Dieu. Les témoins mettent les balles, les adversaires visent, et le hasard décide du reste. Celui qui est blessé a tort; si personne n'est touché, tout le monde a raison. Le parrain de Stornello n'est autre que le misanthrope Lucci. Je cours faire atteler mon tilbury et prendre congé de Mme Avventina, puis j'irai chercher à la ville ma boîte à pistolets. Suivez-moi; nous rejoindrons nos adversaires au village de.... qui est le lieu du rendez-vous. »

XI

« Je vous le disais bien, madame, que les accidents pleuvent sur nous au moment où nous nous y attendons le moins.

— Vous serait-il arrivé malheur, monsieur Buonviso?

— Certainement, puisque je suis obligé de vous quitter. Ce n'est pas un petit chagrin....

— Vraiment! vous partez?

— A l'instant.

— Mais pourquoi? Puis-je le savoir? »

A deux pas des interlocuteurs, vint se poster sur ses jambes écartées le jardinier d'Avventina, paysan grossier à l'air stu-

pide sous ses cheveux d'étoupe, qui, tordant son chapeau de
paille entre ses mains calleuses, fixa sur sa maîtresse des
yeux ternes et immobiles.

Buonviso n'y prit pas garde et répondit :

« Ce sont des affaires qui ne m'intéressent pas seul.... mais
en ce qui me concerne je ne suis pas tenu au silence, et
d'ailleurs je n'ai pas de secrets pour vous. Rien n'égale le
charme de certaines promenades nocturnes....

— Eh ! » Avventina tressaillit comme si elle eût senti l'empreinte d'un fer rouge.

Le jardinier de son côté fit un mouvement et dit :

« Madame !

—Qu'y a-t-il, Antonio ?

— J'ai quelque chose à vous dire.

— Plus tard.

— C'est que cela presse.... je pars pour le marché et je ne
serai pas de retour avant le soir.

— Eh bien ! dites vite alors.... dépêchez-vous....

— C'est que.... je ne voudrais parler qu'à madame. » Et du
doigt il montrait Buonviso.

« Dites toujours.

— Je me retire, madame, je....

— Oh! n'en faites rien.... je suis sûre que c'est une bagatelle ; allons, Antonio, parlez donc.

— Ce matin, pendant que je râtelais les allées du jardin,
comme d'habitude, Giannetto, mon fils, arrosait les fleurs
des parterres et les espaliers, qui avaient grand besoin d'être
humectés ; c'est son occupation de chaque jour dès le lever du
soleil, car par ces temps de sécheresse....

— Oh! mon Dieu! aurez-vous bientôt fini ?... arrivez donc
au fait....

—Tout à coup j'entends Giannetto qui me crie: « Ohé! père !
venez donc voir un peu comment on a arrangé l'espalier et les
fleurs du parterre qui longe le mur.—Eh bien ! qu'y a-t-il de
si extraordinaire ? répondis-je.— Mais, par la madone, ajouta-
t-il , rien n'est debout , tout est écrasé, haché comme si l'on
avait fait passer un rouleau le long de la muraille ; les arbustes sont froissés, et l'on croirait qu'un loup s'est frayé un
passage tout au travers, si l'on ne voyait pas sur le sol les
traces d'un pied d'homme. »

Avventina pâlit, puis rougit, et son cœur battit violemment
dans sa poitrine. Buonviso, stupéfait de cette révélation, la

regarda, s'aperçut de son émotion, et se mordit les lèvres jusqu'au sang.

Antonio poursuivit :

« J'arrive.... j'examine.... et c'était ma foi bien comme le disait mon fils.... un homme, pour ne pas dire plus.... a franchi la muraille cette nuit, il a même fait tomber plusieurs des tuiles qui en couronnent le faîte.... il les a évidemment entraînées dans sa chute et les a broyées sous ses pieds. « Il faut tout conter à madame, dis-je à Giannetto, le plus tôt sera le meilleur. Aborde-la dès que tu l'apercevras dans le jardin, afin que nous sachions ce qu'il y a à faire dans cette circonstance, car si un homme est venu la nuit.... ce ne peut être que la nuit, car hier tout était dans le meilleur ordre, et je me serais d'ailleurs aperçu sur-le-champ du moindre dégât. Si un homme s'est amusé à franchir la muraille, ce ne pouvait être avec des intentions bien chrétiennes ; c'est un voleur, un assassin.... que sais-je ? J'ai dans l'idée de m'embusquer ce soir avec le fusil à pierre que m'a légué mon père, et avec lequel, tout vieux qu'il est, je tue fort bien des hirondelles au vol.... pour que je manquasse un oiseau de la grosse espèce, il faudrait que le diable s'en mêlât.... je lui mettrai du plomb dans l'échine et cela lui donnera une bonne leçon.

— N'en faites rien.... au nom du ciel ! cria Avventina toute tremblante.

— Vous ne voulez pas ? répliqua Antonio en écarquillant les yeux. Mais si ce sont des voleurs ?

— Eh bien ! soyez vigilant.... tâchez de les surprendre.... mais ne faites de mal à personne.

— Mais ne viennent-ils pas dans l'intention de nous chagriner ?

— Tranquillisez-vous, brave homme, interrompit Buonviso. C'est moi qui suis l'auteur de ces ravages. » Antonio et Avventina se tournèrent vers lui pleins de surprise. « J'avais parié avec le comte Crava de franchir ce mur sans échelle et sans qu'on m'aidât.... vous voyez que j'ai réussi.

— Celle-là est bonne ! Vous ? C'est impossible, dit naïvement le jardinier.

— Vous conviendrez, Antonio, que ce n'est guère le cas de vous armer d'un fusil, fit Avventina en jetant sur Buonviso un premier regard d'amour ; allez, maintenant. »

Antonio se retira en hochant la tête. Alors elle se retourna avec anxiété vers Buonviso, semblant attendre, avec une impatience fébrile, le mot de cette énigme. Buonviso s'inclina profondément et ne dit que ces mots :

« Après ce que vous avez entendu, madame, il est complétement inutile que je vous entretienne de promenades nocturnes. »

Et il s'en alla.

« C'est lui sans doute, pensait Avventina émue de joie et de bonheur. C'est lui qui est venu déposer ces fleurs sur mon balcon au risque de se tuer. Combien il m'aime ! et lorsque je découvre enfin la vérité, il s'éloigne modestement.... quelle délicatesse ! Oh! comme je l'avais mal jugé ! »

Elle ôta de son sein le bouquet de violettes, pour y déposer un ardent baiser.

Lucci s'approchait en ce moment et fut témoin de cette démonstration passionnée. Avventina s'aperçut qu'on l'avait remarquée ; ils rougirent tous deux.

XII

Le premier mouvement d'Avventina, en voyant Lucci, avait été un mouvement d'humeur ; elle le réprima promptement et lui adressa la parole d'un air gracieux, mais avec une gaieté un peu affectée.

« Eh bien ! monsieur le philosophe, vous avez donc achevé votre conférence avec l'avocat Stornello ? De ma fenêtre je vous apercevais immobiles et comme absorbés dans un grave entretien. Vous aviez tous les deux le visage austère d'un médecin au lit d'un mourant, et vous , monsieur Lucci, vous gesticuliez comme un orateur à la tribune. Voilà, me disais-je, la jurisprudence et la philosophie qui cherchent à se mettre d'accord ; auriez-vous réussi ?

— Nous sommes parvenus à donner tort au sens commun, et la conclusion de ce misérable colloque a été un soufflet appliqué sur la joue de la saine raison.... je venais prendre congé de vous, madame.

— Comment ?

— Il me sera impossible, à mon grand regret, de rester près de vous aujourd'hui.

— Mais tout le monde me fuit donc ? J'ai reçu tantôt.... »

Elle s'arrêta, comme si elle eût hésité à prononcer le nom de Buonviso.

« Mais demain, reprit Lucci, je viendrai, comme à l'ordinaire, vous fatiguer de mon ennuyeuse présence.

— Je vous en serai fort reconnaissante. Eh quoi! pourrait-on me laisser ici mourir d'ennui? Il est vrai que j'ai toujours sous la main Mme Félicité, Clorinde, Valérie, Pélagie, Antonia et Barbara.... J'ai grand plaisir à les voir, mais ce n'est point une société.... Et puis, j'ai besoin de vous parler.

— A moi?

— Vous êtes mon confident, et je n'ai point de motif de vous relever de ces délicates fonctions.

— Il s'agit peut-être des questions que nous avons traitées hier?

— Précisément. Il y a quelque chose de nouveau.

— Je suis libre encore pour quelques minutes, et je serais très-heureux de mettre ces courts instants à votre disposition.

— Oh! pas maintenant.... Nous en parlerons demain. »

XIII

Les deux adversaires et leurs témoins étaient réunis dans un petit pré entouré d'arbres, lieu paisible et retiré, plein d'ombre et de fraîcheur. Un grand silence présidait aux préparatifs du duel, et l'on n'avait échangé que les paroles indispensables en pareille occurrence. Buonviso chargeait les pistolets; les futurs combattants se tournaient le dos et regardaient les nuages; Lucci méditait, les bras croisés sur sa poitrine.

« Les pistolets sont prêts, fit Buonviso.

« A nous donc! »

Le comte et l'avocat étendirent la main pour saisir une arme.

« Un instant, cria Lucci, qui s'avança au milieu d'eux et leur fit signe de s'arrêter. Le devoir des témoins est de penser à tout : un duel n'est pas un jeu d'enfant, et Dieu seul peut en connaître l'issue. Deux mots seulement : avez-vous prévu toutes les suites de ce combat? Vous avez l'un et l'autre des parents que peut-être vous ne reverrez plus.... Vous, monsieur le comte, vous avez encore votre mère, si je ne me trompe.

— Oui, répondit le comte attendri.

— Pauvre mère! les femmes sont plus faibles que nous en face de la douleur, et dans un âge avancé l'âme perd sa vigueur aussi bien que le corps. L'amour maternel est un sentiment si profond et si fort que nous ne saurions nous en faire une idée, et, lorsqu'une femme n'a qu'un seul enfant, c'est sur lui qu'elle concentre toute son affection. Vous êtes fils unique, n'est-ce pas, monsieur le comte? S'il vous arrive malheur, si vous êtes blessé.... il faut songer à tout.... si vous êtes tué qui se chargera d'en donner avis à cette noble femme?... Avez-vous pris des mesures en vue de cette éventualité? »

Le comte sentit son cœur oppressé, et il fit un violent effort pour retenir des sanglots. Il voulut parler, il voulut interrompre Lucci, lui imposer silence; mais il comprit qu'au premier mot son émotion le trahirait et qu'il fondrait en pleurs, ce que dans le moment présent il eût regardé comme le comble de la dégradation. Incapable de dissimuler le trouble qui commençait à le gagner, il se tourna brusquement de côté, afin qu'on n'aperçût pas du moins le mouvement convulsif qui faisait frémir les muscles de son visage.

Lucci continua :

« Et vous, Stornello, vous vivez chez un oncle qui vous aime comme un père, et qui a pris soin de votre enfance. Je suis assez heureux pour connaître cet homme excellent, ce cœur généreux et sensible, et je suis convaincu qu'il ne survivra pas longtemps à la nouvelle de votre mort. Outre vos parents, messieurs, vous avez d'autres motifs de tenir à l'existence. Nous avons tous des liens d'intérêt et de sympathie qui nous rattachent à nos semblables et à la société, et qu'on ne peut rompre sans causer d'irréparables dommages, ou du moins de graves embarras à vingt honnêtes gens, étrangers à nos passions, et qui auront cruellement à souffrir de leurs suites désastreuses. Peut-être aussi s'agit-il de l'honneur de votre nom et de votre mémoire?... A tous les hommes la Providence a assigné des devoirs à remplir, une destinée à poursuivre, et, pour qu'ils ne fussent pas tentés de se soustraire au fardeau qu'elle leur imposait, elle a mis en eux l'instinct de la conservation, instinct puissant, qu'elle a voulu fortifier encore par des prescriptions morales, par les lois saintes qui régissent la société et qu'on ne saurait violer impunément.... Croyez-vous aussi être en règle de ce côté-là? »

Les deux adversaires se turent.

« Mourir ! est-ce donc le seul moyen de faire preuve de bravoure ? Le duel n'est presque toujours que la conséquence de l'étourderie.... Le duel est basé sur une fausse idée du courage de l'homme. On lance un audacieux défi, on tâche ensuite de n'y plus penser de crainte de faiblir ; on arrive sur le terrain sous le coup d'un accès de surexcitation que le vulgaire confond avec l'héroïsme : on se bat, et, que l'on survive ou que l'on meure, le résultat est également déplorable dans les deux cas. La douleur, le désespoir et souvent le dommage matériel, retombent de tout leur poids sur les parents de la victime. Le duel, comme l'antique jugement de Dieu dont il est issu, épargne fréquemment le coupable, et va frapper en foule des personnes tout à fait étrangères à la querelle qui l'avait motivé. Nous ne voyons se battre d'ordinaire que des gens irréfléchis et violents : les hommes sérieux, sans être moins braves que les autres, savent éviter d'en venir à de pareilles extrémités. Le vrai courage, selon moi, est calme et sans emportement. Si j'avais eu la pensée de jouer ici le rôle de conciliateur, j'aurais affronté la plus ingrate de toutes les tâches. Dans ces sortes d'occasions, aucun des adversaires ne consent à faire le premier pas ; tous deux regardent votre proposition comme une insulte, et trouvent presque ridicule qu'on veuille leur faire entendre la voix de la raison, car rien n'est tenace et opiniâtre comme un préjugé. Si toutefois, remplissant un devoir d'honnête homme, je cherchais à détourner de leur résolution deux ennemis prêts à s'égorger pour le plus futile des motifs, je ne parlerais ni de l'absurdité d'un pareil combat, ni de ce qu'il y a de barbare dans cette odieuse coutume que nous a léguée le moyen âge.... Je mettrais de côté les vieux arguments des moralistes, que tout le monde sait par cœur, et dont on se verrait avec peine rebattre les oreilles : ces impérissables démonstrations ont peu d'efficacité dans la pratique, et, tout plein de ces belles maximes, on n'en descend pas moins sur le terrain, comme si de rien n'était. Si l'on se bat, ce n'est pas que l'on croie faire une action juste ou raisonnable, d'où il puisse résulter un avantage quelconque pour l'une des deux parties ; c'est uniquement parce qu'on veut faire parade de son intrépidité, de même qu'on voit les nations se glorifier d'avoir remporté un plus ou moins grand nombre de victoires. Dans un combat singulier le triomphe n'est jamais honorable, et, s'il se donne quelque beau coup

d'épée, c'est le bon sens qui le reçoit en pleine poitrine....
Voici donc ce que je dirais aux deux champions : je conviens
avec vous, mes bons amis, qu'il faut que vous soyez braves
pour venir vous égorger ainsi comme des Iroquois, tout en
observant jusqu'au dernier moment les formes de la plus exquise politesse. C'est le même genre de courage que montrent
deux béliers, deux taureaux qui s'abordent d'un air menaçant,
deux portefaix qui, pour quelques sous, s'assomment sur la
place publique.... Leurs procédés seulement sont tout à fait dépourvus du bon goût qui brille dans les vôtres. J'ajouterai que
lorsqu'on a paru sur le terrain, qu'on s'est mis en place, et que,
sans reculer d'une semelle, on s'est apprêté à viser son adversaire, ou à essuyer son feu, on a montré toute la valeur et tout
le sang-froid désirable ; le reste n'est plus qu'un fait matériel
et complétement insignifiant, au point de vue de l'honneur.
Il y a un courage plus rare et plus noble que celui que je
viens d'analyser, un courage non pas physique et animal,
mais moral et philosophique, qui consiste à braver les préjugés sociaux, à se débarrasser de tout respect humain, à
tendre la main à son rival en lui disant : « Au nom de Dieu !
n'allons pas pour une bagatelle exposer la vie de deux hommes
qui peuvent l'un et l'autre se rendre utiles à la patrie et à
l'humanité. »

XIV

En quittant la prairie où devait avoir lieu le combat, Buonviso laissa prendre le pas au comte Crava et à l'avocat Stornello, qui bras dessus bras dessous, et plus amis que jamais, s'avançaient en causant avec la plus cordiale gaieté. Il
marcha aux côtés de Lucci, et la conversation s'engagea en
ces termes :

« Vous avez bien agi, monsieur Lucci, en ôtant à ces écer-
velés l'envie de se casser la tête. Per Bacco ! vous êtes éloquent.... je vous le dis franchement, vous m'avez confondu.
Je vous avais toujours vu parler avec effort et comme à regret.... mais diable ! vous vous êtes bien relevé dans mon
opinion. Vous pourrez, quand bon vous semblera, briller au
premier rang parmi les avocats ou les prédicateurs, et je me

propose d'appuyer votre candidature aux prochaines élections parlementaires. Je n'aurais jamais cru que la parole pût avoir une telle puissance. Jusque-là j'avais pensé qu'elle avait été donnée à l'homme pour qu'il en usât lorsqu'il aurait besoin de manger, de boire ou de briller un instant dans la bonne société.... J'étais convaincu que la différence capitale qui séparait les fourbes des gens naïfs, consistait surtout en ce que ces derniers croyaient à l'efficacité du discours, tandis que les autres songeaient seulement à s'en servir comme d'un ballon gonflé d'air.... Le fait est que jusqu'à ce jour je n'avais jamais vu se terminer de discussion sans que chacun des adversaires se retirât plus ancré que par le passé dans sa propre opinion, et bien persuadé que son contradicteur ne pouvait être qu'une bête. Mais à partir d'aujourd'hui je me déclare converti, et je reconnais avec joie qu'entre deux épées croisées il y a encore de la place pour la conciliation et des chances de succès pour le conciliateur. Bravo !... Monsieur Lucci, votre excellente harangue a eu pour résultat une bonne action.... Moi aussi j'avais assuré à Crava qu'il était vraiment stupide de se battre pour une femme sans vertu, sans cœur.... et sans jugement, qui mène de front deux intrigues et assigne une même heure à un double rendez-vous.

— Les femmes n'ont peut-être pas autant de tort que vous paraissez vous l'imaginer. Nous les comparons sans cesse à des roses.... les roses se laissent cueillir par le premier venu.

— Mais elles piquent parfois.

— Et les femmes.... n'ont-elles donc point d'épines?...

— La poésie moderne les compare de préférence au diamant, et elle a raison.

— Pourquoi?

— Parce que les diamants ne s'abandonnent pas sans choix ; il faut qu'on puisse les acheter....

— Mauvais plaisant !

— La vertu des femmes, c'est le phénix de notre époque.

— Oh! n'exagérons rien.

— Je suis dans le vrai, et je puis vous en donner une preuve on ne peut plus récente. Je ne comptais pas parmi les vrais croyants, la foi aveugle m'a toujours déplu, mais il m'arrivait pourtant de me laisser prendre à de belles apparences. Dans ces deux jours j'ai beaucoup vu et beaucoup appris : la main de l'expérience est venue brutalement effacer mes dernières il lusions. L'exemple d'Avventina ne suffit-il pas à vous ouvrir les yeux ?...

— Avventina! s'écria Lucci tout abasourdi.

— Eh quoi! vous ne savez donc pas.... c'est pour les beaux yeux de cette dame que nos deux chevaliers voulaient tantôt s'entre-déchirer à la suite d'une aventure nocturne.

— Avventina! répéta Lucci, c'est impossible.

— C'est certain, plus que certain, puisque j'ai des preuves en main. La discrétion ne me permet pas d'être plus explicite.... mais quand je vous l'assure....

— Avventina! fit encore Lucci, et sa tête retomba tristement sur sa poitrine.

— C'est étrange en effet. Qui eût pu s'en douter ? C'était en apparence la vertu incarnée.... la vertu simple, gaie, sans affectation.... et de l'esprit avec cela. C'est même ce qui l'a perdue ; il n'y a que les sottes qui soient sages. Je la prenais, je vous jure, pour une Lucrèce parée de toutes les séductions de l'éducation moderne, tandis que c'était une Hélène s'abandonnant à je ne sais combien de Pâris à la douzaine.... sa franchise, son affabilité n'étaient que de la coquetterie déguisée avec un art profond. J'y vois clair maintenant, et pour ne parler que de moi, elle m'a fait de telles avances....

— A vous !

— Oh! je ne suis encore que sur le seuil, mais la porte est entr'ouverte et si je fais un pas.... j'ai eu grand tort de m'amouracher de cette femme, elle avait su m'inspirer la passion la plus respectueuse, et par conséquent la plus folle, car j'étais sur le point de mettre à ses pieds tout ce que j'ai de plus précieux, de lui offrir mon cœur, mon nom et ma main. La Providence a bien voulu m'éclairer sur le bord de l'abîme, et je me propose en reconnaissance de faire brûler deux cierges en l'honneur du compagnon de saint Antoine.... je dirai pour conclure que Mme Avventina est semblable à tant d'autres femmes belles et séduisantes.... il faut faire grand cas de leurs faveurs et se bien garder de leur donner sa main. »

XV

Lucci avait résisté aux instances des deux rivaux, qui voulaient à toute force le retenir à dîner ; il avait pris congé d'eux et il errait seul, sans direction et sans but, dans des sentiers montueux et déserts, le teint livide, les traits contractés, l'œil hagard, dans l'attitude d'un homme douloureusement affecté.

« C'est impossible ! c'est impossible ! cette femme que jusqu'à ce jour j'ai crue digne d'estime et de respect ne peut être devenue tout à coup un objet de mépris ! mes longues années d'observation ne sauraient être une illusion ! ses discours si chastes, le charme de ses manières, sa bienveillante franchise ne sauraient être un piége tendu à la crédulité publique.... Oh ! ce serait là une navrante découverte ! Dès mon adolescence, lorsque pour la première fois des pensées d'amour vinrent s'offrir à mon imagination, tous mes vœux, tous mes désirs tendaient à la possession d'une créature aimable et douce que je pusse aimer sans rougir, qui fût digne de mon respect, qui sût me comprendre et peut-être m'aimer. Je ne cherchais point la perfection, je ne croyais pas qu'il y eût des anges en ce monde : tout ici-bas porte la triste empreinte de la fange terrestre d'où nous sommes sortis : mais je croyais à la bonté, à la grâce, à la sympathie, à cet incomparable attrait de la femme, qu'on nomme la pudeur. Ma jeunesse s'est écoulée tout entière à la poursuite de mon rêve.... je voulais une jeune personne au cœur noble, aimant et sincère, une compagne vertueuse qui sût répondre aux élans de mon âme, telle enfin que la Providence en devrait accorder à tout homme honorable et pur qui veut puiser l'amour à sa source légitime et partager avec un être chéri les douleurs et les joies de la vie. Je ne rencontrai d'abord que des poupées animées, mues par le ressort de la vanité, à la tête folle, au cœur vide et froid, qui puisaient leurs principes moraux dans le journal des modes et n'avaient pour toute science qu'une connaissance superficielle des règles de la grammaire française : du fard, des grâces d'emprunt, un bavardage insipide ; c'était là tout. J'allais renoncer à mon ingrate recherche, lorsqu'il me

fut donné de connaître Avventina. Ce fut comme un choc électrique, je sentis frémir mon cœur, un instinct secret m'avertit
que j'avais trouvé l'idéal après lequel je soupirais. Et cette
femme était la femme d'un autre! la femme d'un ami! oh! j'ai
bien souffert.... autant que j'ai aimé! et personne jamais n'a
soupçonné les ardeurs qui me dévoraient.... j'étais froid vis-
à-vis d'elle, je la fuyais, j'étais presque impoli. Oh! combien
j'étais jaloux de son mari! il me semblait que, si elle m'eût
appartenu, j'aurais su donner un aliment à ce besoin d'affection et de tendresse que je croyais apercevoir en elle. Plus
tard.... elle était libre.... et jusqu'à ce jour je n'avais point
encore osé prononcer une parole d'amour.... je tremble en sa
présence, son regard m'interdit et me trouble.... je l'aimais
tant! et puis je craignais qu'un imprudent aveu n'élevât entre
nous une barrière éternelle.... qu'elle ne cessât de me témoigner cette bienveillante familiarité, cette amitié fraternelle qui
faisait ma joie et mon tourment! Et maintenant.... Mais quoi!
aurait-elle pu démentir ainsi tout son passé? ce front si pur, ce
sourire si doux, ces enthousiasmes, ces cris du cœur, ces larmes
involontaires que lui arrachait le spectacle de tout ce qui était
grand et beau.... tout cela serait-ce un mensonge impudent,
une splendide mise en scène pour fasciner le vulgaire imbécile?
non, c'est impossible; mes doutes sont un outrage, une pensée
mauvaise à laquelle je ne veux pas m'arrêter. Il me faut des
preuves.... avant de croire à son imposture, j'accuserai plutôt de
fourberie le monde conjuré contre sa vertu. L'homme le plus
prudent se laisse prendre si facilement à de trompeuses apparences! Pourquoi le comte et l'avocat n'auraient-ils pas
menti? la réputation d'une femme est si peu de chose aux yeux
des gens à la mode! sans la foi, il n'y a plus d'amour.... je
veux croire en elle, car je sens que je l'aime! »

XVI

On serait dans une grande erreur, si l'on s'imaginait que, la
nuit venue, Avventina s'endormit tranquillement. Elle avait
attendu le soir avec impatience.... son entourage lui avait
paru plus ennuyeux que de coutume; il lui semblait que ces
hôtes importuns ne s'en iraient jamais. Lorsqu'ils avaient en-

fin pris congé d'elle, elle les avait vus se retirer avec une
satisfaction mal dissimulée ; elle était montée dans sa chambre,
avait fait sa toilette de nuit, et s'était empressée de congédier
sa cameriste. Il lui tardait que le silence se fît autour d'elle,
pour pouvoir savourer en paix les émotions si nouvelles et si
tendres que cette journée lui avait apportées. Elle avait tiré
les rideaux de son balcon et, derrière ce fragile rempart de
mousseline, elle contemplait tout à l'aise le ciel semé d'étoiles,
les arbres baignés dans l'ombre, et les allées obscures du
jardin : abîmée dans une vague méditation, il lui semblait qu'il
allait se passer quelque chose d'extraordinaire.

Elle se disait à elle-même :

« Oh ! cette nuit, il ne viendra pas.... j'en suis sûre.... il
sait qu'il est découvert. Pourquoi viendrait-il ? Pour voir les
rayons de la lune se réfléchir sur mes croisées.... car s'il
s'approchait je devrais quitter immédiatement le balcon et il
n'apercevrait même pas mon ombre.... Quand je songe qu'il a
risqué sa vie pour m'offrir ces fleurs que j'aime tant ! » Et
elle les baisa.... « Oh ! c'est là vraiment l'amour avec sa poésie ! Il ne faut pas me laisser voir, il croirait que je l'attends.
Et pourtant cela lui ferait plaisir et il a bien droit à une récompense.... Oh ! mais il est impossible qu'il vienne ! »

Et tout en parlant ainsi, elle était convaincue qu'il allait
paraître. Elle se trompait cependant. Minuit sonna sans
qu'aucun incident vînt interrompre le calme et le silence de
la campagne ; elle n'avait pas entendu le moindre bruit qui
pût lui faire supposer qu'un étranger était caché dans le
jardin. Mécontente et fatiguée, Avventina, non sans dépit, se
décida à gagner son lit : son espoir était cruellement déçu....
avant sa dernière aventure elle n'eût osé ospérer, ni réclamer
de personne une preuve d'amour aussi inusitée ; mais son
imagination était surexcitée, et elle eût vu avec plaisir la répétition de ce premier et modeste hommage d'un amant délicat. Il ne pouvait, se disait-elle, s'arrêter en si bon chemin....
ignorait-il que le triomphe en amour n'est dû qu'à la persé-
vérance ?

Tout en s'abandonnant à ces raisonnements contradictoires,
Avventina était tombée dans un demi-sommeil dont elle fut tirée
brusquement par un coup de feu qui retentit à ses oreilles.
Elle sauta à terre, s'élança vers la fenêtre, et plongeant son
regard dans le jardin, elle aperçut l'ombre d'un homme qui se
retirait en chancelant.

Oh! comme elle était pâle! comme son cœur battait! Elle s'inclina sur la rampe du balcon, et vit un paysan armé d'un fusil : c'était le jardinier.

« Antonio, fit-elle, qu'y a-t-il donc?

— Eh! morbleu! madame, je le disais bien.... je ne me laisse pas prendre aux fariboles.... c'était le voleur! je l'ai vu qui grimpait accroché à la muraille comme un écureuil sur un arbre, il était près du balcon, il allait y mettre la main.... mais je faisais bonne garde, et j'ai tiré sur lui comme sur un chien.

— Et vous l'avez manqué? demanda la pauvre femme toute tremblante.

— Oh! je ne crois pas, madame, ce n'est pas le fils de mon père qui pourrait manquer un oiseau de cette dimension. Il est tombé lourdement à terre comme un sac de farine, et quand il a voulu s'éloigner, ses jambes fléchissaient comme celles d'un ivrogne; je cours le rejoindre et....

— Arrêtez! s'écria impétueusement Avventina, assez comme cela.... vous êtes allé trop loin. Oh! mon Dieu! que va-t-il arriver? c'est affreux.... retirez-vous, au nom du ciel!

— Mais, madame....

— Je vous en prie....

— Mais pourtant....

— Je vous l'ordonne!

— Comme madame voudra. »

Il n'est pas besoin de dire qu'Avventina ne se rendormit pas du reste de la nuit, et qu'elle éprouva pendant ces longues heures d'insupportables angoisses.

XVII

Debout dès l'aurore, Avventina descendit au jardin toute inquiète et à demi vêtue. Sous ses fenêtres elle rencontra Antonio qui examinait le champ de bataille tout fier encore de son triomphe nocturne. Il tenait à la main un bouquet de violettes qu'il avait trouvé sur le sol, et il montra à sa maîtresse un filet de sang à peine séché sur le sable. Avventina, à la vue de ces traces sanglantes, fut violemment émue et retint à grand'peine les larmes qui lui venaient aux yeux. Pâle,

froide et muette, elle restait immobile en face du jardinier...
on l'eût prise pour la statue du Désespoir. La loquacité naturelle d'Antonio lui épargna la peine de l'interroger.

« Ah! si madame m'eût permis de suivre le gredin, je le
prenais comme un oiseau dans la glu. Je dois l'avoir frappé
fort quelque part, car il n'allait plus que d'une aile.... Quand
je pense à ce beau monsieur en moustaches qui se vantait
d'en avoir fait autant, et cela pour une gageure ! Il voulait se
moquer de moi.... mais je ne me suis pas laissé prendre à ses
balivernes. Ce ne sont pas ces *dandys* qui vont escalader un
mur par pur divertissement. »

En ce moment le regard d'Avventina tomba sur le bouquet
qu'Antonio avait encore à la main.... Son œil lança des flammes,
elle tressaillit, et se tournant vers le jardinier :

« Et ces fleurs ?

— Elles étaient à terre.... là, près de cette traînée de sang
qui en a même un peu souillé la tige. »

La poitrine d'Avventina se souleva, elle eut peine à retenir
des sanglots, et ses lèvres devinrent livides. « Ces fleurs sont
à moi, dit-elle en les saisissant, je les ai laissées tomber de
mon balcon. » Et elle les mit dans son sein avec l'empressement d'un avare qui cache son or. « Vous aurez soin, Antonio,
d'enlever ces traces de sang; vous réparerez le désordre du
jardin, et vous ne parlerez à âme qui vive de ce qui s'est passé
cette nuit.

— Oh! comment! il ne faut donc pas en informer la justice ? »

Avventina étendit la main vers lui d'un air menaçant et
solennel : « Écoutez, dit-elle, si j'apprends que vous ayez
laissé échapper une seule parole sur les événements de la nuit,
vous serez immédiatement congédié.

— Oh! je me tairai, de par le diable.... de père en fils nous
mangeons le pain de la famille de madame.... et je ne voudrais pas perdre ainsi ses bonnes grâces.... Oh! je serai
muet. »

Avventina, de retour dans ses appartements, versa bien
des larmes sans parvenir à satisfaire l'immense besoin qu'elle
avait de pleurer. Elle pressait sur ses lèvres en sanglotant le
bouquet teint de sang qu'elle regardait comme une relique,
comme le dernier présent d'un homme qui peut-être allait
mourir pour l'avoir trop aimée.

Brisée par l'émotion, elle adressait à ces fleurs des discours

enivrants qui eussent suffi pour ouvrir à l'amant inconnu,
qui les eût écoutés, les portes du paradis; de ces paroles brûlantes, qui dans la jeunesse font palpiter le cœur, lorsqu'elles
tombent des lèvres roses d'une créature adorée.... de ces mots
qui laissent dans la mémoire une ineffaçable empreinte et
qu'on se rappellerait toujours, même si l'on vivait mille ans.

Puis, après avoir prodigué à ces fleurs insensibles tant de
suaves et d'ardentes caresses, Avventina revint à ces méditations poignantes que faisait naître en elle la cruelle incertitude
dans laquelle elle se voyait plongée. « Il est blessé.... griève-
ment peut-être?... peut-être est-il mort! ô ciel! et pour avoir
cherché à me plaire! et je ne suis pas là pour lui donner mes
soins.... ma vue lui ferait certainement du bien.... il souffrirait moins s'il me voyait à son chevet!... si ma main était là
pour soutenir son front brûlé par la fièvre.... s'il sentait au
moment de s'endormir un baiser fraternel effleurer sa paupière!... Et pourquoi n'irais-je point? C'est mon devoir de
femme.... d'ailleurs, sa maison n'est-elle pas la mienne? que
m'importe le monde? que me font ses railleries? qu'il dise ce
qu'il voudra.... j'ai trouvé un homme qui m'aime et qui est
digne de mon amour. C'est Dieu qui a préparé et qui bénira
notre union. Ne lui ai-je pas promis que, le jour où je l'aimerais, je le lui déclarerais franchement? Ce jour est venu....
pourquoi n'irais-je pas? »

Ce soliloque dura trop longtemps pour qu'il ne soit pas nécessaire de l'abréger.

Le jour grandissait à l'horizon, absolument semblable à
tous les autres jours. Il n'y a pas de douleur au monde qui
puisse avoir prise sur cet être fantastique qu'on appelle le
temps. Que la paix embellisse la terre, que des révolutions la
bouleversent et l'inondent de sang, le soleil impassible n'en
apparaît pas moins dans son radieux éclat, armé de son im-
muable sourire. Il est vrai que, s'il avait à s'émouvoir de toutes les petites tempêtes qui, à chaque heure du jour, viennent
agiter la pauvre humanité, nous devrions nous résigner à
vivre dans un brouillard perpétuel.

La société habituelle d'Avventina ne tarda pas à venir s'installer dans le parc. Mme Paoloni fit résonner des joyeux éclats
de sa voix ces mêmes échos qui tout à l'heure répétaient des
soupirs et des sanglots. Mme Clorinde récita comme à l'ordinaire d'éternelles tirades en prose poétique, fades réminiscences de lectures indigestes, et Mlle Antonia, plus enfant que ja-

mais, fit une chute malheureuse en essayant de franchir un fossé, et montra à toute l'assemblée.... ce que montrent les petites filles lorsqu'elles font la culbute. Personne, si ce n'est Avventina, ne put s'empêcher de rire. Quant à Mlle Blanche, elle parut plus timide encore et plus réservée que les jours précédents, et sa mère de plus en plus austère et rigoureuse. Le comte Crava et l'avocat Stornello montrèrent le plus grand esprit de conciliation en s'emparant tour à tour du bras de Mme Félicité, qui probablement avait réussi à prouver son innocence à chacun de ses deux amants. Ce qu'il y a de certain, c'est qu'à la surface paisible de cet amour à trois, je devrais dire à quatre, si les maris comptaient pour quelque chose, on eût vainement cherché l'indice d'une bourrasque passée ou à venir. Le cercle était à peu près au complet, car Paoloni, cet approbateur laconique, Valérie, Pélagie et Barbara, fidèles à leur rôle de comparses, s'étaient installés des premiers sur les chaises du parc.

Il ne manquait que deux personnes : Lucci et Buonviso, et le soir arriva sans qu'on les vît paraître. L'absence du premier n'offrait rien d'inquiétant à l'imagination d'Avventina, quoiqu'il eût promis de la visiter ce jour-là ; et, de tous les vœux qu'elle envoyait à son amant inconnu, il n'y en eut pas un seul à son adresse.

Chaque heure en s'écoulant venait ajouter aux inquiétudes de la pauvre femme, et ses angoisses commençaient à devenir intolérables. La présence de ses hôtes la fatiguait horriblement, et elle dissimulait assez mal le dépit que lui causait leur involontaire importunité. Il faut convenir que les visiteurs qu'on reçoit à la campagne sont rarement intéressants. Il y a chez nous une certaine engeance de parasites nomades, qui s'imposent par quartiers à toutes celles de leurs connaissances qui possèdent une villa. C'est une industrie comme une autre : on fourre dans un sac de voyage une paire de chemises, des souliers vernis et des gants paille pour les danses du soir, et l'on va successivement s'installer dans chacune des gracieuses habitations qui couvrent nos collines turinaises, mettant sans façon des mâchoires dévorantes et un estomac insatiable à la disposition des personnes bienveillantes, chez qui pendant l'hiver on a daigné se gorger de glaces et de petits gâteaux. Sous prétexte d'amitié, ces braves gens vont planter leurs tentes partout où fume le fourneau d'une cuisine.... ils sont fort obligeants du reste, fort serviables et partant fort utiles,

, comme l'assurent les plus illustres économistes, toute *valeur* se résume en un *service*. Les domestiques, fort médisants de leur nature, prétendent qu'ils ne fonctionnent bien qu'à table, mais ce sont des témoins intéressés et par conséquent suspects. On doit au contraire leur rendre cette justice, qu'ils sont aux petits soins pour les maîtresses de maison ; ils font leurs commissions, vont à la ville parler à la couturière et à la modiste, portent à la promenade le châle ou l'ombrelle de madame, procurent à mademoiselle la dernière partition, offrent du tabac au maître du logis.... et des *remercîments* à ses serviteurs. Les parasites sont, à mon sens, d'insipides animaux, mais il y a des personnes qui ne sauraient s'en passer.

Les hôtes d'Avventina ne ressemblaient en rien aux fâcheux dont je viens d'esquisser le portrait, mais ce jour-là ils produisaient sur elle absolument le même effet. Elle se disait qu'elle eût été parfaitement excusable de les laisser là pour aller chercher des nouvelles de Buonviso, et se proposait bien de courir chez lui à nuit close, aussitôt après leur départ.

Au plus fort de son impatience, elle tressaillit tout à coup au bruit d'une voiture qui s'arrêtait dans la cour. Quelqu'un en descendit et s'avança dans le jardin à pas précipités. Son cœur battit plus fort. Le comte Crava et l'avocat Stornello se levèrent pour accueillir le nouveau venu, et elle les entendit pousser ces exclamations et ces cris de surprise qu'excite la présence inespirée d'une personne qui arrive tard et sur laquelle on ne comptait plus. Avventina, plus pâle que le fichu de Mlle Antonia, tressaillit comme une feuille agitée par le vent, et toutes ses facultés sensitives se concentrèrent dans l'organe de l'ouïe.

Une voix retentit.... c'était *la sienne*. Elle se leva en sursaut avec tant de fracas, que Mme Clorinde, étonnée de ce mouvement inattendu, s'arrêta net au plus bel endroit d'un discours sur l'émancipation de la femme, et s'interrompit pour lui dire : « Mais qu'avez-vous donc ? » Avventina, dont l'élan avait été irrésistible autant qu'involontaire, comprit qu'elle allait se trahir ; elle se rassit, chercha à reprendre contenance, arrangea les plis de sa robe, cueillit une fleur qui se trouvait à la portée de sa main, et, se tournant vers Clorinde, lui dit en s'efforçant de sourire, et d'une voix saccadée : « Oui, vous avez raison, il est grandement temps que les femmes obtiennent de l'avancement et qu'on en fasse des hommes. »

Buonviso s'approcha d'elle.... Buonviso, satisfait, joyeux

et souriant de l'air le plus fat et le plus impertinent qui ait jamais donné l'envie de souffleter un dandy. Sur ses joues brillait le vif incarnat de la santé : ses cheveux frisés, sa barbe et ses moustaches peignées avec soin, la recherche minutieuse qui avait présidé à sa toilette, rien en lui ne semblait indiquer qu'un accident terrible et récent eût pu compromettre son existence. Une minute suffit à Avventina pour tout voir et tout examiner : les femmes seules possèdent cette puissance scrutatrice, à la fois synthétique et analytique, qui leur permet d'embrasser en un instant, et dans un simple regard, l'ensemble et les détails.

Après tant d'heures d'indicibles tourments, elle eût dû ressentir une joie immense en apercevant près d'elle, sain et sauf, celui qu'elle croyait aimer. Et cependant notre héroïne qui, tout le jour, s'était désolée en se représentant l'horrible situation d'un homme blessé à mort pour l'amour d'elle ; notre héroïne éprouva un vif désappointement en retrouvant cette figure banale, dont le seul aspect trahissait un long tête-à-tête avec le perruquier ; en contemplant cette face épanouie qui n'avait rien de commun avec le masque livide et sanglant qu'elle avait rêvé.

« Il n'est pas blessé, fit-elle.... ou du moins il n'y paraît guère.... Mais si ce n'était pas lui.... Oh ! c'est impossible. » Une foule de conjectures contradictoires se pressaient à sa pensée : son cerveau s'embrouillait, elle ne savait à quelle supposition s'arrêter.

« J'arrive tard aujourd'hui, dit Buonviso en se dandinant, et vous ne devez pas être satisfaite de ma conduite, madame. Cela m'étonnerait d'autant moins que j'étais mécontent de moi-même, et j'ai voulu pour m'en punir différer l'heure de ma visite.... si toutefois ces dames ont bien voulu s'apercevoir de mon absence, ce sera bien vainement que j'aurai cherché à m'infliger un châtiment.... »

Avventina se leva, saisit le bras de Buonviso et, sans prononcer une parole l'entraîna à l'écart. Il sourit avec fatuité, tordit le bout de sa moustache, passa vivement la main dans son toupet, et prit la direction de la tonnelle ; chemin faisant, il se penchait gracieusement vers sa compagne et s'épuisait en vains efforts pour paraître charmant.

Buonviso était venu avec l'intention bien arrêtée de se poser en don Juan ; il aimait cette femme, et, maintenant qu'aux yeux de l'avide renard il était prouvé qu'on pouvait atteindre au sommet de la treille, il n'avait plus de motifs de faire le dégoûté et de trouver les raisins trop verts. Après y avoir bien pensé, il avait résolu de conquérir, lui aussi, les faveurs d'Avventina.

« Oh! madame! murmurait-il à son oreille avec de suaves intonations, la douloureuse privation que je me suis imposée n'a point été sans fruit, car elle m'a donné la mesure de mon amour.... mesure, qui, pour n'appartenir pas au système décimal, n'en est pas pour cela plus mauvaise ou moins exacte. Cette mesure c'est l'absence. Lorsqu'on est éloigné de ce qu'on aime, la dose plus ou moins forte de tristesse dont on est affecté sert, comme une balance délicate, à marquer les plus imperceptibles nuances de la tendresse qu'on éprouve. Ai-je besoin de dire que le poids de mon affection a complétement dérangé l'équilibre des plateaux en question ? Il me semblait que je n'existais plus. Je me suis laissé dire par des charlatans qu'au moyen du magnétisme on pouvait arracher l'âme à la matière qui l'emprisonne : libre alors elle erre à loisir dans des espaces fantastiques, laissant ici-bas sa dépouille insensible. Eh bien! moi aussi, j'avais fait abstraction de ma modeste enveloppe, et mon âme planait sur ces lieux chéris où vous étiez, madame, et que je brûlais de revoir.... »

Avventina n'avait pas entendu un mot de cette déclaration ampoulée : tout entière au trouble qui l'agitait, elle ne se rendait pas compte de sa situation, et roulait dans sa tête mille pensées confuses. Un doute cruel l'avait blessée au cœur, et cet aiguillon semblait devenir plus aigu lorsqu'elle tentait de l'arracher.

Un général habile et hardi débute par l'attaque des positions les plus importantes; c'est ainsi que Napoléon a remporté toutes ses victoires. Un grand orateur envisage toujours le point difficile de la question qu'il veut traiter, et plus le sujet est ardu, plus il met dans son argumentation de vigueur et d'opiniâtreté : il n'y a que les gens médiocres qui s'amusent à tourner les obstacles. Avventina était une maîtresse femme, et, sans attendre une minute, elle voulut sortir de son irrésolution ; elle s'arrêta, fixa sur Buonviso son œil limpide et pénétrant, et lui demanda :

« Vous n'êtes pas blessé? »

Vous est-il jamais arrivé d'avoir tenté de persuader une personne dont l'opinion vous importait beaucoup, d'une chose à laquelle vous n'attachiez pas une moindre importance? vous

est-il arrivé, dis-je, d'avoir parlé longtemps, d'avoir employé
pour arriver à vos fins tout ce que la nature vous avait
donné d'éloquence, d'énergie et d'adresse, d'avoir cru faire
des progrès dans l'esprit de votre auditeur, qui, après vous
avoir laissé vous égosiller en pure perte, est venu vous
prouver, par une interruption extravagante, que son esprit
était à mille lieues de là ? En pareille circonstance, rien n'a
dû égaler votre embarras et votre dépit. Il en fut de même de
Buonviso. Son inspiration broncha au contact de l'énorme
caillou qu'Avventina venait de jeter sur sa route, sa faconde
s'évanouit, et sa physionomie exprima un tel ébahissement
que la jeune femme se sentit passer un frisson tout le long
du corps.

« Blessé!... moi ! » fit-il.... puis sentant instinctivement
qu'il était perdu s'il ne comprenait pas, il fit un tel effort
d'esprit pour recueillir les idées qui s'échappaient dans toutes
les directions comme le contenu d'un vase fêlé, que ses cheveux se hérissèrent sur sa tête, au grand préjudice de l'écha-
faudage élevé par les mains savantes du coiffeur....

Une idée lui vint pourtant, il la saisit au vol.... Se croyant
un phénix de sagacité, il imagina qu'Avventina faisait allusion
au duel manqué du jour précédent.

« Blessé ! répéta-t-il, oh ! non, il n'y avait pas de danger.
Je n'étais que le témoin du comte Crava.... et puis le duel
n'a pas eu lieu. Le mérite en revient à cet ennuyeux philosophe connu des hommes sous le nom de Lucci, et des femmes
sous celui de rustre. Arrivé sur le terrain, il s'est mis à débiter un sermon en quatre points, avec exorde, péroraison et
conclusion, pour démontrer à ceux qui étaient venus là pour
se battre qu'ils n'en devaient rien faire. Il a obtenu un succès
d'ennui. Nos champions comprimèrent d'abord leurs bâillements
avec une résignation stoïque, mais à la fin ils n'y purent plus
tenir, et, comme au fond ils ne demandaient qu'un prétexte
pour se raccommoder, ils se déclarèrent convaincus et persuadés. Il était temps, j'allais m'endormir ; ils se jetèrent dans
les bras l'un de l'autre, en se souhaitant réciproquement une
longue vieillesse.... Vous avez pu voir aujourd'hui qu'ils ont
l'air de Damon et de Pythias.... Puis nous allâmes dîner. »

Avventina et lui s'entendaient aussi bien que si l'un eût
parlé grec et l'autre sanscrit. Elle n'entrevit qu'une seule
chose, c'est qu'elle s'était grossièrement méprise, et voulant
pousser l'expérience jusqu'au bout, elle tira de son sein le

bouquet de violettes, ce dernier bouquet teint de sang, que
dans la journée elle avait baisé tant de fois en cachette, ce
muet confident auquel elle avait fait de si tendres aveux;
elle l'approcha de ses lèvres tout en jetant sur Buonviso un
regard scrutateur.

Pas un muscle de sa face ne bougea; son œil resta impassible; il continua de sourire comme si de rien n'était. Quant
à elle, il lui sembla qu'on lui versait un seau d'eau froide sur
le cœur. Ce n'était pas lui!

En ce moment sa femme de chambre vint l'avertir que le
curé de *** désirait lui parler et l'attendait au salon. Avventina quitta le bras de Buonviso, lui adressa un léger salut,
et, sans prononcer une parole, suivit la camériste.

« Maudit soit le curé! fit le jeune homme en rajustant sa
chevelure, dont en historien fidèle je vous ai dépeint le désordre
momentané; s'il n'était pas venu si mal à propos, je triomphais
dès ce soir. »

XIX

Si le respectable curé de *** s'était présenté moins tard à
l'horizon de ma fantaisie, je me serais donné la satisfaction
de vous faire son portrait.

Le curé de *** était un honnête homme. L'honnêteté, qui va
si bien aux simples citoyens, est mille fois plus indispensable
au prêtre de campagne. Quoi qu'il en soit de sa vertu, je le
remercie au fond du cœur, et vous le remercierez à votre tour,
lorsque vous saurez que s'il vient chez Avventina, c'est pour
y apporter des renseignements qu'elle tient beaucoup à connaître, et me fournir, à moi, la conclusion de ce trop long
récit.

La fin : c'est ce vers quoi tout s'achemine ici-bas. Un jour
où l'on ne fait rien, comme disait Titus, est un jour perdu;
une chose n'est complète que lorsqu'elle est finie, et lorsqu'elle est finie elle n'existe plus. Rien, en conséquence, n'est
aussi effrayant que la fin. Un amant soupire après la conclusion de ses amours; un auteur songe à celle de son livre; l'un et
l'autre ne commencent que pour finir : autant vaudrait ne pas
commencer.... Mais l'esprit de contradiction est tellement na-

turel à l'homme et à la femme, qu'il faut se contenter de sourire de leurs petites inconséquences.

Pour revenir à notre curé, c'était un père pour les pauvres,
bien qu'il fût lui-même aussi pauvre que possible. Personne
autant que lui ne prenait part aux maux de ses paroissiens,
auxquels il eût aimé à donner d'autres secours que des secours spirituels, ce pain de l'âme que le mendiant affamé
céderait volontiers parfois pour un petit pain de seigle. Cette
impuissance désespérait le pauvre prêtre : l'Évangile sous le
bras, il allait frapper à la porte des riches, au cœur dur, qui,
sachant fort bien de quoi il s'agissait, le laissaient se morfondre
sur la route, lui et son Évangile. S'il pouvait pénétrer jusqu'à
eux, s'il parvenait à leur faire entendre ces paroles redoutables : qu'*il est plus facile à un chameau de passer par le chas
d'une aiguille qu'à un riche de franchir le seuil du paradis*, ces
heureux du siècle, choqués de la comparaison, le traitaient lui-
même d'animal et l'envoyaient promener, persuadés que la porte
du ciel était trop étroite pour que des gens comme il faut pussent y pénétrer. Alors le pasteur attristé revenait vers ses
ouailles, les mains vides, et s'efforçait en vain de calmer le cri
de leur détresse, en leur parlant du royaume d'en haut et de
l'éternelle béatitude. Les pauvres répondaient qu'il leur
serait doux de goûter un peu de ce bonheur par anticipation,
dût-on leur imposer plus tard une légère retenue proportion-
nelle.... Et, comme il arrive à ceux qui ont raison, il réussis-
sait à être mal avec les deux partis.

Il y avait pourtant une porte qui jamais ne se fermait devant
lui : c'était celle d'Avventina. Aussi lorsque le curé, dans
l'embarras, ne savait comment s'y prendre pour soulager
quelque misère exceptionnelle, il faisait provision de courage
et de textes sacrés, et se dirigeait vers la villa hospitalière.
C'est à une circonstance de cette nature que nous devons le
plaisir de sa connaissance.

« Oh! bonjour, monsieur le curé.

— Je suis, madame, votre très-humble serviteur.

— Vous êtes tout en nage, mon pauvre curé.... Comme vous
voilà fait, bon Dieu!.... Fermez donc cette fenêtre, Berta.

— Oh! merci, ne faites donc pas attention.... Vous êtes trop
bonne!

— Puis-je vous offrir quelque chose?

— Merci! je n'ai besoin de rien.... Je boirai volontiers un
verre d'eau.

— Berta, donnez à boire à M. le curé. »

La suivante revint bientôt avec un plateau, et le curé s'abreuva à longs traits.

« Ah! fit-il, si, comme dit l'Écriture, *le bon vin réjouit le cœur de l'homme*, l'eau fraîche le désaltère, ce qui vaut mieux, surtout après une course sous un soleil brûlant.... Oh! je viens toujours ici vous déranger, vous poursuivre de mes éternelles demandes de secours....

— Ne vous gênez pas, monsieur le curé.... En quoi puis-je vous être utile? Je devine déjà ce dont il s'agit : quelqu'un de ces pauvres....

— Oh! oui, bien pauvre et bien malheureux.... C'est un journalier, qui n'a rien au monde que ses deux bras, et qui doit avec cela soutenir une femme et cinq enfants, dont l'aîné a sept ans à peine et dont le dernier n'est pas encore sevré. Le maître qu'il servait l'a expulsé de sa métairie par suite d'une réduction dans le personnel de son exploitation, et il lui a fallu louer une cabane destinée à l'habitation d'une seule personne, et où ils sont venus s'entasser tous les sept. Pendant le dernier hiver, qui a été si dur à passer, il a épuisé ses dernières ressources; après avoir vendu son chétif mobilier, il s'est défait de ses instruments de travail, et, malgré ses sacrifices, le voilà endetté de trois cents francs, chez un marchand de grains, qu'il s'est engagé à rembourser après la récolte de la soie. Comme il n'avait qu'une seule pièce et qu'il faut, pour faciliter l'éclosion des vers, disposer d'une chambre bien aérée, il s'est réfugié avec les siens dans une étroite cave.... Jugez, madame de l'insalubrité d'un pareil logement. Vous ne sauriez croire combien de fatigues endurent ces malheureuses gens pour mener à bien une récolte précieuse, d'où dépend leur existence à tous. Ils sont obligés d'aller chercher la feuille de mûrier à plusieurs kilomètres de distance, et de la traîner ensuite à force de bras jusque sur les hauteurs qu'ils habitent. Ils passent les jours et les nuits à préparer d'une manière convenable l'atmosphère de la salle, qui doit être fraîche et tiède alternativement.... C'est un travail de tous les moments, qui ne leur laisse ni trêve ni repos : la moindre négligence les exposerait à tout perdre. Si cet infortuné journalier eût été seul, peut-être se serait-il tiré d'affaire; mais l'entretien de sa famille était une charge écrasante sous laquelle il devait succomber tôt ou tard, si l'on songe surtout qu'il se nourrissait fort mal, et qu'en ces temps de disette il ne peut être question de

boire du vin. Bref, pour tout vous dire, il est tombé malade
d'épuisement, et se livre au désespoir, étendu sur un grabat
au milieu d'une famille affamée. Je suis allé le visiter, comme
la charité m'en faisait un devoir : sa récolte est en voie de
réussite; mais il faudrait qu'il pût continuer de la surveiller.
Son fils aîné n'est pas encore en âge de s'occuper de la cueil-
lette des feuilles; jusqu'à ce jour un voisin est venu à son aide,
car bien souvent les pauvres sont meilleurs que les riches,
mais ils ont à penser à leurs propres affaires, et l'on ne peut
compter beaucoup sur un aussi fragile appui. Cette famille fait
mal à voir! Le père est couché avec la fièvre; les enfants demandent du pain, et la mère offre en vain à son dernier né sa ma-
melle tarie. Je leur ai bien dit d'espérer; mais, tout en voulant leur donner des consolations, je me surprenais moi-même
à fondre en larmes. »

Le curé se tourna du côté de la muraille pour essuyer
une larme furtive; Avventina en fit autant, et le prêtre, après
avoir toussé et s'être mouché pour dissimuler son émotion, reprit son récit où il l'avait laissé :

« J'ai parlé au médecin; il m'a fait espérer qu'en adminis-
trant régulièrement au malade un certain cordial, il serait sur
pied sous peu de jours et pourrait reprendre ses travaux; mais
par malheur ce remède est fort cher, et il n'y a pas un sou dans
la maison. »

Avventina se leva en silence, ouvrit un secrétaire d'où elle
tira une bourse bien garnie qu'elle remit au prêtre, qui parut
pénétré de la plus vive reconnaissance, et lui dit d'une voix
émue :

*Beati misericordes, quoniam ipsi misericordiam consequen-
tur.*

Bien qu'Avventina ne comprît pas, elle sentit au cœur une
joie ineffable.

Le curé, après s'être confondu en excuses et en remercie-
ments, allait se retirer, mais elle le retint.

« Donnez-moi donc des nouvelles de la veuve de Matteo.

— Elle va bien.... fort bien.... et, sans la douleur que lui
cause la perte de son mari, elle n'aurait qu'à s'applaudir du
changement de sa situation. Elle et ses fils ont maintenant du
pain assuré, grâce, en partie du moins, à votre extrême générosité.... A propos, j'ai découvert le bienfaiteur inconnu dont je
vous avais parlé.

— Oui! demanda-t-elle avec une vive curiosité.... eh bien ,

qui est-ce donc? je n'ai encore que de vagues indices, et je serais bien aise de les compléter.

— Mais je ne sais encore si je dois.... j'ai fait cette découverte par hasard, et j'ignore si ma révélation aurait l'assentiment de cet homme de bien.... L'Évangile l'a dit: *Lorsque vous faites l'aumône, n'allez pas le crier sur les toits.* Il est vrai qu'ici l'aumône a été faite par la main d'un tiers.

— Allons, courage, mon bon curé! vous savez combien les femmes sont curieuses, et ce petit travers est bien innocent lorsqu'il se borne à vouloir découvrir l'auteur d'une action méritoire. Il faut cacher ses bonnes œuvres, mais, en célébrant celles d'autrui, on ne fait que rendre hommage à la vertu.

— C'est un personnage que vous connaissez et que j'ai souvent vu chez vous.

— Cela est tout à fait d'accord avec mes conjectures.

— Maintenant il est devenu mon hôte.... il est malade chez moi.

— Chez vous! malade!

— Oui, blessé à la jambe d'un coup de feu.

— Blessé! »

Je laisse à penser l'émotion et l'anxieuse curiosité d'Avventina.

« C'est par suite d'une imprudence, comme il me l'a assuré lui-même. Il était à la chasse et son fusil est parti je ne sais comment. Ce matin de très-bonne heure il est venu frapper à ma porte; il s'était traîné jusque-là fort péniblement et n'eût pu faire un pas de plus. Monsieur le curé, me dit-il, soyez assez bon pour me donner l'hospitalité jusqu'à ce que j'aie fait avertir mon domestique de venir me chercher.... Vous pensez quel a dû être mon empressement.

— Et la blessure est grave?

— Le médecin dit qu'elle n'a rien de dangereux, mais que la convalescence pourra être longue. Mon hôte me demanda aussitôt une plume et de l'encre pour donner sur-le-champ de ses nouvelles aux gens de sa maison; puis, quand il eut fini, il me remit sa lettre pour que je la fisse parvenir à son adresse. C'est ainsi que j'ai pu découvrir le mystère en question. Au premier regard que j'ai jeté sur la suscription de l'enveloppe, j'ai reconnu l'écriture: car il vous souvient sans doute que la forte somme que je reçus pour la veuve de Matteo était renfermée dans un billet que je conserve et que je conserverai toujours précieusement. Rentré dans la chambre du malade, je lui ai fait part de ma découverte; il a voulu nier, mais il n'y avait pas moyen de lutter contre l'évidence, et il a bien fallu se rendre.... Quel brave homme! quel digne homme! je suis presque heureux de l'accident qui lui est arrivé, puisque c'est à lui que je dois la découverte du mystère et la connaissance d'une personne d'un si rare mérite. Car c'est une bonne tête, madame.... j'ai causé avec lui, il m'a enchanté. Je suis bien fâché qu'il me quitte ce soir; mais le chirurgien a déclaré qu'on pouvait le transporter à la ville sans inconvénient, et, ne pouvant l'entourer ici de tout le bien-être qu'il trouvera dans sa maison, je n'ai pu décemment m'opposer à son départ.

— Et ce monsieur, qui est-ce?

— Comment! je ne vous ai donc pas dit son nom? C'est M. Lucci. »

En ce moment Buonviso s'approcha en fredonnant une ariette, et montra son visage par la porte entre-bâillée du salon. Avventina feignit de ne pas le voir et dit au curé: « Si vous me le permettez, monsieur, je vous accompagnerai à quelque distance sur la route du presbytère. »

XX

« Oh! je t'ai tant aimée! je t'aime tant! dès le jour où je t'ai rencontrée pour la première fois, j'ai senti que je t'appartenais pour jamais.... Comment te peindre le sentiment profond que tu m'inspires? toute expression serait impuissante à traduire ma pensée. Tu ne saurais croire combien a été vive l'ardeur de cette flamme secrète et dévorante, de cet amour dont il fallait sans cesse combattre et réprimer l'élan désordonné....L'amour sans espérance, vois-tu, c'est une passion désintéressée et sainte, pure comme le diamant, immense et sans bornes, comme l'espace et l'éternité. Cent fois j'ai voulu te révéler le fond de mon cœur, me jeter à tes pieds et te confesser des tourments que seule tu pouvais calmer.... mais je n'osais pas! Où aurais-je pris l'audace et la confiance nécessaires pour un pareil aveu? Étais-je digne de toi? Pouvais-je me flatter de t'avoir plu? Fallait-il donc m'exposer à perdre tout d'un coup par une folle tentative cette affection fraternelle que tu voulais bien me témoigner, et qui, tout incomplète qu'elle me semblât, était pourtant la seule

consolation de ma triste existence. Un jour tu répandis ton
âme dans la mienne…. tu me peignis cet amour sympathique
et modeste que tu souhaitais obtenir en échange du tien…. et
moi, qui eusse toujours reculé devant une orgueilleuse déclaration, j'ai voulu que ces humbles fleurs que tu conserves, que
tu presses dans tes mains…. sur tes lèvres, ô bonheur ! que
ces fleurs te dissent : « Il est quelque part un infortuné dont
« peut-être tu ne connaîtras jamais le nom, et qui t'aime plus
« que la vie. »

Voilà ce que disait Lucci, et il couvrait de baisers avides
les bras et les mains d'Avventina assise à son chevet. Elle
rougissait et souriait tour à tour en écoutant les propos enflammés du malade…. C'était avec bonheur qu'elle reconnaissait enfin le langage vrai de la passion, dans les yeux, dans
la voix, dans l'accent de cet homme qu'elle savait incapable
de dissimulation et d'hypocrisie.

« C'était donc toi ! mon pauvre amoureux…. et moi qui en
bénissais un autre…. lorsqu'en sa présence Antonio est venu
me conter…. Oh ! ciel ! qu'aura-t-il pu penser de moi ?

— Mais qui donc ? parle…. ne me cache rien…. »

Elle raconta tout ce qui s'était passé, à la grande satisfaction de Lucci, qui, après avoir eu le mérite de la foi aveugle,
eut enfin, comme saint Thomas, la satisfaction de toucher la
vérité au doigt. Il jouit alors d'un moment d'ivresse indicible
et complète…. Ce fut un de ces instants qu'on ne saurait
acheter trop cher, et dont les trois quarts des hommes n'ont
jamais savouré l'intime félicité : car pour apprécier le bonheur il faut que l'âme ait été éprouvée par la souffrance, et, si
l'amour est fait pour les hommes, les hommes sont rarement
dignes de l'amour.

Lucci, dans un élan passionné, se souleva à demi sur sa
couche, et pressa Avventina dans ses bras : il sentit le cœur
de sa bien-aimée battre sur le sien, leurs lèvres se rencon-
trèrent, et ils confondirent leurs âmes dans un baiser.

XXI

C'était à la fin d'un souper de jeunes gens où l'on avait prodigué notre excellent barolo et les vins les plus exquis de la

France. Les têtes étaient échauffées, les cravates défaites, les langues en mouvement, les cerveaux plus vides que de coutume, et les discours plus extravagants qu'à l'ordinaire. La conversation était un mélange de médisance et de bouffonneries obscènes. On parlait de tout : religion, philosophie, littérature, nouvelles et scandales du jour ; c'était une véritable orgie digne de jeunes gens dépourvus d'intelligence et d'éducation, libertins, vicieux et pris de vin.

Il fut question du mariage d'Avventina et de Lucci. Buonviso, entouré de gens ivres, et plus gris que les autres, se leva, jeta sa serviette sur la table avec un geste superbe, brisa son verre pour attirer l'attention, et poussa des hurlements afin d'essayer de dominer le tumulte.

« Je demande la parole.... la parole.... la parole !

— Écoutez donc Buonviso, qui sollicite celui de tous les dons qui lui est le plus inutile.

— Le seul attribut d'un être raisonnable qui ne lui fasse pas défaut.

— Tout le monde s'accorde à dire qu'à mon cheval Black il ne manque que la parole.... Fais-lui cadeau de ta faconde, Buonviso, et tu n'auras plus sur les épaules qu'une citrouille vide.

— Per Bacco ! c'en est trop...., tu m'en rendras raison.

— J'aurai beau faire.... il faudra toujours te donner tort.

— On a parlé du mariage de Mme Avventina.... Je demande la parole pour un fait personnel.

— Il est vrai que tu lui as fait la cour en désespéré.

— Tu as épelé à ses genoux l'alphabet de l'ineptie, de l'alpha à l'oméga.

— Et tu n'en as rien obtenu....

— Des soupirs, des rêveries, des promenades.... il a essayé de tout, il a même fait des vers !

— Quel oubli honteux de la dignité humaine !

— Mais il s'est dédommagé au moyen de l'énorme consommation qu'il a faite chez elle.

— Et quand la dame a vu les deux comptes en équilibre.... elle l'a mis à la porte.

— Pour épouser ce visage pâle.... ce Caton engourdi....

— Lucci, je le connais, un in-folio métaphysique relié en peau humaine.

— Lequel, après la cérémonie, s'est enfui je ne sais où avec sa compagne....

— Je le sais, moi, qui ne suis pas sorcier ; ils sont en Suisse.

où ils font part aux rochers, aux ondes des torrents, de leur félicité légitime.

— Veut-on, oui.ou non, m'accorder la parole ?

— Non, non, non, non!

— Si vous refusez de m'écouter, je jette par la fenêtre les dernières bouteilles qui soient encore pleines.

— En ce cas, nous sommes prêts à tout.... même à t'entendre.

— Qu'as-tu tant à nous dire? nous savons tous que la belle t'a fermé sa porte et que tu dois faire ton deuil de ses dîners copieux....

— Animaux que vous êtes.... passez-moi l'expression, Avventina était plus éprise de ma personne que les vôtres ne le sont du champagne.

— Ah! ah! ah!

— Oh! oh! oh!

— Garçon, versez-lui de l'eau fraîche sur la tête.

— Faites-lui respirer un flacon d'ammoniaque; c'est un remède souverain contre les vapeurs de l'ivresse.

— Je le jure sur la tête innocente et sacrée.... de qui bon vous semblera, Avventina est une coquette.... et moi-même.... croyez-vous que j'aie été assez stupide pour vouloir l'épouser *en mariage?*

— Tu n'eusses pas été fâché d'épouser sa dot.

— Je ne suis pas homme à m'engager aussi sottement. Elle m'a fort bien compris.... nous nous sommes compris.... J'ai lu dans un livre, je ne sais plus lequel, que le mariage est à l'amour ce que la cire est au miel ; il n'est resté que de la cire à mon successeur Lucci.

— Je parie mille francs contre une écaille d'huître que Buonviso cherche à surprendre notre bonne foi!

— De par tous les diables!... écoutez : Lucci est un de ceux que Balzac nomme *prédestinés.* Avventina était tout à fait dans l'esprit de son rôle. Moi qui ignorais l'amour du pauvre insensé, j'ai fait de vains efforts pour lui ouvrir les yeux, il les a fermés opiniâtrément.... la nudité de la vérité l'effarouchait sans doute. Laissez-les revenir.... laissez passer la lune de miel.... que j'aborde la belle aux prochaines soirées du carnaval, ou à la campagne le printemps prochain.... et vous verrez! »

Ces absurdes calomnies ne firent aucun tort aux deux époux, qui continuent de s'aimer, et tout annonce qu'ils jouiront longtemps de leur bonheur.

XXII

Moralité du récit.

Les âmes humaines ressemblent à des monnaies frappées dans le même établissement. La provenance est identique, mais la valeur et le poids diffèrent suivant que la pièce est d'or, d'argent ou de billon.

Lorsque deux âmes d'or se rencontrent et s'accouplent, elles pénètrent dans le paradis terrestre, en dépit du chérubin au glaive flamboyant qui veille sur la porte.

Mais si vous revêtez d'un tissu quelconque des pièces de toute valeur, le choix deviendra des plus hasardeux ; trompé par l'éclat du velours, tel mettra avidement la main sur une pièce de cinq centimes, qui dédaignera le napoléon d'or caché sous une toile grossière.

Pour qu'on puisse discerner facilement la pureté du métal, il faudra que l'étoffe commence par s'user.

Ce n'est pas que je veuille dire qu'avant de s'aimer et de s'épouser, hommes et femmes doivent laisser s'écouler, dans une observation mutuelle, les riantes années où l'on peut séduire et plaire.... Cette opinion serait paradoxale, et je compte sur l'intelligence de mes lecteurs, qui sauront bien m'entendre à demi-mot.

FIN.

TABLE DES MATIÈRES.

—

	Pages.
Notice sur V. Bersezio...........................	I
Dédicace a un inconnu...........................	XIII

PREMIER RÉCIT.

| Jeunesse de Romualdo........................... | 1 |

DEUXIÈME RÉCIT.

| Premiers succès de Romualdo..................... | 10 |

TROISIÈME RÉCIT.

| Amours de Romualdo et d'une cantatrice.................... | 28 |

QUATRIÈME RÉCIT.

| Séjour de Romualdo à Paris. Il revient en Piémont complète-
ment guéri, mais presque ruiné......................... | 85 |

CINQUIÈME RÉCIT.

| Histoire de Giubasso............................. | 133 |

SIXIÈME RÉCIT.

| Romualdo conte l'histoire de la Ghita, qui, séduite par l'offre
d'un collier de sequins, quitta son village pour aller vivre
dans le désordre................................. | 145 |

SEPTIÈME RÉCIT.

| Où Romualdo conte l'histoire de Marta, qui mourut d'amour... | 177 |

HUITIÈME RÉCIT.

| L'auteur, pour se dédommager d'avoir écouté si longtemps, tire
de sa poche un manuscrit dont il donne lecture à Romualdo.. | 200 |

FIN DE LA TABLE.

COULOMMIERS. — TYPOGRAPHIE A. MOUSSIN,

Librairie **HACHETTE** et Co, boulevard Saint-Germain, n° 79, à Paris.

ÉDITIONS A 1 FRANC 25 C. LE VOLUME

FORMAT IN-18 JÉSUS

BIBLIOTHÈQUE DES MEILLEURS ROMANS ÉTRANGERS

Ainsworth (W. Harrison) : Abigaïl. 1 vol. — Crichton. 2 vol. — La Tour de Londres. 1 v.
Anonymes : César Borgia, ou l'Italie en 1500. 1 vol. — Les Pilleurs d'épaves. 1 vol. — Paul Ferroll. 1 vol. — Violette. 1 vol. — Whitehall. 2 vol. — Whitefriars. 1 vol.
Beecher-Stowe (Mrs) : La Case de l'oncle Tom. 1 vol. — La Fiancée du ministre. 1 vol.
Bersezio (V.) : Nouvelles piémontaises. 1 vol.
Braddon (miss M. C.) : Œuvres. 25 vol. — Aurora Floyd. 2 vol. — Henry Dunbar. 2 vol. — Lady Lisle. 1 vol. — La Trace du Serpent. 2 vol. — Le Capitaine du Vautour. 1 vol. — Le Secret de lady Audley. 2 vol. — Le Testament de John Marchmont. 2 vol. — Le Triomphe d'Éléanor. 2 vol. — Ralph, l'intendant. 1 vol. — La Femme du Docteur. 2 vol. — Le Locataire de sir Gaspard. 2 vol. — L'Allée des Dames. 2 vol. — Rupert Godwin. 2 vol. — Le Brosseur du Lieutenant. 2 vol.
Bulwer-Lytton (Sir Edward) : Œuvres. 19 vol. — Devereux. 2 vol. — Ernest Maltravers. 1 v. — Le Dernier des Barons. 2 vol. — Le Désavoué. 2 vol. — Les Derniers jours de Pompéi. 1 vol. — Mémoires de Pisistrate Caxton. 2 vol. — Mon roman. 2 vol. — Paul Clifford. 2 vol. — Qu'en fera-t-il ? 2 vol. — Rienzi. 2 vol. — Zanoni. 1 vol.
Caballero (F.) : Nouvelles andalouses. 1 vol.
Cervantes : Nouvelles. Trad. nouv.
Chodzko (A.) : Contes Slaves. 1 vol.
Cummins (miss) : L'Allumeur de réverbères. 1 vol. — Mabel Vaughan. 1 vol. — La Haine du Liban. 1 vol.
Currer-Bell (miss Brontë) : Jane Eyre. 1 vol. — Le Professeur. 1 vol. — Shirley. 2 vol.
Dickens (Charles) : Œuvres. 28 vol. — Aventures de M. Pickwick. 2 vol. — Barnabé Rudge. 2 vol. — Contes de Noël. 1 vol. — Contes de Noël. 1 vol. — David Copperfield. 2 vol. — Dombey et fils. 2 vol. — La Petite Dorrit. 2 vol. — Le magasin d'antiquités. 2 vol. — Les Temps difficiles. 1 vol. — Nicolas Nickleby. 2 vol. — Olivier Twist. 1 vol. — Paris et Londres en 1793. 1 vol. — Vie et Aventures de Martin Chuzzlewit. 2 vol. — De grandes Espérances. 2 vol. — L'Abîme. 1 v.
Disraeli : Sybil. 1 vol.
Douglas Jerrold : Sous les rideaux. 1 vol.
Forgues (E.-D.) : Sandra Belloni. 1 vol.
Freytag (G.) : Doit et Avoir. 3 vol.
Fullerton (lady) : L'Oiseau du bon Dieu. 1 vol.
Fullon (S.-W.) : La comtesse de Mirandole. 1 v.

Gaskell (Mrs) : Œuvres. 8 vol. — Autour du sofa. 1 vol. — Marie Barton. 1 vol. — Cranford. 1 vol. — Marguerite Hale (Nord et Sud). 2 vol. — Ruth. 1 vol. — Les Amoureux de Sylvia. 1 vol. — Cousine Phillis. 1 vol.
Gerstäcker : Les deux Convicts. 1 vol. — Les Pirates du Mississipi. 1 vol. — Aventures d'une colonie d'émigrants en Amérique. 1 v.
Goethe : Werther. 1 vol.
Gogol (N.) : Les âmes mortes. 2 vol.
Grant (J.) : Les Mousquetaires écossais. 2 vol.
Hacklander : Boutique et Comptoir. 1 vol. — Le Moment du bonheur. 1 vol. — La vie militaire en Prusse. 4 séries.
Chaque série se vend séparément.
Hauff (W.) : Nouv. 1 vol. — Lichtenstein. 1 v.
Hawthorne (N.) : La Lettre rouge. 1 vol. — La Maison aux sept pignons. 1 vol.
Hetberg (L.) : Nouvelles danoises. 1 vol.
Hildreth : L'Esclave blanc. 1 vol.
Immermann : Les Paysans de Westphalie. 1 vol.
James : Léonora d'Orco. 1 vol.
Kavanagh (J.) : Tuteur et Pupille. 1 vol.
Kingsley : Il y a deux ans. 2 vol.
Lennep (Van) : La Rose de Dekama. 2 vol. — Aventures de Ferdinand Huyck. 2 vol.
Lever (Ch.) : Harry Lorrequer. 2 vol. — L'Homme du jour. 1 vol.
Lytton (O.) : Entre ciel et terre. 1 vol.
... : Mémoires d'un gentilhomme mahométan. 1 vol.
... : Le Rêve de la vie. 1 vol.
... : Légendes indiennes. 1 vol.
Mayne-Reid : La Piste de guerre. 1 vol. — La Quarteronne. 1 vol.
Mugge : Afraja. 2 vol.
Puschkin : La Fille du capitaine. 1 vol.
... : La Femme et son maître. 3 vol.
... : L'Héritage (Dick Tarleton). 2 vol.
... (comte), Nouvelles choisies. 1 vol.
... (miss A.-S.) : Opulence et Misère. 1 v.
Thackeray : Œuvres. 8 vol. — Henry Esmond. 1 vol. — Histoire de Pendennis. 3 vol. — La Foire aux vanités. 2 vol. — Le Livre des Snobs. 1 vol. — Mémoires de Barry Lyndon. 1 vol.
Tourgueneff : Scènes de la vie russe. 2 vol. — Mémoires d'un seigneur russe. 1 vol.
Trollope (Mrs) : La Pupille. 1 vol.
Wieland (C.-M.) : Oberon, poème hist. 1 vol.
Wilkie Collins : Le Secret. 1 vol.
Zschokke : Addrich des Mousses. 1 vol. — Le Château d'Aarau. 1 vol.

Coulommiers. — Typog. A. MOUSSIN.